U0945576

世界文学名著名译典藏

包法利夫人

[法] 福楼拜◎著　钱治安◎译

長江出版傳媒 | 长江文艺出版社

图书在版编目（CIP）数据

包法利夫人 /（法）福楼拜著 ; 钱治安译. -- 武汉 : 长江文艺出版社, 2018.5(2024.1 重印)
（世界文学名著名译典藏）
ISBN 978-7-5702-0266-9

Ⅰ. ①包… Ⅱ. ①福… ②钱… Ⅲ. ①长篇小说－法国－近代 Ⅳ. ①I565.44

中国版本图书馆 CIP 数据核字(2018)第 062294 号

责任编辑：梁碧莹　　责任校对：毛季慧
封面设计：刘　垒　　责任印制：邱　莉　王光兴

出版：长江出版传媒｜长江文艺出版社
地址：武汉市雄楚大街 268 号　　邮编：430070
发行：长江文艺出版社
电话：027—87679360
http://www.cjlap.com
印刷：长沙鸿发印务实业有限公司

开本：880 毫米×1230 毫米　1/32　　印张：11.75
版次：2018 年 5 月第 1 版　　2024 年 1 月第 2 次印刷
字数：262 千字

定价：42.00 元

版权所有，盗版必究（举报电话：027—87679308　87679310）
（图书出现印装问题，本社负责调换）

感受艺术魅力感叹真实人生

1857 年 1 月 29 日，法国巴黎第六轻罪法庭开庭审理一桩案件，主要被告人是福楼拜。案件的起因是他的新著小说《包法利夫人》(Madame Bovary)。这部小说首先在《巴黎杂志》上连载，顿时轰动法国文坛，广受社会关注。当局指控这部小说“伤风败俗、亵渎宗教”。

检察官指控福楼拜，说这本书“会落到年轻姑娘乃至已婚女子手里”，“会诱人寻欢作乐”。公诉状长篇累牍，直指书中四个片段：

一、主人公爱玛以养病散心为名，与情人骑马兜风，在雾气弥漫的树林里委身于鲁道夫。作者以大量文字赞美爱玛因偷情而变得漂亮，这是对偷情的颂扬。

二、鲁道夫最终弃她而去，爱玛为此大病一场。后来爱玛信起宗教。她用对情人的语言向天主倾诉，亵渎了宗教。

三、爱玛与另一情人莱昂在奔驰的马车里偷情，继而又描述他们幽会的旅馆房间，大段的描写有伤风化。

四、对爱玛临终场面的描写违背宗教和道德原则。

诉讼过程长达十天。经被告方据理力辩，法庭不得不在“判决书”里指出，“那些片段，无论从所阐述的思想，还是所表现的场景，仍属于作者试图塑造人物性格的范畴”，因而宣告福楼拜无罪。这是一个了不起的胜利。它不仅是福楼拜的胜利，也是整个文学界的胜利。

事实和时间最终有力地证明了这部文学作品的价值。这部极其完美的小说是精致的语言典范作品，它不仅标志着19世纪法国小说史的一个转折，而且在世界范围影响了小说在此后一个多世纪的演变和发展过程。

福楼拜（Gustave Flaubert，1821－1880）是法国文学大师，名列19世纪法国现实主义文学三杰，另两位是《高老头》的作者巴尔扎克、《红与黑》的作者司汤达。因平生喜欢用亲手制作的鹅毛笔写作，他自称“羽笔文人”。福楼拜出生于医生世家，父亲是鲁昂一带远近闻名的外科专家，哥哥子承父业也成为一代名医。福楼拜很早就显露出文学天赋，14岁已开始写故事，编写文学报《艺术与进步》；20岁在巴黎法学院攻读法律，两年后因病辍学。家庭的熏陶和严谨的法律，使他不相信宗教而更相信治病救人的手术刀。崇尚真实的世界观在他的小说中有充分的反映。

19世纪中叶的欧洲开始流行以认识自然为主要目的的实证科学，许多学者以极大的热情走进实验室，物理学、化学等学科取得了重大突破，新学说新理论层出不穷，近代自然科学进入了全面发展的时期。这种大的社会环境对福楼拜的创作产生重要影响。他把小说看作“生活的科学形式”，并像自然科学家对待自然现象那样，以冷静客观的态度观察、分析和解剖社会，追根溯源不一而足，力求对现实社会做出完全客观的、科学的反映。福楼拜重视美感与真实，并追求二者的高度统一。因此，他赋予观察、分析、理解以十分重要的意义，认为“透彻地理解现实，通过典型化的手段忠实地反映现实”，是小说家应当遵循的一条基本原则。这些思想在《包法利夫人》中得到了充分体现。小说抓住了当时社会的主要特征：资产阶级革命胜利以后，社会进入了一个相对稳定平庸的时代。作品以这一时代资产阶级的庸夫俗子作为艺术描写的对象，以对资产者思维方式、生活方式的否定作为创作的基本主题，通过一个富有激情的少妇极力想要摆脱平庸的家庭生活和令人窒息的社会环境，积极寻找梦想最后却被平庸恶浊的社会所吞噬的悲惨经历，揭示了浪漫主义的追求和庸俗鄙陋的现实生活的矛盾，客观地反映了19世纪法国的社会现实，并由此丰富和发展了19世纪的现实主义。

福楼拜具有高超的写作技巧。小说主人公是爱玛，而他将小说取名为《包法利夫人》，这似乎是在暗喻：作者要讲述的，是一个有夫之妇的故事。这一特别的角色定位，将爱玛置于了道德与人性冲突的既矛盾又尴尬的境地，主人公对平庸生活的失望、不甘、矛盾、抗争，对婚外恋之痴迷、癫狂、焦灼、放荡不羁跃然纸上。巧妙的谋篇布局，分明的层次架构，鲜明的人物刻画，入理的内心描写，细腻的艺术表达以及严谨的语言风格，使小说具有很强的艺术欣赏性和可读性。

美国耶鲁大学克雷顿·奥尔德弗教授提出的人本主义需求理论认为：较低层次的需求一旦满足，便会引发对于更高层次需求的愿望。这是现实社会中人性需求层次变化的一种必然，《包法利夫人》印证了这一点。

修道未果的爱玛嫁给了看来很有身份的一个医生——夏尔·包法利。感情热烈、耽于幻想、衣食无忧，慢慢使她觉得生活乏味。“结婚以前，自以为就有了爱情，可是，本应由这爱情生出的幸福，却不见来”；偶然参加的一次贵族舞会，“在她的生活中捅出了个窟窿，如同狂风暴雨，一夜之间便在山岭上冲出些大裂缝”。爱玛感受到了奢侈糜华的贵族生活与她淡而无味的现实生活间的天壤之别。她梦想着子爵一样风度翩翩的男子爱她，给她所憧憬的浪漫爱情和贵族生活。她两度婚外恋情，误把对方的猎奇当成爱情，模仿贵族的浪漫消遣却成了高利贷的盘剥对象，求浪漫奢华刺激而不得的残酷现实，留给她的只有痛苦和绝望。

爱玛一直被公认为世界文学史上最有生气的妇女形象之一，但又备受歧视。仔细探究不难发现，她一不为名分二不图钱财(反而举债)，她不惜背叛现实世界的秩序，终其一生苦苦追寻的只是人性中最美好的爱情。她对复杂的社会缺乏判断力，又不善把握自己，最终身败名裂，令人扼腕。其实哪个女人没有对爱情的憧憬与幻想？哪个女人甘愿虚度青春年华？追求更好，乃人性使然。爱玛的行为理应得到理解。19世纪上叶的法国，妇女特别是农村妇女社会地位低下，她们的行为受到陈规陋习的严格约束，不管她们如何出类拔萃，都不可能打破严明的身份等级。爱玛终究摆脱不了农家女子的事实身份。然而，她敢于真实地活出自我，主宰自己的身体和感情，勇敢地寻找爱情，享受爱情，享受生命。这比道貌岸然的资产阶级政客的虚伪与堕落、乡绅地主的狡诈与猥鄙更加高尚，更加让人同情。至少，她没欺骗她所爱的人。

爱与死，是文学乃至人类的永恒主题。爱玛的悲剧在于她生活的那个社会，她的堕落毁灭是贵族资产阶级社会腐蚀和逼迫的结果。恩格斯在《家庭、私有制和国家的起源》中，分析了英雄时代古希腊妇女的地位后指出：“一夫一妻制从一开始就具有了它的特殊的性质，使它成了只是对妇女而不是对男子的一夫一妻制。”在男权社会里，男子可以随心所欲，妇女则无权掌握自己的命运，妻子只能是丈夫的玩偶和工具，没人关心她们的精神需求和内心感受。社会一方面认可、允许，甚至鼓动男子出轨，另一方面却又对失足女性施以最严厉的惩罚和终身的道德鞭挞。我们无意为婚外偷情大唱赞歌，问题在于，爱玛的行为如果发生在男人身上，是否同样受到谴责？强加在女人身上的种种清规戒律，在男人身上是否同样适用？答案显然是否定的。男权尊严不可践踏，而女子个性的张扬与发展却被冠以轻浮，实为历史与社会的不公。

尽管17、18世纪欧洲资产阶级早就在反对封建专制的斗争中提出了“天赋人权”的学说，宣传男女平权的思想，尽管欧洲妇女运动一直引领着世界妇女运动的发展，尽管法国妇女运动先驱德古日在大革命时期，就发表了世界上第一篇《女权宣言》，要求妇女得到与男子平等的权利，但生活于斯的爱玛还是没能逃脱男权社会对她的压迫，她奋力抗争却无奈于命运的不公。她只盼能生个叫作乔治的男孩，因为“男人至少是自由的，可以遍历种种激情，周游世界，冲破艰难险阻，就是天涯海角的幸福，也要去享受一番。女人呢，则处处受到束缚”。这看似平淡的企盼所蕴含的，何尝不是对社会的控诉、对不公的哀叹！

爱玛短暂的一生，可爱可悲可叹又可怜。她不幸地走了。尽管娇艳的花期短暂，但她美丽、真实。

单乾

2007年3月

第一部

Part One

1

我们正在上自习，校长进来了，后面跟着个没穿校服的新生，还有个校工端着张大课桌。打瞌睡的同学惊醒过来，大家起立，像是正用功被打断了似的。

校长做手势要我们坐下，然后，转身对学监小声说：

“罗歇先生，交给您个学生，先上五年级①吧。功课、操行都好的话，再转到高年级，按年龄他该上高年级了。”

新生在门后墙角，我们几乎看不见。他是个乡下孩子，十五岁左右，个子比我们谁都高。头发沿额剪齐，很像乡村教堂里的唱诗童，样子懂事却很局促。肩膀不算宽，可是那件黑扣绿呢外套，抬肩处紧巴巴的，人不太自在；袖口开衩的部位，露出裸惯发红的手腕。浅黄色的长裤用背带吊得高高的，穿蓝袜子的小腿露了出来。脚上穿一双结实的皮鞋，擦得不亮，钉了好些钉子。

大家开始背书。他竖起耳朵听，专心得像在教堂听布道，不敢把腿架起来，也不敢把胳膊往桌上支。到两点钟，下课钟响了，学

① 相当于初中二年级。

监不得不提醒他一声，让他加入我们的队列。

我们进教室有个习惯，就是把帽子往里扔到地上，好腾出手来；而且非得一进门就扔，从凳子底下飞过，还要碰着墙根，扬起一片尘土。这才叫派头。

但这新生，不知是没留意这种做法，还是不敢照着做，祈祷已经完了，还把帽子放在并拢的膝上。那是顶不伦不类的帽子，有点像毛皮帽、有点像骑兵帽，又有点像圆筒帽、獭皮帽、棉布帽，反正是件寒碜玩意儿，说不出的难看，活像一张表情让人看不透的傻瓜脸。帽子是椭圆形的，里面有撑条撑着；帽口有三道绲边，往上是交错拼接的菱形丝绒和兔皮，中间用红道隔开；再往上是口袋似的帽筒，以及硬纸板衬里的多角帽顶；顶上绣着图案复杂的饰带，从帽顶垂下一根细长细长的带子，下端吊着个金线编的小十字架作坠子。帽子倒是崭新的，帽檐闪闪发光。

“请站起来，”老师说。

他站起来，帽子掉了。全班笑开了。

他俯身去捡帽子。邻座的同学用胳膊肘一捅，帽子又掉了下去，他又捡了一回。

“别管你那顶战盔了吧。”老师说，他是个很风趣的人。

同学们哄堂大笑，弄得这可怜的孩子狼狈不堪，不知道应该把帽子拿在手上好，撂在地上好，还是戴在头上好。他重新坐下，把帽子放在膝上。

“站起来，”老师又说，“把你的名字告诉我。”

新生叽里咕噜，说了个听不清楚的名字。

“再说一遍！”

照样叽里咕噜又说了一遍，淹没在全班的喧哗声里。

“大声点儿！”老师喊道，“大声点儿！”

于是新生下了最大的决心，嘴巴张得大大的，像呼唤什么人似的，扯着嗓门喊出这样几个字：夏包乏力。

教室里顿时闹开了，喧哗声 crescendo① 响起来，还夹杂着尖叫（有人乱嚷，有人学狗叫，有人跺脚，有人学舌：夏包乏力！夏包乏力！），接着变成此起彼伏的个别音符，好不容易这才平静下来。但不时还会从某排座位上，冷不丁冒出忍俊不禁的笑声，东一声，西一声，就像还没燃尽的鞭炮。

然而，罚做作业的警告雨点般落下来，课堂秩序才渐渐恢复。老师又要新生把名字好好报一报，自己写出来，叫他一个一个字母拼读，再连起来读一遍，这才弄明白他的名字是夏尔·包法利，当即吩咐这可怜虫坐讲台前面的懒生凳。新生行动起来，正要去，又迟疑了。

“你找什么？”老师问。

“我的帽……”新生怯生生地说，不安地朝四下张望。

“全班罚抄五百行诗！”一声怒吼，就像那声 Quosego②，止住了一场新的风暴。“大家安静点！”老师怒不可遏，一边继续嚷着，一边从帽子里抽出手绢擦脑门。“至于你，新生，给我把 ridiculussum③ 抄二十遍。”

然后，他的语气缓和了些：

“哎！你的帽子嘛，会找到的，没人偷你的！”

一切恢复平静。脑袋都俯在功课上。新生端端正正坐了两个小时，尽管不时有人用笔尖弹出小纸球，飞来溅在他的脸上。他只是用手摸摸脸，依然低眉垂目，纹丝不动。

上晚自习时，他从课桌里取出袖套，把文具理齐，小心翼翼，

---

① 意大利语，音乐术语，意为渐强。

② 海神的咒语。典出古罗马诗人维吉尔所著史诗《埃涅阿斯纪》，第 1 卷第 135 行。

③ 拉丁语，意为“是可笑的”。

用尺在纸上画线。只见他学习认真，每个词都查词典，不厌其烦。大概，他就是凭着这股子用功的劲头，才不至于降班吧；因为，他的语法虽说过得去，可是造起句来却不敢恭维。他的拉丁文，当初是村里本堂神甫开的蒙，父母图省钱，拖得不能再拖了，才送他上中学。

他的父亲夏尔-德尼-巴托洛梅·包法利先生，原是一名助理军医，一八一二年前后，在征兵案件上受到牵连，不得不退役。他靠了个人天资，顺手牵羊，捞到一笔六万法郎的陪嫁，那是一个内衣商的千金看中他的仪表，给他带过来的。美男子，说大话，把马刺碰得铿锵响。络腮胡生得连着八字胡，手指上总戴着几个戒指，穿的衣服颜色光鲜，外表像条好汉，那股子见面熟的热络劲儿，又像个跑江湖的生意人。结婚头两三年，他全靠老婆的钱财过日子，吃得好，起得晚，用细瓷大烟斗抽烟，夜戏不散场晚上不回家，还是咖啡馆的常客。不料岳父死了，没留下什么遗产；他一气之下，办起了实业，结果亏了本，只好退居乡下，指望谋个出路。可是，他对种地，并不比织布在行，几匹马只供自己骑乘，却不打发它们去耕地；家里的苹果酒一瓶瓶喝完，却不运去卖钱；好鸡好鸭全部吃光，猪的油膘用来擦拭打猎的皮鞋。不久他就发现，一切发财的念头最好还是就此打住。

于是他每年出两百法郎，在科州和皮卡第交界的一个村子里，租了一处半像农庄半像住宅的房子。他闷闷不乐，懊恼不已，怨天尤人，四十五岁起就闭门不出，说是厌倦尘世，决意只过清静日子。

他的女人从前爱他，爱得神魂颠倒，百依百顺，反倒把他惯得不冷不热。当年妻子有说有笑，无话不谈，一心相夫，后来上了年纪，性子就变得（就像葡萄酒走了气，酸得像醋一样）别别扭扭，唠唠叨叨，喜怒无常。当初丈夫围着村里那些骚娘儿们转，夜晚从污七八糟的地方，让人送回家来，烂醉如泥，酒气熏天，她看了心里那么难受，也没抱怨。后来，自尊心抬了头。于是她索性不言不语，忍气吞声，一直到他死。她奔波劳碌，忙个不停，今天去找律师，明天去见庭长，想着期票什么时候到期，就办好展期手续。在家里又是缝缝补补，洗洗烫烫，监督雇工，结账付钱；而先生呢，却无所用心，成天浑浑噩噩，还总像跟谁赌气似的，稍微清醒一点就对她说些无情无义的话，一个劲在火炉边抽烟，往炉灰里吐痰。

她有了孩子，只好送到奶妈家喂养。小家伙回来，惯得像个王子。母亲喂他果酱，父亲却让他光着脚丫子满地跑，甚至摆出哲人的样子，说他可以学幼畜，光着身子过日子。关于幼儿教育，这位父亲抱有某种男子汉的理想，所以处处与母亲作对，偏要按着他的这种理想去训练儿子，要用斯巴达人的方式，让他经受磨炼，炼出一副强健的体魄。他打发孩子去睡不生火的屋子，教他大口大口喝朗姆酒，教他朝着圣事队伍骂粗话。可是，这孩子天性温驯，辜负了他的用心。母亲总把他带在身边，给他剪硬纸块，讲故事，没完没了地跟他讲这讲那，快乐中有几分忧郁，絮絮叨叨，温情脉脉。她过得孤单寂寞，渴慕虚荣却又支离破碎，就把希望全部寄托在这孩子身上。她梦想高官厚禄，看见儿子已经长大成人，有才有貌，当上了土木工程师或者法官。她教儿子读书，甚至弹着她的一架旧钢琴，教他唱两三首抒情歌曲。可是包法利先生不把文化教育当回事，见妻子这么做，总是说，不值得！难道他们有钱送儿子上公立学校？将来能捐个一官半职，还是能盘进一家店面？再说，一个男人，只要拉得下脸皮，在社会上不愁吃不开。包法利太太只好咬住嘴唇，孩子就在村里闲荡。

他跟在犁地的农夫后面，扔土块赶得乌鸦乱飞。他沿沟摘桑葚吃，拿一根竿子照看火鸡，收获季节翻晒粮食，在树林里跑来跑去，下雨天在教堂的廊檐下玩造房子，遇到重大节日，就央求教堂执事让他敲钟，把整个身子吊在那根粗绳上，荡来荡去好玩。

就这样，他长得如同一棵橡树，两手有劲，肤色红润。

十二岁上，母亲给他争到开蒙，请本堂神甫执教。可是，上课时间太短，又三天打鱼两天晒网，没什么效果。神甫要么是忙里偷闲，趁洗礼和葬礼中间的空隙，匆匆忙忙在圣器室，站着给他讲点功课；要么就是在晚祷之后，不出门时，打发人把学生找过来教。两人上楼，到神甫寝室里坐下，蚊子和蛾子绕着蜡烛飞来飞去。屋里暖和，孩子打起瞌睡来，老头子手搭在肚皮上，昏昏沉沉，不一会儿就张开嘴，打起鼾来。也有时候，神甫先生给附近的病人做完临终圣事回来，看见夏尔在田地里撒野，就把他叫住，在树荫底下开导他刻把钟，顺便让他练练动词变位。天上掉下雨点，或是有熟人路过，他们就打住。不管怎样，神甫对学生一直是满意的，居然还说小家伙记性挺好。

夏尔不能就这么下去呀。太太下了决心，先生有些不好意思，主要是嫌烦，竟不加反驳就让步了。但还是又拖了一年，等孩子行过初领圣体仪式。

一晃又是半年，第二年这才决定送夏尔上鲁昂中学。那是十月底，由他父亲亲自送去的，其时正逢圣罗曼庙会。

夏尔当时的情形，现在我们谁也记不清了。只知道他是个性情温和的孩子，该玩的时候就玩，该学的时候就学，到课堂用心听讲，回寝室安分睡觉，进饭堂就好好吃饭。他的家长联系人是手套街一个五金批发商，每月一次找个星期天，在店铺打烊之后，把他接出来，打发到码头散散步，看看船，然后七点钟一到，赶在晚饭之前送回学校。每星期四晚上，夏尔用红墨水给母亲写一封长信，用三个面团封口；然后他就复习历史笔记，或者看一本扔在自习室的旧书《阿纳喀尔席斯游记》①。散步的时候，他跟校工聊天，那人像他一样，也是从乡下来的。

靠了用功，他在班上始终保持中不溜儿；有一回考博物学，甚至还得了个一等奖。可是，到第三学年末时，父母让他退了学，准备让他去学医，深信中学毕业的水平，他靠自学就能达到。

母亲到罗贝克河边②相识的染匠家，给他在五楼挑了间屋子，讲定食宿费，弄来几件家具：一张桌子、两把椅子，又从家里运来一张樱桃木旧床，还买了个生铁小火炉和一堆劈柴，供她的可怜孩子取暖。她一直待到周末才离去，临走时千叮咛万嘱咐，说他一人在外，务必好自为之。

布告板上的课程表，把他看得晕头转向：什么解剖课、病理课、生理课、药剂课、化学课、植物课、临床课、治疗课，还有什么卫生学、药材学，所有这些名称，他都搞不清来历，它们就像一座座圣殿的大门，黑洞洞的，让人敬畏。

上起课来，他像腾云驾雾，不得要领，听也白听。可是他用功，笔记订了一本又一本，每课必上，临床查房一次不落下。他完成每天的功课，就像一匹推磨的马，两眼蒙住，绕着磨盘转呀转，却不知磨的些什么。

为了替他省钱，母亲每星期托邮差给他捎来一块烤熟的牛肉。他上午从医院回来，一边拿它就午饭吃，一边靠着墙壁跺脚取暖。饭后，又是上课，跑大教室、跑救济院，然后穿街过巷，回到寓所。晚上，他用过房东的粗茶淡饭，又上楼回到房间，埋头功课，身上的湿衣向着熊熊炉火，直冒热气。

---

① 法国作家巴泰尔米（Jean-Jacques Barthélemy，1716-1795）所著，成书于1779年。叙述古代西徐亚人阿纳喀尔席斯在希腊的游历。

② 鲁昂东区旧时小河，沿河有同名街道。小河现已填平。街上至今仍有医院。

晴朗夏日的傍晚，热气尚未散尽的街上空荡荡的，女佣在门口打板羽球，他打开窗户，凭窗观望。打窗下流过的小河，在一座座小桥和护栏之间，颜色发黄发紫发蓝，把鲁昂的这个街区变成了难看的小威尼斯。一些工人，蹲在岸边，在水里洗胳膊。阁楼顶伸出的竿子上，晾着一束束棉纱。从前面一排排屋顶望过去，是一片高旷明净的天空，挂着西沉的红日。那边该是多么宜人啊！山毛榉林子里多么凉爽！他张大鼻孔想吸进田野的清香，但是没有嗅到。

他瘦了，个子长高了，脸上有了某种哀怨的表情，开始引人注目了。

他懒散起来，早先下的决心，自然而然，全都抛到脑后。有一次，他没去参加查房，第二天又逃课，尝到了偷懒的滋味，渐渐地索性就不回头了。

他养成了坐酒吧的习惯，迷上了骨牌。每天晚上，钻到一个乌烟瘴气的地方，在大理石赌台上，拍打着带黑点的羊骨牌，在他就如自由的可贵体验，平添了几分自尊。这无异于涉世入门，初尝禁果；每次进门，一碰到门把手，就有一种近乎肉感的快意。于是，许多心里被压抑的东西膨胀开来；他学会了几个小调，唱给女伴们听，迷上了贝朗瑞①，会调潘趣酒，最后，还领教了情爱的滋味。

由于功夫都下在这些方面，医士资格考试当然彻底考砸。当天晚上，家里人还等着向他庆贺呢！

他步行回家，在村口停下，托人把母亲找来，把事情一五一十告诉她。母亲原谅了儿子，把这次不及格推到考官身上，说他们评分不公，鼓励他两句，答应把事情兜起来。直到五年以后，包法利先生才知道实情；事过境迁，他也就认了，再说，他不能设想，自己生的孩子会是蠢材。

---

① 贝朗瑞（1780-1857），法国民歌诗人。

于是，夏尔重新埋头用功，坚持不懈，温习考试科目，事先把题目全部背得烂熟。这回他通过了，分数还相当高。那真是他母亲大喜的日子，家里大摆酒宴。

他到哪里去行医呢？去托斯特。那里只有一位上了年纪的医生。包法利夫人早就盼着他死，老头子还没卷铺盖，夏尔就在对面安顿下来，俨然要接他的位置。

但是当母亲的，把儿子养大成人，让他学医，帮他在托斯特找到地盘行医，这还不算完，他还要娶媳妇呀。她给儿子找到了：对方是迪耶普一个小吏的遗孀，四十五岁，每年有一千二百法郎的收入。

这位迪比克夫人虽说其貌不扬，瘦得像根干柴，一脸的粉刺疙瘩，却不愁嫁不出去。包法利太太为了达到目的，不得不把其他人一个个挤掉出局。其中有个开肉店的，背后有教士们撑腰，用尽心机，还是被她巧妙地击败了。

夏尔满以为，结了婚，状况会好一些，人就自由了，身子可以自主，用钱可以随意。谁知当家做主的是太太；他在人面前，什么话当说，什么话不当说，每星期五要吃素，按太太的意思穿衣，照她的吩咐不放过不付诊费的病人。太太拆他的信件，窥探他的举动，若有女病人，就隔着板壁偷听。

太太每天早上要喝巧克力，要人一个劲儿疼她。老是叫神经麻、胸口痛、心里烦。听到脚步声她受不了，你走开，她又嫌闷得慌；你回到她身旁，莫不是想看她死。晚上夏尔一回家，她就从被子底下伸出瘦长的胳臂，搂住他的脖子，要他在床沿坐下，对他诉起苦来：说他不在乎她，心里必定另有所爱！人家早就说过，她命苦；说到最后，要他为她的身子配点糖浆，再多来点疼爱。

2

有天夜里，约莫十一点钟，来了一匹马，在大门口停下，马蹄声吵醒了他们。女佣打开阁楼窗户，朝下面街上一个男的盘问了一阵。那人是来请医生的，随身带了一封信。娜丝塔西打着寒噤，走下楼梯，开了锁，拨门闩，一道又一道。来人撂下马，跟着女佣上楼，一下就进来了。他从灰缨子毡帽里，取出一封旧布包着的信，小心翼翼地呈给夏尔。夏尔用肘支在枕头上看信。娜丝塔西在床头掌着灯。太太怕难为情，转过身去，背对着来人。

那封信用一小块蓝色火漆封口，信上请求包法利先生，立刻赶到贝尔托农庄，去接一条断腿。可是从托斯特到贝尔托，途经长镇和圣维克托，足有六法里①路程。夜色黑，太太担心丈夫路上有闪失。这样，便决定让马夫先打前站。夏尔过三小时，等月亮出来了再动身。那边派个小厮到路口接他，好带他去农庄，开院门。

将近凌晨四点，夏尔穿好大衣，上路往贝尔托而去。身上留着残睡的暖意，人还迷迷糊糊的，就这么信马由缰，步伐平稳，任其

① 一法里约合四公里。

颠动。马遇到田垄边荆棘围住的土坑，便自动停下，夏尔身子一晃，惊醒过来，顿时想起断腿的事，便开始搜索枯肠，回忆他所知道的各种骨折类型。雨停了，晨曦初露，光秃秃的苹果树枝头，宿鸟栖息，一动不动，短短的羽毛在料峭的晨风中抖动。平坦的原野，一望无际，座座农庄周围，一丛丛树木，渐次排开，在灰蒙蒙的大地上，形成紫黑的斑点。极目之处，大地融入天空的灰暗色调。夏尔不时睁开眼睛，结果，到底抗不过困倦，瞌睡又上来了，立刻昏昏糊糊，新近的感觉和往昔的记忆混在一起，恍惚中自己似乎变成了两个人，既是学生，又是丈夫，既像刚才躺在床上，又像从前穿越术后病房。在他的意识里，药膏的热香和朝露的清香彼此交融；他听见病床铁环在帐杆上滑动，听见太太睡觉的气息……经过瓦松镇时，他瞥见一个男孩坐在沟边的草地上。

"您就是医生吗？"孩子问道。

听了夏尔的回答，孩子提起木鞋，就在前面跑起来。

医生一路上听带路孩子介绍，才知道鲁奥先生算是当地殷实农家。昨天他在邻居家过三王节①，晚上回来摔断了腿。老伴过世已经两年，身边只有一位千金，帮他料理家务。

车辙越来越深。前面就是贝尔托了。男孩钻进一个篱笆窟窿，不见了，然后出现在一个院子的角落，打开栅栏门。马踏着湿漉漉的草地，悄没声息地走去，夏尔低头弯腰，从树枝底下经过。看门狗在窝里汪汪乱叫，链子都扯直了。跨进贝尔托院子时，马一受惊，来了个大闪避。

这是一座看上去不错的庄园。马厩敞开，从门上望去，可以看见几排高大的耕马，安安静静地在新槽里吃草料。肥料沿房子一溜儿排开，上面水汽缭绕。母鸡和火鸡中间，还有五六只孔雀在居高

① 即三王来朝节，又称显现节、主显节。宗教节日，在一月六日。

临下地啄食，那是科州的珍禽。羊舍长长的，谷仓高高的，周边光滑，就像人手一样。车棚里放着两辆大车和四把耕犁，还有马鞭、轭圈和成套马具一应俱全；马具的蓝色羊毛上，沾了些谷仓顶上落下的浮尘。院子的地势越往里越高，间隔均匀地种着树木；池塘旁边，回荡着鹅群的欢叫。

一个年轻女子，身穿三道镶边的美丽奴毛料蓝色长裙，到门口迎接包法利先生，把他领到厨房。厨房里生着旺火，炉子四周大小不等的闷罐里，煮着下人的早饭。灶头烘着几件湿衣。火铲、火钳和风嘴都大得出奇，明晃晃的，像抛光的钢件一般锃亮。沿墙一字儿排开整套炊具，大大小小，映着通红的炉火和窗户透进的曙光。

夏尔上二楼去看病人，只见他在床上，汗淋淋地躺在被子里，睡帽扔得老远。他是个矮胖老头儿，五十岁光景，白皮肤，蓝眼睛，秃脑门，戴耳环。床头一把椅子，上面放着一大瓶烧酒，不时喝一口，给自己打气。可是，一见到医生，打足的气又泄了下去。他骂骂咧咧，闹了一夜，现在却有气无力地呻吟起来。

骨折伤势简单，没任何并发症。夏尔没想到，会这么容易处理。他记起当年老师们在病床边的态度，便拿种种好话宽慰病人。外科医生的抚慰，就像抹手术刀的油一样。为了做夹板，下人到车棚里抱来一捆板条，夏尔挑了一根，截成几段，用碎玻璃片刮光。同时女佣撕开床单做绷带，爱玛小姐则设法缝几个小垫子。父亲嫌她找针线匣找久了，一不耐烦发了脾气，她并不作声；缝的时候，不时扎破手指，便放到嘴里吮吮了事。

夏尔觉得惊讶，爱玛的指甲竟是那样雪白晶莹，指尖纤细，修剪成杏仁状，比迪耶普的象牙还要洁净。可是，她的手并不美，恐怕也不算白，指节略显干瘦，而且太长，线条欠柔，不够丰腴。她美在眼睛；眸子本是褐色，经睫毛衬托，却显得乌黑，向你望过来，毫无顾忌，有一种天真无邪的神情。

包扎完毕，鲁奥先生请医生吃点东西再走。

夏尔下楼来到厅房。两副刀叉，还有几个银杯，摆在一张小桌上。桌子设在一张华盖大床的旁边。床上挂着印花布床幔，上面绘有土耳其人物。屋里闻到鸢尾的清香，以及返潮被服的气味，那是从面窗的橡木立柜里散发出来的。墙角地上，直挺挺地排着几袋小麦。那是谷仓装剩下的。谷仓就在附近，仓口有三级石头台阶。厅房的墙上渗出墙硝，绿色涂料斑斑驳驳；作为装饰，墙壁正中钉子上，挂着一幅炭笔肖像，画的是密涅瓦女神①，镶在镀金框子里，下面用哥特字体写着："献给我亲爱的爸爸。"

话题先是病人，后来扯到天气，扯到严寒，扯到夜里在田野奔跑的狼群。鲁奥小姐在乡间并不开心，尤其是眼下，农庄操持几乎全靠她一人。屋里冷飕飕的，她边吃边打哆嗦。这便稍稍露出她那丰腴的嘴唇；平时不说话时，她有抿起嘴唇的习惯。

白色翻领里，露出她的脖颈。中间分开的黑发，梳得就像两个整块，非常光洁，脑袋正中一条细细的头路，顺着脑袋的弧线，缓缓沉没下去，两边的头发几乎盖住了耳根，拢到后脑勺绾成很大一个发髻，两鬓上方的头发像波浪一样拳曲。这样的发式，乡村医生有生以来，还是头一回见到。她的面颊红扑扑的。上衣的两颗纽扣之间，像男人一样，挂着一副玳瑁单片眼镜。

夏尔上楼，向鲁奥老爹告辞，临行又回到厅房，看见小姐伫立窗前，额头贴着玻璃窗，望着园子里被风刮倒的豆架。她转过身来。

"您找什么东西吗？"她问。

"对不起，找我的马鞭，"夏尔答道。

他开始在床上、门后和椅子下面寻找。马鞭掉在麦袋和墙壁之间的地上，爱玛小姐瞥见了，便朝麦袋俯下身去。夏尔殷勤地赶上

---

① 罗马神话中的智慧女神，相当于希腊神话中的雅典娜。

前，也伸出胳臂，就在两人同时伸手的当口，他觉着自己的前胸，略微碰到了俯在下面的姑娘的后背。爱玛直起腰，涨红了脸，侧身看他一眼，递过牛筋鞭子。

夏尔原说好三天后再来贝尔托，结果第二天就来了。此后每星期来两趟，雷打不动，还不算有时候偶尔造访，仿佛他记错了似的。

其实，一切顺利。鲁奥老爹的伤势，按部就班地好起来。四十六天之后，他已经在偏院独自练习走路了。人们开始对包法利先生刮目相看。鲁奥老爹说，即便是伊沃托的、甚至鲁昂的一流名医，也不见得治得这么好。

夏尔压根没去考虑，自己为什么兴致勃勃地去贝尔托。即便想到这上头，也多半会把自己这份热心，归因于病人伤势严重，说不定还是冲着有利可图。平日工作平淡无奇，难道真的就是为了这些，他才把前往农庄，当成迷人的散心？去的日子，他总是早早起床，跨上坐骑，快马加鞭；到了农庄门前，滚身下马，在草地上擦净鞋子，戴上黑手套，才往里进。每当到了那个院子，感到栅栏门被自己的肩膀顶开，看见公鸡在墙头打鸣，伙计们出来迎他，他就欣喜不已。他喜欢那里的谷仓和马厩，喜欢鲁奥老爹拍着他的手，管他叫救命恩人，喜欢爱玛小姐的小巧木靴，踩在厨房洗净的石板地上，在他面前走动。木靴的高跟把她托高了一些，她一走动，鞋底便飞快掀起，擦到皮质靴帮，嘎嘎直响。

每次送他，她总送到第一级台阶。马还没牵来，她就站在那里。再见已经说过，彼此不再言语。清风裹住她，吹乱颈后初生的细发，或者拂动腰下的围裙带子，小旗般舒卷飞舞。有一次，时逢化冻，院子里树木的皮往外渗水，屋顶的积雪在融化。她站在门口，转去找来小阳伞，撑开来。阳伞是波纹绸做的，晃动的滤光衬托出她白皙的脸蛋。天气暖洋洋的，她在伞底下微笑；雪水一滴又一滴，敲打着绷紧的波纹绸，嘭嘭有声。

夏尔头几次去贝尔托，夫人免不了问问病人的情况，甚至特地为鲁奥先生，在她的复式账簿里，选留了很好的一个空页。等她得知鲁奥先生有个女儿，便多方打听，了解到鲁奥小姐是在圣乌尔苏拉会①修道院上的学，据说受过良好教育，自然懂得跳舞、地理、画画、刺绣，还能弹钢琴。这还了得！

“怪不得每次去见她，”她暗自思忖，“他总是春风满面，总要穿新坎肩，也不怕雨淋坏了！啊！这个女人！这个女人！……”

她本能地不喜欢鲁奥小姐。起先，她含沙射影地出出气，夏尔听不出来；接着故意找碴儿数落他，夏尔怕吵闹，权当没听见；最后她冷不丁骂起来，夏尔无言以对。凭什么还往贝尔托跑？鲁奥先生不是好了吗，何况人家连诊费都没付呢。噢！原来那里有个人儿，有个能说会道、还会刺绣的人，有个女才子。人家爱的就是这个，要的就是城里小姐哟！她接着又往下说：

“鲁奥老头的女儿，一位城里小姐！得了吧！他们家爷爷是放羊的，他们家有个亲戚跟人吵架，出手太狠，差点吃了官司！她用不着那么神气，用不着星期天穿件绸裙去教堂，以为就是女伯爵啦！再说，那个霉老头，去年要不是靠了油菜，只怕是连债都还不清呢！”

夏尔嫌烦，就不去贝尔托了。埃洛伊兹爱情大发作，哭了吻，吻了哭，要他把手放在弥撒书上发誓，说以后再不去了。他听从了。表面上俯首帖耳，内心欲望却要造反。他只好自欺欺人，天真地想，你这道禁令，管得住我去见她，却管不住我去爱她。而且，这寡妇瘦骨嶙峋，牙齿老长，一年四季裹条黑色小披巾，尖角垂在肩胛之间，一把骨头，套上裙袍，就像长剑入鞘；裙袍又太短，露出脚踝和交叉系在灰色袜子上的大皮鞋鞋带。

① 天主教女修会，致力女生教育。

夏尔的母亲不时来看他们。可是婆婆没住上几天，就仿佛在儿媳的影响下，也变得刻薄起来。于是婆媳俩就像两把刀，你一言，我一语，朝他切过来，划过去。他不该吃得那么多！干吗随便来个人，都要拿酒招待？死不肯穿法兰绒，真顽固！

开春时节出了件事，安古镇的一个公证人，也就是迪比克遗孀的财产保管人，搭了顺水船，将事务所的全部钱款席卷而逃。不错，除去六千法郎的船股之外，埃洛伊兹还有在圣弗朗索瓦街的那所房子。可是，这份当初吹得天花乱坠的房产，除了那点家具，几件旧衣服，再没别的在新家露过面。话要说个明白。迪耶普那所房子，其实早已吃空，连打地基的桩子，都给抵押掉了；她在公证人那里存了什么，只有天知道；就是船股也顶多不超过一千埃居①。她先前都是撒谎，好个娘儿们！包法利老爹一怒，把一张椅子照着石板地，摔了个稀巴烂，骂老婆祸害儿子，让这么一匹瘦马套牢了，鞍辔更是不值钱。老两口来到托斯特。话一说穿，就吵起来。埃洛伊兹一把鼻涕一把泪，扑到丈夫怀里，求他护着不受公婆的气。夏尔想替她说两句，父母一怒，扬长而去。

可是，打击已经造成了。过了一个星期，埃洛伊兹在院子里晾衣服，突然咯出一口血来。第二天，夏尔转身要拉上窗帘的当口，她说："啊！天哪！"一声叹息，就不省人事了。她死了！真想不到！

墓地的事一了，夏尔回到家。楼下空无一人，便上到二楼卧室，看见她的衣裙还挂在床头，于是靠着书桌，沉浸在痛苦的梦境。毕竟，她爱过他呀。

---

① 法国旧币。一埃居当时约合五法郎。

3

一天上午，鲁奥老爹给夏尔送来医腿的诊费：七十五法郎，都是四十苏一枚的硬币，外带一只火鸡。他已得知夏尔的遭遇，极力安慰他。

“那滋味，我知道！”他拍着夏尔的肩膀说，“我跟您一样，是过来人！老伴刚死的那会儿，我经常跑到野地里，只想一个人待着；我倒在树底下，又哭又喊，说了上天不少浑话，恨不得像枝丫间的鼹鼠，肚里生蛆，一死了之。一想到人家这会儿正搂着娇妻，好不亲热，我就用棍子拼命敲地，我都快疯了，饭也不吃，一想到上咖啡馆就腻味，您也许不相信。咳，慢慢地，过了一天又一天，冬去春来，夏天过了是秋天，日子就这么一点一点地过去了，离远了，走开了，我的意思是说，沉下去了，因为心底里总还有点什么东西搁在那儿，就像人家说的……沉甸甸的东西，在这儿，在心里！不过，既然我们命当如此，总不能因为死了人，就糟蹋自己，就寻死觅活……您要振作起来，包法利先生。一切都会过去的！来看我们吧，您知道，我女儿常想到您，还说您把她忘了呢。这不，春天快到啦，我们陪您去林子里打兔子，让您散散心。”

夏尔听他劝，又去贝尔托。他发现一切都像昨天一样，就是说，跟五个月以前一样。梨树已经开花。鲁奥老爹如今好利索了，走过来，走过去，给农庄增添了生气。

老头认为，医生心情不好，自己有责任尽可能对他好些。他请他别脱帽，对他轻言细语，倒仿佛他成了病人。甚至于看到没照他的意思预备点清淡的吃食，诸如小罐稀奶油、水煮鲜梨，他还做样子发脾气。他给他讲故事。夏尔禁不住笑出声来；一转念想到亡妻，又满脸阴云，等到端来咖啡，才把那份哀思放到一边。

夏尔慢慢习惯了单身生活，对亡妻的思念也就淡下来。自由自在，这种新的快乐，反而使他觉得孤独好对付了。现在他可以随意改变吃饭的钟点，出门回家用不着说理由；人乏了，就往床上一躺，尽可以摊手摊脚。他自我怜惜，自我照顾，也接受旁人的慰问。再说，妻子去世并没影响医疗业务，整整一个月，大家都在说："这可怜的年轻人！真不幸！"他的名字不胫而走，找他看病的人多起来。还有，如今他去贝尔托，可以随心所欲了。他心里怀着莫名的希望，感到朦胧的幸福。他对着镜子剃胡须，发觉自己的脸色好多了。

有一天，三点钟光景，他到了那里。人都下地了，他走进厨房，起初没看见爱玛；外面的窗板是放下的。板缝里漏进的阳光，在石板地上，形成一道道又长又亮的细线，一碰到家具犄角，就碎了，一颤一颤地跳到天花板上。桌上有几个用过苹果酒的玻璃杯，几只苍蝇顺着往上爬，结果掉在杯底的残酒里，嗡嗡挣扎。亮光从烟囱里钻进来，映在炉板的烟炱上，看上去毛茸茸的，冷却的灰烬也抹上了一层淡蓝的颜色。爱玛在窗户和炉灶之间做针线活，没披围巾，裸露的肩头沁出细细的汗珠。

她按照乡间习俗，请他喝点什么。他不肯喝，她一定要他喝。最后，她笑着提议：就算陪她喝一杯。于是，她从橱柜里找出一瓶陈皮酒，伸手拿到两个小酒杯，一杯斟得满满的，一杯就像没斟。

碰过杯，她端到嘴边喝，但杯里几乎是空的，只好仰起头来喝。只见她脑袋后仰，嘴唇前伸，脖子拉长，她笑自己什么也没喝到，便从两排细齿之间伸出舌尖，一下一下，舔着杯底。

她又坐下，拿起活儿来做，织补一只白线袜。她只顾低头织补，不说话。夏尔也不作声。从门底下钻进来的风，吹拂着石板地面的灰尘。他望着灰尘徐徐移动，只听见自己的太阳穴在怦怦跳动，还有远远一只母鸡，在院子下了蛋的咯咯叫声。爱玛不时用手心冰一冰脸，然后再把手放在柴架的铁球上凉一凉。

她说自从季节变换以来，老是头昏脑涨，问海水浴对她是否有益。她谈起修道院，夏尔则谈起中学，他们有了话说。两人上楼，来到她的卧室。她给他看当年的乐谱和得奖的小书，以及搁在大橱底层的栎叶冠。她还对他谈起她母亲，谈起墓地，甚至指给他看园子里的花坛，说她每月的第一个星期五，总要摘些鲜花，放在母亲的坟头。可是，他们家的花匠，却不明白这是干什么，真是不称心！她真想住城里，哪怕仅仅冬季也好，虽说夏季天气好，白天长，乡下也许更加无聊。——随着话题的不同，她的声音时而清脆尖细，时而突然变得有气无力，拖腔拖调，最后几乎变成喃喃絮语，就像在自言自语。——刚才还欣喜地睁着一双天真的眼睛；过后又眯缝起来，目光中尽是惆怅，不知想到哪里去了。

晚上回到家里，夏尔一句句回味爱玛讲过的话，一边回忆原话，一边琢磨其中的含义，想象他们相识以前，她的生活情形。不过想来想去，想象中的爱玛，不是初次见面的模样，就是刚才见面的模样。接着，他又寻思，她以后会怎么样，会嫁人吗，嫁谁呢？唉！鲁奥老爹有的是钱，而她！……又是那么漂亮！爱玛的面孔一直在他眼前晃来晃去，有个像陀螺的嗡嗡声一样单调的声音，在他耳边嗡嗡响着："你结婚就好了，咳！你结婚就好了！"夜里，他睡不着，喉咙发紧，口渴得很，便起床去罐子那儿喝水。他打开窗户，满天星斗，一阵暖风吹来，远处传来狗吠。他朝贝尔托那边转过脸去。

夏尔想，反正又没什么风险，决计一有机会就提出来；可是每次机会来了，又怕话说不好，嘴巴就像粘住了似的。

女儿在家起不了什么作用，一旦跟人远走高飞了，鲁奥老爹并不会生气。他心里不怪女儿，觉得她有才情，种地实在是委屈了她。种地是老天都不齿的行当，要不怎么从没见过刨地刨出个百万富翁来？老头子种地不但没发财，反而年年赔本。他做生意还有一手，喜欢耍耍花招；至于老老实实种地，以及农庄的内部管理，他是最不相宜的了。他喜欢游手好闲，过日子毫不节省，衣食住样样考究。他喜欢浓苹果酒、烤得嫩而带血的羊腿、兑得很匀的美酒咖啡。他单独在厨房用饭，面对炉火，小桌上样样都摆好，由下人端到面前，就像在戏台上一样。

他看出，夏尔到了女儿跟前就脸红，这意味着不出几天，他准会来求亲，所以预先把事情掂量了一遍。他嫌夏尔个子矮了一点，不是他理想的女婿；不过，大家都说他品行端正，生活节俭，很有学问，大抵是不会太计较陪嫁的。而鲁奥老爹欠着泥瓦匠和马具商不少钱，压榨机的大轴还要换新，眼看就得把他的田产卖掉二十二法亩①不可了。

“他来求亲，”他对自己说，“我就答应。”

圣米迦勒节②到了，夏尔来贝尔托住了三天。最后一天像前两天一样，时间一刻钟一刻钟地过去了。鲁奥老爹送他一程，他们走的是一条低洼的路，眼看就要分手了。是时候了。一直走到篱笆拐角，夏尔才豁出去。最后，拐角都过了。

“鲁奥老伯，”他低声说，“有件事想跟您说说。”

---

① 二十二法亩约合十一公顷。

② 基督教节日，定在九月二十九日，纪念天使长米迦勒。

两个人都站住了，夏尔却不作声。

“有话就说嘛！还有我不知道的事吗？”鲁奥老爹笑呵呵地说道。

“鲁奥老伯……鲁奥老伯……”夏尔吞吞吐吐。

“我嘛，是正中下怀，”农庄主接着道，“小女大概跟我是一样的意思吧，不过总得问问她的想法才是。好啦，不送您啦，我这就转去。要是事情成了，您听明白，您就不必又进屋了，一则防人口舌，二则会弄得她太尴尬。不过，为了不让您等得心焦，我会把窗板打开，贴到墙壁，您从篱笆上探过头，打后面就能看见。”

鲁奥老爹去了。

夏尔把马拴在树上，跑到小径上，站在那里等。半个钟头过去了。他看着表，又过了十九分钟。突然，墙壁“砰”的一声响，窗板打开了，搭扣还在抖动呢。

第二天，才九点钟，他就到了农庄。爱玛见他进门，脸都红了，碍着面子，还是笑了笑。鲁奥老爹拥抱了未来的女婿。又谈起了婚事的安排，时间上还算宽绰，因为按情理，办喜事要等到夏尔服丧期满，就是说，要等到来年开春呢。

冬天在期待中度过了。鲁奥小姐忙着置办嫁妆。有些是在鲁昂定做；至于衬衣和睡帽，她就照着借来的时装图样自己做。只要夏尔来农庄，他们就谈婚礼的筹划，商量在哪间屋里摆酒席，该上多少道菜，有哪几道主菜。

爱玛别出心裁，想在半夜举行火炬婚礼。可是，这个想法，鲁奥老爹觉得实在不可理喻。婚礼举行了，来了四十三位客人，喜酒吃了十六个小时，第二天又接着吃，这么闹了好几天。

4

客人们一早就到了，乘的马车五花八门：有单马大车、双轮座车、旧式无篷轻便车、带皮帘的运货车。邻近村子里的年轻人，一排排站在大车里，手扶栏杆以免跌倒，因为马一奔跑，车颠得厉害。有的从十法里外的戈代镇、诺曼镇和卡尼赶来。两家的亲戚都邀遍了；不睦的旧友，重归于好；久违的故人，也都发了帖子。

篱笆外面不时传来鞭子声，栅栏门随即打开，一挂大车驶了进来，直奔台阶第一级，猛地刹住，上面的人从四面跳下来，揉膝盖的揉膝盖，伸胳膊的伸胳膊。女宾们头戴软帽，身穿城里款式的长裙，挂着金表链，披肩下摆交叉掖在腰间；有的围着色彩鲜艳的头巾，背后用别针别住，露出后面的脖颈。男孩都穿得跟他们的父亲一样，一身新衣裳倒像添了些拘束（好些孩子这天是生平头一回穿靴子）。他们旁边，不声不响站着个十五六岁的姑娘，多半是他们的表姐或姐姐，高挑个儿，身上穿着初领圣体时穿过的白色连衣裙，这次为了吃喜酒放长了，脸红红的，人呆呆的，头发上抹了厚厚一层玫瑰香膏，直怕弄脏了手套。马夫不够，好几辆车等着卸套，男宾们便挽起袖子，亲自动手。来宾依各自的不同身份，或穿大礼服、燕尾服，或穿小礼服、短外套——讲究的大礼服，全家上下敬重，不逢大典轻易不从衣橱里请出；燕尾服燕尾长垂，随风飘拂，围领挺拔，衣袋格外地大；短外套是粗呢的，通常配顶铜箍帽檐的帽子；小礼服很短，背后缀两颗扣子，靠得很近，像一双眼睛，下摆像是一整块料子用木匠斧子劈开的。还有几个人（当然只配坐末席了），穿着工作礼服，就是说，领子翻在肩上，背后打着细褶，低低地束一根缝制的腰带。

衬衣在胸前挺起来，就像铠甲一样！人人都新理了发，露出了耳朵，胡子刮得精光。甚至有几位，天不亮就起床，刮胡子看不清，不是鼻子底下划了几道斜口子，就是沿上下颌剃掉一块皮，三法郎硬币大小，路上让风一吹，那喜气洋洋、白白净净的大脸盘，仿佛大理石，添上了小片小片的玫瑰红。

乡公所离农庄半法里路，大家步行前往；教堂仪式完毕以后，又步行回来。起初，队伍整整齐齐，在绿油油的小麦之间，顺着田里蜿蜒的小径，迤逦前行，宛如一条彩带；不一会儿便拉长了，三三两两，步履款款，且聊且走。乡村乐师走在头里，小提琴的涡形琴头上扎着彩带，随后是新郎新娘，再后是随意结伴的亲友，最后是孩子们，边走边玩，不是掐下燕麦茎端的小花，就是躲着大人闹着玩儿。爱玛的裙子太长，下摆有点拖地，她不时停下，往上提一提，用戴手套的手指，轻轻摘去草叶和刺果。夏尔垂着手，站住等她。鲁奥老爹头戴崭新缎帽，黑色大礼服的袖口直盖到指尖，老包法利夫人挽着他的胳膊。至于老包法利先生，打心底里瞧不起这帮人，来时只穿了件军装式样的单排扣礼服，一路上只顾对一个金发的乡下女子大献殷勤，说些小咖啡馆流行的甜言蜜语。那年轻女人频频点头，脸涨得通红，不知说什么好。别的贺客，各谈各的事，要不就在背后彼此捣鬼，先自乐了起来。若是留神，就会听见乐师在继续拉琴，咯吱咯吱的琴声在田野回荡。他发现大家拉远了，就停住脚步，喘口气，一个劲儿地给琴弦擦松香，让弦线发声响亮些，然后又举步前行，琴柄和着拍子，俯俯仰仰，琴声惊起小鸟，远远飞去。

喜宴摆在车棚里。上的菜肴有四大盘牛排、六大盘烩鸡块、炖牛肉、三只羊腿，当中是一头油亮的烤乳猪，边上配了四根酸模香肠。角上摆了几大瓶烧酒。一瓶瓶甜苹果酒，塞子周围直冒厚沫，所有酒杯先就斟满了。那几大盘黄澄澄的奶酪，桌子稍一动就晃荡不止，平滑的表面上，草书写着新人姓名起首字母的花体字。从伊沃托请了位糕点师傅，来做圆馅饼和果仁糕。这位师傅在这儿初次出手，做起来格外卖力气；用餐后甜食的时候，亲自端出一盘塔式大蛋糕，博得一片喝彩。底层先用方方正正的蓝色硬纸板，搭成有门廊有圆柱的神庙，四周神龛里，塑着小神像，上面撒了纸剪的金星；第二层是萨瓦蛋糕做的城堡主塔，周围是白芷、杏仁、葡萄干和橘瓣拼成的缩微要塞；最上面是一片绿茵草地，有假山，有果酱湖泊，榛子壳做的小船，一个荡秋千的小爱神，秋千架是巧克力做的，两边柱头上各插一朵含苞待放的真玫瑰。

喜酒一直吃到晚上。大家坐乏了，就到院子里走动走动，或者到谷仓玩一局打瓶塞①，然后又回到餐桌边。吃到最后，有几个人睡着了，打起鼾来。不过咖啡一上来，又都来了精神，有的唱歌，有的露绝活，有的举重，有的钻大拇指②，有人要扛大车，还有人说荤话，搂着女宾亲嘴。马吃足了燕麦，吃得鼻孔里都是，晚上动身的时候，横竖不肯套车，又是踢，又是跳，把辔头都挣断了，主人骂的骂，笑的笑。月光如水，彻夜都有马车在乡间大路上狂奔，蹦排水沟，跳石子堆，碰上陡坡爬不动；女人们把身子探出车门想抓住

① 瓶塞上放置下注钱币，用东西从远处甩击，使钱币掉下来归己。

② 平伸大拇指，自己从底下钻过去。

缰绳。

留在贝尔托的人，在厨房里饮酒过夜，孩子们钻到板凳底下睡着了。

新娘子事先央求父亲，劝客人们免去闹洞房的旧俗。不料表亲中有个鱼贩子（此人甚至带来一对比目鱼作贺礼），用嘴对着锁孔要往新房里喷水。幸好鲁奥老爹及时赶到，极力劝阻，说他女婿是有身份的人，不能这样闹。经他好说歹说，那位亲戚才勉强依了，但心里恨鲁奥老爹自以为了不起，便溜到一个角落，跟四五个客人沆瀣一气。那几个人碰巧在酒席上连续几次吃到部位不佳的肉，觉得主人对他们招待不周，便在一起嘀嘀咕咕，话里带刺，咒他败家。

老包法利夫人一天没张口。儿媳的打扮、酒席的安排，统统没征求她的意见，她老早就退席了。她丈夫非但没跟她走，反而差人去圣维克托买来雪茄，一直抽到天亮，还拿樱桃酒兑热糖水、烈酒喝。这样调酒，在场的人都没见过，于是越发敬重他。

夏尔生性不善幽默，在婚礼上的表现并不出色。席间从上汤那会儿起，客人们照例要对新郎说些玩笑话、俏皮话、双关话、恭维话和荤话，他只能勉强招架。

可是第二天，他仿佛变了个人，大家觉得他成了昨天的新娘；真正的新娘子反倒不露声色，讳莫如深，连最爱捣蛋的那几个人也噤若寒蝉。见她打身旁走过时，他们心情十分紧张，只能望着她看。而夏尔呢，什么都不瞒人，管她叫“夫人”，跟她说起话来亲亲热热，逢人问她，到处找她，时不时把她拉到院子里。大家远远望去，只见树丛之间，他搂着她的腰，继续前行，俯身把头凑过去，把她的胸衣都蹭皱了。

婚礼后两天，新婚夫妇离去，夏尔由于病人的缘故，不便久留。鲁奥老爹让他们坐他的车走，并亲自送到瓦松镇，最后一次吻别女儿，跳下车，便往回走。走了百十来步，他站住了，目送马车远去，车轱辘在飞扬的尘土中转动，不禁长长叹了一口气。这时，他想起自己结婚的情形；想起逝去的岁月，想起妻子的初次怀孕。那天，他也欢天喜地，他从岳丈家接回新娘子，让她骑在自己身后，策马踏雪而行，当时临近圣诞节，田野白雪皑皑。新娘子一只胳膊搂住他，另一只胳膊挎着篮子；风吹动她头上科州式帽子的花边飘带，不时拂到他嘴上；他一回头，就见金色帽檐下，她那红扑扑的小脸蛋，依偎在他的肩头，默默地微笑。她不时把手伸进他的怀里，暖暖手指。这一切竟恍若隔世！他们的儿子要是活到今天，也该有三十岁了！鲁奥老爹不由得朝后望望，路上一无所有。他觉得自己像是一座人去楼空的旧宅，好不凄凉！热气腾腾的酒菜，早已冲昏头脑，现在又添上动情的回忆和惆怅的感慨。有一会儿，他真想到教堂那边①去走一走，但又怕去了会愁上加愁，便径直回了家。

六点钟光景，夏尔夫妇回到了托斯特，左邻右舍都凑到窗前，要看看他们这位医生的新娘子。

老女佣上前见了礼，带着歉意地说晚饭还没准备好，请少奶奶先熟悉一下她的家。

① 指教堂旁边的墓地。

5

房子正面，一式砖墙，正好临街，或者不如说紧靠大路。门背后挂着一件小翻领外套、一副马笼头、一顶黑皮帽；角落地上，扔了一副皮绑腿，上面沾了一层干泥。右首是厅房，就是说，饮食起居的地方。鹅黄色糊墙纸，上方有一道淡花，由于底布没有铺平，整块都是颤巍巍的；窗口交错挂着红边白布帘；窄窄的壁炉框上，放着一个雕有希波克拉底①头像的座钟，明光闪闪的，两侧各有一盏包银烛台，扣在椭圆罩子里。过道对面是夏尔的诊室，一间六步来宽的小屋，里面有一张桌子、三把椅子和一把扶手椅。一个六层的松木书架，几乎让一套多卷本的《医学辞典》摆满了。辞典的书页还没裁开②，但几经转手，装订已经受损。看病的时候，闻得到隔壁黄油作料的气味，而在厨房里，同样听得见病人咳嗽、讲述病情。再往里，正对院子和马厩，是个年久失修的大屋子，现在当作柴房、库房、堆房，里面有个炉子，不少破铜烂铁、空酒桶、废农具，以

① 希腊著名医学家，生于公元前460年。

② 法国有些新书，书边故意不切，读者阅读时逐页裁开。

及许多灰扑扑猜不透用场的东西。

长方形的花园，夹在两堵土墙之间。贴墙种着果实累累的成排杏树；尽头一道荆棘篱笆，外面就是田野了。花园中央，砖砌的底座上，有个青石日晷。四畦疏落的犬蔷薇，布局对称，围着一方更为实用的菜地，花园尽头，云杉掩映之下，有一尊神甫读经的石膏像。

爱玛去看楼上的房间。第一间没摆家具。第二间是夫妻卧室，靠里有一张床，桃花心木做的，挂着红色帏幔。五斗柜上，作为装饰品，摆一个贝壳盒子；书桌靠窗，上面一个玻璃瓶里，插了一束白缎带系住的橘花。这是新娘花束，前头那位的花！爱玛看了一眼。夏尔注意到了，拿走放到阁楼上。爱玛坐在一把扶手椅里（她带来的东西就在旁边），不禁想到她装在纸盒里的新婚花束，浮想联翩地自问，万一哪天她死了，这花又会怎样。

开头几天，她尽琢磨改动家里的布置。她取下烛台的罩子，着人糊上了新墙纸，楼梯也油漆一新；花园日晷四周新设了几条板凳，她甚至于打听如何修建一个喷水鱼池。丈夫知道她爱乘车兜风，便买了一辆旧马车，换上新车灯和凸纹革挡泥板，俨然像一辆英国式双座轻便马车。

夏尔沉浸在幸福之中，活在世上无忧无虑。夫妻对面用餐，傍晚大路散步，爱玛伸手整发的样子，她挂在窗户插销上的草帽映入他的眼帘，还有许多他过去从来没有兴致的事情，现在都源源不断地给他带来幸福。早晨，并肩共枕，他凝视阳光映照着她金色面颊上的汗毛，睡帽的花边半掩着她的脸。这样近地看去，他觉得她的眼睛显得更大，尤其是在她刚睡醒，一连几次睁开眼睑的时候，她的眸子，在暗处看是黑色的，在亮处看是深蓝的，仿佛有多个层次的颜色，越往里越深，靠近表面就又浅又亮。他的目光潜入这对眼眸的深处，看见里面有个小我，仅到肩头为止，有包头帕子和敞开的衬衣领口。他起了身。她来到窗口目送他出门，用肘支着窗台，伫立于两盆天竺葵之间，晨衣宽松地披在身上。夏尔在街上，蹬着界石扣紧马刺；她在楼上继续朝他说话，用嘴叼一片花瓣或绿叶，向他吹去。就见它鸟儿似的，时而翻飞，时而滑翔，在空中划出一个个圆弧，先沾到伫立门口的白色老马乱蓬蓬的鬃毛上，停了停，再落到地上。夏尔跨上马背，送她一个飞吻；她摆摆手，关上窗户。他走了。他有时走大路，大路上尘土飞扬，长带似的了无尽头；有时走小路，小路地势低洼，绿荫如盖；也有时走田埂，田埂边麦苗及膝。朝阳照在他的肩上，鼻孔吸着清晨的空气，心中充满昨夜的欢愉，精神宁静，肉体满足，他品味着自己的幸福，就像有些人饭后还在回味肚子里块菰的滋味。

在这以前，他的生活何曾有过称心如意的时光？中学时期吗？那时候，闷在高高的围墙里，形单影只，班上的同学不是比他有钱，就是学习比他棒。他们取笑他的口音，奚落他的穿戴；他们的母亲来到会客室，手笼里还带着点心。那么后来学医的时候呢？那时囊中羞涩，请个小女工跳舞都请不起，本来可以做情人的。后来他跟那寡妇一起过了一年又两个月，床上她那双脚就像冰块一样凉。而现在呢？他心爱的这个美人儿，一辈子都是他的了。在他心目中，天地之大，大不过她的罗裙的幅员；他责备自己对她爱得不够，便想见到她；于是便匆匆赶回家，上楼时心怦怦直跳。爱玛正坐在房里梳妆，他悄悄走过去，在她后背上给个吻，惊得她叫出声来。

他情不自禁，老是去抚摸她的梳子、她的戒指、她的头巾，有时候，他张开嘴，重重地吻她的脸蛋，要不然就顺着她裸露的手臂，一路小吻，从指尖一直吻到肩头，而她只好半嗔半笑地把他推开，就像对待一个缠住你不放的孩子。

爱玛呢，结婚以前，自以为就有了爱情，可是，本应由这爱情生出的幸福，却不见来。她想，莫非自己搞错了。欢愉、激情、陶醉这些字眼，当初在书本中读来，是那般美好，而在生活中究竟指的是什么呢？她渴望知道。

6

她读过《保尔与薇吉妮》①，梦见过小竹屋、黑人多曼戈和小狗菲代勒。特别是有个好心的小哥哥，他友好温存，爬上比钟楼还高的大树，给你摘红果，要么赤着脚在沙滩上跑去给你捧来一个鸟窝。

十三岁上，父亲送她进修道院，亲自带她进城。他们投宿圣热尔维区一家客店，晚餐用的盘子上，画着德·拉瓦利埃贵妃②的故事。带有传奇色彩的说明文字，经不起餐刀划来划去，已经有些斑斑驳驳，无不赞美宗教，赞美心灵高尚，以及宫廷的辉煌。

她在修道院，起初不但不嫌沉闷乏味，反而乐意和修女们相处。修女们为了让她开心，领她穿过一条长廊，走出餐厅，去看小教堂。课间休息时，她很少去玩。她熟悉教理问答，助理神甫每次提问，难题总是她来回答。就这样，她足不出户，终日生活在教室的温暾

① 法国作家贝尔纳丹·德·圣皮埃尔的小说，出版于1787年。保尔和薇吉妮从小青梅竹马，生活在一座海岛上，与黑人多曼戈和小狗菲代勒为伴。

② 德·拉瓦利埃（1644-1710），路易十四的宠妃，后退居修道院。

气氛里，置身于这些佩戴铜十字架念珠、脸色苍白的女人中间；祭台的烟香、圣水的清冽和蜡烛的光亮，有着那种神秘作用，她渐渐变得懒散了。她不听弥撒，只看书本上天蓝色框子里的圣画；她喜欢害病的羔羊①、利箭射穿的圣心，以及背负十字架倒在路上的可怜耶稣。为了苦修，她试过一整天不吃饭。她还左思右想，今后要了一个什么样的愿。

临到忏悔，她总要编些轻微的过失，好在那里多待一会儿，她跪在暗影里，双手合十，脸贴着栅栏，教士在一边低声絮语。讲道中一再提到的比喻，诸如未婚夫、丈夫、天国情人、永恒婚姻，常在她的灵魂深处唤起意想不到的柔情。

黄昏做晚祷之前，要在自修室里读宗教书籍。星期一到星期六，不是读圣史纲要，就是读弗雷西努斯②院长的《讲演录》；星期天则读几段《基督教真谛》③，作为调剂。浪漫主义忧伤的哀诉，跟今生、来世的呼唤遥相呼应，其声朗朗，爱玛头几回听得多么入神！大自然充满诗意的感染，往往靠作家传递给我们；爱玛若是在闹市店铺的后间度过童年，也许她更易受到这种感染。可是，她太熟悉乡村了，太熟悉羊群的叫唤，太熟悉乳品和耕犁。不过，正因为她看惯了静景，所以要转过来追求动感。她爱大海，是因为大海有惊涛骇浪；她爱绿地，爱的只是它们点缀于断壁残垣。一切事物，都得让她从中得益。凡是不能立刻满足她心灵需要的，她都视为无用，弃置不顾。多愁善感是她的天性，远在艺术爱好之上，她要的是情，而不是景。

有个老姑娘，每月来修道院做一个星期的针线活。她是大革命

① 喻有罪之人。

② 弗雷西努斯（1765–1841），法国宗教活动家。

③ 法国浪漫主义作家夏多布里昂的作品（1802）。

时期破落的贵族世家的后裔，有大主教庇护，所以在餐厅和修女们同桌吃饭，饭后与她们闲聊一会儿，再上楼做活儿。寄宿的姑娘们常溜出自修室去看她。她还记得上个世纪的一些情歌，常常一边引针走线，一边轻轻哼唱。她讲故事，讲新闻，帮你进城办事，围裙兜里总有一本小说，私下借给大女孩们看，而她自己，也抓住干活的间隙，一章一章如饥似渴地读。书上写的，无非是两情相悦、情男情女、晕倒孤楼的落难贵妇、站站遇害的驿夫、页页倒毙的马匹、幽暗的森林、躁动的内心、山盟海誓、哭哭啼啼、眼泪与吻、月下扁舟、林中夜莺，爷们个个勇猛如雄狮，温驯似羔羊，人品盖世，衣冠楚楚，哭起来泪如泉涌。就这样，爱玛十五岁的时候，有半年时间手上沾着旧式租书店的灰尘。后来她读司各特①的小说，迷上了历史风物，梦见过雕花衣柜、警卫大厅和行吟诗人。她真想生活在一座古老的小城堡里，就像那些身穿长腰紧身胸衣的城堡女主人，整天待在三叶形尖顶拱门下，胳膊肘撑着石栏，手托下巴，遥望一位白翎骑士、跨着一匹黑马，从田野远处疾驰而来。那时，她崇拜玛丽·斯图亚特②，对那些名媛难妇，怀着热忱的敬意。在她看来，贞德③、埃罗伊兹④、阿涅丝·索雷尔⑤、美人费罗尼埃⑥和克莱芒丝·伊索尔⑦，她们一个个超群出众，彗星一般，划过历史的漫漫长

① 瓦尔特·司各特（1771–1832），苏格兰浪漫主义历史小说家。

② 玛丽·斯图亚特（1542–1587），苏格兰女王，信奉天主教，新教执政后囚禁二十年被杀。

③ 贞德（1412–1431），法国抗英女英雄。

④ 埃罗伊兹（1101–1164），法国学者阿伯拉尔的女学生，两人私自结婚，遭家庭反对，埃罗伊兹入修道院，后任院长。

⑤ 阿涅丝·索雷尔（1422–1450），法王查理七世的情妇。

⑥ 法王弗兰西斯一世的情妇。

⑦ 十四世纪法国南方贵妇、诗人，据说她创立了欧洲最早的诗会。

夜，而圣路易和他的橡树①、临死的巴亚尔②、路易十一③的某些暴行、圣巴托罗缪惨案④、那个贝阿恩人⑤的翎饰，还有彩绘餐盘上所歌颂，不由人不想起的路易十四，这些人和事虽然也在历史的太空闪现，但是七零八落，彼此之间互不相干，因而更深地沉入了黑暗之中。

音乐课上唱的抒情歌曲，不外乎金翼小天使、圣母马利亚、滨海的泻湖和威尼斯船夫，这些恬静之作，格调稚拙，音调失当，让爱玛隐约觑见了光怪陆离而又十分诱人的感情世界。有几个同学把配有诗文的纪念画册带到修道院来，那是她们收到的新年礼物。这种画册必须藏好；一旦查出来，非同小可；只能在寝室里翻阅。爱玛小心翼翼，翻开精美的锦缎封面，就见每幅作品下面签署有陌生作者的名字，往往不是伯爵，就是子爵，直看得她眼花缭乱。

她战战兢兢，吹开画上的绢纸，绢纸掀起一半，轻轻落到旁边的页面上。画面上是个身披短斗篷的小伙子，在阳台栏杆后面，紧紧搂着一个身穿白裙、腰系钱袋的少女。也有英国贵妇的佚名肖像，一式金色鬈发，戴着圆草帽，一对明亮的大眼睛凝视着你。有的贵妇舒坦地斜靠在马车里，在大花园里兜风，车马前面有一条猎兔犬在跳跃，两个白裤小僮驾着车。有的贵妇坐在沙发里，旁边一封拆开的情书，遥望窗外明月，凝眸遐想；窗户半开，另一半垂着黑幔。天真烂漫的女子，脸上挂着一滴泪珠，隔着哥特式鸟笼的细杆，跟

---

① 圣路易（1214-1270），即法王路易九世，传说他在橡树下审案。

② 巴亚尔（1476-1524），法国英雄。

③ 路易十一（1423-1483），法国国王。

④ 查理九世下诏，一五七二年八月二十四日（圣巴托罗缪节）凌晨，巴黎新教胡格诺派惨遭屠杀。

⑤ 指法王亨利四世（1553-1610），他是法国西南部贝阿恩人。一次作战之前，他叮嘱部下，若丢了军旗，则向他的翎饰靠拢。

一只斑鸠，你啄我，我吻你；要不然就是笑吟吟地侧着头，勾起翘头鞋似的尖尖手指，一片一片地掰下雏菊的花瓣。哦，你们也在这儿，手持长烟斗的苏丹①，在花棚底下忘情地靠在印度舞姬的怀抱里；还有异教徒、土耳其弯刀、希腊软帽，还有你们，受人热情讴歌的胜地，你们那苍茫的风景画上，往往同时有棕榈和冷杉，右边几只老虎，左边一头狮子，天边耸立着鞑靼寺院的尖顶，近景却是古罗马的废墟，以及几匹蹲下的骆驼；——这一切框在一片雨后的原始森林里，一大束阳光直泻而下，在水面荡漾，而青灰色的湖面，由近及远，露出道道白痕，那是几只划水的天鹅。

挂在墙上的煤油灯，就在爱玛的上方，灯罩聚下光来，照亮这上流社会的画卷，一幅幅展现在她眼前；寝室里静悄悄的，远处传来辚辚的车轮声，那是迟迟未收的出租马车，还在街上行驶。

母亲去世的头几天，爱玛哭得很伤心。她请人用已故母亲的头发做成一幅悼念画；又往贝尔托寄了一封家信，满纸人生辛酸，还要求日后把她也埋在母亲坟里。老头子以为她病了，前来看她。人生灰暗难得有理想，凡夫俗子永远无法企及，而她一下就达到了这种境界，想一想不免暗自得意。于是，她听任自己随着拉马丁②的百转柔肠，顺流而下，聆听湖上的竖琴、天鹅之死的绝唱，以及败叶沙沙飘落、贞女袅袅升天，天父的声音在幽谷回荡。她厌倦了，却又不肯承认，先靠习惯，后靠虚荣心，才得以撑持下来，终于感到心境平复了，心里没有忧伤，就像额头没有皱纹一样，连她自己也大吃一惊。

修女们本来以为，鲁奥小姐容易接受神的感召，如今却发现，

---

① 伊斯兰地区某些首脑。

② 拉马丁（1790-1869），法国浪漫主义诗人，他的《湖》诗尤为著名。

她似乎辜负了她们的关怀，不禁万分惊讶。她们确实在她身上尽了心，一再要她参加日课、静修、九日祈祷和听讲布道，要她崇敬先圣先烈，劝她克制肉体拯救灵魂。可是她像马一样，缰绳被人拉着，岂料她猛然停步，马衔便从嘴里滑了出来。这姑娘思想奔放热情，但又讲究实际，她爱教堂是爱里面的鲜花，爱音乐是爱里面的浪漫歌词，爱文学是爱里面的情感刺激；面对信仰的神秘古奥，她反抗了，对院规也越来越反感，因为院规跟她的天性格格不入。所以，当她父亲把她接出来时，大家并不惋惜。院长甚至觉得，她在最后这段时间，不把修道院放在眼里。

爱玛回到家里，起初还乐于管管下人，不久就觉得乡村乏味，反倒怀念起修道院来了。夏尔头一次来贝尔托，正是她万念俱灰，无所用心，无所感受的时候。

但是，对新生活的热切渴望，或者也许是这个男子的出现引起的刺激，足以使她相信，她终于得到了那种妙不可言的爱情。在这以前，爱情仿佛是一只粉红色羽毛的大鸟，只在充满诗意的绚丽天空翱翔；现在呢，她简直不能想象，这种平平静静，竟然就是她梦寐以求的幸福。

7

有时她想，现在毕竟是她一生中最美好的时日，就是所谓的蜜月。要领略蜜月的甜蜜，也许应该去那些名字最响亮的地方，消磨更为美妙悠闲的新婚时光！人坐在驿车上，蓝绸子车帘里，爬着陡峭的山路，缓缓驶去，听驭手的歌声在层峦叠嶂间回荡，应和着山羊的铃声和飞瀑低沉的喧嚣。夕阳西下，站在海湾边上，闻着柠檬树的芳香；而后夜幕降临，只有他们两个人，逗留在别墅的露台上，四只手握在一起，一边眺望璀璨星空，一边计划着未来。在她看来，世界上似乎只有某些地方才出产幸福，幸福就像某种植物，只适宜于特定的土壤，换了地方就长不好。她怎么就不能在一座瑞士山间木屋的阳台上凭栏，或者把她的愁思关在一所苏格兰的农舍里，身边的丈夫穿着长尾垂的青绒燕尾服，足蹬软皮靴，头戴尖顶帽，手上戴着长筒手套！

也许她希望对某个人倾吐这些心声。可是这种苦恼，捉摸不定，像云那般变幻，像风那般飞舞，在人前怎么说得清楚？她找不到适当的字眼，也没有这种机会和勇气。

然而，假如夏尔是个有心人，假如他想到了，要么看穿了她的心思，哪怕就只有一次，她觉得，千言万语就会滔滔不绝地从她心里涌流出来，一如墙边树上熟透的累累果实，手一探就会纷纷掉落一样。可是他们两个人，生活上越是亲近，她的心却离他越远了。

夏尔的谈吐就像街上的人行道那样平板，人云亦云的见解说来说去，恰似过往行人，衣着普普通通，引不起人的半点激情、笑意或遐想。据他自己说，当初住在鲁昂的时候，从没起过好奇心，去戏院看看巴黎来的演员。他不会游泳，不会击剑，不会放枪。有一天，爱玛在一本小说里，遇到个骑马的术语问他，他竟解释不了。

而一个男人，难道不应该无所不知，多才多艺，启迪你领会激情的力量、生活的情趣和种种奥妙吗？可是他这个人，什么也不能教你，什么也不知道，什么也不希冀。他以为她快乐，而她恨他的，正是他这种安之若素的平静，这种心安理得的迟钝，甚至恨自己给他的幸福。

爱玛有时画画。这时夏尔就站在旁边，觉得十分好玩，看她俯向画夹，眨动眼睛，斟酌她的作品，要不然就拿点面包心子，用大拇指搓成小圆球①。至于钢琴，她的手指弹得越快，他就越是惊叹不已。爱玛稳稳地叩击琴键，高高低低，弹遍整个键盘，停也不停。那架老掉牙的钢琴，钢丝虽已走调，经她这么一弹，窗户若是开着，连村头也听得真切；执达吏的书记员，没戴帽子，穿着便鞋，手拿公文从大路上经过，常常驻足倾听。

另一方面，爱玛很会管家。她把诊治账单寄给病人时，总要写一封信，措辞委婉，叫人不觉得是在催账。星期天，有邻居来家里吃饭，她总有办法弄出一道别致的菜来，还会用葡萄叶垫底，把李子码得高高的像金字塔，把果酱罐倒扣在盘子上端出来。她甚至于说起，要为餐后用甜点买几个漱口杯。凡此种种，博得了人们对包

① 用作橡皮。

法利的莫大尊重。

夏尔有了这样一位太太，最终也不免自命不凡了。爱玛有两小幅铅笔速写，他配上宽宽的框子，用长长的绿线挂在厅房的墙上，扬扬得意地指给人看。大家做完弥撒回来，经常看见他穿一双漂亮的绒绣拖鞋，站在门口。

他每天回家很晚，常常十点钟，有时半夜，一到家就要东西吃，女佣已经睡下，便由爱玛伺候。为了吃得自在，他脱掉外衣。他一五一十地讲起自己见过的人、到过的村庄和开出的药方，一副怡然自得的样子；他吃完剩下的洋葱烧牛肉，再切吃一点奶酪，又啃掉一个苹果，把长颈大肚瓶喝个精光，然后便上床，仰面一躺，打起鼾来。

他多年的习惯是戴睡帽，现在的包头帕子在耳朵边却系不住，一到早晨，头发就会乱蓬蓬地搭在脸上，加上枕头带子系的结夜里又松了，羽绒把头发都沾白了。他总穿一双结实的靴子，从脚背到脚踝有两道斜斜的厚褶，靴筒笔直向上，紧绷绷的，就像是楦头在撑着。他说，在乡下，这就够不错了。

他母亲赞成他这样节俭。她像过去一样，家里吵得凶了点，就来看儿子。但是，包法利老太太对儿媳似乎有成见，觉得她大手大脚，跟他们的家境不相称；柴呀，糖呀，蜡烛呀，用得那样费，就像大户人家似的，厨房灶里烧的木炭，足够做二十五个菜！她替儿媳整理衣柜，教她把上门送货的肉商盯紧点。这些教诲爱玛只好听着，老太太唠叨个没完。婆媳俩整天媳妇呀，妈呀叫来叫去，嘴唇却不免有些哆嗦，双方说的话都很委婉，但颤颤的声音却透着怒气。

迪比克夫人那会儿，觉得儿子是向着她的。如今呢，夏尔对爱玛的恩爱，在她看来，不啻是对她的慈爱的辜负，是对属于她的感情的侵犯。她伤心地默默注视着儿子的幸福，就像一个破了产的人，隔着玻璃窗，看别人坐在自己的老屋里吃饭。她用回忆往事的方式，向儿子诉说她所付出的辛苦和所做出的牺牲，而爱玛却是那样不关痛痒，相形之下，他把全部感情倾注在爱玛一人身上，是有悖情理的。

夏尔无言以对，他敬重母亲，深爱妻子。他觉得她们俩的看法，一个句句在理，一个无可非议。老太太一走，他怯生生地试着把从母亲那里听到的一两条最无关紧要的意见，原原本本说给爱玛听。爱玛一句话就证明是他弄错了，打发他去看病人。

然而，爱玛根据自以为正确的理论，还是想让自己得到爱情的。明月皎洁的夜晚，她常常在花园里，吟咏她所记得的情诗，或者一面叹息，一面给他唱忧伤的柔板小调。可是她过后发现，自己仍同吟唱之前一样平静；夏尔呢，也看不出增添了一分爱情或激动。

就这样，她在自己心灵上敲了一阵打火石，却没迸发出一点火星。况且，没体验过的事物，她不可能理解，正如没以习惯方式表现的事物，她无法相信一样。她轻易地认定，夏尔的爱情没有丝毫超乎寻常的成分。他表示感情，早已成了例行公事，他吻抱她，只在一定的时刻。这仅仅是许多习惯中的一个习惯，就像晚餐单调乏味，用过以后，再上一道事先就知道的甜点。

有个猎场看守人，得了肺炎，经包法利先生治好了，送给他太太一条意大利小猎兔犬。爱玛散步时便带上它。她有时出去走走，一则为了独自待一会儿，二则免得眼皮底下，老是那个一成不变的花园，那条尘土飞扬的大路。

她一直信步走到巴纳镇的山毛榉树林，田野那边墙角的弃屋附近。深沟乱草之中，长有叶片锋利的高高芦苇。

她先望望四周，看她上次来过之后有什么变化。毛地黄和桂竹香还在老地方，大石块周围荨麻丛生，三个窗户框上覆盖着一片片地衣；窗板仍然关着，腐烂的木屑落在锈迹斑斑的铁档上。她的思绪起初飘忽不定，漫无目标，宛如那条小狗，在田野里兜着圈子，忽而吠黄蝴蝶，忽而追逐鼩鼱，忽而又去咬麦畦边上的丽春花。渐渐地，思绪集中了，爱玛在草地上坐下，用阳伞尖头轻轻拨弄着青草，心里一次又一次问自己：

“天哪！我干吗要结婚？”

她思忖，如果机会凑巧，她本来是否有办法碰上另外一个男人？她竭力想象那些不曾发生过的情景，那种不同的生活，那个无缘相识的丈夫。不会人人都像这一个的。那一位可能长相英俊，才华横溢，风度翩翩，引人注目，也许就像修道院当年的同学们所嫁的男人吧。那些同学现在都干什么呢？在城里，街道热热闹闹，戏院人声鼎沸，舞厅灯火辉煌，她们过着心旷神怡的生活。可是她呢，她的生活冷冰冰的，一如那窗户朝北的阁楼；烦愁像一只蜘蛛，在她的心灵各个幽暗的角落，无声无息地结着网。她记起一次次发奖的日子，她走上台去，领她的小花冠。那时，她梳着辫子，穿着白色长裙和敞口斜纹呢鞋，举止招人喜爱；当她回到座位上时，男宾们都探过身子来向她祝贺。满院都是马车，大家从车门里探出头来向她道别；音乐老师拎着提琴盒，经过她身边时还向她打招呼。这一切，已是多么遥远！多么遥远！

她把佳利唤过来，抱在两膝之间，用手指抚摩它细长的脑袋，对着它说：

“来，亲亲你的女主人，你这个无忧无虑的小东西！”

纤瘦的小狗懒懒地打着呵欠，她看着它的那张苦脸，不禁起了怜爱之心，把它比作自己，大声和它说话，仿佛是在安慰一个愁眉不展的人。

有时，狂风骤起，海风一下子扫过整个科州大地，把清凉的咸味，一直送到遥远的田野。灯芯草伏在地面，簌簌作响，山毛榉叶子飒飒直抖，而树梢则在不停地摇摆，林涛的声音此起彼伏。爱玛连忙裹紧披肩，站起来。

林荫路上，树叶映下一片绿光，照亮地面的青苔；青苔在她脚下微微发出沙沙声。夕阳西沉，枝丫间的天空红彤彤的；整齐划一的树干，排成直线，宛如金色底子衬托出棕色廊柱。爱玛蓦地感到恐惧，叫上佳利，走大路匆匆返回托斯特，倒在扶手椅里，整个晚上一言不发。

可是快到九月底的时候，她的生活中发生了一件非同寻常的事情：安代维利耶侯爵邀请她去沃比萨尔做客。

这位侯爵在复辟时期当过国务大臣，如今想重返政治舞台，早就在准备竞选众议员。冬天他大量布施木柴；每次省议会开会，他都慷慨激昂，要求为本区修几条路。夏天大热的日子，他生了个口疮，经夏尔用柳叶刀轻轻一划，恰到好处，手到病除，奇迹一般。派到托斯特送手术费的管家，晚上回去说，看见医生的小园子里有极好的樱桃。沃比萨尔的樱桃一直长不好，侯爵先生便向包法利讨了几枝插条，因此觉得理应亲自登门道谢，正好看见爱玛，发现她体态窈窕，礼数上又丝毫看不出是乡下女人。过后，侯爵府上觉得，邀请这对年轻夫妇到城堡做客，既不至有失身份，也没什么不妥。

一个星期三的下午三点钟，包法利夫妇坐上自家的轻便马车，动身去沃比萨尔。车后捆了一口大箱子，挡板前面放一个帽盒，夏尔两腿之间还放了一个纸盒。

他们到达时，天刚擦黑，大花园里掌起了灯，给车子照亮。

8

城堡是意大利风格的现代建筑，两翼前伸，有三个台阶，紧挨着一大片草坪，有几头母牛在吃草；一丛一丛大树，疏落有致，分列两旁；一簇一簇灌木：杜鹃花、山梅花、绣球花，大小不等，沿着弯弯曲曲的细沙小径，向外膨出它们的枝叶。桥下淌过一泓清溪。透过晚岚，依稀看见一些茅舍，在草地上零星散开；一边一座缓坡山冈，树木蓊郁；再往后去，花木之间，露出平行的两排车库和马厩，那是已经拆除的旧城堡的遗迹。

夏尔的轻便马车在中央台阶前停下，就见出来几个仆人。侯爵迎上前，把手臂伸给医生太太引进门厅。

门厅很高，大理石方砖地面，脚步声和说话声在里面回荡，仿佛在教堂里一样。正面一道笔直的楼梯，左首一条回廊，对着花园，通向台球室，才到门口，就听见象牙球碰撞的声音。穿过台球室去客厅时，爱玛看见球台四周几位男士，神情庄重，下巴紧贴翘起的领结，个个佩戴勋章，默默地露出微笑，推动着球杆。深色的细木护壁板上，挂着几幅画像，镶在镀金的大框里，下面写着黑体字姓名。爱玛看见一幅写的是：“让–安托万·德·安代维利耶·德·伊韦邦维尔，沃比萨尔伯爵、弗雷奈男爵，1587 年 10 月 20 日于库特拉之役阵亡。”另一幅写着：“让-安托万-亨利-居伊·德·安代维利耶·德·沃比萨尔，法兰西海军司令、圣米歇尔骑士团骑士，1692 年 5 月 29 日于乌格圣瓦之役负伤，1693 年 1 月 23 日在沃比萨尔逝世。”后面的就看不大清楚了，因为灯光聚在球台的绿毯上，屋里灯影幢幢，把横挂的画幅映成一片褐色，遇到油彩裂口，照出鱼刺般的细纹；那些金框里黑乎乎的大画面，东一块，西一块，偶尔显出比较清晰的部分，一个灰白的脑门，一双注视着你的眼睛，红礼服扑粉的肩头披着的假发，滚圆的腿肚上方一只吊袜带的环扣。

侯爵打开客厅门，一位贵妇人（这位就是侯爵夫人）站起来，迎接爱玛，请她在椭圆形双人沙发上挨着自己坐下，开始亲切地和她交谈，就像早就认识一样。侯爵夫人四十岁光景，漂亮的双肩，鹰钩鼻子，说话慢声慢气；这天晚上，栗色头发上只搭了一条镂空花边头巾，一角垂在后背。一位金发年轻人，坐在旁边一把高背椅上。几位先生，礼服翻领饰孔上别着小花，围着壁炉跟夫人们聊天。

七点钟入席。男宾人多，坐前厅第一桌；女宾坐餐厅，是第二桌，由侯爵夫妇作陪。

爱玛一进餐厅，就觉得四周热腾腾的，其中有花香、漂亮的餐巾台布香、肉汁香和块菰的香味。枝形烛台上点着蜡烛，烛焰长长地映在钟形银罩子上。多棱水晶蒙上水汽，反射出淡淡的光；长长的餐桌上，一束束鲜花摆成一溜儿；宽边盘子里，餐巾叠成主教帽形状，分开的两褶之间，放个椭圆形小面包。龙虾赤红的螯爪一直伸到盘子外面；敞口小筐里摞满大水果，筐底垫着青苔；带毛烧的鹌鹑香气腾腾。膳食总管穿长筒丝袜、束膝短裤，打白色领结，衣服上镶着花边襟饰，庄重得如同一位法官，他端着已分切好的菜肴，伸到客人们的肩膀之间，他只用勺子一舀，就把你选中的那一块，放到你的盘子里。镶铜条的大瓷炉上，立着一尊女性雕像，宽松带褶的袍子，一直蒙到脖颈，静静地望着满屋子人。

包法利夫人注意到，好几位女士没把手套放进玻璃杯①。

满席的女宾之中，只有一个老头儿，还是坐的上座，餐巾像小孩似的从背后系住，伏在满满一盘子菜上，一边吃，一边嘴里滴滴答答流汤汁。他眼睑外翻，脑后用黑带子扎着个小小的发辫。此人是侯爵的岳父，德·拉韦迪耶老公爵。孔夫兰侯爵在沃德勒伊举行猎会的时代，他一度是阿图瓦伯爵手下的红人；据说他在夸尼之后、洛赞之前，还做过王后玛丽-安托瓦内特②的情人。他一生荒唐，声名狼藉，决斗、赌博、抢夺妇女、挥霍家财，害得全家人为他担惊受怕。他的椅子背后站着一个仆人，当他指着盘子结结巴巴发问时，就附在他耳朵边，大声向他报出菜名。爱玛不由自主地老是抬眼去看这个嘴唇耷拉的老头子，就像看一件稀奇而又令人起敬的活宝。人家可是在王宫里待过，而且在王后娘娘床上睡过觉啊！

香槟酒斟上了，是冰镇的。爱玛一喝进嘴，觉得那样凉，浑身皮肤都发颤。她从没见过石榴，也没吃过菠萝。就连白糖，她也觉得比别处的更白、更细。

用罢晚餐，女宾们都上楼回各自房间，准备参加舞会。

爱玛着手梳妆，格外仔细，就像女演员初次登台一样。她按理发师的建议，整理好发型，再穿上摊在床上的巴勒吉纱罗长裙。夏尔的裤腰嫌紧了。

“我鞋底的裤脚带碍事，不好跳舞。”他说。

“跳舞？”爱玛问道。

“是啊！”

“你昏了头！人家会笑话你的，你就好好待着吧。再说，这样也

---

① 当地习俗，把手套放进玻璃杯表示不喝酒。

② 玛丽-安托瓦内特（1755-1793），法王路易十六的王后。

更合医生的身份。”她又说。

夏尔不吭声了，踱来踱去，等爱玛穿好衣服。

他从爱玛身后看去，看着镜中的她，一边一盏烛台。她的黑眼睛似乎更黑了。头发在耳畔微微蓬起，泛着蓝光；发髻上插一枝玫瑰，小枝子摇摇晃晃，花跟着颤颤巍巍，叶片尖端还有几滴装饰的露珠。她穿一袭浅橘黄色长裙，上面缀着三簇配有绿叶的绒绣玫瑰。

夏尔上前吻她的肩膀。

“别碰我！”她说，“看你把我衣服弄皱了。”

小提琴前奏和吹号的声音响起来了。爱玛急忙下楼，只是忍住没跑。

对舞已经开始。人们络绎而来，摩肩接踵。爱玛在门边一张长椅上坐下。

对舞结束，舞池里只剩下男客，三三两两，站着闲聊；身穿制服的仆人端着大托盘，来往穿梭。女士们坐成一排，画扇频频摇动，花束半掩笑脸；手松松地拿着金盖小瓶，在手心里转来转去；洁白的手套现出纤指的轮廓，紧紧勒住玉腕。花边缀饰、钻石别针、带挂件的手镯，在紧身衣上颤动，在胸脯前闪光，在裸臂上作响。头发贴在额头，盘在颈后，顶着用勿忘草、茉莉花、石榴花、麦穗或矢车菊做成的花冠、穗串或枝叶。母亲们系红头巾，皱起眉头，静静地坐在自己的座位上。

男舞伴握住爱玛的指尖，爱玛站好位置，等待音乐开始，这时她有点心跳。不过，紧张很快就过去了。她随着乐队的节奏，左右摇曳，向前滑步，颈项微微晃动。有时，别的乐器戛然而止，唯有小提琴还在演奏，她听到精彩之处，嘴边泛出微笑。隔壁传来金路易倒在桌毯上的哗啦声。接着，乐器又合奏起来，短号吹出嘹亮的声音，舞步合着节拍，裙子飘开来，蹭过去，手时而相握，时而分开，那双眼睛刚在你面前低垂，现在又抬起来，看定你的双眼。

有些男士（十四五位），年纪在二十五岁到四十岁，或散布在舞客之中，或闲聊于门口。他们年龄不等，衣着相貌各异，却全都气度不凡，在人群中一眼就能看出是世家子弟。

他们的衣服做工分外考究，料子也格外柔软，鬈发垂在鬓边，亮光光的，因为抹了高级发蜡。他们有着富贵的肤色，白白的；瓷器的青白、锦缎的闪光、上等家具的漆色，越发衬白了肤色，显然是饮食讲究、善于保养的结果。他们的领结低低的，脖子转动自如，髯须长及翻领；按拭嘴唇的手绢上，大大地绣着姓名的起首字母，散发着怡人的香气。开始走向老境的人，模样透着年轻；而年轻人的脸上，却又显出少年老成。他们的目光泰然自若，因为每天的情欲都得到满足，所以心平气和。他们的举止温文尔雅，隐隐之中却透出特有的霸气，他们要驾驭的对象不难也不易，譬如驰骋烈马、追逐荡妇，于是，力量得以施展，虚荣得以满足。

离爱玛三步开外，有一位身穿蓝色燕尾服的男士，正和一位脸色苍白、戴珍珠项链的少妇闲谈意大利的风光名胜，他们赞不绝口地提到圣彼得大教堂的粗大廊柱、蒂沃利、维苏威火山、斯塔比亚海堡和卡西诺，以及热那亚的玫瑰和月光下的圆形剧场。爱玛另一只耳朵在听另一场交谈，有很多话她听不懂。大家围着一个年纪轻轻的小伙子，他上星期在英格兰赛马，战胜了阿拉贝尔小姐和罗慕路斯王①，跃过一道壕沟，还赢了两千路易。这些人中，一个叹息自己的马都长了膘，另一个怪人家印错了他的马的名字。

舞场上空气闷人，灯光也越来越暗，大家纷纷涌回台球室。一个仆人爬上椅子，砸碎两块玻璃。听见玻璃碎了，包法利夫人回头一看，花园里有一些农民，脸贴着窗玻璃往里张望。于是，她想起了贝尔托，眼前浮现出农庄、泥沼、苹果树下穿工装的父亲，也浮

① 二者均为马名。

现出她自己，像过去一样，在乳品房用指头撇去瓦罐里的奶油。从前的生活，在记忆中本来十分清晰，现在却完全消失在眼前的五光十色之中，她几乎不相信自己有过那样一段生活经历。此刻她在舞厅里；舞厅之外，朦胧一片，笼罩一切。她左手握着一只贝壳状的镀金银杯，正吃樱桃酒冰淇淋，眯缝着双眼，把匙子送进嘴里。

她旁边一位夫人，让扇子掉在了地上。这时，一位男舞客由此经过。

“劳驾，先生，”夫人说，“把我的扇子捡一下，它掉到沙发后面了。”

那男子弯下身子，当他伸手去捡时，爱玛看见少妇把一样折成三角形的白色东西，扔进他的帽子。先生拾起扇子，恭恭敬敬交给少妇。她点点头表示感谢，开始闻手上那束鲜花。

夜宵有许多西班牙酒和莱茵酒，有虾酱浓汤和杏仁奶汤，有特拉法尔加布丁，还有各色冷肉，边上的肉冻在盘子里直颤动。夜宵过后，马车开始一批批离去。撩起一角薄薄的窗帘，可以看见车灯的亮光在黑暗中移动。长椅上的人稀稀落落，赌桌上只剩了几个人，乐师们用舌头舔着发热的指尖。夏尔背靠着一扇门打瞌睡。

凌晨三点，开始跳沙龙舞。爱玛不会跳华尔兹。大家都在跳，就连安代维利耶小姐和侯爵夫人也不例外。留下来的，只有住宿的客人，十二位左右。

有位男客，坎肩敞得很开，裁剪贴身，胸脯轮廓一目了然，大家亲切地称他子爵。他第二次来邀请包法利夫人跳舞，说由他来带，她会跳得很好的。

他们俩开始跳得慢，后来快了，他们转啊转，样样东西也围着他们旋转，灯盏、家具、墙板、地板，宛若圆盘绕轴旋转一样。跳到门边时，爱玛的裙子下摆蹭着对方的裤腿；四条腿交错进退；两双眼俯仰对视。爱玛感到头晕目眩，停了停。接着两人又跳起来。

子爵越转越快，带着她离开众人，一直旋转到回廊尽头。爱玛气喘吁吁，险些跌倒，把头贴在子爵胸前，靠了一会儿。随后又继续跳，只是慢了些，子爵送她回到原来座位。她往后一仰，靠在墙上，用手蒙住眼睛。

她睁开眼睛，看见舞场中央，一位夫人坐在一张凳子上，面前跪着三个男舞客。她选了子爵，小提琴又演奏起来。

大家看着他们俩。两个人跳过去，又跳回来。那夫人上身一动不动，下巴微垂；子爵始终保持同一姿势，挺胸拔背，手臂圆围，嘴巴前伸。这位女士，会跳华尔兹！他们跳了很久，大伙儿看都看累了。

大家又闲聊了一小会儿，然后道过晚安——其实该是早安，才去歇息。

夏尔扶着栏杆上楼，两腿沉重，膝盖都支撑不住了。一连五个小时，他站在牌桌边，看人家打惠斯特①，却没看出半点门道。所以，他脱下靴子，如释重负，长长地舒了一口气。

爱玛往肩上搭了条披巾，打开窗子，胳臂支在窗台上。

夜色如墨，下着几点小雨。她吸着湿润的空气，夜风吹凉她的眼皮。舞会的音乐还在耳畔萦回，她努力驱赶睡意，想更久地沉浸在这豪华生活的境界里，不一会儿，她就不得不离开了。

天破晓了。她久久凝望着城堡的扇扇窗户，一心想猜出昨夜注意到的那些人分别住在哪个房间。她真想了解他们的生活，置身其间，和他们打成一片。

但是，她冷得直打哆嗦，这才脱掉衣服，缩进被窝，躺在已睡熟的夏尔旁边。

用餐的人不少，但只吃了十分钟，而且没有酒水，医生大为诧

---

① 桥牌的前身。

异。饭后，安代维利耶小姐捡了些奶油蛋糕碎屑，放在一个小筐箩里，拿去喂池塘里的天鹅。大家去散步，来到花房的温室，里面有些奇花异草，浑身长着毛刺，层层叠叠摆在架子上，像金字塔一样，上面还挂了一些花盆，仿佛蛇窟的蛇太多了，从盆边倒挂下来一些绿色的长条，交错盘结。温室的尽头是橘苑，绿荫如盖，一直连到城堡的附属建筑。侯爵要让年轻的医生太太开心，带她去看马厩。料槽是筐子形状，上面有瓷牌，用黑字写着每匹马的名字。马分栏而栖，见人走过，就骚动起来，舌头嗒嗒作响。马具房的地板，如同客厅的镶木地板一样光洁耀眼。当间两根柱子，可以旋转，上面挂着套车的用具，沿墙是一溜儿马衔、马鞭、马镫和马勒。

这时，夏尔请一个仆人套好他的轻便马车，停在台阶跟前。大小行李都塞上车，包法利夫妇向侯爵和侯爵夫人道谢告辞，便上路回托斯特。

爱玛默默地望着车轮滚滚向前。夏尔坐在座位的边沿，张开两臂赶车。马小，车辕太宽，马在中间小步快跑。缰绳软塌塌的，浸着汗水，直打臀部。缚在后面的箱子，碰撞车厢，发出有节奏的响声。

他们正在蒂布镇高地上行驶，突然，几个人骑着马，嘴里叼着雪茄，嘻嘻哈哈地从他们身边疾驰而过。爱玛觉着其中有子爵，扭头望去，只见天边几个人头随着马的奔驰，忽高忽低地起伏。

又走了四分之一法里，后鞧断了，不得不停下来，用绳子接好。

夏尔最后检查一遍马索，瞥见地上有样东西，在马腿之间，捡起来一看是个雪茄烟匣，绿缎绲边，中间一个家族徽标，就像豪华马车车门上一样。

“里面还有两支雪茄呢，”他说，“正好留着晚饭后抽。”

“你还抽烟？”爱玛问。

“偶尔抽抽，要看机会。”

夏尔把捡来的东西放进衣兜，扬鞭赶马。

回到家，晚饭还没做好，夫人发脾气，娜丝塔西竟然顶嘴。

“滚!”爱玛说，“这叫目中无人，给我走!”

晚餐是洋葱汤和一块酸模牛肉。夏尔坐在爱玛对面，搓着手，高兴地说：

“还是回到自己家舒服!”

听得见娜丝塔西在哭。夏尔有点喜欢这个可怜的姑娘。从前他鳏居落寞之时，她陪他度过了多少个晚间。在本地，她是他最早的熟人，也是头一个病人。

“你当真把她辞了?”夏尔终于问道。

“是啊，谁还拦我不成?”爱玛答道。

饭后，他们去厨房烤火，女佣为他们整理卧室。夏尔开始抽雪茄。他噘起嘴抽，不住地往外吐口水，每抽一口，往后一缩。

“你要闹出毛病来的，”爱玛鄙夷地说。

夏尔放下雪茄，跑到水泵前喝杯凉水，爱玛抓起雪茄匣，使劲扔到橱里。

第二天，日子真长！爱玛到小花园散步，总在那几条小径上走来走去，停在花坛前，停在墙边的果树前，停在神甫石膏像前；所有这些，过去是那么熟悉，如今看去，却感到诧异了。在她看来，舞会是多么遥远！前天早晨和今天黄昏，是谁使二者相隔如此遥远?沃比萨尔之行，在她的生活中捅出了个窟窿，如同狂风暴雨，一夜之间便在山岭上冲出些大裂缝。然而，她还是忍了；漂亮的衣裳，甚至于那双缎鞋，她都虔心虔意地放进五斗柜珍藏；那双鞋的鞋底被地板蜡染黄了。她的心也一样，一经富贵熏染，便添了些磨灭不掉的东西。

因此，回忆那次舞会成了爱玛的排遣。每逢星期三，她一醒来就暗自说：“啊！一星期以前……两星期以前……三星期以前，我还在那里!”渐渐地，在她的记忆之中，见过的面孔模糊了，对舞的乐曲淡忘了，那些制服和房间的样子也依稀了；有的细节消逝而去，留下的是惆怅。

9

夏尔外出时，她常常打开那橱柜，从叠好的餐巾、桌布之中，拿出她扔在里面的绿缎雪茄匣。

她端详着烟匣，打开盖子，甚至闻一闻衬里的气味，那是马鞭草和烟草的混合气味。这是谁的呢？……是子爵的。说不定是情妇送他的礼物。那是在红木绷子上绣的；绷子是件小巧东西，藏起来不给人看的；满腹心事的绣花人，在上面不知花了多少功夫，轻柔的云鬓垂在绷子上。底布的纱眼曾经透过爱情的气息；一针针扎下去，绣的不是希望，就是回忆，这些交织的丝线，都是默默情思的绵绵延续。后来，一天早晨，子爵把烟匣拿去了，放在宽宽的壁炉台上，花瓶和蓬巴杜①式座钟之间，那时候他们说了些什么呢？此刻，她在托斯特。子爵呢，人家在巴黎。在巴黎！这巴黎到底什么样儿？这名字真了不起！她小声咀嚼这两个字，从中获得乐趣。这名字像教堂的钟声，在她耳边回荡；这名字在她眼前闪闪发光，竟至照亮香脂瓶的标签。

---

① 蓬巴杜夫人（1721–1764），路易十五的情妇。

夜里，鱼贩子们赶着大车，唱着《牛至》① 小调，从她的窗户下面经过；她醒了，听着铁箍车轮的声音；车一出镇走上土道，声音很快就小了。

“他们明天就到巴黎了！”她自言自语道。

于是，她的心跟随他们，上坡下岭，走村过镇，披着星光走在大路上。不知走了多远，总会有个朦朦胧胧的地方，一到那里，她的遐想就断了。

她买了张巴黎地图，经常用指头在图上画着路线，游览京城。她走上一条条大街，走到每个街角，走到街与街之间，走到表示房屋的白色方块前面，就逗留一会儿。最后，她看累了，闭上眼睛，又见黑暗里，煤气灯在风中摇曳，常有马车在戏院的柱廊前面，哐啷一声放下踏板。

她订了一份妇女报纸《花篮》，又订了一份《沙龙仙子》。什么首轮公演、赛马和晚会的报道，她都如饥似渴地阅读，一字不漏。无论女歌手的初次登台，还是商店开张，她都关心。她熟悉各种新潮时装，知道一流裁缝的地址，知道森林公园和歌剧院的日程安排。她阅读欧仁·苏②的作品，研究他的小说中有关家具摆设的描述；她看巴尔扎克和乔治·桑的小说，从中寻求个人渴望的虚幻满足。甚至在餐桌上，她也带着书，夏尔一边吃饭一边跟她说话，而她却在翻动书页。看着看着她就想起了子爵，并且把书中的虚构人物与子爵联系在一起。然而，以他为中心的圆圈渐渐扩大，他头上的那圈光晕，离开他的面孔，游移到更远的地方，照亮别的梦境。

在爱玛的心目中，巴黎比海洋还要渺茫，在一片绯红氛围里，闪闪烁烁。茫茫人海，躁动无常，不过芸芸众生，人以类聚，景因

---

① 牛至，草本植物，开红花，象征幸福。

② 欧仁·苏（1804–1857），法国作家，作品有《巴黎的秘密》。

这姑娘思想奔放……爱文学是爱里面的情感刺激……

情异，还是可以区分的。爱玛只看到其中的两三类，便以为他们代表全人类，其实尽有不同，只是都让这两三类遮住罢了。爱玛看到的，首先是外交家圈子：这类人出入的客厅，地板光洁，墙上都镶着镜子，椭圆形桌子上铺着金色流苏的丝绒桌毯，这里有燕尾服，有重大机密，有微笑掩饰的焦虑。其次是公爵夫人的社交场：人人脸色苍白，睡到四点才起床；女士们，可怜的天使！裙子下摆有一道英国式的针钩花边；男士们，外表平平，怀才不遇，不惜累垮自己的马匹，以逞一时之快，夏天则去巴登避暑，到头来，四十岁左右娶个有遗产继承的女人。最后是饭馆雅间：形形色色一群文人和女优，半夜过后来用夜宵，对着烛光，纵声狂笑。这些人挥霍如王侯，一腔没有着落的雄心，加上荒唐无稽的异想天开，放浪于天地之间，生活于狂风暴雨之中，傲视众人，有那么点超凡脱俗。除此以外的人世，全都看不见，没有确切的位置，仿佛压根儿就不存在。而且，越是近在身边的事物，爱玛心里越是回避。周围近在咫尺的一切，无论是沉闷的田野、愚钝的小市民，抑或平庸的生活，在她看来，只是世间的一种例外，是她偶然陷入的个别环境。在这以外，那广阔无边的，都是充满幸福和激情的世界。爱玛在自己的欲念之中，混淆了声色享受与精神愉悦、举止高雅与感情细腻。爱情难道不是像印度花木一样，需要有精心调配的土壤和特定的气候？月下的叹息，难舍的拥抱，洒在人家手上的眼泪，肉体的沸腾和情意的缠绵，凡此种种，都离不开充满闲情逸致的大城堡的阳台，离不开挂着绸缎帘子铺着厚实地毯的小客厅，离不开枝叶繁茂的一排排花盆，离不开高踞台上的卧榻，也离不开宝石的闪光和制服的饰带。

每天早上，驿站的伙计来刷马，穿着大木屐，在过道上穿进穿出，工作服上有破窟窿，光脚丫子穿着布鞋。这便是家里雇得起的穿束膝短裤的小马夫！而且活一干完，他整天就不再来了。夏尔从外面回来，自己把马牵进马厩，自己卸鞍子、套笼头；这时候，女佣抱来一捆麦秸，使劲扔进料槽完事。

爱玛找了个十四岁的小姑娘——一个看上去还温驯的孤女，来接替娜丝塔西（她还是离开了托斯特，走的时候，眼泪淌得像小河似的）。爱玛不准小姑娘戴布帽，教她在人前说话要称太太、先生，端茶送水要用托盘，进屋要先敲门，还教她熨衣服、然后上浆、伺候女主人穿衣服，一心想把她调教成贴身使女。新女佣怕辞退，服服帖帖，毫无怨言。太太平常总是把钥匙挂在食橱门上，费莉西泰每晚拿一小包糖，做完祷告，独自躺在床上享用。

下午有时候，她到对面去跟驿夫们闲聊，太太待在楼上屋里。

爱玛穿着室内便袍，领口敞开，交错的圆翻领间，露出带褶衬衫，上面有三颗金纽扣；腰间系一根坠着大流苏的绦带；石榴红小拖鞋，有一簇宽带子搭在脚背上。她买了一本吸墨纸、一沓信笺、一支笔和一些信封，尽管她没有一个要通信的人。她掸去摆设架上的浮尘，对着镜子照了照，然后拿起一本书，看着看着走了神，书掉在了膝上。她渴望去旅行，要么就回修道院去过。她想死，又想去巴黎住。

夏尔不管是下雨还是下雪，总骑着马抄近路赶来赶去。他就在农家桌上吃炒鸡蛋；把手伸进湿漉漉的被窝；给人放血，热血溅到脸上；听病人的喘气声；察看病人的大小便；撩起病人的脏衣服。然而，每天晚上回到家里，等待他的总是一炉旺火，预备好的饭菜，舒适的家具，还有一位精心打扮的可人娇妻，身上一股清香，也不知这香气是从哪儿来的，是不是她的肌肤熏香了她的衬衫。

爱玛总有许多别出心裁的讲究令他着迷，不是花样翻新，给烛台做个纸托盘，就是给长裙换一道压边；一个普通的菜，女佣烧坏了，她就取个别致的菜名，使得夏尔高高兴兴，一扫而光。她在鲁昂看见有的贵妇，在表链上吊一串小饰物，自己也买了些。她由着自己，在壁炉台上摆一对蓝色玻璃大花瓶，过了一阵，又放上个象牙针线盒，还带一枚镀金的银顶针。所有这些，夏尔并不懂其中的妙处，愈是不懂愈觉得有意思。它们为他增添了感官的愉悦和家庭的温馨，像金粉洒满他的人生小径。

夏尔身体棒，气色好，名气也有了。老乡们都喜欢他，因为他没有架子，见到孩子就抚摩两下，从来不进酒店，而且他的人品，得到大家信任。他最拿手的，是治伤风感冒和胸部杂症。其实呢，夏尔很怕治死病人，一般开出的方子，无非是些镇静剂，偶尔也开点催吐剂，再就是给人用热水烫烫脚、用水蛭吸吸血而已。倒不是他怕做外科手术，给人放起血来，就像给马放血一样；拔起牙来毫不手软。

为了掌握动态，他订了《医林》。这是一份新杂志，他收到过广告征订单。晚饭之后，他总要看一看，但屋里太暖，加之吃得过饱，才看五分钟，就打起盹来，于是他坐在那里，双手托住腮，头发像马鬃一样，披散到灯座前面。爱玛看看他，只好耸耸肩。要知道，有些男人，只知默默用功，总是挑灯夜读，最后熬到六十岁，虽然风湿缠身，但那不大合身的黑礼服上，总可以挂上一排勋章。她怎么就没嫁到这样一位丈夫呢？她多么希望包法利这个姓——如今也是她的姓——不胫而走，在书店摆着，在报刊一再提起，在全国家喻户晓。可夏尔就是胸无大志！前不久，伊沃托一个医生和他一道会诊，竟然就在病床前，当着病人家属的面，简直弄得他下不了台。晚上他把这事讲给爱玛听，气得爱玛大骂他那个同行。夏尔大为感动，含着眼泪吻了她的额头。可是，爱玛气上加气，恨不得打他一掌。她走到过道上打开窗户，吸着新鲜空气，好让自己平下气来。

“真是窝囊废！真是窝囊废！”她咬着嘴唇，低声说道。

而且，她愈看他愈觉着不顺眼了。年岁一大，夏尔的举手投足也粗俗不雅；饭后吃甜食的时候，把空瓶的塞子切来切去；吃过东西，老用舌头舔牙；喝起汤来，咽一口，咕噜一声；人也开始发福了，面颊虚胖，本来就小的眼睛，似乎给挤住太阳穴了。

有时，爱玛不是替他把编织衫的红边掖到坎肩底下，就是替他正正领带，有时手套旧了他还要戴，被她扔到一边。她这样做，并非如夏尔所想，是为了他，而是为了她自己，那是自私的表现，神经质的表现。有时候，她也给夏尔讲讲她读过的东西，例如一段小说、一部新剧本，或者报上登的上流社会的逸闻趣事，因为夏尔好歹是个人，总会洗耳恭听，随声附和。即便是对她的猎兔犬，她也是无话不说呀！就是对壁炉里的劈柴，对座钟的摆锤，她也有知心话要倾诉。

然而，在心灵深处，她时时期待发生什么事情。她睁大一双绝望的眼睛，在自己寂寞的生活中搜寻，就像沉了船的水手，遥望水雾溟蒙的天边，寻找一叶白帆。她不知道会碰上什么样的机遇，不知道什么风能把机遇吹到她跟前，会把她带到什么彼岸，也不知道是一叶扁舟还是三层大船，装得满到船舷的，究竟是苦恼还是幸福。但是每天早晨，她一醒来，就希望机遇当天会来，细听种种声音，一骨碌跳下床，纳闷怎么还不见来。于是夕阳西下，还是愁上加愁，恨不得已经身处明天。

春天又到了，梨树开花，天气转暖，她心头感到阵阵憋闷。

刚进七月，她就扳着指头计算，还要过多少星期才到十月，心想安代维利耶侯爵说不定还会在沃比萨尔举行舞会。可是，整个九月都过了，不见来信，也没人登门。

失望之下，百无聊赖，她的心又空虚起来，于是类似的日子，一个接一个，周而复始。

如今，这种日子还要一天接一天，翻来覆去，天天一个样，数也数不清，什么也没带来！别人的生活，无论怎样平淡，起码总会发生点什么意外之事。一次偶然事件，有时也会引发无穷波折，环境也会变动。可是她呢，什么事也碰不到。这岂不是天意！未来就像一条黑洞洞的走道，尽头的门关得死死的。

乐曲她也不练了，还弹它做什么？谁是知音？既然她永远不会在音乐会上，身穿短袖丝绒裙，坐在一架埃拉尔①钢琴前，轻盈的十指弹着象牙琴键，听众的赞叹声微风般在身边荡漾，既然没那机会，又何必费神去练。至于画夹和绒绣，她让它们在衣橱里睡大觉。何苦来？何苦来？想起针线活，她就来气。

“书报杂志嘛，我读遍了。”她自言自语道。

于是她无所事事，不是把火钳烧得红红的，就是看外面下雨。

星期天，晚祷钟声敲响时，她是多么惆怅！她呆呆地细听那喑哑的钟声，一下接一下。屋顶上，有只猫拱起背，在黯淡的夕照下，慢条斯理地走动。风在大路上扬起阵阵尘土。远处不时传来几声狗吠。单调的钟声，按着均匀的节奏，还在敲响，消散在田野里。

这时教堂里的人出来了。妇女们穿着上过蜡的木鞋，农夫们穿着新罩衣；孩子们没戴帽子，在大人前面蹦蹦跳跳；大家都往家里走。只有五六个人，而且总是那几个，留在客栈大门口打瓶塞，一直要打到天黑。

冬天寒冷，每天早晨，窗玻璃结满霜花，宛如毛玻璃，透进来的日光白蒙蒙的，有时整天不见变化。一到下午四点，就得掌灯。

遇到晴天，爱玛就下楼到花园里走走。露珠给白菜叶子镶上了银色的镂空花边！还有一根根晶莹的长丝，从这棵牵到那棵。听不到鸟语，仿佛万物都还在沉睡；墙边的果树裹上了草；葡萄藤像生了病的大蛇，盘在墙檐底下；走近了，就见有些多脚虫在那里爬来爬去。篱笆旁边的云杉底下，头戴三角帽的神甫读着经书，但右脚早掉了，而且由于霜冻，石膏剥落，脸上有了一块块白癣。

随后，爱玛回到楼上，把门一关，拨拨炭火，火炉热烘烘的，

① 埃拉尔（1752-1831），法国著名钢琴制造家。

她只觉得浑身酥软，感到烦闷更加沉重地向自己压来，她本想下楼跟女佣聊聊，可又碍着面子，只好作罢。

每天到了一定的时刻，头戴黑色缎帽的小学校长，就会打开他的护窗板；乡警工作服上挎着刀，从路上走过。一早一晚，驿站的马三匹一组，穿街而过，去池塘饮水。小酒店的门铃不时丁零零响。理发店门口，两根铁杆上挂着小铜盆，当作招牌，风一吹就碰得嘎吱作响；作为门面装饰，窗玻璃上贴了张旧时装画，还摆了一尊黄发女人半身蜡像。理发师也叫苦连天，哀叹生意停滞，前景惨淡，渴望去大城市开店，譬如去鲁昂，在码头上，靠近剧院。他成天愁眉苦脸，在村公所和教堂之间游来荡去，等待顾客。包法利夫人一抬眼，总望见他在那里，歪戴着希腊式无边软帽，穿着厚呢上衣，像个值勤的哨兵。

下午，厅房玻璃窗外，有时会露出个男人脑袋，脸上饱经风霜，黑黑的络腮胡子，脸上挂着微笑，又从容，又随便，又温和，露出一口白牙。接着华尔兹舞曲就开始了。手摇风琴上面，有个缩微沙龙，手指般高的小人儿在里面翩翩起舞；系玫瑰红头巾的女人，着盛装的蒂罗尔①山民，穿黑色燕尾服的猴子，穿短套裤的绅士，一齐旋转起来，在扶手椅、长沙发和靠墙的半圆桌之间转来转去。旁边那些小镜片，角上用金纸粘着，映照出他们变幻的舞姿。那人一边摇动手柄，一边左顾右盼，还往窗户里张望。他不时朝界石吐一口又长又黄的老痰，同时用膝盖把琴箱往上顶一下，因为皮带硬硬的，勒得肩膀酸痛。琴箱上有一道带阿拉伯图案的铜筋网格，里面蒙一块粉红色塔夫绸帘。绸帘里面，呜呜地飘出阵阵音乐，时而凄切舒徐，时而欢快急促。全是在别处，在舞台上演奏的曲子，在沙龙里吟唱的曲子，在吊灯下夜舞的曲子。这些上流社会流传的曲调，一

① 奥地利西部山区，居民能歌善舞。

直传到爱玛的耳畔。萨拉班德舞曲无尽无休，在她的脑际徜徉，一首接一首；她的思绪，就像在彩花地毯上起舞的印度寺院舞女，随着音符跳跃，左右摇摆，一个梦去一个梦来，旧愁未消新愁又起。那人用帽子接过赏钱，然后拉下蓝色旧呢罩子，把手摇风琴往后面一背，就拖着沉重的脚步走了。爱玛望着他渐渐走远。

爱玛尤其不堪忍受的，是吃饭的时候。楼下那间小餐厅，炉子冒着烟，门嘎嘎作响，墙上渗着水，石板地面总是湿漉漉的。在她看来，人生的悲酸，统统盛进了她的盘子。随着肉汤的热气，内心深处不由得泛起一阵阵恶心。夏尔吃饭吃得慢，而她呢，除了嗑几粒榛子，就是把胳膊支在桌上，用餐刀的刀尖在漆布上划道道消遣。

现在，爱玛对家里的事，一切听之任之。四旬斋期间，老包法利夫人来托斯特住了一段日子，见到这种变化，很是诧异。可不是吗，过去她那么细心，那么讲究，如今整天不事穿着，穿的是灰线袜，点的是土蜡烛，还口口声声说应该节俭，因为他们不是有钱人家，还说她过得很称心、很幸福，什么她很喜欢托斯特这地方，以及一些别的新说法，叫婆婆无话可说。再说，婆婆的意见爱玛似乎也不想再听。甚至有一次，老包法利夫人居然说，做东家的也该管管下人的宗教信仰，爱玛狠狠白了她一眼，冷笑一声，算是回答，于是老太太不再提这类话。

爱玛越来越难伺候，反复无常。她吩咐给她做几样菜，端上来后连碰也不碰；今天只喝鲜奶，明天又要喝几杯清茶。她说不出门就不出门，后来又嫌气闷，把窗户全都打开，只穿一件薄裙。她责骂女佣，过后又送她礼物，或者让她去邻居家串门。有时，她把兜里白花花的钱币，统统撒给穷人，尽管她当时并不是心肠软，也轻易体察不到别人的喜怒哀乐，正如大多数出身农家的人，灵魂深处还存有类似父辈手上的老茧样的东西。

快到二月底，鲁奥老爹念着女婿为他医好腿的情分，亲自送来一只肥壮的火鸡，在托斯特住了三天。夏尔要看病人，便由爱玛陪他。鲁奥老爹在卧室里抽烟，往柴架上吐痰，聊的全是庄稼、牛犊、奶牛、家禽和乡镇议会，所以他一走，爱玛把门一关，松了一口气，连她自己也感到吃惊。此外，如今她再也不掩饰对任何事、任何人都不屑一顾的态度；有时故意发表些奇谈怪论，别人说好的她偏说坏，而种种有悖常情、伤风败俗的事却被她叫好，丈夫听了，睁大一双眼睛。

这种不幸的处境，难道会永远继续下去？难道她就跳不出吗？可是，那些生活幸福的女人，哪一个她比不上！在沃比萨尔，她也见过几个公爵夫人，腰身比她臃肿，举止比她粗俗。她怪上帝不公，常常头倚墙壁，暗自落泪。她向往热闹生活、通宵假面舞会、放浪形骸的愉悦及种种狂欢，她虽然未曾体验，想必一定令人沉醉。

她的脸色日见苍白，常常觉得心慌。夏尔让她服缬草汤，洗樟脑浴。试来试去，她的火气好像反而更大了。

有些日子，她讲起话来慷慨激昂；兴奋过后立刻又萎靡不振，一言不发，一动不动；要恢复过来，得往胳膊上洒一瓶科隆香水。

由于她时时抱怨托斯特不好，夏尔心想，她的病根可能是水土不服。他越想越觉得是这么回事，便当真考虑要搬家了。

从这时起，爱玛又喝醋减肥，结果得了干咳的小毛病，而且一点胃口也没有了。

要搬离托斯特，夏尔并不合算，在这里待了四年，正开始站稳脚跟。可是，不得不走啊！他把她领到鲁昂，去见他当年的老师。爱玛得的是神经官能症，需要换个环境。

夏尔多方打听，得知新堡区有个重镇，叫永镇院。镇上的医生是个流亡的波兰人，上星期搬走了。于是，夏尔给当地的药剂师写信，了解镇上有多少人口，离最近的同行有多远，前任每年收入多少等等。得到的答复令人满意，所以他拿定主意，如果爱玛的病情不见好转，开春就搬家。

一天，为准备搬家，爱玛清理抽屉，不小心手指让什么东西扎了一下。原来是她的新婚花束上的铁丝。橘花蓓蕾蒙上了灰尘，已经发黄，银丝缎带的边上也开了纱。她把花束扔进火里。花束霎时就烧着了，比干草还快。不一会儿，就像一丛小红树摊在灰堆上，慢慢地销蚀。爱玛看着它烧。硬纸板做的小浆果一个个炸开，铜丝一根根扭曲，缎带化为灰烬，纸做的花瓣慢慢卷曲，像一只只黑蝴蝶，沿着炉膛壁扶摇直上，最后从烟囱里飞走了。

三月份他们搬离托斯特的时候，包法利夫人已经有了身孕。

第二部

Part Two

1

永镇院（之所以这样取名，是因为从前有一座嘉布遣会的修道院，现在连废墟都荡然无存）是距鲁昂八法里的一个村镇，地处阿布维尔大路和博韦大路之间，位于里厄尔河流经的河谷深处。里厄尔河是条小河，河水注入昂代勒河之前，推动建在河口的三座水磨。小河里有鳟鱼，星期天，男孩们常来钓鱼玩。

在布瓦西耶离开大道，再走一段平路，登上勒坡，就能望见那片河谷了。小河从谷地穿过，把它一分为二，两边的景观截然不同：左边全是草场，右边都是农田。冈峦绵绵，草场迤逦，从山脚绕到后面，与布赖地区的牧场相连；东边的平原，地势渐渐升高，越来越开阔，金色的麦田，一望无际。河水擦着草场边沿流过，宛如一条白练，隔开草场和田垄的不同颜色。整个田野恰似一件摊开的大斗篷，绿绒大翻领上镶了一道银边。

一直往前走到尽头，眼前就是阿尔格伊橡树林，以及陡峭的圣让岭。圣让岭自上而下有些宽窄不等、又长又红的道道，这些沟壑是雨水冲刷的痕迹。许多含有铁质的山泉，流往周围一带；因而在灰色的山岭上，把那些沟壑抹上了那种砖红色。

这里是诺曼底、皮卡第和法兰西岛三大区交界的地方，居民杂居，讲话听不出口音，就像风景没有特色一样。在新堡全区，这里产的干酪最差。此外，这里种庄稼成本高，因为土质多沙石，没有黏性，需要大量施肥。

一八三五年以前，去永镇院连一条像样的路都没有，只是在这一年前后，才修了条村镇要道，连接阿布维尔大路和亚眠大路。车夫从鲁昂运货去佛兰德地区，有时也走这条路。然而，永镇院虽说有了新的出路，却一仍其旧，当地人不设法改良耕作，依然死守牧场，产出再低也不在乎。这座疏懒的村镇既然远离平原，自然就只好向河边延展。远远望去，只见它平躺岸边，就像个放牛的，正在河边睡午觉。

过了桥，山坡下有一条堤路，路边栽了小山杨树，笔直通到镇口的几户人家。房屋四周围着篱笆，在院子中央，院里枝叶茂密的树下，还有许多错落的小屋、压榨间、车棚和酿酒房；树枝上挂着梯子、杆子或者长柄镰刀。茅草屋顶的檐子很低，遮住本来就低矮的窗户，几乎遮去了三分之一，就像毛皮帽子盖住了眼睛似的。窗玻璃厚厚的，中间鼓起个疙瘩，好像瓶子底。石灰粉刷的墙头，斜穿出黑黑的房梁，有时上面还倚着棵细瘦的梨树。底层的大门都装有一道矮矮的转动栅栏门，小鸡能到门口啄食苹果酒泡过的黑面包屑，却进不了屋。再往前走，就见院子小了，房屋密了，篱笆没有了。一扇窗户下面，扫帚柄上挂一把干蕨，不住地晃来晃去。过了马掌铺，是一家大车作坊，外面停放着两三辆新造的大车，一直摆到了大路上。再过去，就见有一道栅栏门，望进去是一块圆形草坪，草坪上有一尊爱神塑像，手指放在嘴唇上；草坪尽头，是一幢白色房子，台阶两侧各有一口铸铁花缸，门上钉着盾形牌子，闪闪发光。这是公证人的家，当地最漂亮的房子。

教堂在二十步开外，位于街对面的广场入口。教堂周围是墓地，墓地不大，砌着齐肘高的围墙，里面的坟墓挤得满满的，年久的墓石与地面齐平，一块块连绵不断，整个墓地就像铺上了石板似的，夹缝里长出的青草，勾勒出规则的绿框方格。查理十世在位的后期，教堂翻修过一次。现在，木料穹顶的上部已开始腐烂，蓝色的底子上随处可见发黑的凹陷。大门上方，本来放管风琴的地方，辟成了男人们的一条祭廊，有一道楼梯盘旋而上。木鞋一踩，就咯噔咯噔直响。

阳光透过平整的彩绘玻璃窗，斜照着顺墙横排的长椅。有的座位上钉着块草编垫子，下面写有几个粗体字："某某先生专座。"往里去，大厅较窄处，一边是忏悔间，另一边是一尊圣母小塑像。圣母身着缎袍，蒙一块珠罗面纱，上面缀有点点银星，双颊涂得红红的，看上去就像夏威夷群岛的一尊偶像。最里面是主祭坛，上面高挂着一幅《神圣家族》的复制品，书有内务大臣赠几个字，一边设一对烛台，视野也就到此为止。唱诗台是冷杉木做的，保持原色没有上漆。

永镇的大广场，差不多有一半的地盘是菜市场。所谓菜市场，不过是一个瓦顶的大棚子，由二十来根柱子撑着。镇公所是按照巴黎一位建筑师的图纸建造的，外观颇似一座希腊神庙，坐落在药店旁边的拐角上。镇公所底层有三根爱奥尼亚式圆柱，二楼有条半圆拱腹的回廊，最上面的三角楣上，满满当当的是只高卢雄鸡，一爪蹬着宪章，一爪托着公正天平。

不过最引人注目的，当推金狮客栈对面奥梅先生的药店！特别是晚上掌灯之后，装潢门面的红绿药瓶，把两种彩色的亮光远远地投向地面，这时，透过亮光，宛如在孟加拉烟火辉映之下，依稀可见药剂师双肘伏案的身影。药店从上到下，贴了许多招贴，有斜体字，有圆体字，有印刷体，写着："维希水，塞尔兹水，巴雷吉水、净化糖浆、拉斯帕伊剂、阿拉伯健身粉、达尔塞药片、勒尼奥药膏、绷带、洗浴用品、卫生巧克力”等等，不一而足。横贯门面的招牌上有几个金字：奥梅药店。柜台上有几架固定的大天平；天平后面，店堂里端，有扇玻璃门，上方写着配药室，门中央有黑底金字，也是写着奥梅字样。

此外，永镇就再也没什么可看了。那条街（仅此一条），只有步枪射程那么长，两边有几家店铺，大路一拐弯，就到了街的尽头。出了街，往左拐，沿着圣让岭山脚，走不多远，就到了公墓。

有一段时期，霍乱流行，为了扩大墓地，推倒了一堵墙，又在旁边买下三英亩地皮。不过，这块新辟的坟场，几乎没人前来安葬，坟墓还是密密麻麻朝大门那边扩展。公墓看守人，又管掘坟，还兼教堂执事（因而就从本堂区死者身上双倍获利），利用那片空地种了土豆。然而，年复一年，那块本来不大的土地，还是逐渐缩小，所以遇到传染病流行，他真不知道是该为死人增多而高兴，还是该为新坟占地而难过。

“莱蒂布杜瓦，你是在吃死人呢！”本堂神甫先生有一天，终于对他说道。

这句话听起来毛骨悚然，他不得不考虑，有一段时间住了手；可是，如今他照旧种他的块根，还硬说是地里自生自长的。

自从下面要讲到的事情发生以来，永镇实际上没有任何变化。铁皮做的三色旗，依然在教堂的钟楼顶上转动；时装店的两幅印花布幌子，依然迎风招展；药店的胎儿标本，像一团团白色火绒，还泡在浑浊的酒精里，日渐腐烂；客栈大门上方的金狮，年深日久，风吹雨打，虽说早就褪了颜色，但还在向过往行人展示鬈毛狗式的鬣毛。

包法利夫妇要到永镇的那天傍晚，客栈女老板，寡妇勒弗朗索瓦太太忙得团团转，大汗淋漓地在锅边烧菜。第二天镇上逢集，事先得切好肉，开好鸡膛，备好汤和咖啡。她还要为几个包饭的客人，以及医生夫妇和他们的女佣张罗晚餐。台球室里传来阵阵笑声；小间里有三个磨坊主，直嚷着要烧酒。劈柴熊熊燃烧，火炭噼啪作响。厨房的长条案板上，整块的生羊肉之间，放着一摞摞盘子，砧板上在剁菠菜，震得盘子直晃动。偏院里，鸡鸭乱叫，因为女佣在捉它们，准备宰杀。

有个人背向壁炉烤火，他穿一双绿色皮拖鞋，脸上有几颗麻子，头戴金坠丝绒软帽；一副自鸣得意的神态，一看便知他的日子过得舒坦自在，就像挂在他头顶上方的柳条笼子里的金翅鸟一样。此人就是药剂师。

“阿泰米丝！”女店主喊道，“折些细树枝，玻璃瓶灌满水，把烧酒拿来，麻利点！先生等的那几位，我还不知道该上什么甜食好呢。老天爷！搬家的那几个伙计又在台球室闹开了！他们的大车还停在大门口呢！等会儿燕子到了，会把它撞坏的！你叫波利特把大车弄一边去！……真是的，奥梅先生，从早上起，他们这帮人怕是打了十五盘啦，苹果酒都喝了八坛！……”女店主手里拿着漏勺，远远望着那伙人，继续说道：“我那球台的呢毡都会给他们戳破的！”

“没什么大不了的，”奥梅先生答道，“再买新的就是了。”

“再买新球台！”寡妇叫起来。

“现在这张已经不能用了呀，勒弗朗索瓦太太。我早就跟您说过，您这是自己害自己！吃亏得很呢！再说，爱打台球的人，如今都讲究球袋要小，杆子要沉，打的不再是这种球了，全变啦！得跟着时代走！您瞧人家泰利耶吧……”

女店主气得涨红了脸，药剂师并不住嘴；

“他那张球台，随您怎么说，也比您这张小巧。而且，人家还会出点子，比如说，为波兰人和里昂遭水灾的人①举办义赛……”

---

① 1830年波兰爆发华沙起义。1840年法国里昂发生水灾。

“我们才不怕他那号人！”女店主耸耸肥硕的肩膀，打断他的话，“得啦，得啦，奥梅先生！只要我金狮在，总会有客人来。咱们底子厚嘛！倒是法兰西咖啡馆，您看好了，早晚有天早上会关门大吉，窗板上贴封条的！……换掉我这张球台，”女店主自言自语，继续说道，“它可以摆摆要洗的衣服，方便得很呢！打猎的季节，我还安排上面睡过六个客人呢……怎么搞的，伊韦尔磨磨蹭蹭地还不到！”

“您是等他到了，好给客人开饭吗？”药剂师问道。

“等他？那比内先生怎么办！您看吧，六点钟，他准到。像他那样说一不二的人，世上还没第二个呢。他总要坐单间，还非要他那个座位不可，死也不肯换地方！那个挑剔劲儿，连苹果酒都挑三拣四的。一点儿不像莱昂先生，人家有时七点来，甚至七点半才来呢。有什么吃什么，看都不看一眼。多好的小伙子！说话从来斯斯文文的。”

“是啊，您看，受过教育的人，和当兵出身的税务员，就是不一样嘛。”

钟敲六点。比内果然进来了。

他身材瘦削，穿一件笔挺的蓝色外衣，皮帽的两个护耳用带子系在头顶，帽檐上翘，露出个秃脑门，过去戴久了军盔，上面留有印子。身上一件黑呢坎肩，一副马尾衬硬领，一条灰色长裤；一年四季，皮靴擦得铮亮，不过鞋面让脚趾一边拱起一块。一张黯淡无光的长脸，长一双小眼睛，一个鹰钩鼻子；金黄色络腮胡子，齐着下巴，一根不乱，就像花坛的边缘一样整齐。他打一手好牌，写一手好字，还是打猎的高手。他家有台车床，作为消遣，就做套餐巾的小环，怀着艺术家的收藏癖和小市民的占有欲，餐巾环堆了一屋子。

他朝单间走去，但先得请那三个磨坊主出来。他在火炉旁边老位子坐下，一声不吭，等人给他摆好餐具，然后像往常一样，把门一关，摘掉帽子。

“寒暄几句，也不会把他的舌头累着！”旁边没人时，药剂师对女店主说道。

“他这个人从来话就不多，”女店主应道，“上星期，来了两个布贩子，是两个很风趣的小伙子，晚上说了一大堆笑话。我笑得眼泪都出来了，可他呢，闷声不响坐在那里，像条死鱼。”

“就是，”药剂师说道，“没有想象，不懂风趣，没一点社交素质！”

“不过，有人说他很有本事。”女店主不以为然地指出。

“有本事？他！有本事？”奥梅先生反驳，又用缓和的口气说道，“在他那一行，倒也可能。”

他接着又说：

“嗯！一个渠道很多的商人，一个法律顾问、一个医生、一个药剂师，由于专心业务，人变古怪了，甚至变得喜怒无常，这我理解。故事里有的是嘛！不过，那至少是因为，人家在思考什么问题。就拿我来说吧，好几回要写标签，满书桌找笔，可是找来找去，最后发现在自己耳朵上夹着！”

这时，勒弗朗索瓦太太走到门口，想看看燕子到了没有。她愣了一下，因为有个穿一身黑的男人冷不丁走进厨房。借着黄昏的余光，可以看出这人脸色红润，身强力壮。

“神甫先生，有何贵干？”女店主一边问，一边伸手从壁炉上拿了一盏烛台，摆成一排的铜烛台上都插着蜡烛。“要来点什么吗？喝点黑茶藨子酒，还是葡萄酒？”

教士彬彬有礼地谢绝了。他是为雨伞来的，那天他把雨伞忘在埃内蒙修道院了，特来拜托勒弗朗索瓦太太差人去取来，晚上送到他的住处。晚祷的钟声在敲响，他说完就往教堂去了。

药剂师等到听不见神甫在广场上的脚步声了，就觉得他刚才的做法很不应该。连喝一点爽爽口都不肯，在他看来，实在是虚伪透顶。其实呢，个个教士，都背着人大吃大喝，而且巴不得又回到什一税①的年代。

女店主却替她的神甫打抱不平：

“要说嘛，像您这样的人，他能一下子放四个在膝盖上任意摆弄。去年，他帮咱们大伙儿收麦秸，一次就扛六捆，好足的力气！”

“好哇！”药剂师说，“您就让自家女儿去向这种体格的壮汉忏悔吧。我呀，我要是政府，就要教士们每个月放一次血。没错，勒弗朗索瓦太太，每个月都切开静脉大放一次血，对治安和风化都有好处。”

“闭上您的嘴，奥梅先生！您是在亵渎宗教！您没有信仰！”

药剂师回嘴说：

“我有信仰，有我自己的信仰！我甚至比他们都虔诚，不像他们一个个装腔作势，故弄玄虚！其实呢，我信奉上帝！信奉天主，相信有个造物主。这个造物主是谁，无关紧要，他安排我们来到尘世，就是让我们尽公民的义务，尽家长的职责。但是，我用不着上教堂，去吻那些银盘子，掏腰包养肥那一大帮小丑；他们吃得比我们还好呢！膜拜上帝嘛，在哪儿都行，树林里，田野上，甚至可以学古人，就那么遥望苍天。我信奉的上帝，是苏格拉底的上帝，富兰克林的上帝，伏尔泰和贝朗瑞的上帝！我拥护《萨瓦教长的信仰宣言》②和八九年的不朽原则③！因此，我不相信有个什么上帝老官儿，拄着

---

① 旧时天主教规定教民须以收入的十分之一向教会纳税。大革命时，这一制度被废除。

② 见卢梭的《爱弥儿》第四卷。萨瓦教长主张自然信教，反对死抱教条。

③ 指一七八九年，即法国大革命爆发之年；原则指《人权宣言》第十条，宣布信仰自由。

拐杖在花圃里踱来踱去，却让自己的朋友住在鲸鱼肚子里，大叫一声死去，三天以后又活转来①。这些事本身就荒诞不经，而且完全违背物理学的全部定律。这也同时向我们证明，教士一向愚昧无知，厚颜无耻，还硬要世人也跟他们一样。”

药剂师住了口，环顾四周，看有没有听众。他说得慷慨激昂，一时竟以为自己是在镇议会哩。可是女店主早没听他那一套了，而是伸着耳朵，在听远处的辚辚声。这时听得出马车的响声，夹杂着松了的马掌踏地的声音。燕子终于在门口停下了。

其实那不过是个黄色的车厢，架在两个大轱辘上，轱辘高及车篷，以致乘客不仅看不见路面，肩膀还要吃土。车窗窄小，车门一关，玻璃就在窗框里不住哆嗦，玻璃上积了老厚一层灰土，还左一块，右一块，沾了些泥点子，即使倾盆大雨，也很难完全冲洗掉。拉车的马有三匹，其中一匹打头。每逢下坡，车一颠簸，车厢底部就会擦地。

永镇一些市民来到广场上，大家七嘴八舌，有问消息的，有打听事的，也有找鲜活筐子的，闹得伊韦尔不知回答谁好。本地人都是托他去城里办事。他要一家家跑店铺，再带回来，为鞋匠带了几卷皮子，为马掌匠带了些铁料，给他的女东家带了一桶鲱鱼，还从帽店带回几顶帽子，从理发店带回一些假发。回来的路上，他站在座位上，扯开嗓门呼喊，隔着院墙，把一包包东西扔到各家各户，忙得连马也顾不上，由它们自己往前走。

路上出了点事把他给耽搁了。包法利夫人的那条猎兔犬，蹿进田野跑走了。他们吹口哨找它，足有一刻钟。伊韦尔甚至还折回去半法里，总以为望见了，却又不是。可是，还得赶路呀。爱玛掉了

---

① 见《圣经·旧约全书·约拿书》第一、二章：“耶和华安排一条大鱼吞了约拿，他在鱼腹中三日三夜。”

眼泪，发了脾气；抱怨倒霉，都怪夏尔。同车的布商勒赫先生，想法子安慰她，举了许多例子，说狗丢失多年，还认得主人。他听人说，有条狗从君士坦丁堡回到了巴黎。还有条狗，跑的路，按直线距离算都有五十法里，而且还泅过了四条河。他父亲就养过一条鬈毛狗，丢失了十二年；有天傍晚，他进城吃饭，在大街上，那条狗冷不丁跳到他背上。

2

爱玛头一个下车，接着是费莉西泰、勒赫先生，还有个奶妈。而夏尔却是不叫不醒的，天一擦黑，他就在角落里呼呼睡着了。

奥梅上前自我介绍，向夫人表示敬意，又与先生寒暄一番，说他有机会给他们帮了点忙，十分高兴，接着热情地补充说，他不请自到，实在冒昧，不过他太太不能到场。

包法利夫人走进厨房，来到火炉跟前；用两个手指尖，在膝盖处捏住长裙，将下摆提至脚踝，抬起一只穿黑靴的脚，从正在翻转的烤羊腿上面，伸向炉火。火光照着她的整个身子，强烈的光线穿透裙料的经纬、她那白皙皮肤的均匀毛孔，甚至不时眨动的眼皮。每当从半掩的门里吹进来一阵风，便有大片红光掠过她的身子。

壁炉的另一边，有个金黄头发的小伙子，默默地打量着她。

小伙子名叫莱昂·迪皮伊，是公证人吉约曼的书记员（他是金狮客栈的第二位包饭客人），在永镇住得很无聊，所以常常迟些来用餐，盼着店里来个把客人，晚上好聊天。有的日子，他干完活，不知道做什么好，便只好准时前来，从上汤一直到上奶酪，无可奈何，与比内面对面用餐。所以，当女店家提议，他陪新来的客人用饭时，他便欣然同意；于是来到大间。勒弗朗索瓦太太讲排场，让人摆了四副餐具。

奥梅怕鼻炎发作，请大家允许他不摘头上的希腊便帽。

接着，他转向邻座的女客人：

“夫人大概有些累了吧？我们这辆燕子，颠得实在够呛！”

“是啊，”爱玛答道，“不过，经常动动也很开心。我就喜欢挪地方。”

“老待在一个地方，”书记员叹息着说，“的确乏味！”

“要是像我一样，”夏尔说，“一天到晚不得不骑着马……”

“我倒觉得，那再有意思不过了，”莱昂转向包法利夫人说道，随即又补上一句，“只要有可能。”

“其实，”药店老板说道，“在我们这个地方行医，并不十分辛苦，因为大路上都能通马车，而且一般说来，农民富裕，诊费也较高。在医疗方面，除了肠炎、支气管炎和胆道感染等常见病之外，收割季节有时还会出现间歇热病例；不过，总的来讲，重症很少，没什么特别的，只是患瘰疬的人比较多，这可能是因为，我们乡下人住房的卫生条件很糟糕。喔！包法利先生，您会发现，倒是有许多偏见需要您去攻克；您努力按科学办事，人家却墨守成规，天天和您作对；现在还有人求助于祷文、圣物和神甫，而不是自然而然地来找医生，找药剂师。不过说实话，气候并不坏，本乡甚至有几位九十高龄的人。寒暑表（我作过观察），冬天低到摄氏四度，夏天高到二十五度，顶多三十度，最多合列氏二十四度，折合成华氏（英国温标）就是五十四度，不会再高啦！——事实上，我们一边有阿尔格伊树林挡住北风，另一边有圣让岭挡住西风；然而这股热气，来自草场上的大量牲畜以及河流蒸发而成的水蒸气，你们知道的，牲畜呼出大量氨气，也就是氮气、氢气和氧气（不对，只有氮气和氢气），这股热气，还使地里的腐殖质蒸发并且加以吸收，混合所有这些不同的挥发气体，可以说是把它们汇为一团，遇到大气带电的时候，就自动与电化合，久而久之，就像在热带地区一样，会生成有害健康的疫气；——这股热气，我是说，在它来的地方，准确地说是，在它可能来自的地方，也就是在南方，被东南风削弱，东南风吹过塞纳河，就变得凉爽了，有时骤然吹到我们这里，简直像俄罗斯的微风！”

“你们这附近总该有散步的地方吧？”包法利夫人继续与年轻人说道。

“嗨！很少，”他答道，“山岭上森林边沿，有个叫作牧场的地方。星期天，我有时带本书去那里，看看落日。”

“我觉得，什么也比不上落日好看，”她又说道，“特别是在海边。”

“喔！我就爱大海，”莱昂先生说。

“还有，您不觉得吗，”包法利夫人接过来说，“在浩瀚无垠的海面上，思想会更自由地遨游，极目远眺，灵魂就会升华，内心也会向往无穷，向往理想？”

“山区风光也是这样，”莱昂接着说，“我有个表兄，去年游历了瑞士，常对我说，那里湖泊的诗情画意，飞瀑的瑰丽迷人，冰川的壮观宏伟，实在超乎人的想象。那里有挺立激流之中、高大无比的松树，有高耸悬崖之上的小屋；低头望去，渐渐云开雾散，万丈幽谷历历在目。这些景致一定令人欣喜，令人赞美，令人神往！难怪那位著名的音乐家，为了激发自己的想象，总要对着波澜壮阔的景色弹钢琴呢。”

“您是搞音乐的？”包法利夫人问道。

“不是，可是我很喜欢，”莱昂回答。

“喔！别听他的，包法利夫人，”奥梅一边俯向餐盘，一边插话，

“这纯粹是谦虚。——怎么，老弟！那天您在卧室，还唱《守护天使》① 呢，真是好听极了。我在配药室听得见；您的唱功，就像演员。”

原来，莱昂寄住在药剂师家，三楼一个小间，面对广场。听到房东夸奖，他脸都红了。而奥梅已经转向医生，一一列举永镇的要人；讲述一些逸闻趣事，介绍一些情况。什么不知道公证人到底有多少财产；什么蒂瓦施一家人架子特大。

爱玛又问：

“您喜欢什么音乐？”

“哦！德国音乐，那种引人遐想的音乐。”

“您看过意大利歌剧吗？”

“还没有；不过，明年我要住到巴黎去，去读完法律学业，那时就要看了。”

“刚才，”药剂师说，“我有幸跟您先生谈到亚诺达，就是那个搬走了的可怜虫。倒是多亏了他爱铺张，你们就要住上永镇最舒适的一所房子了。对于一位医生来讲，这所房子尤其方便之处，是有一扇门通小路，进进出出没人看见。此外，居家的种种方便设施，应有尽有：客厅、卫生间、水果贮藏室、带配膳室的厨房，等等。那家伙不在乎钱！他叫人在花园尽头，靠河边的地方，搭了个花棚，就为夏天好在那里喝啤酒！夫人要是爱好园艺，不妨……”

“我太太在这方面不大有兴趣，”夏尔说道，“有人劝她活动活动，可她就老爱待在屋里看书。”

“我也一样，”莱昂插话道，“其实在晚上，风吹打着窗玻璃，屋里点着灯，拿本书在火炉边一坐，真是再美不过了！……”

“可不是吗？”她睁着一双又黑又大的眼睛，注视着莱昂说道。

---

① 迪尚热夫人（1778-1858）作曲，一度流行。

“你什么也不想，”他接着说，“时间一小时一小时流逝。你寸步不移，却在一个又一个地方神游，宛如历历在目，你的思想和故事难解难分，不是揣度细节，就是追逐来龙去脉。你与书中人物同呼吸，共命运，仿佛是你穿了他们的衣服，在心惊肉跳一样。”

“对极了！对极了！”爱玛说了又说。

“有时候看书，”莱昂继续说，“会遇到自己也有过的某个朦胧的念头，或者某个早已淡忘的形象，又从远处回到眼前，好像是你最细腻的感情，在充分展现出来。您有过这种体验吗？”

“我有过这种体验。”爱玛答道。

“所以，”莱昂说，“我特别喜欢诗人；觉得诗歌比散文更加温情脉脉，更加催人泪下。”

“不过读多了也会腻味，”爱玛又说，“我现在相反，却很喜欢那些一气呵成的，惊心动魄的故事。我就讨厌如同现实生活的，平平庸庸的人物，温吞水似的感情。”

“的确也是，”书记员指出，“这样的书不能打动人心，依我看来，就背离了艺术的真正目的。人生每多失望，若能在思想上了解高贵的性格、纯真的情感和幸福的境界，那是多么美好啊！就说我吧，生活在这里，远离上流社会，读书是唯一的消遣；可是，永镇又拿不出什么东西来！”

“大概就跟托斯特一样，”爱玛又说，“所以那时候，我总在租书店租书看。”

“夫人若肯赏光，尽可利用我的藏书，”药剂师听到他们最后这几句话，便说道，“我收藏的书，都出自最优秀的作家，譬如伏尔泰、卢梭、德利尔、瓦尔特·司各特，还有《连载集锦》，等等；此外，我还会收到各种报刊，其中《鲁昂灯塔报》是天天送来；我是这家报纸在比希、福日、新堡、永镇以及附近一带的通讯员，所以沾了点光。”

饭已经吃了两个半小时。因为女佣阿泰米丝，趿拉着一双粗布条编的鞋子，懒懒散散，在石板地上拖拖拉拉走着；上菜有一道没一道，丢三落四，样样不懂；老是让台球室的门半开半掩，插销头在墙上碰来碰去。

闲谈之中，莱昂不知不觉，把脚踩在了包法利夫人的椅子的横档上。包法利夫人系一条蓝色的真丝小领巾，像皱领那样，把细麻布衣领，围得直直的，圆圆的；她的脸的下半部，随着头部的动作，时而缩进时而露出高领，十分妩媚。他们俩离得很近。在夏尔和药剂师交谈时，他们就这样海阔天空地闲聊，聊来聊去总离不开固定的中心，十分投机，什么巴黎的演出啦，小说的标题啦，时新的对舞啦，还有他们并不熟悉的上流社会，爱玛居住过的托斯特，他们眼下所在的永镇，等等，天南海北，无所不谈，直到晚餐结束。

上了咖啡之后，费莉西泰便先去新宅收拾卧室。不多久，客人们就离席了。勒弗朗索瓦太太就着炉火的余烬打盹儿。只有马夫提着灯，守在一旁，准备送包法利夫妇去他们的新家。他的红头发里沾着碎麦秸，左腿一瘸一拐的。他用另一只手拿起神甫先生的雨伞，大家就出门了。

小镇在沉睡，菜市场的柱子投下长长的影子。大地灰蒙蒙的，像夏天的夜晚。

医生的住所离客栈只有五十步远，不一会儿，大家就互道晚安，分头走了。

爱玛一进前厅，就觉得凉飕飕的，肩上就像搭上了湿衣服似的。原来墙壁新刷过石灰。木头梯级嘎吱直响。二楼的卧室没挂窗帘，窗户透进灰白的光。影影绰绰望见树梢，远处夜雾笼罩，草地若隐若现；月光皎洁，沿河一带雾气缭绕。屋子中央，横七竖八，放着五斗柜抽屉、大大小小的瓶子、帐杆、镀金小棍，床垫堆在椅子上，盆子扔在地板上；搬家具的那两个人，随随便便地把东西撂下了。

爱玛这是第四次在陌生地方睡觉，第一次是进修道院那天，第二次是到托斯特那天，第三次是在沃比萨尔，如今是第四次。每一次在她的生活中，似乎都意味着一个新阶段的开始。她认为，在不同的地方，事物不可能老是一个面目，过去的生活既然不尽如人意，将来要过的日子兴许会好一些。

3

第二天，爱玛刚醒来，就看见书记员在广场上。她穿的是梳妆衣。书记员抬起头，向她打招呼，她匆匆点了点头，把窗户关上。

莱昂一整天都在盼望晚上六点到来，可是走进客栈，只看见比内先生一人坐在餐桌旁。

头一天的晚餐，对莱昂来说，算得上是件了不起的大事。一连两个小时，与一位女士聊天，他还是破天荒头一回。那么多内容，过去他无论如何都说不清楚，怎么在爱玛面前竟讲得那样娓娓动听？他一向腼腆，少言寡语，一半是生性羞怯，一半是有意不让人看透。在永镇，人人都认为他举止得体。遇到年长的人高谈阔论，他总是洗耳恭听，似乎并不热衷政治。对一个年纪轻轻的人来讲，的确难得。而且，他多才多艺，会画水彩画，能识五线谱，晚饭后不打牌的日子，就一心看文学。奥梅先生看重他有知识，奥梅太太则喜欢他为人殷勤，因为他常在花园里陪伴奥梅家的孩子。那几个小家伙，总是脏兮兮的，很没有教养，而且有点懵懵懂懂，如同他们的母亲。奥梅家照料孩子的，除了女佣，还有药店学徒朱斯坦。朱斯坦是奥梅先生的远房亲戚，奥梅先生善心一动，把他收留在家，同时当用人使唤。

药店老板表现得自己是再好不过的邻居。他向包法利夫人介绍各家店铺的情况，特意找来平常卖苹果酒给他的供货商，亲自尝酒，又去地窖看着把酒桶摆好；还介绍怎样才能买到便宜黄油，甚至还与教堂执事莱蒂布杜瓦谈妥了安排。莱蒂布杜瓦除了教堂差事和丧葬事务之外，还随各家喜好，按钟点或按年头，帮永镇的大户人家料理花园。

药剂师如此殷勤，曲意逢迎，并非全系好管闲事使然，其中还另有打算。

共和历十一年风月①十九日颁布的法律第一条规定，任何人没有执照不得行医。奥梅违犯了这条法律，经人暗中告发，被传唤到鲁昂去见王家检察官。检察官身穿官袍，肩上披着白鼬皮饰带，头戴直筒高帽，站在办公室里传见了他。那是上午开庭之前。走廊里传来法警沉重的靴子走动的声音，远处好像还有大铁锁锁门的声音。药剂师耳朵里嗡嗡直响，像中了风，眼看就要倒下了。他恍惚看见自己被关进地牢里的秘牢，全家哭哭啼啼，药店被出卖，瓶瓶罐罐丢了一地。他不得不走进一家咖啡馆，喝了杯加矿泉水的朗姆酒，才定下神来。

日子一久，这次警告渐渐淡忘了，他故态复萌，又在后店给人看病，开些治不好死不了的方子。但是，镇长对他心存芥蒂，同行都妒忌他，必须时时小心提防。他对包法利先生礼数有加，极力套近乎，就是为了赢得他的感激之心，万一日后有所觉察，也只好嘴下留情。因此，奥梅天天早晨都给他把报纸送来，到了下午，常要抽点时间，离开药店，去医生那边聊聊天。

夏尔愁眉不展，因为没人登门求医。他不言不语，一坐好半天，

---

① 风月是法国大革命时代共和历的六月，约当公历二三月间。

不是在诊室睡觉，就是看妻子做针线活儿。为了消磨时间，他在家里干些力气活儿，甚至用粉刷匠剩下的涂料，把阁楼刷了一遍。可是，钱的问题令他忧心忡忡。装修托斯特的住宅，给太太添置服饰脂粉，还有这次搬家，花钱如流水；结果，三千多埃居的陪嫁，两年下来，花得一干二净。再说，从托斯特迁居永镇，搬运途中，不少东西不是损坏了，就是丢失了。且不说那尊神甫石膏像，马车有一下颠得太厉害，摔了下来，在坎康普瓦的石板路上摔得粉碎。

有一件他乐于操心的好事，使他得以排遣，那就是太太有喜了。随着产期的临近，他对她疼爱有加。另一种血肉联系正在形成，好像让他时刻感觉到，那是一种更为复杂的结合。他远远望见她，走起路来，懒洋洋的，没穿胸衣的腰身，在臀部上面款款扭动；要不然就是，两个人面对面，她倦怠地坐在扶手椅里，让他看个够；这时，他太幸福了，再也憋不住了，便站起来，搂住她，摸她的脸，叫她小妈妈，恨不得拉她跳舞，又是笑又是哭，心头涌出柔情蜜意的俏皮话，说起来滔滔不绝。想到有了自己的骨血，他就心花怒放。现在他什么都不缺了。他在经历全部人生，在人生的筵席上，他悠然自得。

爱玛起初感到十分惊讶，接着巴不得快些分娩，好知道做母亲是个什么滋味。她想要个吊床摇篮，配粉红色罗帐，加上几顶绣花童帽，可是，她不能由着自己的心思花钱，一气之下，干脆甩手不管，统统交给村里一个女工去做，既不挑选，也不多谈。这些准备工作是能唤起母爱的，其中自有乐趣，她就体会不到了。因此，她的母爱，从一开始，也许就打了折扣。

不过，每天吃饭时，夏尔总要谈起他们的小宝宝，因此不久她也常常放在心上了。

她盼望生个儿子，身强力壮，棕色头发，取名叫作乔治。这种要男孩的想法，是因为自己过去活得窝窝囊囊，希望出一口气。男人至少是自由的，可以遍历种种激情，周游世界，冲破艰难险阻，就是天涯海角的幸福，也要去享受一番。女人呢，则处处受到束缚；缺乏生气，任人摆布，不仅身体上软弱无力，而且法律上处于依附地位，每每不利。女人的愿望，就像帽子上用细绳系住的面纱，不管什么风一吹就簌簌直颤；时时都有欲望在鼓动，时时都有礼俗在牵制。

一个星期天的早晨，约摸六点钟，太阳升起的时候，她分娩了。

“是个女儿！”夏尔说。

她转过头，昏了过去。

奥梅太太几乎立刻跑过来吻她，金狮客栈的勒弗朗索瓦大妈也赶了来。药剂师懂得分寸，只在半掩的门外，说了几句临时道喜的话。他要瞧瞧婴儿，觉得长得很好。

爱玛在月子里，花了不少心思给女儿取名字。首先，她想到了所有带意大利语尾音的名字，诸如克拉拉、路易莎、阿曼达、阿塔拉等等。她相当喜欢加尔斯温特这个名字，但更喜欢绮瑟和莱奥卡迪。夏尔希望孩子叫母亲的名字，爱玛不同意。他们查遍了历书，还请教了外人。

“那天我跟莱昂先生谈起这事，”药剂师说，“他觉得很奇怪，你们怎么不给她取名玛德兰，眼下这名字好时髦呢。”

但是老包法利夫人大叫大嚷，说不能用这样一个女罪人①的名字。奥梅先生呢，大凡能让人联想起伟大人物、著名事件或崇高思想的名字，他都情有独钟。他的四个孩子，就是按这种方式取的名字：拿破仑代表光荣，富兰克林代表自由，伊尔玛②也许是对浪漫主

---

① 《圣经·新约全书·路加福音》第七章有个抹香膏的女人，是个罪人。一般人误把第八章的玛德兰（旧译抹大拉）当成那个罪人，便以讹传讹，流传下来。

② 伊尔玛是同名浪漫主义小说的女主人公。

义的归附，而阿塔莉①则是向法国戏剧最不朽的杰作表示敬意。药剂师具有哲学信念，但这并不妨碍他对艺术的欣赏；他身上的思想家成分，并不窒息他的感受力；他善于区别对待，分得清想象和狂热。就拿这部悲剧来说吧，他抨击其思想，却欣赏其风格；诅咒其观念，却赞扬其全部细节；厌恶剧中人物，却喜欢他们的对白。每逢读到精彩之处，总不禁心潮澎湃；但一想到教士们借此为教会谋利，又不免黯然神伤。他百感交集，心困神惑，既想亲手给拉辛戴上桂冠，又想好好和他商榷一番。

最后，爱玛想起在沃比萨尔庄园做客的时候，曾听见侯爵夫人叫一位年轻女子贝尔特，于是选定了这个名字。由于鲁奥老爹不能来，他们就请了奥梅先生做教父。奥梅先生送来的礼物，全是他店里的货品，计有：六盒大枣止咳膏、一整瓶健身粉、三筒蛋白松糕，还有从壁柜里找出来的六根冰糖棍。施洗礼的当天晚上，摆了一大桌酒席，本堂神甫也在座；大家兴致很高。临到行酒的时候，奥梅先生唱了一首《好人的上帝》，莱昂先生唱了一曲威尼斯船歌，老包法利夫人是教母，也唱了一首帝国时期的浪漫曲。最后，老包法利先生硬是要人把孩子抱下楼来，端了一杯香槟酒往她头上浇，说是给她行洗礼。如此取笑第一次圣礼②，使布尔尼贤神甫大为生气。老包法利引用《众神之战》③ 中一句话回敬他。神甫起身要走。女士们好言挽留，奥梅先生也出面打圆场，神甫这才重新坐下，没事人一样，从碟子里端起喝了一半的咖啡。

老包法利在永镇还住了一个月。早上，他总要上广场去抽烟斗，

---

① 阿塔莉是十七世纪古典主义悲剧作家拉辛的同名杰作中的女主人公，故事取材于《圣经》。

② 基督徒一生要领受七次圣事。洗礼是其中第一次。

③ 法国诗人德·帕尔尼的作品（1799 年）。

戴一顶神气的银边军便帽，还真让镇上人为之一愣。他喝惯了烧酒，而且量大，常常叫女佣去金狮客栈买一瓶，赊账记在儿子名下。他往丝围巾上洒香水，把儿媳所有的科隆香水全用光了。

有他在，儿媳并不讨厌。这位公公可是走南闯北有阅历的，经常讲起柏林、维也纳、斯特拉斯堡，还有他当军官时的情形，他相好过的情妇，他摆过的盛大酒宴。再说，他显得讨人喜欢，有时在楼梯上或花园里，甚至揽着儿媳的腰叫道：

“夏尔，你要当心呢!”

这样一来，包法利老太太为儿子的幸福担心了，生怕久而久之，老伴会对儿媳的思想产生不良影响，赶紧闹着要走。她也许还有更为严重的不安吧，老头子可是个无法无天的人。

一天，爱玛突然心血来潮，要去看看托给木匠老婆喂奶的女儿。她也不翻翻历书，看圣母六周①是否过了，就朝罗莱住的地方走去。罗莱家在村头山坡下，大路和草场之间。

时值正午，家家户户都关了窗板。蓝天烈日之下，青石板屋顶熠熠发光，山墙顶上仿佛冒着火花。连风都是闷热的。爱玛走着走着，觉得体力不支，加上路边的石子又硌脚，她拿不定主意是折回去好，还是找户人家坐一会儿好。

正在这时，莱昂先生从附近一家大门里出来，腋下夹着一沓材料。他上前跟爱玛打个招呼，随即走到勒赫的店铺前面，站在灰色挑篷的阴凉里。

包法利夫人说，她去看孩子，不过已经觉得累了。

“要是……”莱昂欲言又止。

“您要去什么地方办事吗?”爱玛问道。

听了书记员的回答，爱玛便请他陪她一起走。一到傍晚，这事

① 按传统习惯，产妇坐月子不出门的时期。

就传遍了永镇。镇长夫人蒂瓦施太太当着女佣的面说：包法利夫人这是往自己脸上抹黑嘛。

要去奶妈家，出了街得向左拐，就像要去公墓一样；再顺着矮屋和院落之间的一条小径往前走。小径两旁，女贞树正开花，婆婆纳也在开花，还有犬蔷薇、荨麻和轻盈的树莓，耸立在灌木丛中。透过篱笆上的窟窿望去，在偏院里，不是一头猪在肥料堆上爬来爬去，就是戴了颈栓的几头牛在用犄角蹭着树干。两个人肩并肩，款款而行。爱玛靠在莱昂身上，莱昂放慢脚步，随着她的步子。在他们前面，有一群苍蝇，飞来飞去，嗡嗡作响，空气燥热。

他们认出了那所房子，房子坐落在一棵老胡桃树的树荫下。房子矮矮的，盖着褐色的瓦片，阁楼窗户下挂着一串葱头。靠荆棘篱笆，立着一捆捆细树枝，圈住一畦生菜、几株薰衣草和架子上正开花的豌豆。脏水泼在草上，流得东一摊，西一摊，周围晾着好几件已经难以辨认的破衣烂衫、针织的袜子、一件红印花布女上衣，篱笆上还搭着一条粗布床单。听见栅栏门响，奶妈出来了，怀里抱着个正在吃奶的孩子，另一只手牵着个瘦得可怜的小家伙，脸上长着瘰疬。小家伙是鲁昂一个针织品商的儿子，父母忙于生意，把他留在了乡下。

“请进。”奶妈说，“您女儿在那儿睡觉呢。”

整个屋子就只有楼下这么间卧室，里面靠墙有张大床，没挂帐幔；靠窗放着和面缸；窗玻璃裂了一块，用蓝纸剪了个太阳粘在上面。门后角落里，在洗衣池石板下面，摆着一双靴子，靴钉闪闪发亮；旁边有个瓶子，盛满了油，瓶口插着根羽毛。壁炉台上落满灰尘，上面有本《马太历书》，扔在打火石、蜡烛头和零碎火绒当中。整个屋子里最不实用的东西，是一幅吹喇叭的消息女神画像，多半是从什么化妆品广告上剪下来的，用六个鞋钉钉在墙上。

爱玛的孩子睡在地上一个柳条摇篮里。她把孩子连被窝一块儿抱起来，一边摇晃，一边低声哼起歌曲。

莱昂在屋里踱来踱去。看到这位穿南京布长裙的漂亮太太，置身如此贫寒的环境之中，他似乎觉着不对劲。包法利夫人脸红了。莱昂转过身去，心想这样看她，未免失礼。孩子吐奶了，吐在了爱玛的衣领上，她把孩子放回摇篮。奶妈赶忙过来给她揩，还说不会留下印痕的。

“她往我身上吐的次数可多呢，”她说，“要不住地给她洗了又洗！您能不能跟杂货店老板加缪打个招呼，我要用肥皂的时候，让我拿几块？这样您也方便，免得我打扰。”

“好的，好的！”爱玛说，“再见，罗莱大嫂。”

她走出来，在门槛上擦了擦脚。

奶妈一直把她送到院子尽头，一边诉苦，说她半夜里还要起来。

“有时候，我实在困得不行，坐在椅子上就睡着了。所以，您好歹得给我一小磅磨好的咖啡，可以管一个月，我早上兑牛奶喝。”

包法利夫人耐着性子听完奶妈道谢，就上路了。在小径上走了一段路，听见后面木鞋响，回头一看，又是奶妈赶来了！

“有什么事？”

那乡下女人把她拉到旁边一棵榆树后面，开始谈她的丈夫，说他干那行当，一年才六法郎，他的头头……

“长话短说吧。”爱玛道。

“好吧，”奶妈边说边叹，“我担心，我丈夫见我一人喝咖啡，心里会不痛快。您知道，男人都……”

“您有不就结了吗，”爱玛连声说道，“我会给您的！……您真啰嗦！”

“唉！好心的太太，都只为他受过伤，胸口老疼得厉害，抽着抽着疼，他甚至说，连苹果酒也不能喝。”

“有话快说呀，罗莱大嫂！”

"那，"奶妈行了个大礼，接着说，"要是您不嫌我过分的话……"她又行了个礼，"如果您肯开恩，"目光里露出恳求的神色，"就要一小罐烧酒吧，"她终于说出了口，"我会用一些给您的小宝宝擦脚的。她的小脚丫，嫩得像舌头。"

爱玛打发掉奶妈，又挽住莱昂的胳膊，快步走了一阵，才慢了下来，东张西望的目光，落到小伙子的肩上。莱昂身上的外套带黑绒翻领，梳得平整服帖的栗色头发，垂在领子上。爱玛还注意到他的指甲，在永镇就没见过留那么长的。保养指甲，是书记员的一件大事，他的文具盒里有把小刀，就是专修指甲用的。

他们俩沿着河岸返回永镇。时值暑季，河岸宽了，连花园的墙基也露了出来。各家花园都有几级台阶，通到河边。河水无声无息地匆匆流着，看上去十分清凉。细长的水草，在水流的推力下，俯伏在一起，宛如被扔掉的绿色头发，散开在清澈的水里。不时可见一只细脚虫，在灯芯草尖端，在睡莲叶面，或爬动或栖息。阳光照射下，水面上现出一个个蓝色的小气泡，小气泡随波逐流，破了又现，现了又破。修剪过枝条的老柳树，在水中映出灰蒙蒙的倒影。放眼望去，周围一带都是草场，显得空荡荡的。正是农家吃饭的时候，少妇和她的同伴往前走着，只听见他们在小径上走路一下一下的脚步声、彼此交谈的说话声和爱玛身上的长裙窸窣声。

花园墙头嵌有碎玻璃，围墙像温室的玻璃棚一样热烘烘的。砖缝里长出些桂竹香，包法利夫人打着阳伞经过时，伞边一碰，枯萎的花朵就化作黄色粉末撒落下来；要不然就是，金银花和铁线莲探出墙外，枝条倒垂下来，缠住伞边，在绸伞面上拖一下。

两个人正在谈一个西班牙舞蹈团，不久要在鲁昂剧院演出。

"您去不去？"爱玛问道。

"能去就去。"莱昂答道。

他们彼此就没别的话可谈吗？然而，两个人的眼睛分明在说着更要紧的话；当他们搜索枯肠，说出些无关痛痒的话时，双方都感觉，有一种相同的枯燥乏味向他们袭来；仿佛心灵另有一种絮语，深沉而缠绵，盖过了口中说出的絮语。他们想不到会有这种新鲜的美妙体验，惊诧之余，谁也不想说出自己的感受，也不想弄懂它的由来。未来的幸福，就像热带的沙岸，把充满乡情的滋润情怀，以及馥郁的和风，向遥远的地方吹去，让人如醉如痴，不去操心那些看都看不见的，远在天边的事情了。

有一处，地面被牲口踩得陷了下去，积了一摊烂泥，里面稀稀落落地有几块大青石，必须从上面踩过去。爱玛不时停一会儿，看在什么地方落脚；石头一动，她就摇晃，手臂扬在半空里，身子前倾，眼神犹豫不定。她笑了起来，生怕跌进水洼里。

自家花园到了，包法利夫人推开小栅栏门，跑着登上台阶，就进去了。

莱昂回到事务所。上司不在，他望一眼案卷，削了一支羽毛笔，最后拿起帽子走了。

他来到阿尔格伊岭上的牧场，躺在森林进口处的枞树下，隔着手指缝，遥望天空。

“多么无聊！”他自言自语说道，“多么无聊！”

他怨天尤人，住在这么个小镇上，交奥梅这样的朋友，又碰上吉约曼先生那样的上司。吉约曼先生戴一副金丝眼镜，蓄一圈红络腮胡，打一条白色领带，心思全扑在业务上，对微妙的情感问题一窍不通，只会摆出一副丁是丁，卯是卯的英国派头，最初时还真的唬住了书记员。至于药剂师的老婆，那倒是诺曼底最贤惠的妻子，温驯得像绵羊，挚爱自己的儿女、父母和亲戚，别人有难就落泪，家里的事概不过问，还讨厌穿胸衣；——可是她行动那样慢吞吞的，听她讲话那样乏味，长得那样平常，谈吐那样狭隘。虽然她三十岁，莱昂二十岁，睡觉门对门，而且每天都要跟她说话，可是书记员压根儿就没想过，她在男人眼里会是个女人，她除了身上穿的裙子，还有什么是女性的。

此外，还有些什么人呢？比内，几个生意人，两三个开小酒馆的，本堂神甫，还有镇长蒂瓦施以及他的两个儿子，这些人有钱，粗鲁，愚钝，自己种地，在家大吃大喝，还虔诚信教，这帮人实在令人无法忍受。

在这些嘴脸构成的背景上，爱玛的形象犹如鹤立鸡群，然而也离得更远了，因为他感到，她与他之间，似乎隔着好些莫名的鸿沟。

起初，莱昂曾与药剂师一道，好几次去过爱玛家。夏尔接待他时，好像并不特别觉得奇怪。而莱昂呢，一方面唯恐自己冒昧，另一方面又想跟爱玛亲近，却又觉得跟她亲近几乎不可能，所以不知道如何是好。

4

天气一转冷，爱玛就离开原来卧室，搬到厅房里来住了。厅房是间长方形屋子，天花板低低的，壁炉台上靠镜子的地方，摆着一盆枝杈密密层层的珊瑚。她坐在窗边的扶手椅里，看镇上人在便道上来来去去。

莱昂每天要从事务所去金狮客栈两趟。爱玛远远听见他来了，便俯身倾听。小伙子总是那身装束，从窗帘外面一闪而过，头也不回。傍晚时分，爱玛左手托着下巴出神，已经开了头的绒绣撂在膝上，突然瞥见那闪过去的身影，禁不住心里一紧。于是，她站起身来，吩咐开饭。

奥梅先生常在吃晚饭的时候过来；手拿希腊式便帽，为了不惊扰他们，脚步轻轻地走进来，照例总要说上一句："大家晚上好!"然后走到餐桌旁，在夫妻俩中间的老位子上坐下，向医生打听病人的消息，医生则向他请教，诊费该收多少；然后，就扯些报纸上的消息。这时，奥梅差不多已把报纸消息记得滚瓜烂熟，就一五一十地介绍起来，连同记者的议论，以及国内外各种偶发灾祸的经过；话题说得差不多了，立刻话锋一转，谈论起眼前的菜肴来。有时，他甚至探起身子，殷勤在行地给夫人指出哪块肉最嫩；要不然就转向女佣，教她怎样烧菜，怎样调味才卫生。他讲起香料、味粉、肉汁和胶冻来，头头是道，让人应接不暇。而且，奥梅先生满脑子的食品做法，比他药店里的药瓶还多。制作各式果酱、香醋和甜酒都是他的拿手活儿，他还知道种种节能新法，掌握保存干酪和处理坏酒的技巧。

到八点钟，药店要打烊了，朱斯坦来找他回去。奥梅看出他的学徒喜欢往医生家跑，就用嘲讽的目光瞧着他，特别是费莉西泰在场的时候。

“这小子会动脑筋啦，”他说，“准没错！我看他是爱上你们家女佣喽。”

朱斯坦还有个更严重的缺点，经常受到奥梅先生责备，那就是听起别人谈话就没完没了。譬如星期天，孩子们在扶手椅上睡着了，脊背直把宽松的椅子布套往下蹭，奥梅太太叫朱斯坦把他们抱走，就没有办法让他离开客厅。

药剂师家晚上的聚会，来的人并不多；他爱恶语伤人，加上他的政治见解，使得多位体面人物，陆陆续续都对他敬而远之了。书记员倒是一次也不错过。他一听见门铃响，就跑到包法利夫人面前，接过她的披肩；遇到下雪天，包法利夫人还在鞋子外面套双布条编的大拖鞋，书记员也会把她的拖鞋另外放开，摆到药店的桌子底下。

大家先打几盘三十一点①，然后奥梅先生和爱玛打对甩②。莱昂站在爱玛后面，给她出主意。他双手扶在她的椅子靠背上，眼睛盯着她插在发髻上的梳齿。爱玛每次甩牌时，身子一动，右边的长裙就会带起来。她绾起的头发，在背后投下一片褐色，越往下越淡，

① 扑克牌的一种玩法，每人三张牌，点多为赢，超过三十一点为输。

② 扑克牌的一种玩法，通常两人，手中不要的牌有时可甩掉。

渐渐融入阴影之中。甩牌之后，她的长裙松松软软垂落在椅子两边，尽是褶子，一直拂到地上。有时候，莱昂觉得自己的靴底踩住了长裙，连忙挪开，就像踩着了别人的脚似的。

打完扑克，药店老板和医生开始打骨牌。爱玛换了座位，双肘搁在桌上翻阅《画报》。她把时装杂志带来了。莱昂坐在她旁边，两人一起看上面的图片，先看完的等着后看完的。爱玛还常请莱昂给她朗诵诗歌；莱昂拖长声音朗诵，念到爱情段落，用心煞尾。可是，骨牌的响声闹得他很烦。奥梅先生是个中高手，常常赢夏尔满双六。打满三局一百分之后，两个人便摊手摊脚，不一会儿就在炉火前睡着了。炉火烧成灰烬，渐渐熄灭了，茶壶也空了。莱昂还在朗诵，爱玛一边听，一边无意识地转动灯罩；轻纱的灯罩上画着小丑坐马车，还有手持平衡竿的舞女走钢丝。莱昂停下来，指一指已经睡着的两个听众。于是，两人窃窃私语起来，对他们来说，这时的谈话显得格外投机，因为没别人听见。

就这样，他们之间建立起了某种联谊关系，不断交流书籍和抒情歌曲。包法利先生是个不爱吃醋的人，并不引以为怪。

包法利生日那天，收到一个医学用的很精致的头颅标本，标本涂成蓝色，上面标满了数字，连胸廓上都是。这是书记员的一番盛情。他的盛情还不止于此，甚至替包法利到鲁昂去办事。当时有位小说家写了本书，掀起了一股仙人掌热，莱昂为包法利夫人买了几株，坐在燕子号马车里回来，捧在膝上，手指都被硬刺扎破了。

爱玛叫人在窗口安了个有栏杆的搁架，好放她的花盆；书记员也在窗口吊了个花架。两个人凭窗伺弄花草的时候，彼此看得见。

在全镇的窗口中，有个窗口往往人迹格外多见。天气晴朗的话，每天下午，星期天甚至从早到晚，大家就可以从一家阁楼的窗口，看见比内先生瘦削的身影，他正埋头于他的车床。车床单调的隆隆声传得老远，连在金狮客栈都听得见。

一天傍晚，莱昂回来，看见屋里有块羊绒挂毯，浅色底子上绣着绿叶图案。他把奥梅太太、奥梅先生、朱斯坦、孩子们和厨娘叫来，又把这事告诉了他的上司。人人都想见识见识这块挂毯。干吗医生太太送书记员这份厚礼？这事有点蹊跷。最后大家想，医生太太准是书记员的相好。

书记员也让人这么以为，逢人就不住口地夸她美貌多才；结果比内有一回，没好气地顶了他一句：

“关我屁事，我又不跟她来往！”

莱昂绞尽脑汁，琢磨怎样向她表明心迹，但总是犹豫不决，一方面怕惹她不高兴，另一方面又恨自己胆小，既气馁，又动心，不由得暗自落泪。后来，他毅然下定决心写信，但写一封撕一封，时间一拖再拖。他常常打算豁出去了，开始行动，但一到爱玛面前，那份决心立刻无影无踪。碰上夏尔走进屋来，邀他坐轻便马车，一块去附近看个病人，他连忙答应，向太太告辞，拔腿就走。她丈夫，不也是她的一样东西吗？

至于爱玛，她并不想知道自己是否爱他。在她想来，爱情应当骤然来临，电光闪闪，光彩夺目，——好像从天而降的暴风骤雨，震撼人生，席卷意志如同落叶，把整个心儿带往深渊。她不知道，檐槽倘若堵塞，雨水会使屋顶平台成为汪洋；她这样住下去，以为安然无事，蓦地发现，墙上已经有了一道裂缝。

5

那是二月的一个星期天，一个落雪的下午。

包法利夫妇、奥梅和莱昂先生，大家一块儿到离永镇半法里的谷地，去参观正在建设的一座麻纺厂。药店老板带上了拿破仑和阿塔莉，让他们锻炼锻炼，朱斯坦陪着他们，肩上还扛了几把伞。

本来以为有趣的地方，其实再乏味不过了。一大片空地上，在几堆沙子和石子之间，乱七八糟地撂着几个已经生锈的齿轮，当中一座长方形建筑物，开着许多小窗。房子还没竣工，透过屋顶的椽子望得见天。山墙小梁上，拴着一把麦秸，里面夹杂着麦穗，上面的三色彩带在风中呼呼直响。

奥梅倒是滔滔不绝，他向大家解说，这家工厂将来有多大规模，还估算楼板的承重能力和墙壁的厚度；可惜手头没有米尺。比内先生就有米尺，自有他的特殊用场。

爱玛挽住他的胳膊，微微靠着他的肩膀，望着远处一轮圆圆的太阳，透过雾气，发出夺目的淡光。她转过头，看见夏尔站在那里，帽檐一直拉到眉毛上，两片厚厚的嘴唇哆嗦着，使他那张脸冒出一股傻气。就连他的脊背，他那平坦的脊背，也让人看着不顺眼。爱玛觉得，其人之平庸，已经明明白白地写在他的礼服上了。

爱玛打量着丈夫，愤懑之余却感到某种变态的快感，正在这时，莱昂往前走了一步。由于天冷，他脸色发白，看上去一副文弱的样子，却更加显得温情脉脉。他的领带和脖子之间，衬衣领子有些松开，露出皮肤；一绺头发披在耳朵上，只露出耳垂；蓝色的大眼睛，凝望浮云，在爱玛看来，简直比倒映蓝天的山间湖泊，还要清澈，还要秀美。

“倒霉的家伙!”药店老板冷不丁大叫一声。

他朝儿子冲过去，那孩子想使鞋子变白，跳进了一堆石灰。拿破仑挨了一顿好骂，嚎叫起来；朱斯坦拿一把麦秸，帮他擦鞋子；不过，还需要一把小刀，夏尔递过自己的小刀。

“啊!”爱玛暗自说，“他口袋里居然带把小刀，像个庄稼汉!”

下霜了，大家返回永镇。

晚上，包法利夫人没去邻居家。夏尔走了；她觉得只有自己一人的时候，下午的对比又在心头涌起，一转眼的事历历在目，不过，那毕竟已成回忆，并非眼前。她在床上望着烧得通亮的炉火，就像身子还在谷地，看见莱昂站在那里，一只手撑弯了他的软手杖，另一只手牵着阿塔莉，阿塔莉安安静静，在吮一块冰。包法利夫人觉得莱昂可爱，欲罢不能；又想起他在别的日子的别的姿态，他讲过的话，讲话的声音，他的整个人；她噘起嘴唇，像要接吻一样，一遍又一遍地说：

“是的，可爱！可爱！……他不也在爱一个人吗?”她自言自语地说：“爱谁呢?……就是爱我呀!”

一个个证据，同时摆在面前，她的心突突跳起来。壁炉火焰映出一道亮光，在天花板上欢快地战栗。她翻身仰卧，舒展双臂。

于是她开始没完没了，如怨如诉地说：“咳！要是天遂人愿，该多好啊!为什么不呢?有谁拦着不成?……”

半夜时分，夏尔回来了，她佯装睡醒。夏尔脱衣服弄出响声，她就抱怨头疼；然后，又不经意地问起晚上的情况。

“莱昂先生很早就回楼上了。”夏尔答道。

爱玛不禁微微一笑，内心充满新的喜悦，又沉入睡乡。

第二天，夜幕降临的时候，时新服饰商勒赫先生来看她。这个店主是个精明人。

勒赫生于加斯科涅，后来移居诺曼底，所以既像南方人爱饶舌，又有科州人的狡黠。他有一张虚胖的脸，没留胡子，仿佛抹了一层淡淡的甘草汁；满头银发，把一双贼亮的黑色小眼睛，衬托得更加有神。谁也不知道他的来历，有人说他当过货郎，也有人说他在鲁托开过钱庄。但有一点确信无疑，就是他工于心算，连比内都怕他几分。他对人谦恭，几乎有点谄媚逢迎，永远地哈着腰，那姿势既像鞠躬，又像邀请。

他把绲了绉边的帽子，挂在门口，往桌上放下个绿色纸盒。一开口就客客气气地向太太诉苦，说直到今天，夫人还信不过他；当然，像他那样一家不起眼的小店，本来就不敢奢望赢得一位高雅女士的青睐，这几个字他说得特别重；其实只要太太吩咐一声，他就会送货上门，要什么送什么，不管是针头线脑、床单台布，还是针织商品、时新服饰，因为他每月要定期进城四趟，跟实力最雄厚的所有商号都有往来。不管在三兄弟、金胡子，还是大野人，提起他，没有一家老板不熟悉，简直熟透了！今天他顺路登门，是因为手上恰好有几样货品，机会难得，送来给太太过目。于是，他从纸盒里取出半打绣花衣领。

包法利夫人仔细看了看。

“我全用不着，”她说。

于是，勒赫先生小心翼翼地摆出三条阿尔及利亚披肩、好几包英国缝衣针、一双草编拖鞋，还有囚犯镂刻的四个椰壳蛋杯。然后，他两手撑桌，伸长脖子，探着身子，半张着嘴，眼睛随着爱玛犹豫不决的视线，在货物上溜来溜去；还不时用指甲掸一掸完全摊开的真丝披肩，像是要掸去上面的灰尘；于是，披肩微微颤动，窸窸窣窣，上面金色的闪光片，在薄暮青幽幽的余晖中，仿佛一颗颗小星星，闪闪烁烁。

“多少钱一条?”

“要不了几个钱，”勒赫答道，“也不必急着就给；什么时候都行；我们又不是犹太人!”

爱玛沉吟片刻，结果还是谢绝了。勒赫先生满不在乎地说道：

“好吧！一回生，二回熟；跟女士们我向来是谈得拢的，只有咱家那口子除外!”

爱玛微微一笑。

“我的意思是说，”打趣之后，勒赫又做出老实人的样子说道，“我并不把钱放在心上……要是手头紧，我可以借给您。”

爱玛露出惊讶的样子。

“哎!”勒赫赶忙低声说，“不必走远，我就能给您弄到；尽管放心好啦!”

接着，他又打听起法兰西咖啡馆老板泰利耶老爹的情况。包法利先生正在给泰利耶治病。

“泰利耶老爹究竟得的什么病?……他咳嗽起来，整个屋子都给震动了。我怕过不了多久，他需要的不是法兰绒内衣，而是冷杉木外套。他年轻的时候，那样花天酒地！太太，他这号人呀，真荒唐，荒唐无度。他是让烧酒给烧的！不过，眼睁睁看着一个熟人离去，总叫人心里不好受。”

勒赫一边盖好纸盒，一边这样议论医生的病人。

“大概天气不对头，”他一脸不高兴地望着玻璃窗，说道，“所以人就这病那病！我也是，觉得身上不对劲，少不得改天要来找您家先生，治治我的背痛。好啦，再见吧，包法利夫人。有事尽管吩咐，在下一定效劳！”

说完他轻轻带上门。

爱玛吩咐把饭送到卧室，放在托盘里；她坐在炉边，慢慢用晚餐；她觉得，样样称心如意。

“我真老实！”她想到那些披肩，自言自语说道。

她听见楼梯上有脚步声：是莱昂来了。她站起来；五斗柜上有一堆抹布，等着缲边，她顺手拿起一块。莱昂进来时，她显得很忙。

谈话无精打采，包法利夫人有一句没一句，心不在焉，莱昂也显得十分尴尬。莱昂坐在壁炉边一把小椅子上，手指转动着象牙针线盒。爱玛走针引线，不时用指甲压布褶。她不说话，莱昂也不吱声，仿佛受了她沉默的感染，就像往常受她说话的感染一样。

“可怜的小伙子！”爱玛心里想。

“我什么地方惹她不高兴了？”莱昂暗自思忖。

然而，他终于说，他近日要去鲁昂为事务所办事。

“您订的音乐杂志到期了，要不要我续订？”

“不必啦，”爱玛答道。

“为什么？”

“因为……”

说着，爱玛抿紧嘴唇，慢慢悠悠，拉出一根长长的灰线。

莱昂一见她手里的活儿就有气。爱玛的手指尖好像扎破了，他脑子里闪过一句献殷勤的话，但没敢贸然出口。

“那么您半途而废啦？”他又说道。

“什么？”爱玛立即说道，“音乐吗？咳！老天爷，只好这样啦！我要操持这个家，要照顾丈夫，总之千头万绪，许许多多分内事，要摆在头里啊！”

她望了望钟。夏尔迟迟未归。于是，她做出担心的样子，甚至连说了两三遍：

“他人真好！”

书记员喜欢包法利先生。可是，见爱玛对他如此情深，莱昂感到又意外，又不是滋味。不过，他照样称赞他，说人人都夸他好，尤其是药剂师。

“噢！他是个好人。”爱玛又说一句。

“当然。”书记员说。

接着，他开始议论奥梅太太，她平日不修边幅，往往成为他们的笑料。

“这有什么呢?”爱玛插进去说，“良家主妇才不会把心思花在打扮上。”

然后，她又闷声不响了。

随后几天，都是这样。爱玛的言谈举止，统统变了。大家见她开始操心家务，又按时上教堂，对女佣也管得严了。

她把贝尔特从奶妈家接了回来。家里来了客人，费莉西泰就抱她出来，包法利夫人撩起孩子的衣服，让客人看她的小胳膊小腿。她说她喜欢孩子，那是她的慰藉，她的欢乐，她的刻骨铭心的爱。她爱抚孩子，总带着激情。若非永镇人，一定会联想到《巴黎圣母院》里的萨谢特①。

夏尔回到家来，总发现拖鞋在炉边烘着。现在，他的坎肩不再缺里子，衬衫不再缺纽扣；甚至于他的睡帽，也一摞一摞，整整齐齐，在橱里摆好，他看在眼里，喜在心头。爱玛不像从前，去花园转转，就不乐意。无论夏尔有什么提议，爱玛即使猜不透他的用意，也会百依百顺，没有二话。——莱昂看见夏尔，吃过晚饭就往炉边

---

① 萨谢特是雨果著名小说《巴黎圣母院》中的苦难慈母，早年名叫帕盖特，故事见第6卷第3章。

一坐，双手搭在肚子上，两只脚搁到柴架上，因为消食而脸上发红，因为幸福而两眼润泽。孩子在地毯上蹒跚学步；身材苗条的妻子走过来，俯在椅背上吻他的额头。

“我真是疯了！”莱昂暗自说道，“怎么接近得了她呢？”

在他看来，爱玛是那样贤惠，那样可望而不可即；于是，他不敢抱任何希望，连最渺茫的希望也不敢再存。

但是，这么忍痛割爱，反而使他把爱玛放到了非凡的境界。在他看来，既然无缘消受她的玉体，爱玛就超凡脱俗了；她在他心头扶摇直上，仿佛成仙得道，飘然升腾，气象万千。这是一种纯洁的感情，它并不妨碍日常生活；人们培养这种感情，就在于情以稀为贵；有了它，欢欢喜喜，一旦失去，则更加凄惶。

爱玛瘦了，面色苍白，脸也拉长了；乌黑的头发，从中间分开，大眼睛，直鼻梁，步履轻得像小鸟，现在总是默默无语。看上去像蜻蜓点水似的飘掠人生，额头上隐隐约约，打着崇高使命的印记，难道不是吗？她那样忧悒又那样宁静，那样温柔又那样矜持，人到她身边，会感到一种冷若冰霜的魅力，犹如置身于教堂之中，透着大理石寒意的花香，令人不禁寒战。就连别人也逃不过这种诱惑。药剂师就常说：

“这是个才智超群的女性，就是管一个县，也绰绰有余！”

太太们称赞她节俭，求医的人称赞她客气，穷苦人则称赞她慈善。

然而，她的内心，却充满欲念、愤懑和怨恨。她那褶子平直的长裙，包藏着一颗躁动不安的心；她那羞答答的嘴，不便说出内心的苦恼。她爱上了莱昂，却寻求独处，以便天马行空，在意象中自得其乐。但一见到他本人，那种沉思默想的快感就全给搅了。只要听见莱昂的脚步声，她的心就咚咚直跳；及至见了面，激动的心却沉了下去，她自己也莫名其妙，最后又是一片惆怅。

莱昂每次离开她家，总是心灰意冷，却不知他一出门，她就跟着站起身，为的是目送着街上的他。她牵挂他的行踪，窥察他的脸色，甚至有鼻子有眼地编出某件事，借故到他卧室看看。在她看来，药剂师的夫人真是艳福不浅，能跟莱昂睡在同一个屋顶下。她的思绪时时刻刻飞向那座屋子，一如金狮客栈的鸽子，一飞就飞到屋子的檐槽里，打湿它们粉红的脚爪，雪白的翅膀。可是，爱玛愈是意识到自己爱他，就愈是把这份爱压在心底，一心不让它流露，还要使它减弱。她真希望莱昂猜破，并且设想出种种偶然机会，以及变故，说不定有助于莱昂猜破。她之所以放不开，也许是由于怠惰或畏惧，还有不好意思。她想来想去，觉得自己当初拒人千里之外，如今时机不再，一切都完了。她认为那是一种牺牲；她暗自说："我是贤妻良母。"并且摆出认命的样子，照照镜子，这才有一种骄傲、喜悦之感，稍稍得到一点安慰。

于是，肉体的饥渴、金钱的觊觎，还有情感的忧伤，纠缠在一起，成了一种痛苦。——她的思想非但没从中摆脱，反而愈陷愈深，甚至处处寻找机会，增添自己的痛苦。一道菜没上好，一扇门没关严，她都会发火；她哀叹自己没有丝绒衣裳，没有幸福，哀叹自己幻想太高，居室太小。

更让她恼火的是，夏尔对她的痛苦似乎麻木不仁。夏尔深信，他使她幸福，而她则觉得，这简直是一种弱智的侮辱；他不仅忘恩负义，居然还心安理得。她如此贤良，究竟是为的谁？难道他夏尔，不正是一切幸福的障碍，一切苦难的根源吗？这条结构复杂的皮带把她团团围住，箍得死死的，他不正是皮带上的尖扣钉吗？

因此，爱玛把烦闷无聊而生出的种种怨恨，一股脑儿全都算到夏尔一人头上；她未尝不想减少怨恨，到头来反而愈积愈多；因为，在种种失意之外，还要徒劳地多此一举，越发扩大他们之间的距离。她对自己的温驯起了反感。家庭生活的平淡无奇使她幻想奢华，夫妻之间的温情使她企望出墙。她巴不得夏尔动手揍她，那样她才好理直气壮地憎恨他、报复他。她脑子里闪过这些残酷的假设，有时她自己也不免大吃一惊；可是，她不得不继续强装笑脸，自说自话她真幸福，还要做出幸福的样子，让人相信她真幸福。

其实，她厌恶这种道貌岸然；也起过与莱昂一道私奔的念头，逃到天涯海角，试试新的活法。可是，每想到这里，她的灵魂里，就现出一个黑魆魆的莫名深渊。

“况且，他已经不爱我了，”她寻思道，“怎么办？指望谁来搭救我，安慰我，减轻我的痛苦？”

她心力交瘁，胸闷气短，痴痴呆呆，低声啜泣，眼泪直流。

“怎么不告诉先生呢？”女佣碰到她发作时进来，就这样问她。

“是神经性的，”爱玛答道，“别告诉他，他会着急的。”

“哦！对了，”费莉西泰接着说道，“您就像小盖兰一样。她是波莱镇渔民盖兰老爹的女儿，我来您家之前在迪耶普认识的。她是那样忧愁，那样忧愁，往自家门口一站，别人还以为，她家门口挂着块裹尸布呢！她的病，看上去，就像是脑子里长了雾翳样的东西，医生治不了，本堂神甫也没办法。病得厉害的时候，她会一人跑到海边去。海关的人巡逻时，常见她趴在卵石滩上哭泣。据说，后来嫁了人，病就好了。”

“可是我，”爱玛说道，“是嫁人以后，才得这病的。”

6

一天傍晚，爱玛坐在敞开的窗前，刚才还见教堂执事莱蒂布杜瓦在修剪黄杨，忽然就听见晚祷的钟声响了。

正当四月初头，报春花开，煦风吹拂着新近翻土的花坛；花园都像妇女一样，正在着意打扮，准备迎接夏天的良辰美景。透过花棚的空隙放眼望去，就见小河漫不经心，在草场上蜿蜒流过。晚岚在还没长出新叶的杨树之间浮过，把杨树轮廓的边缘抹上一层朦胧的淡紫色，像薄纱挂在枝头，比薄纱颜色还淡，还要透明。远处有牲畜在走动，听不见它们的脚步声，也听不见它们叫唤。钟声还在回响，平平稳稳，如怨如诉，在空中响个不停。

这一下一下的钟声，在少妇的思想上，勾起少女时期和修道院时期的回忆。她想起祭坛上的那些大烛台，比插满鲜花的花瓶还高，比细柱圣体龛还高。她真想跟过去一样，加入修女们长长的行列，大家戴着白色的面纱，间忽露出一顶顶挺括的黑色风帽，伏在跪凳上。礼拜天做弥撒，她一抬头，瞥见淡蓝色的香烟，环绕圣母慈容，袅袅升腾。这时，她顿生感悟；觉得自己软弱乏力，无依无靠，像一片羽毛，飘摇在狂风暴雨之中。她不知不觉向教堂走去，准备虔心信教，怎么都行，只求灵魂全神贯注，只求红尘无影无踪。

在广场上，她碰到莱蒂布杜瓦正往回赶，因为他为了充分利用一天的时间，宁愿把活儿撂下，回头接着再干；所以敲晚祷钟，全看他方便。再说，早点敲钟，正好提醒孩子们，教理问答的时间到了。

有些孩子已经来了，正在墓地的石板上打弹子。还有一些骑在墙头，两腿晃来晃去，用木鞋踢扫矮墙和新坟之间高高的荨麻。那是仅有的一块绿地；其他地方都是墓石，上面总是覆盖着一层灰土，圣器室的扫帚也扫不干净。

穿布鞋的孩子们在里面跑来跑去，好像这是特为他们辟出的地方。他们喧嚷的叫声笑声，比钟声还要响亮。钟楼高空垂下一根粗绳，绳头一直拖到地面；摆幅越小，钟声也越来越弱。燕子呢喃着掠空而过，迅速飞回檐瓦下的黄色燕窝。教堂里首点着一盏灯，也就是一个玻璃盏挂在半空，里面有根灯芯，远远望去，那灯光犹如一个灰白色的小点，漂在灯油上颤颤悠悠。一道长长的阳光穿过整个大殿，相形之下，两旁的侧道和角落就越发显得昏暗了。

“神甫在哪儿?”包法利夫人问一个男孩。那孩子正摇晃着门轴已经松动的栅栏门玩。

“马上就来。”男孩答道。

果然，神甫寝室的门嘎吱一响，布尔尼贤神甫就出来了。孩子们一窝蜂似的逃进教堂。

“这帮淘气鬼，”神甫嘀咕说道，“总是这样!”

说着，他脚下踢着一本破破烂烂的教理问答，便捡起来。

“真是大不敬呀!”

他看见了包法利夫人。

“对不起，”他连忙说道，“我没想到是您。”

他把那本教理问答塞进衣袋，停住脚步，两个手指还在晃动着圣器室沉甸甸的钥匙。

落日的余晖照在他的脸上，照得他那件毛料长袍微微泛白，肘部已经磨得发亮，下摆还脱了线。在他宽阔的胸前，油脂和烟草留下的斑渍，顺着那排小纽扣而下，离领巾越远就越多；领巾上搭着层层叠叠的红皮肤；皮肤上面散布着黄斑，直到又粗又硬的灰白色络腮胡，才看不见。他刚吃过晚饭，呼呼直喘气。

“一向可好？”神甫又说。

“不好，”爱玛答道，“我觉得难受。”

“噢！我也是，”教士说。“天气刚一转暖，真奇怪，人就浑身软软的，是吗？不过，没办法呀！圣保罗就说过，我们生来就是要吃苦受罪的。倒是包法利先生，他是什么看法？”

“他呀！”爱玛做了个不屑的手势，说道。

“什么！”这位老兄十分意外，说道，“他不给您开点什么药？”

“唉！”爱玛说，“我需要的不是医生开的药。”

神甫不时朝教堂里张望；孩子们都在里面跪着，用肩膀你推我搡，好像成排的纸人，一推就连串往下倒。

“我想知道……”爱玛接着说。

“里布代，你给我等着，你等着，”神甫气势汹汹地大声嚷道，“看我不来揪疼你的耳朵，捣蛋鬼！”

然后，他转向爱玛：

“那是木匠布代的儿子。父母有几个钱，把他惯坏了。其实，只要肯学，他学起来快，因为他很聪明。有时候，我开玩笑，叫他里布代（去马罗姆经过的那座小山，就叫这个名字），我甚至叫他：我的里布代。哈哈！听起来就成了里布代山①。有一天，我把这个叫法

---

① 法语 mon（我的）和 mont（山）两词同音，此处既可听为“我的里布代”，又可听为“里布代山”。

讲给主教大人听，主教大人哈哈大笑……他居然也笑了。——嗯，包法利先生，他怎么样？”

爱玛似乎没听见。神甫继续说道：

“大概总是忙得不亦乐乎吧？我和他，准是本教区最忙的两个人。不过，他是医治身体的医生，”说到这里，神甫憨笑一声，“而我是医治灵魂的医生！”

爱玛用哀求的眼神看着神甫。

“是啊……”她说，“您是救苦救难。”

“咳！别提啦，包法利夫人！就在今天早上，我还不得不跑了一趟下迪奥镇；那里有头母牛肚子胀鼓鼓的，他们以为是中了邪。不知道怎么回事，他们的母牛都……哦，对不起！隆格马尔，布代！两个鬼东西！你们到底有完没完？”

神甫一个箭步冲进教堂。

于是，孩子们你推我搡朝大讲经台四周涌去，往唱诗凳上爬，纷纷打开弥撒书。有几个胆子大，蹑手蹑脚，眼看就要溜到忏悔间了。可是，神甫冷不防给了他们一顿巴掌；抓住他们的衣领，一个个拎起来，狠狠摔在祭坛的石板地上，让他们双膝下跪，就像要他们在那里生根似的。

“好啦！”神甫回到爱玛身边，抖开他的印花布大手帕，把一个角伸到牙缝里，说，“庄稼人实在可怜！”

“别的人也是。”爱玛应声说道。

“当然啰！比方说，城里的工人。”

“我不是说他们……”

“对不起！我也认识那里的一些家庭主妇，她们很可怜，都是贤妻良母，我敢说，简直就是名副其实的女圣人，可她们连面包都没有。”

“不过，有些女人，”爱玛说道（她说话时嘴角直抽搐），“神甫先生，她们有面包，却没有……”

“过冬的柴火。”神甫接着说道。

“哎！那有什么要紧？”

“怎么！有什么要紧？我觉得，只要有了温饱……因为，说到底……”

“我的上帝！我的上帝！”爱玛连连叹气。

“您不舒服吗？”神甫关心地走到爱玛面前，“莫不是消化不良吧？您应该回去，包法利夫人，喝点茶，身子就好了，要不然，喝杯红糖凉水也行。”

“为什么呢？”

爱玛的神态仿佛刚从梦中醒来。

“因为您老是用手摸额头，我以为您头晕。”

接着，神甫话锋一转：

“您刚才是有事要问我吧？问什么呀？我都忘啦。”

“我吗？没什么……没什么……”爱玛连声说道。

她环顾四周，目光慢慢落到穿教士长袍的老头儿身上。两个人面对面望着，都不说话。

“那么，包法利夫人，”神甫终于说道，“请原谅，您知道，职责要紧，我得去对付这帮淘气鬼。初领圣体的日子眼看就要到了。我真怕到时候，又要弄得措手不及！所以，从耶稣升天节①起，每星期三，我都按时给他们补一小时课。这些可怜的孩子！把他们引上我主指引的道路没有嫌早的，其实，我主通过他的圣子之口，就是这样教诲我们的……多保重，夫人，请替我问候您先生！”

说完，神甫走进教堂，在门口还屈了屈膝。

爱玛见他在两排长椅之间走去，脚步沉重，头微微侧着，双手

① 宗教节日，多在五月份。

反剪，手掌半握，一会儿就看不见了。

她愣愣地转过身子，仿佛雕像绕中轴原地一转，往家里走去。但神甫粗大的嗓门，孩子们清脆的声音，依然传进她的耳朵，在她背后继续响着：

“你是基督徒吗？”

“是的，我是基督徒。”

“基督徒是什么人？”

“就是受过洗礼……洗礼……洗礼的人……”

爱玛扶着栏杆登上楼梯，回到卧室，跌坐在一把扶手椅里。

苍茫的暮色透过玻璃窗，一拨接一拨，慢慢降临。待在原地的家具，显得越发凝滞，消融在夜色之中，犹如沉没在黑暗的大海里。壁炉里的火熄灭了，座钟照样嘀嗒嘀嗒。爱玛隐隐地感到惊讶：自己这样心烦意乱，周围的东西却这么宁静。这时，小贝尔特正在窗户和缝纫台之间，穿一双编织的小靴，摇摇晃晃，往妈妈这边走来，想要抓住她的围裙带子。

“别烦我！”爱玛说着，用手把她弄开。

不一会儿，小姑娘又过来了，越发紧贴妈妈的膝盖，一双手臂伏在上面，抬起一双蓝色的大眼睛望着她，这时，嘴里流出一道清亮的口水，滴在绸子围裙上。

“别烦我！”少妇发火了，又说一遍。

孩子被她的脸色吓坏了，大声哭起来。

“哎！叫你别烦我！”爱玛说着，用胳膊肘把女儿一搡。

贝尔特摔倒在五斗柜前，碰在铜饰上，划破了脸，流血了。包法利夫人慌忙上前将她扶起，叫铃的绳子都拉断了，就拼命叫女佣。她正要咒骂自己，夏尔进来了。吃晚饭的时候到了，他刚回来。

“你瞧，亲爱的，”爱玛用平静的声音对丈夫说，“瞧这小家伙，玩着玩着，就在地上跌伤了。”

夏尔安慰她，说伤势并不严重，便去找药膏。

包法利夫人没下楼，她要一个人守着孩子；看着孩子睡去，心里的不安才一点一点地散去。她觉得自己真是又糊涂，又善良，刚才那么点小事，就给弄得六神无主。贝尔特果然不再抽泣了。现在她呼吸平稳，身上的棉被随之微微起伏。眼皮旁边挂着大颗的泪珠，眼睛眯缝着，透过睫毛，可以看见里面无光的眼眸；胶布贴在脸上，皮肤绷得紧紧的，把脸都扯歪了。

“真奇怪，”爱玛想道，“这孩子多难看呀！”

夜里十一点钟，夏尔从药店回来（晚餐后，他把用剩的药膏送回药店），发现妻子站在摇篮边。

“我不是跟你说了没事吗，”他在妻子额头印个吻，说道，“那就别折磨自己啦，可怜的亲亲，不然你会病的！”

他在药店待了很久。虽然他并没显出十分着急的样子，奥梅先生还是一个劲儿要他坚强些，要他振作起来。于是，他们谈到儿童面临的种种危险，谈到下人的粗心大意。这方面，奥梅夫人深有体会，她胸前至今还有烫伤的疤痕，那是从前，厨娘把一盆滚烫的汤水打翻在她的围嘴上留下的。所以他们这对慈爱的父母，总是处处小心，餐刀从不磨快，地板从不打蜡，窗口装有铁栅，壁炉也装了结实的护栏。奥梅家的孩子们，别看全都无拘无束，可是一动就有人在后面跟着；稍有伤风感冒，父亲就给他们灌润肺止咳药；直到四岁多，还让他们戴加厚防跌帽，毫不客气。说实话，那是奥梅太太的怪主意；丈夫心里发愁，担心那样箍着，大脑会受影响；忍不住对妻子说道：

“难道你要他们长成加勒比人、博托库多人①？”

其实，有好几次，夏尔设法要打断谈话。

---

① 巴西印第安人。

“我有话要跟您说。”他在楼梯上附在书记员的耳朵边，小声说道，书记员走在前头。

“他莫非觉察到什么了？”莱昂纳闷，心怦怦直跳，胡猜乱想起来。

最后，夏尔带上门，央求莱昂去鲁昂看看，照一张精美的达盖尔相片要多少钱。他一直想在感情上，给妻子一个惊喜，献上一个巧妙的殷勤，那就是照一张穿黑衣服的相片。不过，他想事先心里有个数；请莱昂先生办这点事，大概不至于使他为难，因为他差不多每星期都要进城。

进城干什么？奥梅疑心那是年轻人的勾当，是艳遇。其实，他猜错了；莱昂并不干什么风流韵事。现在他比任何时候都心事重重。这一点，勒弗朗索瓦太太已经有所察觉，他盘子里剩的饭菜现在多起来了。她要寻根究底，便向税务员打听；比内鄙夷地顶了她一句，说警察局又不发饷给他。

不过，比内先生觉得，这位同桌用餐的人是很奇怪；因为莱昂常常摊开双臂，在椅子上往后一仰，没头没脑地抱怨人生。

“这是因为您没有足够的消遣。”税务员说。

“什么消遣？”

“我要是您呀，就弄一台车床！”

“可是，我不会摆弄呀。”书记员答道。

“噢，这倒也是！”对方来回摸着下巴，那神气既轻蔑，又得意。

莱昂已经厌倦了没有结果的爱。再说，生活千篇一律，总是老一套，既没趣味来引导，又没希望来支持，他开始感到难熬了。他烦透了永镇和永镇人，某些人，某些房屋，他一看就有气，觉得受不了。药剂师可谓好好先生一个，可是在他眼里，也变得完全无法忍受了。然而，换个新环境，前景固然诱人，却也令他畏惧。

这种畏惧很快演变为内心的企盼；于是乎，在他想来，远方的巴黎已经轰轰烈烈奏响了铜管乐曲，其间，还夹杂着轻佻女工的嬉笑。既然他迟早要在那里完成法科学业，何不现在就去呢？有谁拦着他么？于是，他在心里开始筹划，预作各种安排。他在想象中给自己布置了一套公寓。他要在那里过艺术家生活！要在那里学吉他！要置一件室内便袍，一顶巴斯克软帽、一双蓝绒拖鞋！甚至，他已经在欣赏壁炉上交叉挂着的一对花式剑，以及上面挂的颅骨和吉他。

难的是取得母亲的同意，尽管看上去，这样做是再合理不过了。就连他的老板，也鼓励他上别的事务所看看，兴许能有更好的发展。他试过折中的办法，到鲁昂谋个助理书记员的职位，可是没找到。最后，他给母亲写了一封长信，详详细细说明他立刻要去巴黎的理由。母亲同意了。

然而，他并不急着就走。整整一个月，伊韦尔每天从永镇到鲁昂、从鲁昂到永镇，为他运送箱笼包裹。他重新添置了衣服，请人修理了他的三把扶手椅，买了一些绸巾。总之，所做的准备，就是周游一趟世界，还绰绰有余。他拖了一个星期，又一个星期，直到收到母亲第二封信，催他动身，因为他本来就希望，要在放假之前通过考试。

吻别的时候到了，奥梅太太潸然泪下，朱斯坦泣不成声，奥梅先生是条硬汉，才掩饰住激动的心情。他要亲自拿着朋友的外套，一直送到公证人家院子门口。公证人让莱昂搭他的马车去鲁昂。莱昂只剩下一点时间，去向包法利先生告别。

他上到楼梯口，上气不接下气，便停了停。他一进去，包法利夫人连忙站起身。

“我又来了！”莱昂说道。

“我早料到了。”

爱玛咬咬嘴唇，血往上涌，从头发根到脖子，满脸绯红。她仍然站着，肩膀靠着护墙板。

“先生不在家吗?”莱昂接着说道。

“他不在。”

爱玛又说一遍:“他不在。”

于是,一阵沉默。两个人你望望我,我望望你。他们的思想,扭结在同样的痛苦之中,仿佛两个人心跳不已的胸脯,紧紧地搂在了一起。

“我想亲一亲贝尔特。”莱昂说。

爱玛下了几步楼梯,唤费莉西泰。

莱昂朝周围迅速扫视,一眼望过墙壁,搁板架、壁炉,似乎要看够一切,带走一切。

但是,爱玛折回来了,女佣领来了贝尔特。小姑娘晃着一根细绳,绳子另一头是个风车,头朝下。

莱昂在她脖子上连亲几下。

“再见啦,可怜的孩子!再见,亲爱的小姑娘,再见!”

说罢,他把孩子交给她母亲。

“把她带下去吧。”爱玛说。

屋里只剩他们两人了。

包法利夫人背转身,把脸贴在窗玻璃上;莱昂手里拿着帽子,在大腿上轻轻拍着。

“要下雨了。”爱玛说。

“我有风衣。”莱昂回答。

“哦!”

爱玛转过身,下巴低着,额头向前,日光映在上面,就像一块大理石,直到弯弯的眉毛。没人知道她在远方望见了什么,也不知道她心里在想些什么。

“那么,再见吧!”莱昂叹口气说道。

爱玛猛地抬起头:

“好吧，再见……您走吧！”

他俩彼此向对方走去；莱昂伸出手，爱玛迟疑了一下。

“哦，英国式的。”她说着，把手伸了出来，勉强笑了笑。

莱昂握住她的手，似乎他的整个人、整个生命都汇聚到那只潮湿的手掌里。

一会儿，他松开手，再次四目相对；他走了。

走到菜市场，他停住脚步，躲在一根柱子后面，想最后看一眼那座白房子，以及那四副绿色百叶帘。他似乎看见卧室窗口有个人影；可是窗帘好像没人去碰，就自动从钩子上松脱，长长的斜褶缓缓移动，忽然，所有的褶子一下子全抖开了，窗帘直挺挺的，一动不动，犹如一堵石灰墙。莱昂跑开了。

他远远瞥见老板的双轮马车，停在大路上，旁边一个系粗布围裙的人用手拽住马。奥梅和吉约曼先生在一起聊天。他们在等他。

“拥抱我吧，”药店老板眼里噙着泪花说道，“这是您的外套。我的好朋友，当心着凉！要好好照顾自己！多保重！”

“好啦，莱昂，上车吧！”公证人说。

奥梅在挡泥板那儿探着身子，用哽咽的嗓音，凄凄切切地说出这几个字：

“一路顺风！”

“再见！”吉约曼先生回应道，“启程！”

他们走了，奥梅才转身回家。

包法利夫人打开朝向花园的窗子，遥望浮云。

西边鲁昂方向，乌云密布，好似黑浪汹涌，滚滚而来；一道道阳光从云层后面射将出来，像一支支金箭，高悬空中，而天空的其余部分，瓷器般白晃晃的。一阵狂风，刮得杨树一齐弯腰，突然落下骤雨，噼噼啪啪，敲打绿叶。不多一会儿，太阳又出来了，母鸡咯咯叫唤，麻雀在湿漉漉的灌木丛里拍打翅膀。沙地上的积水汩汩流淌，载走金合欢的粉红落花。

“啊！他恐怕已经走远啦！”爱玛想道。

奥梅先生一如往常，六点半晚餐的时候过来了。

“得！”他一边坐下一边说，“刚才，我们总算是把小伙子送走了吧？”

“可不是！”医生答道。

接着，他在椅子上转过身子：

“府上怎么样？”

“没什么。就是我太太今儿下午有些激动。您知道，女人嘛，芝麻大点小事就心神不宁，尤其我那口子！要是当真去计较，那就不对了，因为女人的神经组织，本来就比我们脆弱得多。”

“可怜的莱昂！”夏尔说道，“他在巴黎怎么生活？……过得惯吗？”

包法利夫人叹了口气。

“得了吧！”药剂师咂舌道，“高雅的聚餐呀！化装舞会呀！香槟酒呀！样样都会称心的，放心吧。”

“我相信，他不会乱来的。”包法利不以为然。

“我也这么看！”奥梅先生连忙接着说，“虽然他不得不入乡随俗，不然人家会说他是耶稣会的假正经。您不了解，拉丁区的那些浪荡公子，怎么跟女戏子鬼混！再说，大学生在巴黎，可吃香呢，只要有那么点才情，上流社会就会接纳他们。连圣日耳曼区的贵妇，也有爱上大学生的，要成就美满姻缘，不愁没有机会。”

“不过，”医生说，“我替他担心的是……那里……”

“您说得对，”药店老板打断话头，“事情总有坏的一面嘛！人在那种地方，不得不老是用手捂着钱包。好比说吧，您在公园里，过来一个人，穿得很体面，甚至还佩着勋章，还以为是个外交官呢。

他跟您搭腔，你们就聊起来；他跟您套近乎，请您闻鼻烟，帮您捡帽子。这之后，你们的交情有了发展。他带您上咖啡馆，请您去他的乡间别墅，把盏喝酒之时，介绍您认识三教九流的人。这十之八九，不是要宰您的钱包，就是要拉您下水干坏事。”

“不错，”夏尔说道，“可是，我刚才考虑的，主要是生病，譬如伤寒吧，外省去的学生很容易得这种病。”

爱玛哆嗦了一下。

“那是饮食习惯改变造成的，”药剂师接着说，“是因为饮食习惯改变，整个机体的协调被打乱的缘故。此外，还有巴黎的水，您是知道的！还有餐馆里的菜，样样加香料，吃多了准上火，无论怎么说也比不上青菜肉汤。我嘛，向来喜欢吃家常菜，卫生多了！所以我在鲁昂读药剂学的时候，住的是公寓，跟老师们一起吃饭。”

他就这样继续发表基本见解和个人爱好，直到朱斯坦来找他回去配制蛋黄甜奶。

“喘口气的工夫都没有！”他嚷道，“没完没了地干！就不能出来一会儿！非得做牛做马，流血流汗！像个苦力！”

随即，刚走到门口：

“对了，”他说，“那个消息您知道吗？”

“什么消息？”

“下塞纳省农业展评会，”奥梅眉毛一扬，一脸煞有介事地说道，“今年很可能在永镇寺举行。至少有这种风声。今天早上，报纸上还提过呢。这可是本区的头等大事啊！嗯，改天再聊吧。谢谢，我看得见，朱斯坦提着灯呢。”

7

第二天对爱玛来说，是个死气沉沉的日子。她觉得一片愁云惨雾，浮游无定，笼罩在万物表面；痛苦沉入心灵深处，低声哀号，就像冬天的寒风，吹过废弃的城堡。那是因为好景不再而魂牵梦萦，又像是每次大功告成之后的身心疲惫，也像习惯动作中断和长期颤动骤然停止而产生的痛苦。

就像那次从沃比萨尔回来时一样，对舞还在脑子里转来转去，她感到一种阴沉的忧郁，一种麻木的绝望。莱昂又浮现出来，显得更高大，更英俊，更可爱，也更朦胧。他虽然走了，但并没离开她，依旧在这里，屋里的四壁似乎留下了他的身影。她的目光在他走过的地毯、坐过的空椅上流连，怎么也不能移开。小河依然流淌不息，滑溜溜的岸边，细浪潺缓。好多次，他们在这里款款漫步，石子遍体青苔，清波喃喃絮语。多么温煦的阳光，在沐浴着他们！多么美好的午后，单单两个人，待在花园深处的树荫下！莱昂坐在干树枝钉的凳子上，光着脑袋，高声朗读；草场清风徐来，书页随风颤动，花棚上的旱金莲簌簌直抖……哎！他走了，她生活中的唯一魅力，获得幸福的唯一希望！这幸福本已到来，她怎么竟没抓住！眼看幸福要跑了，为什么没有双膝跪下，伸出双手，拉住不放？爱玛诅咒自己当初没爱上莱昂；她现在渴念他的嘴唇；恨不得追上他，扑进他的怀抱，对他说："是我呀，我是你的！"一想到此举难而又难，她又踌躇不前了；她懊恼不已，越是懊恼，欲望就越强烈。

从此以后，回忆莱昂，似乎成了她烦恼的中心。这回忆在其中闪闪发光，比俄罗斯大草原上旅人留在雪地上的篝火还要明亮。她赶紧跑过去，在旁边蹲下，小心翼翼地拨弄着即将熄灭的余火，又四下里寻找能烧的东西，好把火添旺。尘封的依稀回忆和最近的机缘巧遇，她的感受和她的想象，还有正在消散的对欢愉的渴望，风中枯枝般摇摇欲坠的幸福计划，空守无益的忠贞，破灭的希望，家庭的累赘等等，这一切她统统拣过来，拾起来，拿去烘暖她的忧郁。

然而，不知是柴火不足，还是堆得太多，火焰却越烧越低了。人不在眼前，爱情之火便慢慢熄灭；习以为常，懊恼也就窒息了。把她灰暗的天空映得通红的火光，已被黑暗吞没，渐渐消失。她头脑昏昏沉沉，甚至以为，厌恶丈夫就是思念情人，憎恶造成的灼伤就是柔情留下的温暖。但是，狂风仍然在劲吹，激情却已化为灰烬，没人来救援，也不见半点阳光，四面八方，黑夜重锁，她迷失在逼人的寒气里，钻心刺骨。

于是，爱玛重新过起了在托斯特的那种恶劣日子，而且她认为自己现在比那时不幸得多，因为她尝够了烦愁的滋味，而且肯定这烦愁会没完没了。

一个女人强迫自己做出这样大的牺牲，大抵不会再一味地异想天开了。爱玛买了一个哥特式跪凳，一个月花十四法郎买柠檬洗指甲，又往鲁昂写信订购了一件蓝色开司米长裙，还在勒赫店里挑选了一条最漂亮的披肩。她把这条披肩束在便袍的腰间，打扮得怪模怪样，关上窗板，手里拿本书，躺在长沙发上。

她常常变换发式，不是按中国式样，把发卷弄得松松的，编成辫子；就是像男的一样，靠一侧梳出一条头路，让头发向里卷。

她想学意大利语，买了几本词典、一本语法和一沓白纸。她试着认真读书，读历史和哲学。夜里，夏尔有时突然惊醒，以为是有人来找他看病。

“我就去。”他迷迷糊糊地说道。

却原来不过是爱玛擦火柴，重新点灯弄出的声音。然而，爱玛读书也像刺绣一样，刚开个头，就扔到衣橱里堆着；拿起来，又放下，换来换去。

赶在兴头上，别人随便一激，她就失了分寸。有一天，她跟丈夫打赌，说她喝得完大半杯烧酒，夏尔一时糊涂，硬说不信，结果她一口气把烧酒喝个精光。

爱玛举止轻浮（这是永镇太太们的说法），但似乎并不开心；平日里，嘴角抿得紧紧的，一动不动，使得脸上现出皱纹，就像老姑娘和失意的野心家一样。她满脸苍白，好像白布，鼻子上的皮肤朝鼻孔方向扯紧，一双眼睛看人时，无神无光。她发现鬓角上有了三根灰白头发，便大谈自己老了。

她常常头晕不支，有一天甚至咯出一口血，夏尔一急，显得惴惴不安。

“哎，得啦！”她答道，“这有什么呢？”

夏尔躲进诊室，坐在头颅标本下方的办公软椅里，双肘支在桌面，落下泪来。

他给母亲写信，把她请来。母子俩谈起爱玛，谈了好长时间。

拿个什么主意呢？一切治疗她都拒绝，究竟怎么办？

“你知道你媳妇需要什么吗？”包法利老太太接下去说道，“就是要逼她做事，动手做事！要是她像别人一样，不得不自食其力，那什么气郁头晕，就都没有啦！这都是她成天无所事事，满脑子胡思乱想造成的。”

“不过，她有事做呀。”夏尔说。

“哼！有事！有什么事？看小说，看坏书，看反对宗教的书，书里尽用伏尔泰的话挖苦教士。那些东西害人不浅，我可怜的孩子，不信教的人，总不会有好结果。”

于是，他们决定不让爱玛看小说。这事办起来，不会容易，老太太承担下来，等她路过鲁昂时，要亲自去租书的地方，说爱玛不再租书了。如果对方一意孤行，还干这种诲淫诲盗的勾当，难道就没权利报警吗？

婆媳间的告别是冷冰冰的。她们在一起待了三个礼拜，但彼此没说上几句话，除了在餐桌上和夜晚就寝之前，说说新闻，道个寒暄。

包法利老太太走的那天是星期三，正好是永镇逢集的日子。

一大早，广场上就挤满了大车，全都车尾着地，车辕朝天，从教堂到客栈，一辆挨一辆，沿着店铺停了长长的一溜。对面是一个接一个的帆布棚子，卖棉布、毯子、毛袜，以及马笼头和成捆的蓝色饰带；带子头迎风飘摆。地上摆着粗笨的五金制品，旁边是一堆堆鸡蛋和一筐筐干酪，里面钻出些黏糊糊的麦秸；打麦机旁边，摆着好些扁扁的笼子，一只只母鸡从孔隙里伸出脖子，咯咯叫唤。人全挤在一堆，怎么也不肯挪动，有时候，险些要把药店的门面挤破。每逢星期三，药店里总是人头攒动，挤来挤去，有买药的，更多的是来看病的；奥梅先生在四乡很有名气，他那副胸有成竹的样子，让乡下人佩服得五体投地，在他们心目中，他比所有医生都高明。

爱玛把胳臂支在窗口（她经常这么凭窗而立：在外省，窗口的作用类似剧院和散步的去处），观看熙来攘往的乡下人，正看得有趣，忽然瞥见一位身穿绿绒礼服的先生，戴一双黄手套，却又裹着厚厚的护腿，朝医生家走来，后面跟着个农民，低着头，一副心事重重的样子。

“我可以见先生吗？”他问正在门口跟费莉西泰聊天的朱斯坦。

他以为朱斯坦是医生家的男仆，就说：

“请通报一下，拉于谢特的鲁道夫·布朗热先生求见。”

来人在姓名之前加上地名，并非想炫耀他是当地显贵，而是让人家一听就知道他是谁。拉于谢特是距永镇不远的一处庄园，他新近买下了堡邸和两块庄田；自己耕种，但也不让农活过分捆住手脚。他是单身汉，据说年收入不下一万五千法郎！

夏尔走进客厅。布朗热先生向他介绍自己的下人，说他想放放血，因为他浑身上下像有蚂蚁在爬。

“放放血我就舒服了。”不管别人怎么劝他，那人总是这样说。

包法利吩咐拿来一卷绷带和一个盆子，要朱斯坦端住盆子。然后，对那个脸色已经发白的乡下人说：

“别害怕，伙计。”

“不，我不怕，”那人说道，“动手吧。”

他做出满不在乎的样子，伸出粗壮的胳膊。柳叶刀一扎，鲜血迸射而出，一直溅到镜子上。

“盆子端近点！”夏尔叫道。

“你瞅！”农民说，“真像一道小泉水在流！我的血有多红呀！一定是好兆头，对不？”

“有时候，”医生说，“刚开始不觉得怎样，不一会儿就突然晕过去了，尤其是这样身强力壮的人。”

乡下人一听这话，顿时手一松，撂下了刚才拿在手里转着玩的小盒子，肩膀猛地一挺，弄得椅子背咯吱咯吱响，帽子也掉下来了。

“我说嘛！”包法利说着用手指按住血管。

朱斯坦手里的盆子抖动起来，他的膝部晃了晃，脸色也白了。

“太太！太太！”夏尔叫道。

爱玛一下子跑下楼梯。

“拿醋来！”夏尔叫道，“啊！天哪，同时倒了两个！”

他一慌张，连纱布块也放不好了。

“没事儿。”布朗热先生镇静地连声说道，两手扶住朱斯坦。

说着，他把朱斯坦弄到桌上，背靠墙坐着。

包法利夫人动手给朱斯坦解掉领巾，衬衣带子上有个结，她用灵巧的手指，在小伙子的脖子上，解了一会儿，然后往细麻布手绢上倒了些醋，轻轻地抹在他的太阳穴上，再小心翼翼地对着吹气。

赶大车的乡下人清醒过来，但朱斯坦仍然不省人事，瞳仁消失了，只见白色的巩膜，就像蓝色的花沉到牛奶里了。

“要把这东西藏起来，”夏尔说道，“不让他看见。”

包法利夫人端起盆子。正要往桌子底下放，她一弯腰，身上的连衣裙（是件夏天穿的连衣裙，黄颜色，有四道镶褶，腰身长，下摆宽），就撒开在周围的客厅石板地上；——由于她弯下去时，伸着双臂踉跄了一下，本来膨起的连衣裙，顺着上身的曲线，有的地方凹了下去。她去拿来一瓶水，放几块方糖里面溶化。这时，药剂师来了。是女佣匆匆跑去把他找来的。看到学徒已经睁开眼睛，他松了一口气；接着，绕着朱斯坦转来转去，上下打量。

“笨蛋！”他说，“小笨蛋，一点不假！十足的笨蛋！静脉放个血，也算了不得的大事！好一个天不怕地不怕的男子汉！你们瞧哇，松鼠一般爬得高高的去摇核桃，那么高都不头晕。噢！对了，你说呀，吹牛呀！多有能耐，今后还开药店呢！弄不好，说不定要传你上法庭，去给法官们开开窍呢！到那时，头脑可得冷静哟，要说得头头是道，像个男子汉大丈夫，不然的话，只好让人当成窝囊废！”

朱斯坦一声不吭。药店老板继续说道：

“谁请你来的？你老是给先生、太太添乱！再说，星期三，你更要给我守着，店里现在就有二十来个客人。我还要为了照顾你，把什么都撂下了。好啦，走吧，快去呀！等我回来，小心药瓶！”

朱斯坦穿好衣服，走了之后，大家扯了几句晕厥的话题。包法利夫人从来没晕倒过。

“女士能这样，真是不简单！”布朗热先生说，“要说呢，有的人就很脆弱。有一回决斗，我就见过一个证人，刚听见手枪上子弹的声音，就晕了过去。”

“我嘛，”药店老板说，“看见别人流血，倒还没什么，但一想到是自己在流血，想着想着，就不行了。”

这时，布朗热先生打发他的下人先走，叫他放下心来，既然他已经如愿以偿。

“这倒使我有幸结识各位。”他随即又说。

布朗热先生说这话的时候，眼睛看着爱玛。

接着，他往桌子角上放下三法郎，随便打个招呼，就走了。

不一会儿，他就到了河对岸（那是他回拉于谢特的必经之路），爱玛望见他在草场的杨树底下前行，不时放慢步子，像是在想什么心事。

“她非常可爱！”布朗热自言自语道，“这位医生太太非常可爱！漂亮的牙齿，乌黑的眼睛，别致的双脚，身段比得上巴黎的娘儿们。喔哟，她是打哪儿冒出来的？那个笨小子是在哪儿把她弄到的？”

鲁道夫·布朗热先生三十四岁，性情粗鲁，鬼点子却多，没少在女人堆里混，是个情场老手。他觉得爱玛长得漂亮，就一个劲儿地想着她，还有她的丈夫。

“我看他是个大笨蛋。她大概已经对他腻烦了。他指甲脏兮兮的，胡子拉碴，准三天没刮。他东奔西跑去出诊，她却待在家里补袜子。那该多无聊！一定盼望住到城里去，天天晚上跳波尔卡！可怜的小娘儿们！眼巴巴渴望爱情，就像厨房案板上的鲤鱼渴望水！三句甜言蜜语一说，她准会深深爱上你，我敢肯定！一定又温柔！又迷人！……是的，不过以后怎么甩掉呢？”

于是，他隐约看到将来，欢乐后带来的麻烦，他不由得想起自己的情妇，两下比较起来。他的情妇是鲁昂的一个女演员，眼下由他包养着。一想到她那模样，心里就腻味。

“啊！包法利夫人比她漂亮多了，”他想道，“尤其是水灵多了。维尔吉妮一准是开始发胖了，太胖了。她得意起来，是那样乏味，再说，她吃长臂虾都吃上了瘾！”

田野空旷无人，周围一带，鲁道夫只听见野草拂打鞋子的声音，一下一下很有节奏，还有伏在远处燕麦地里的蟋蟀的唧唧声。他仿佛又看见了客厅里的爱玛，仍是刚才见到的那样穿着衣服，接着他把她的衣服脱得精光。

“嗨！我一定要把她弄到手！”他喊起来，一手杖把面前的土块敲了个粉碎。

他当即考虑了行动策略，自己问自己：

“在哪儿会面呢？用什么办法好？孩子跟她形影不离，还有女佣、邻居、丈夫，一大堆麻烦。咳！”他说，“太费时间啦！”

不一会儿，他又想道：

“可她那双眼睛，像钻子似的，简直要穿透你的心，脸色又那么白！……我就喜欢白脸女人！……”

登上阿尔格伊岭时，他已拿定主意。

“现在就剩找机会了。对啦！我偶尔去走动走动，给他们送些野味、家禽什么的；必要的话，我就去放血；彼此交上朋友之后，就邀请他们到我家做客……啊！对啦！”他又想到个主意，“农业展评会马上就要举行了；她一定会去的，我就能见到她了。到时候咱们就开始吧，大胆些，因为这事儿，再有把握不过了。”

8

闻名遐迩的农业展评会终于开幕了！盛典那天清早，全镇居民都在门口，纷纷议论着筹备情况。镇公所大门的三角楣上装饰着常春藤；草地上支起了一顶帐篷，好摆酒席；广场中央，教堂前面架起一门臼炮，预备在省长驾到和宣布获奖农民名单时鸣炮。比希的国民自卫队（永镇没有）开来加强消防队。比内是消防队队长。这天，他戴的领子格外地高，制服紧束，上身挺得笔直，凛然不动，仿佛全身的劲儿都落到了两条腿上，按节奏抬腿，起落有致，干净利落。税务员和联队长要见个高低，分别指挥自己的队伍进行操练，显露自己的才干。只见佩红肩章的、穿黑胸甲的走过来走过去；没完没了，潮水一般！如此风光的场面，前所未有。好些人家头天就把房屋洗刷干净；窗户打开一半，悬挂着三色旗。家家酒馆爆满。晴空之下，上浆的帽子，金色的十字架和彩色的头巾，映着明亮的阳光，雪亮雪亮地熠熠闪光，这些东西花花绿绿纷纷扬扬，相形之下，蓝色的工装和礼服，就显得暗淡、单调了。四乡的农妇，方才怕长裙溅上泥点，便撩起来，用大别针别在身上，下了马又都放下来。她们的丈夫则相反，都爱惜帽子，上面搭着块手帕，用牙咬住手帕的一角。

人群从小镇两头涌进大街，络绎不绝，也有人从小街小巷、临街屋子里涌出来。不时听见门锤落下的声音，那是戴纱手套的太太们带门出来，准备去看热闹。尤其为人称道的，是两棵高大的紫杉，上面挂满了彩灯，当间搭了个台子，官方要人将在上面就座。此外，镇公所大门口的四根柱子上，绑了四根长竿，每根竿子挑一面浅绿色小旗，上面是金字。一面是："促进商业"；另一面是："促进农业"；第三面是"促进工业"；第四面是："促进艺术"。

大家兴高采烈，人人笑逐颜开，唯独客栈女店主勒弗朗索瓦太太满脸阴云。她站在厨房前的踏级上，下巴一动一动地嘟囔道：

"真是胡闹！搭那样的帆布篷子，真是胡闹！难道他们以为，省长坐在帐篷里，也像个跑江湖的，能吃得舒服吗？那样寒碜，还说是造福乡里！还去新堡找来个蹩脚厨子，真犯不上！再说，都是为谁呀？还不是一些放牛的！叫花子！……"

药店老板过来了。他穿着黑色燕尾服，米黄色长裤，海狸皮皮鞋，还特地戴了顶礼帽——一顶小礼帽。

"您好哇！"他说，"不好意思，在下正忙着呢！"

胖寡妇问他上哪儿去。

"您觉得奇怪，是不是？我平常总关在配药室里不出门，就像老先生的那只老鼠，钻进干酪里不出来。"

"什么干酪？"女店主问道。

"喔，没什么！没什么！"奥梅答道，"我只不过想对您说，勒弗朗索瓦太太，我平常闭门不出，可是今天嘛，情况特殊，还是得……"

"哦！您也去那里？"勒弗朗索瓦太太轻蔑地说。

"是啊，我这就去，"药店老板愕然答道，"我不是咨询委员会的委员吗？"

勒弗朗索瓦大妈打量他几分钟，最后微笑着说：

“那就是另一码事啦！不过，种庄稼跟您有什么相干？您也在行吗？”

“当然我在行，因为我是药剂师，也就是化学家嘛！而化学，勒弗朗索瓦太太，就是研究自然界一切物体分子的相互作用；所以，农业也属于这个范围！这不，肥料的成分，液体的发酵，气体的分析，疫气的影响，请问，这一切，不是地地道道的化学，又是什么？”

女店主没回答，奥梅接着说：

“您以为要当农学家，就非得亲自种过田地，亲自养过鸡鸭？其实，首先要了解有关各种物质的成分，地质的构造，大气的作用，地层、矿物和水体的品质，各种物体的密度及其毛细作用！还有什么来着？还得彻底掌握所有卫生准则，才能指导和评估房屋的建造、动物的饲养和雇工的伙食！还要掌握植物学呢，勒弗朗索瓦太太，要会辨认各种植物，您明白吗？哪些对健康有益，哪些对健康有害，哪些无收益，哪些有营养；是否应该从这里拔起来，再到那里种下去，究竟应该推广，还是应该除掉；总之，要看小册子，看书报杂志，跟踪科学的发展，耳目始终要敏锐，才提得出改良的方案……”

女店主的眼睛死死盯着法兰西咖啡馆的店门，药剂师还在往下说：

“但愿我们的农民都精通化学，或者至少多听听科学建议！因此，我最近写了一本很有分量的小册子，是一篇有七十二页之多的学术论文，题目是：《论苹果酒及其酿造与效用，以及相关新见解》；我投给了鲁昂农学会，因而荣幸地被接纳为农学会会员，属种植分会，果学部。嗯，要是我的论著公之于世……”

药店老板打住了话头，因为勒弗朗索瓦太太好像忧心忡忡。

“瞧那些人！”她说，“真是莫名其妙！去那种破饭馆！”

说完她耸耸肩膀，把胸前毛衣的网眼也带得一动一动的；她的对头开的饭馆里，飘出一阵阵歌声，她摊着两手，朝那边指指点点。

“其实，长不了啦，”她又说，“不出一星期，彻底完蛋。”

奥梅大吃一惊，往后一退。女店主走下三级台阶，对他附耳说道：

“怎么！您还不知道？本星期就要查封啦。是勒赫逼着拍卖的。几张期票就把人家干掉啦。”

“好可怕的灾难！”药店老板叫起来；无论面临什么情况，只要是想得出来的情况，他总有恰到好处的说法。

于是，女店主开始向他讲述事情的原委；她都是听吉约曼先生的仆人泰奥多尔讲的。她虽然憎恨泰利耶，但也指责勒赫。说他是个骗子、马屁精。

“嘿！瞧，”她说，“他就在菜市场，在跟包法利夫人打招呼。包法利夫人戴着顶绿色的帽子；还挽着布朗热先生的胳膊呢。”

“包法利夫人！”奥梅说，“我得赶紧去跟她打个招呼。她要是在场子里有个柱廊下的座位，也许会很高兴的。”

勒弗朗索瓦大妈叫住他，还要继续数落下去。药剂师不听她的，快步走开了；他大步流星，嘴上堆着笑，左边点点头，右边哈哈腰，黑礼服的大垂尾招招摇摇，在身后随风飘摆。

鲁道夫老远瞥见了他，就加快了脚步，但包法利夫人气喘吁吁，他这才放慢步子，粗声粗气，微笑着对她说：

“我是要躲开那个胖家伙，您知道，就是药店老板。”

爱玛用胳膊肘捅了他一下。

“这是什么意思？”他心里想。

他一边继续往前走，一边用眼角打量爱玛。

从侧面看去，爱玛脸上平静自然，简直叫人看不透；日光之下，轮廓清清楚楚；头上戴顶椭圆形帽子，灰白色的帽带宛如芦苇叶子。

睫毛长长的，弯弯的，眼睛虽然睁大望着前面，但仿佛给颧骨微微绷着；细腻的皮肤下面，血液在轻轻脉动。鼻中隔那儿是一道粉红色。头向一边侧着，嘴唇之间露出洁白晶莹的齿尖。

“她是在嘲笑我吗？”鲁道夫想道。

其实，爱玛那个动作，只是给他提个醒儿，因为勒赫先生就跟在他们身边，还不时搭讪一句两句，似乎有意要加入谈话：

“今天真难得！大家都出来啦！现在是东风呢。”

包法利夫人，还有鲁道夫，并不怎么答理他；而他呢，只要见他们稍有举动，就凑过来，用手碰碰帽子，说道：“什么？”

到了马掌铺前面，鲁道夫不走大路去栅栏门，却拉着包法利夫人，突然拐进一条小路，一边喊道：

“回见，勒赫先生！祝您开心！”

“您就这样把人家打发了！”爱玛笑着说道。

“干吗要让别人搅和呢？”他接下去说道，“既然今天我有幸和您……”

爱玛脸红了。鲁道夫马上掉转话头，转而谈起天气晴朗，谈起漫步草地的乐趣。有些雏菊又长出来了。

“瞧这些可爱的雏菊，”鲁道夫说，“本地害相思病的女子都有东西算卦啦。”

他又加上一句：

“我这就去摘，您看怎么样？”

“莫非您在闹相思？”爱玛轻咳一声，说道。

“嘿！嘿！那谁知道？”鲁道夫答道。

草地上渐渐挤满了人。主妇们撑着大伞，挎着篮子，带着小孩横冲直撞。常会碰上一长溜乡下女人、女佣，她们穿蓝袜子、平底鞋、戴银戒指，碰上了还得给她们让路；打她们身边经过时，可以闻到一阵阵牛奶气味。她们走路手拉手，草地这头到那头比比皆是，从那排山杨树，一直到摆宴会的帐篷。评审的时候到了，农民三三两两跟着走进一个类似赛马场的地方，那是用一条长绳在桩子上围出来的。

牲畜也在里面，鼻子冲着绳子，臀部高低错落，参差不齐地排列成行。猪昏头昏脑，用嘴拱着土；牛犊哞哞，小羊咩咩；母牛屈腿，把肚皮搭在草地上，慢条斯理地咀嚼反刍，还眨巴着沉甸甸的眼皮，任凭牛蝇在周围嗡嗡乱飞。车夫们光着膀子，拽住公马的笼头，公马扬起前蹄，冲着旁边的母马使劲嘶鸣。母马倒安安静静，伸长着脑袋，耷拉着鬃毛；小马驹不是歇在它们的身影里，就是偶尔凑过来嘬嘬奶。这些牲口挤挤挨挨，排成一溜儿，高低起伏，只见雪白的鬃毛，波涛一般随风扬起，要不然就露出尖尖的犄角，以及跑动的人头。场子外面，百步开外，有一头黑色的大公牛，戴着嘴套，穿着鼻环，青铜铸就一般，一动不动。一个衣衫褴褛的孩子牵着牛绳。

这时，在两排牲口之间，有几位先生移动着重重的步子，逐头进行检查，每检查完一头，就小声磋商一番。其中一位，看上去身份高些，一边走，一边在册子上记录。此人是评委会主席：庞镇的德罗兹雷先生。他一认出鲁道夫，连忙走上前，很客气地微笑着对他说：

“怎么，布朗热先生，您撇下我们不管啦?”

鲁道夫分辩说，他一会儿就来；可是这位主席刚一走：

“老实说，”他又说道，“我才不去，陪他还不如陪您呢。”

鲁道夫虽然不把展评会放在眼里，但为了通行无阻，还是把自己的蓝牌牌拿给值勤的人看；有时遇到出色的展品，甚至还停下步子，可是包法利夫人却不感兴趣。他一发觉，便转而取笑起永镇太太们的穿着打扮；然后又为自己不修边幅表示歉意。他的穿着不大协调，既随便，又考究。一般人通常会隐约觉得，这身装束反映出一种古怪的生活方式，情感的紊乱，手段的峻切，而且对社会习俗始终抱有某种蔑视。所以他的穿着，有的人看得着迷，有的人看得反感。他穿一件细麻布衬衫，袖口打褶，风一吹，就在灰布坎肩敞开的地方鼓起来；宽条纹的长裤，在脚踝处露出一双南京布靴子，鞋面上帮有漆皮，擦得锃亮，草影可鉴。他穿着靴子在马粪上踩来踩去，一只手插在上衣口袋里，头上歪戴着草帽。

“再说，”他接着说道，“人住在乡下……”

“一切都是白费劲。”爱玛说。

“可不是！”鲁道夫接过来说道，“想想看，这些人里面，连礼服的款式，都没一个人能懂！”

于是，他们谈起外省生活的平庸，人在这里都要给闷死，幻想都要破灭。

“所以，”鲁道夫说道，“我陷入了苦闷……”

“您！”爱玛吃惊地说，“我还以为您很快活呢！”

“喔！那是表面，因为我在人前，会戴上一副玩世不恭的面具。可是有多少回，我在月光下看见墓地，便问自己，我去跟那些长眠地下的人为伍，是不是更好……”

“噢！您的朋友呢？”爱玛说道，“您就不想想他们？”

“我的朋友？什么朋友？我有吗？有谁关心我？”

鲁道夫说到最后一句时，嘴唇嘘了一声。

他们俩不得不分开一下，因为后面有个人，抱了高高一摞椅子，走过来了。那人抱得实在太多，除了一双木鞋的鞋尖，就只看见他的两只手；两条胳膊伸得开开的。他就是掘墓人莱蒂布杜瓦，正把教堂里的椅子往人群里搬。凡是有利可图的事，他这人总是会动脑筋的，所以想出这个办法，从展评会捞点好处。他的想法果然成功，都忙得应承不过来了。大家都觉得热，便抢这些椅子。那些椅子的草垫散发出香火气味，厚实的椅背沾有蜡渍，他们恭而敬之，往上一靠。

包法利夫人又挽住鲁道夫的胳膊。鲁道夫像是自言自语，继续说道：

“是啊！多少机会我都错过了！还是孑然一身！唉！要是我的生活有个目标，遇到了知音，发现了某个人……啊！我一定会竭尽全力，克服一切困难，冲破一切障碍！”

“不过，在我看来，”爱玛说道，“您没什么好抱怨的。”

“噢！您觉得吗？”鲁道夫说。

“因为毕竟……”爱玛又说，“您是自由的。”

她迟疑了一下：

“又有钱。”

“您别取笑我啦。”鲁道夫应声说道。

爱玛赌咒说，她不是取笑。正在这时，只听得一声炮响，人群立刻乱哄哄地朝镇子里涌去。

这一炮放错了，省长大人并没有到。评委们非常尴尬，不知道该马上开会，还是该再等下去。

终于，广场尽头出现了一辆双篷四轮出租大马车，由两匹瘦马拉着，头戴白帽的车夫挥臂扬鞭赶马。比内只来得及喊了声：“持枪！”联队长也学着他。大伙都向架在一起的枪支跑去。人人争先恐后；有几个连硬领都忘了。好在省府的车驾似乎料到这种慌乱局面，两匹并驾的驽马衔着马辔小链，摇摇晃晃，小步紧跑，到了镇公所柱廊前面；这时候，国民自卫队和消防队刚刚排好队伍，敲着鼓在原地踏步。

“踏步！”比内喊道。

“立定！”联队长喊道，“向左看齐！”

接着是持枪动作，这时，枪箍丁零当啷一阵响，就像一口铜锅滚下楼梯；然后，枪都放下。

于是，就见马车上下来一位先生，短礼服上银线绣花，前秃顶，仅后脑勺有一绺头发，脸色灰白，看起来极和善；一双眼睛很大，厚厚的眼皮眯缝起来，打量着人群，同时扬起尖尖的鼻子，瘪瘪的嘴巴现出笑意。他从绶带上认出了镇长，便告诉他，省长大人不能前来，他本人则是省府的参事，然后又说了几句表示歉意的话。蒂瓦施一味恭维，参事表示不敢当。两人就这样面对面站着，几乎是额头碰额头，四周围着全体评委、镇议会议员、显要人物以及国民自卫队队员和群众。参事先生把黑色三角帽按在胸前，频频致意。蒂瓦施弓着腰，也是笑盈盈的，结结巴巴，字斟句酌，表示自己效忠王室，表示永镇承蒙赏光。

客栈伙计伊波利特走过来，从车夫手里接过缰绳，瘸着一只畸形脚，把两匹马牵到金狮客栈的门廊下，许多农民聚过去看这辆马车。一时间鼓声大作，炮声轰鸣，先生们鱼贯登台，在乌得勒支红绒软椅上就座，这些椅子都是蒂瓦施夫人借出来的。

这些人模样都差不多。皮肉松软的脸，让太阳晒得有点黄里透黑，就像甜苹果酒的颜色；硬挺挺的宽衣领里，露出蓬松的连鬓胡；白色的领饰束住衣领，领饰打成平整的玫瑰花结。坎肩有压边，都是丝绒面料；怀表都有一根细长的饰带，末梢坠一枚椭圆形玉雕印章；他们都把手放在大腿上，两腿小心地分开，裤子的呢料还是新的，亮光闪闪，比大皮靴还亮。

上流社会的女士们在后面，门廊下的柱子之间。普通群众则在对面，有站着的，也有坐在椅子上的。原来，莱蒂布杜瓦早已把草地上的椅子，又都搬了过来，甚至于还不时跑到教堂里，再搬椅子；他做这个生意，也造成通道堵塞，人要费很大的劲，才能挤到主席台的小步梯那里。

“我觉得，”勒赫先生说（冲着打这儿经过去就座的药剂师），“应当竖两根威尼斯式的竿子，弄点时新东西挂在上面，既不失庄严，又阔气，那才好看呢！”

“那当然，”奥梅答道，“不过，有什么办法呢！都是镇长一手包办的呀。这个可怜的蒂瓦施，没什么鉴赏力，甚至压根儿就没有所谓的艺术细胞。”

这时，鲁道夫和包法利夫人登上镇公所二楼，走进议事厅。里面空无一人，他就说，在这里看会场自在多了。国王胸像下面，有张椭圆形的会议桌；他过去拿了三个凳子，放在一个窗口前，两个人并肩坐下。

主席台上起了一阵骚动，好一会儿交头接耳，相互磋商。终于，参事先生站了起来。这时，大家才知道他的名字叫略万，这个名字在人群里传来传去，沸沸扬扬。他把几页讲稿理了理顺序，把眼睛凑在上面看清楚了，才开口说道：

诸位先生：

首先请允许我（在谈今天这次盛会的目的之前，我坚信，诸位都怀有这种感情），我是说，请允许我，向最高当局，向政府，向国君表示敬意；先生们，我们的圣上，我们爱戴的国王，为国家繁荣昌盛、黎民安居乐业殚精竭虑；他坚定而英明地引导着国家航船，冲破千难万险，惊涛骇浪；他像重视战争一样重视和平，重视工业、商业、农业和艺术。

“我得往后挪一挪。”鲁道夫说道。

“为什么？”爱玛问。

可这时，参事的嗓门提得格外高，他慷慨激昂地讲道：

先生们，国民操戈、血染公共广场的时代，业主、商人，乃至工人，夜晚安睡之时，突然被火警惊醒，人人胆战心惊的时代，邪说横行、肆无忌惮动摇社稷的时代，已经一去不复返了……

“因为下面的人看得见我，”鲁道夫答道，“过后，我得花上十天半月的工夫去作解释，而我又本来就名声不佳……”

“哦！您成心作践自己。”爱玛说。

“不，不。真的，我的名声坏透啦。”

参事继续演说：

> 先生们，撇开昔日那些黑暗的写照，放眼我们美丽祖国的现状，那是一番什么景象呢？各地商机蓬勃，艺术繁荣；新的交通路线四通八达，犹如国家机体新的动脉，因而新的联系纷纷建立；我们各大工业中心都已恢复生产；宗教更加巩固，面向所有心灵微笑；我们的港口满满当当。我们的信心得以恢复，总之，法兰西获得了新生！……

“再说，”鲁道夫补充道，“按世俗之见，他们的看法也许不无道理。”

“此话怎讲？”爱玛说。

“怎么！”鲁道夫说，“难道您不知道，有的人，心灵时时在受折磨？他们时而需要幻想，时而需要行动，他们需要最纯洁的激情，也需要极度疯狂的享乐；人就这样来来去去，投身于形形色色的异想天开、荒唐狂热之中。”

于是，爱玛瞧着他，就像在打量一位游历过奇异国度的旅人。她接下去说道：

“就是这种排遣，我们这些可怜的女人也没有啊！”

“可怜巴巴的排遣，因为人在其中是找不到幸福的。”

“可是，幸福找得到吗？”爱玛问道。

“是的，有一天会遇到的。”鲁道夫答道。

参事说道：

> 这些你们都明白。你们，乡村的农民和农工！你们，文明事业的和平先锋！你们，维护进步和道德的人！我说，你们都明白，政治风暴的确比自然风暴还要可怕……

“有一天会遇到的，”鲁道夫重复说道，“有一天，您万念俱灰时，会突然遇到的。那时候，天地之间豁然开朗，仿佛有个声音在高喊：‘幸福来了！’人感到需要向这个人倾吐衷曲，需要把一切交给他，需要为他牺牲一切！不必解释，心照不宣，两个人似曾梦里相识。(鲁道夫注视着爱玛) 踏破铁鞋无觅处，终于，宝贝就在您面前了；闪闪发光，熠熠生辉。可是，您还是顾虑重重，不敢相信；一时眼花缭乱，仿佛刚从黑暗走入光明。”

鲁道夫说最后一句话时，还做了个手势，他把一只手蒙在脸上，就像真的眼花了似的，随后又将手放下，落在爱玛的手上，爱玛抽回自己的手。参事仍然在念稿：

> 什么人对此感到惊奇？先生们！只有那种有眼无珠、视而不见的人，那种陷入另一时代偏见的人（我不怕这样说），才不了解农业大众的思想。实际上，除了乡村以外，哪里还能找到更多的爱国精神，更多的对公共事业的热忱，总之一句话，哪里还能找到更多的智慧？先生们，我不是指那种表面的智慧，不是无所用心的头脑的点缀，我指的是那种深刻而又稳健的智慧；这种智慧致力追求的，首先是实际的目标，因而有利个人福祉，改善公益，支持国家；这种智慧是遵守法律、履行义务的结果……

“哼！又来了，”鲁道夫说，“开口闭口老是义务，这话我都听腻了。他们是一伙穿法兰绒坎肩的老朽，一伙离不开脚炉和念珠的道学先生；时时刻刻在我们耳边高唱‘义务！义务！’唉！天哪！义务，是感受崇高，是热爱美好，而不是接受社会的条条框框，以及社会强加于我们的屈辱。”

“可是……可是……”包法利夫人不以为然。

“哎，不！为什么要对激情横加指责呢？难道激情不是世间唯一美好的东西，不是英勇、热情、诗歌、音乐、艺术乃至一切的源泉？”

“不过，”爱玛说道，“总得听听社会舆论，遵守处世之道吧。”

“噢！道有两种，”鲁道夫分辩说，“一种是藐小、人云亦云的人间之道，变化无常，大叫大嚷，躁动于人寰尘世，就像您眼前这些浑浑噩噩的人；另一种是永恒之道，天上地下，无所不在，一如我们周围的景物，我们头上的朗朗蓝天。”

略万先生用手绢揩揩嘴，又继续说道：

先生们，农业的作用，还用得着我在这里向诸位论述吗？我们的日常之需是谁供应的？我们的衣食物品是谁提供的？难道不是农民？先生们，农民用勤劳的双手把种子播在肥沃的田垄，使地里长出小麦，又用精巧的机器把它磨成粉末，也就是所谓的面粉，运到城市，随即送进面包坊，制成食品，不分贫富，一概供应。难道不也是农民，在牧场喂养许多牛羊，使我们有衣穿？试问，没有农民，我们哪来的衣穿，哪来的饭吃？先生们，这样的例子，还用去大老远找吗？就拿点缀我们偏院的、不甚起眼的鸡鸭来说吧，有谁不是常常想到它们的重要性呢？它们不仅为我们提供寝床上松软的枕头，还为我们提供餐桌上鲜美的肉食，以及蛋品。若要这样一一列举，我们数也数不清；精耕细作的土地，就像慷慨的慈母，向儿女们提供各种各样的产品。这里是葡萄园，那里是酿酒用的苹果树，再那边是油菜，还有奶酪，还有亚麻。先生们，我们切不可忘了亚麻！最近几年，亚麻发展大为可观，我要特别呼吁各位重视。

参事其实不必呼吁重视，因为听众个个张着嘴，似乎要把他说的话全都喝下去。他旁边的蒂瓦施，睁大眼睛听他讲话；德罗兹雷先生则不时微微合上眼皮；再过去，药剂师两腿拢着儿子拿破仑，把手拱在耳边，生怕漏掉一个字。其他评委慢慢悠悠，上下点着坎肩里的下巴，表示赞同。台下，消防队员靠着他们的刺刀；比内一动不动，胳膊肘朝外，刀尖朝上举着军刀。他也许听得见，但想必什么也看不见，因为他的盔檐太低，一直罩到了鼻子。他的副手，就是蒂瓦施先生的小儿子，头盔戴得更低；他的头盔太大，戴在头上晃晃荡荡，连衬在里面的印花布头巾也露出了一角。他在头盔底下，甜甜地、稚气地微笑着，一张小脸显得苍白，淌着汗珠子，流露出快活、疲惫、瞌睡的表情。

整个广场直到房屋前面，都挤满了人。所有窗口都有人倚立，所有门口也站了人。朱斯坦站在药店前面，目不转睛地看着，似乎愣得出了神。尽管没人说话，略万先生的声音还是消散在空气中；传到耳朵里只有间忽的一句半句，而且往往被人群中这里那里的椅子响声打断。还有，后面会冷不防传来长长的一声牛哞，或者街角上羊羔的咩咩叫声，此呼彼应。放牛的和放羊的把牲口赶到了那边，牛羊不时叫上几声，伸出舌头，卷过挂在嘴边的叶子。

鲁道夫挨近爱玛，很快地悄声说道：

“世人的居心叵测，您不反感吗？有哪一种感情不受到世人的谴责？最高尚的本能、最纯洁的同情，都要受到迫害和诽谤；两个可怜的心灵终于相遇了，世人就组织一切力量阻挠他们结合。然而，这两个心灵偏要试试，他们拍动翅膀，彼此呼唤。啊！不管怎样，或迟或早，半年十年，他们终归要结合，要相爱，因为这是命中注定的，他们天生就是一对。”

鲁道夫两臂交叉，放在膝上，仰起脸，凑近爱玛，两眼直勾勾地看着她。在他的眼睛里，爱玛看见黑色瞳孔向周围射出一道道细细的金光；她甚至闻到了他抹亮头发的发蜡的香味。于是，她觉得浑身酥软，不禁想起了在沃比萨尔的情景，想起了邀她跳舞的那位子爵；子爵的胡须，就像鲁道夫的头发一样，散发着香草和柠檬的气息。她不知不觉，微微眯起眼睛，尽情地去吸闻。可是，她在椅子上把胸一挺，却远远瞥见天边尽头，旧公共马车燕子正缓缓驶下勒坡，后面扬起长长一片灰尘。当初莱昂就常常坐了那辆黄颜色的马车，朝她这儿驶来；后来也是打那条路走了，一去不复返！她仿佛觉得他就在眼前，就在窗前；随即，一切又模糊了，一片烟云。仿佛她又在吊灯的灯光下，在子爵的臂弯里，转来转去跳华尔兹；莱昂离得也不远，眼看就要来了……然而，她始终感到，鲁道夫的头就在身边。这种温馨的感觉，就这样渗进她昔日的欲望里；微妙的香气在心头弥漫；那些欲望就像一阵风刮起的沙粒，在香气中盘旋飞舞。她好几回用力翕动鼻翼，去吸闻攀在柱头上的常春藤的清新气息。她取下手套，揩揩两手；用手绢往脸上扇风；太阳穴在轰轰乱跳，她听见人群的喧嚣，以及参事念经般的讲话声。

参事说：

要继续努力！要坚持不懈！不要因循守旧，也不要自以为是，急躁冒进！诸位要重点抓好改良土壤，施用优质肥料，发展良种马、牛、羊、猪！希望这次展评会成为大家的和平竞技场；优胜者评出后，要向落榜者伸出手来，友好相待，争取更好成绩！可敬的仆役们，卑微的佣工们，你们辛勤的劳动，过去从没受到任何政府的尊重，现在请来接受对你们默默无闻的美德的奖励吧；请你们相信，从今以后，国家会时时关注你们，鼓励你们，保护你们，满足你们的正当要求，并且尽其所能，减轻你们艰苦奉献的负担！

略万先生重新落座；德罗兹雷先生站起来，开始做另一篇演说。他的演说也许不像参事的演说那么绚丽多彩，却自有其独到之处，风格更重实际，就是说，学识更专业，议论更出色。因此，歌功颂德的话少了，宗教和农业谈得多了。他谈到宗教和农业的关系，谈到二者如何殊途同归，一向促进文明。鲁道夫则跟包法利夫人谈梦、谈预感、谈磁力。演说者追溯到人类社会的摇篮时代，向大家描绘那时的蛮荒岁月，人类栖息在深山老林，以橡栗为生。后来，人类脱下兽皮，改穿布帛，耕田犁地，种植葡萄。这算不算福祉，这样茅塞顿开是否弊多于利？德罗兹雷先生给自己提出这个问题。鲁道夫则从磁力，渐渐谈到缘分。主席先生旁征博引：辛辛纳图斯①扶犁耕地，戴克里先②栽种白菜，中国皇帝新年播种。而这时，年轻的鲁道夫向少妇解说，难以抵御的吸引力，在于前世的缘分。

"就说咱俩吧，"他说，"咱俩为什么会相识？是什么机缘促成的？这是因为，我们也许就像两条河，不远万里，合流为一，我们各自的天性有如地势，使我们彼此靠拢。"

说着鲁道夫握住爱玛的手，爱玛并不抽回去。

"精耕细作综合奖！"主席高声说道。

"比方说，我上您家那会儿……"

---

① 辛辛纳图斯，公元前五世纪的罗马政治家。

② 戴克里先（245-313），罗马皇帝。

“授予坎康普瓦的比泽先生。”

“难道知道能陪您吗?”

“七十法郎!”

“多少次我都想走开，但还是跟着您，留了下来。”

“肥料奖。”

“今天下午我留下，明天、以后、一辈子都这样!”

“授予阿尔格伊的卡龙先生，金牌一枚!”

“因为我在人世，从没发现如此完美的魅力。”

“授予吉伏里·圣马丁的巴安先生!”

“所以，我会永远把您记在心上。”

“表彰美利奴公羊……”

“可是，您会忘记我，到那时我不过是个影子。”

“授予圣母院的贝洛先生……”

“喔！不会的，我还在您心里，在您的生活里，是吧?”

“良种猪奖，两名：授予勒埃里塞先生和屈朗堡先生；六十法郎!”

鲁道夫捏住爱玛的手，觉得它热乎乎的，瑟瑟直抖，就像一只被捉住而又想飞走的斑鸠。可是爱玛呢，不知是想把手抽回，还是为了回应这种紧握，她动了动手指。鲁道夫叫起来：

“啊！谢谢！您没拒绝我，您真好！您知道我是属于您的！让我看看您，好好看看您!”

一阵风从窗口吹进来，吹皱了台布；楼下广场上，农妇们的大帽子都给掀了起来，像白色蝴蝶在振动翼翅。

“豆饼应用奖。”主席继续宣布。

他越读越快：

“人粪施用奖，——亚麻种植奖，——排水奖，——长期租赁奖，——家政服务奖。”

鲁道夫不再说话。两个人你望着我，我望着你；欲火中烧，嘴唇发干，哆哆嗦嗦；他们的手指软绵绵的，不必用力，早已难解难分。

“萨斯托-拉盖里耶尔的卡特琳-尼凯斯-伊丽莎白·勒鲁，表彰她在同一庄园服务长达五十四年，授予银牌一枚——奖金二十五法郎！”

“她在哪里，卡特琳·勒鲁？”参事重复道。

卡特琳没出来，只听见人群里窃窃私语的声音：

“去呀！”

“不去。”

“往左走！”

“别害怕！”

“唉！她真糊涂！”

“她到底来没来？”蒂瓦施大声嚷道。

“来啦！……就在那儿！”

“叫她过来呀！”

于是，人们看见一个矮小的老妇人，衣着寒碜，身子干瘪，畏畏缩缩地走向主席台。她脚上穿一双木底皮面的大木靴，腰间系一条蓝色大围裙。瘦削的脸庞裹在没有边饰的风帽中间，皱纹比风干的斑皮苹果还多，红色短上衣的袖子里，伸出一双长手，关节疙里疙瘩。谷仓的尘土，洗衣的碱水，羊毛的粗脂，使这双手变得又糙又硬，布满老茧和裂口，虽然用清水洗过，看上去仍然脏兮兮的；而且，由于长年干活，手指总是弯着，仿佛这双手本身，就是她历经千辛万苦的不起眼的见证。脸上印有一种修女般的严峻表情。眼神漠然，既无忧伤亦无感动，因而更加显得僵滞。她成年累月跟牲畜打交道，自己也变得木讷寡言，逆来顺受，跟它们差不多了。这是她头一回看见自己置身于这么多人的中央；这些旗帜、军鼓，穿黑礼服的先生，还有参事胸前的十字勋章，她看着只觉得心里发怵，呆呆地站在那儿，不知道是该向前走，还是该往后躲，也不知道人们干吗要把她推上来，这些评委先生又干吗要朝她笑吟吟的。做了半个世纪劳役的她，就这样站立在笑逐颜开的老爷们跟前。

“请过来，可敬的卡特琳-尼凯斯-伊丽莎白·勒鲁!”参事先生从主席手里接过获奖人员名单，说道。

他仔细看看名单，又看看老妇人，以慈父般的语气重复道：

“过来吧，请过来!”

“你聋了吗?”蒂瓦施从座位上跳起来说道。

他开始对着老妇人的耳朵喊道：

“五十四年服务！授予银牌一枚！二十五法郎。是给您的。”

老太太拿到奖牌，端详一阵，脸上漾开幸福的微笑，随即走开了。大家听见她一边走一边喃喃说道：

“我要把它交给我们那里的本堂神甫，请他给我做弥撒。”

“多么痴迷呀!”药剂师侧过身，感叹地对公证人说道。

大会开完了，人群散去了。演说稿念过了，现在人人又各就各位，一切照旧；主子依旧骂仆人；仆人依旧打牲口。得了奖的牲口，犄角之间戴着绿色的桂冠，无动于衷地回栏里去。

这时，国民自卫队员上到镇公所二楼，人人刺刀上扎着蛋糕；队上的鼓手提着一筐酒。包法利夫人挽着鲁道夫的胳膊，让他送回家。他们在包法利家门口分手，鲁道夫独自去草场溜达，等待酒宴开始。

宴会又长又闹，招待十分不周。宾客坐得实在太挤，胳膊肘几乎动弹不得。权充长凳的窄条木板不堪重负，差点给压断了。大家放开肚皮，美美地享受着自己的那份肴馔，个个额头上淌汗。餐桌上方挂着几盏马灯，缭绕着一片白蒙蒙的热气，颇似秋日早晨笼罩河上的雾气。鲁道夫背靠篷布，一心想着爱玛，对周围的一切都充耳不闻。他身后，仆人们在草地上堆放脏盘子。邻座的人说话，他也不答理。不断有人给他斟酒，嘈杂声越来越大，他脑子里却是一片宁静。他默想着爱玛说过的话，她嘴唇的模样。军帽上的帽徽就像魔镜一样，亮闪闪地照出了爱玛的脸；她的长裙的褶裥恍惚沿篷而下。放眼未来，恩爱的日子展现在面前，绵延不尽。

晚上看焰火时，他又见到了爱玛，但爱玛与丈夫及奥梅夫妇在一起。药剂师坐立不安，生怕四散的焰火出事，不时离开身边几个人，去关照比内几句。

花炮事先都送到蒂瓦施那里。他过分小心，全放在他家的地窖里，结果火药受潮，简直点不着。主要的那一套，燃放开来应现出一条首尾相衔的龙，可是根本没放成。只是不时升起一个不甚起眼的万花筒。人群张着嘴，喊成一片，其中夹杂着女人的尖叫，那是有人趁黑挠了她们的腰。爱玛一声不响，轻轻地依偎在夏尔的肩头；而后，她仰起脸，目光也随着划过黑色夜空的焰火。鲁道夫则借花灯的光亮，凝目看她。

花灯渐次熄灭，星星在闪烁。天上掉下几滴雨点，爱玛把围巾系在没戴帽子的头上。这时，参事的马车驶出了客栈。车夫喝醉了酒，突然打起了瞌睡；远远望去，只见他的身子高出车篷，随着车厢的颠簸，在两盏车灯之间左右摇晃。

“真的，”药店老板说，“必须严惩酗酒！我希望镇公所门口专设一块牌子，每周公布一次名单，写出这一星期酒精中毒者的名姓。再说，从统计方面看，就像有了一部明白的年鉴，必要时就可以……对不住。”

他又朝消防队长跑去。

比内正往家里走去，他要看看他的车床了。

“也许您还是费个心，”奥梅对他说，“派手下一个队员去，要不您亲自去……”

“让我安静吧，”税务员答道，“根本没事的！”

“大家放心好啦，”药店老板回到朋友们身边说道，“比内先生向我保证，已经采取了措施。不会有火花落下来。水龙盛得满满的。咱们睡觉去吧。”

“没错，我是想睡啦，”奥梅太太说道，呵欠连天，“不过没关系，今天的热闹真是很开心。”

鲁道夫目光温柔地低声附和道：

“啊！是呀，真是很开心！”

大家互道晚安，各自回家。

两天后，《鲁昂灯塔报》登出一篇有关展评会的长文，那是奥梅先生兴之所至，第二天写就的：

> 为什么有那么些花彩、鲜花和花环？炎炎烈日把热力洒向我们休耕的田地，大海汹涌波涛般的人流，顶着滚滚热浪，他们在奔向何方？

接着，他谈到农民的境况。当然，政府已经做了许多工作，但是做得还不够！“要鼓足干劲！”他向政府大声疾呼，“成百上千的改革势在必行，我们要完成改革。”随后，他描述了省府参事莅会时的情形，既没忘记写“我们队伍的飒爽英姿”，也没落下“我们最为活泼的乡村妇女”，以及“已经谢顶的老年人，他们就像德高望重的古代族长，亲自赴会，其中有几位，当年还是我们不朽军队的军人，一听到雄壮的鼓声，他们的心禁不住又在跳动不已”。他列举重要的评审委员，还说到自己；甚至加了一条注，提到药剂师奥梅先生给农学会提交过一篇有关苹果酒的论文。写到颁奖场面时，他以夸张、赞美的笔调描写获奖者的喜悦心情。“父亲吻抱儿子，哥哥吻抱弟弟，丈夫吻抱妻子。好些人自豪地展示着那块小小的奖牌；而且回家以后，说不定会当着贤惠的妻子的面，眼里噙着泪花，把它挂在小小茅屋的陋墙上。”

将近六点，在利埃雅尔先生的牧场上举行了宴会，参加这次活动的要人聚在一起；自始至终洋溢着至为亲切的气氛。大家频频举杯祝酒：略万先生提议为国王干杯！蒂瓦施先生提议为省长干杯！德罗兹雷先生提议为农业干杯！奥梅先生则提议为工业和艺术这对姐妹干杯！勒普利谢先生提议为全方位改善干杯！是晚，绚丽夺目的焰火顿时把夜空照得通明。那简直就是地地道道的万花筒，名副其实的歌剧布景；一时间，我们这个小地方，似乎搬到了《天方夜谭》的梦境之中。

值得一提的是，没有任何不测事件，干扰这次亲情融融的盛会。

他还写道：

唯一引人注意的是，教会人士没有露面。教会方面关于进步，大概另有看法。那就悉听尊便吧，罗耀拉①的信徒们！

---

① 罗耀拉（1491-1556），天主教耶稣会的创始人。

鲁道夫握住爱玛的手，觉得它热乎乎的，瑟瑟直抖，就像一只被捉住而又想飞走的斑鸠。

9

六个星期过去了，鲁道夫一直没有再来。一天晚上，他终于露面了。

展评会的第二天，他就对自己说：

“别去早了，那样反而失策。”

头一个周末，他动身去打猎；打猎回来，想一想，已经太迟了；他还这样分析道：

“不过，既然头一天她就爱上了我，她一定盼望见到我，越是心切，爱我就爱得越深。还是再等等吧！”

一进客厅，他就注意到，爱玛的脸色刷地变白了，便明白自己算计对了。

只有爱玛一人在家。天色向晚，玻璃窗上挂着细布小窗帘，暮色越发显得浓重。一抹夕阳投在镀金的晴雨表上，金光闪闪，穿过珊瑚枝杈的空隙，照在镜子上，仿佛一团火。

鲁道夫一直站着；爱玛只是勉强地回应了他开头的几句问候。

“我嘛，”鲁道夫说，“事情忙，又生了一场病。”

“病得重吗？”爱玛大声问道。

“噢，”鲁道夫在她身旁一个凳子上坐下，答道，“病倒不重，其实，是我不想来。”

“为什么？”

“您还猜不出来？”

他又看她一眼，目光那样热烈，爱玛不禁脸一红，低下头去。他接着说：

“爱玛……”

“先生！”爱玛说着，稍稍挪开一点。

“啊！您看，”鲁道夫用忧伤的声音说，“我不想来是对的。因为，爱玛这个名字，这个占据我的心灵的名字，这个我不禁脱口而出的名字，您居然不许我叫！包法利夫人！……唉！人人都这样称呼您！……再说，这也不是您自己的姓氏，而是别人的！”

他又说一遍：

“是别人的！”

他用两只手捂住脸。

“是的，我时时刻刻在想您！……一边想您，一边悲痛欲绝！啊！对不起！……我要离开您，永别啦！……我要到很远的地方去……很远很远，您再也听不到别人谈起我！……可是……今天……不知什么力量支使我朝您走来！因为，天意不可违，天使的微笑是无法抵御的！人会情不自禁，被美丽、迷人、可爱所吸引！”

爱玛是头一回听到这种话。她的虚荣心随着这热烈的话语，舒舒服服地扩展开来，整个儿膨胀起来，就像在洗蒸汽浴。

“不过，就算我没来这里，”鲁道夫继续说，“就算我没能见到您，啊！至少我还是出神地望过您周围的一切。夜里，每天夜里，我都从床上起来，一直来到这里，望着您住的房屋，望着月光下熠熠生辉的屋顶，望着花园里在您窗前摇曳的树木；透过玻璃窗，有一盏小灯，一线亮光，在黑暗里闪耀。唉！您哪里知道，有个可怜的人、不幸的人，就在那里，离您那样近，又那样远……”

爱玛转向鲁道夫，呜咽道：

“啊！您真好！”

“不对，是我爱您，仅此而已！您竟然没猜到！对我说吧，一句话！一句就够了！”

鲁道夫不知不觉，身子从凳子上滑到了地上；厨房突然传来木鞋的声音，他注意到客厅的门没关。

“您行个好吧，”他起身接着说，“满足一下我的一个念头！”

原来是要参观屋子，他想熟悉熟悉。包法利夫人觉得，这没什么不便。两个人站起来的当口，夏尔进来了。

“您好，大夫。”鲁道夫对他说。

医生没料到人家这么称呼他，不禁受宠若惊，忙不迭地殷勤客套。对方趁机定了定神，说道：

“尊夫人同我谈到她的健康……”

夏尔接过话头说，其实他也焦虑万分；他妻子气闷的毛病又犯了。鲁道夫于是便问，骑马有没有好处。

“当然，好得很，好极了！……啊，这倒是个主意！你得照着做呀。”

爱玛说不行，她没有马。鲁道夫先生表示可以牵一匹来，她却谢绝了他的提议。鲁道夫也不坚持。他随后解释他的来意，说他的车夫，就是上次来放血的那个，还是觉得头晕。

“那我就去一趟吧，”包法利说。

“不，不必，我让他来您这儿；我们来，这样您方便些。”

“啊！很好，谢谢您。”

随后，只剩夫妻俩了。

“布朗热先生的提议，是一片好意，你为什么不接受呢？”

爱玛摆出赌气的样子，找了许许多多的理由，最后才说，那样会叫人笑话的。

“啊！我才不在乎呢！”夏尔说着在原地转了个圈，“身体最要紧嘛！你错了！”

“唉！你叫我怎么骑马呀？我连骑马的衣服都没有。”

“应当给你订购一套！”夏尔答道。

骑马服有了着落，她才决定下来。

衣服到手，夏尔写信给布朗热先生，说妻子恭候安排，请他费心。

第二天中午，鲁道夫来到夏尔家门口，手里牵着两匹骏马。其中一匹耳朵上系着粉红色绒球，背上配了一副麂皮的女式马鞍。

鲁道夫穿一双长筒软靴，心想这样的靴子爱玛多半从没见过。果不其然，当他穿着宽大的丝绒上衣和雪白的针织马裤出现在楼梯口时，爱玛被他的翩翩风度迷住了。她早已打扮停当，正等着他。

朱斯坦从药房溜出来瞧她，药店老板也跑了出来。他叮嘱布朗热先生：

“闯祸总是一眨眼的工夫呐！要小心呀！您这两匹马好像都很烈吧！”

爱玛听见头顶上方有响声：那是费莉西泰在敲窗玻璃，逗小贝尔特玩，孩子远远飞来一个吻，妈妈挥了挥马鞭的球饰回应她。

“一路走好！”奥梅先生喊道，“千万小心！小心！”

他挥动手里的报纸，目送他们远去。

出了镇子，爱玛的坐骑就奔跑起来，鲁道夫策马与她并行。两个人不时交谈一句。爱玛坐在鞍子上，微微俯着脸，手高高抬起，右臂伸开来，随着奔马的节奏上下颠簸。

来到岭下，鲁道夫放松缰绳，双双一起跃上去；到了岭上，两匹马骤然停步，爱玛的蓝色大面纱垂落下来。

正值十月初，乡野雾气氤氲。水汽在冈峦之间飘浮，一直绵延到天边；有的地方，水汽撕裂成片，缭绕升腾，不见了踪影。有时，云雾的罅隙间，漏下一道阳光，远远望去，永镇的屋顶、河畔的花园、院落、墙壁和教堂的钟楼，全都历历在目。爱玛眯起眼睛，想辨认出自家的房舍。她所生活的这个可怜的小镇，从来没显得现在这么渺小。他们站在岭上，觉得整个谷地就像一个白茫茫的大湖，朝着空中蒸发水汽。间或一丛丛树木，黑岩一般，兀立一侧；一排排高大的白杨，穿雾而出，宛如风吹沙移的海滩。

旁边有一块草地，冷杉丛中，一道褐黄色的阳光，在暖融融的空气里游弋。橙红色的土地，像烟草末一样，踩上去几乎没有声音；马朝前走，铁掌踢开落在地上的松果。

鲁道夫和爱玛就这样沿着树林的边缘前行。爱玛不时转过脸去，避开他的目光，这时眼前只见成排的冷杉树干，连绵不绝，不禁有点头晕目眩。马在喘气，鞍革嘎嘎作响。

他们走进森林的当口，太阳出来了。

“上帝在保佑我们！”鲁道夫说道。

“您这样认为吗？”爱玛说。

“咱们往前走！再往前走！”鲁道夫又说。

他打了个响舌，两匹马奔跑起来。

路旁长长的蕨草老是缠进爱玛的脚蹬。

鲁道夫一边继续前行，一边斜过身子把蕨草一根根扯掉。他为了拨开树枝，有时紧挨着爱玛，爱玛感到他的膝盖在她的小腿上擦过。天空变得湛蓝。树叶一动不动。开阔的林间空地上，长满盛开的欧石南；一片片紫堇，一片片杂树，纵横交错，枝叶各异，有的呈灰色，有的呈褐色，有的呈金黄。灌木丛里时常传来扑棱翅膀的声音；橡树林里，乌鸦飞来飞去，发出时而沙哑、时而柔和的啼叫。

他们下了马。鲁道夫将两匹马拴好。爱玛踏着车辙间的青苔，走在前面。

但她的裙子太长，即便撩起后摆，行走还是不便。鲁道夫跟在后面，出神地看着她的黑呢裙与黑靴子之间优雅的白袜；在他眼里，那仿佛就是裸露的。

爱玛停住脚步。

“我累啦。”她说。

“哎！再试试看，”鲁道夫说，“加油！”

又走了百来步，爱玛再次停下。她戴一顶男式帽子，面纱从帽檐垂下，斜斜地直及腰部；隔着淡蓝色的透明面纱，她的脸依稀可辨，宛如荡漾在碧波之中。

“我们这是去哪儿呀？”

鲁道夫并不回答。她急促地呼吸着。鲁道夫环顾四周，咬着上唇胡须。

他们来到一个比较开阔的地方，有些树木被砍倒了。他俩在一根横卧地面的树干上坐下，鲁道夫开始对她诉说自己的爱情。

一开头，他不说恭维话，以免爱玛觉得突然。他显得平和、认真、忧郁。

爱玛低头听着，脚尖拨弄着地上的碎木片。

听着听着，突然听到这么一句：

“现在咱俩的命运不是连在一起了么？”

“不！”她回答，“您很清楚，那是不可能的。”

她站起来要走。鲁道夫捏住她的手腕子。她站住了；然后用含情脉脉、水汪汪的眼睛打量他几分钟，急切地说道：

“噢！算啦，别说了……马在什么地方？回去吧。”

鲁道夫做了个又气又恼的手势。爱玛连声问道：

“马在什么地方？马在什么地方？”

鲁道夫目不转睛，牙关紧咬，带着古怪的微笑，伸开两臂，走上前去。她瑟瑟发抖，往后倒退，结结巴巴地说道：

“啊！您让我害怕！让我难受！走吧！”

“一定要走，那就走吧。”鲁道夫换了表情说道。

他立刻又变得谦恭、温存、小心了。她把手臂伸给他。他们往回走。他说道：

“您是怎么啦？为什么呢？我真不明白！您大概误会了吧？在我心目中，您就像台座上的圣母，高高在上，坚定而纯洁。不过，没有您我活不下去！我需要您的眼睛，您的声音，您的思想。做我的朋友，做我的妹妹，做我的天使吧！”

他伸出胳膊，搂住她的腰。她想轻轻地挣脱出来。他就这样搂着她往前走。

他们听见了两匹马咀嚼树叶的声音。

“噢！再待一会儿吧，”鲁道夫说，“别忙走！别走吧！”

他拉着她走到更远的地方，绕着一口小池塘溜达。满池浮萍，绿波如茵。萎谢的睡莲，凝立在灯芯草间。青蛙听见草地上的脚步声，纷纷跳开躲了起来。

“我错了，我错了！”爱玛说，“不该听您的话，我真是疯了！”

“为什么？……爱玛！爱玛！”

“喔！鲁道夫！”少妇依偎在他肩上，缓慢地说。

她的呢裙贴住他的丝绒外套。她仰起白皙的脖颈，长叹一声，连脖颈都涨圆了；浑身酥软，满脸泪水，好一阵战栗不止，她将脸藏起，顺从了他。

薄暮降临，夕阳横穿枝丫，照得她的眼睛发花。她的周围，或远或近，叶丛中，地面上，到处是颤颤悠悠的光斑，犹如翻飞的蜂鸟，抖落片片羽毛。四下里静悄悄的，树木仿佛散发出温馨的气息。她觉得心又咚咚跳起来，血液像一江乳汁在她的肉体里流淌。这时，她听见树林外面，从别的冈峦上，远远传来一阵朦胧而悠长的叫唤，一种经久不息的声音；她静静地倾听，那声音仿佛一段乐曲，与她心弦震颤的余音交融在一起。有一匹马的缰绳断了，鲁道夫嘴里衔着雪茄，正用小刀在修接。

他俩顺原路返回永镇；又在泥地上看见了他们两匹马的并排蹄印，路边的灌木，草地上的石子，一切依旧。他们的周围没有任何变化。然而，对爱玛来说，却发生了一件大事，比大山移动还要非同小可。鲁道夫不时探过身子，牵起她的手吻。

爱玛骑在马上，真是风姿绰约！苗条的腰肢挺得笔直，屈起的膝盖贴着马鬃；新鲜的空气、日暮的红霞在她脸上薄薄施了一层颜色。

进入永镇，她骑着马踏着街石小跑。大家在窗口看她。

晚餐时，丈夫发现她气色很好，便问她出游的情形，她好像没听见。她把肘部支在餐盘边，一边有一支点燃的蜡烛。

“爱玛！”夏尔说。

“什么事？”

“嗯，今天下午，我到亚历山大先生家去；他有一匹半老的母马，还挺不错，就是蹄弯受了点伤，我看，只要出百把埃居准能到手……”

他接下去又说：

“我想你会喜欢的，就要了……就买了下来……我做得对吗？告诉我。”

她点点头，表示赞同；之后，过了一刻钟：

“今晚你要外出吗？”她问。

“是的。有什么事吗？”

“哦！没什么，没什么，夏尔。”

打发走夏尔，她立刻上楼，把自己关在卧室里。

起初是一种类似炫目的感觉；她眼前又浮现出树木、小径、沟渠、鲁道夫；她仍然感觉到他用双臂紧紧搂抱着她，枝叶抖个不停，灯芯草在簌簌作响。

但是，脸一照镜子，她不禁吃了一惊。她的眼睛从来没有这么大，这么黑，这么深邃。有一种微妙的东西在她身上散布开来，使她焕然一新。

她一遍又一遍自言自语道：“我有情人啦！我有情人啦！”想到这里，她不禁心花怒放，仿佛又回到了情窦初开的妙龄。爱情的欢愉、幸福的热烈，她原以为今生无缘，终于就要有了。她进入一种神奇的境界，那里只有激情、心醉和梦幻；她的周围一片蔚蓝，浩瀚无边；感情的极峰在她心里熠熠生辉；平凡的生活则沉到了这些峰峦之间遥远、低洼、阴暗的地方。

于是，她忆起从前看过的书里的那些女主角，那些与人私通的多情女子，用修女般的嗓音在她的记忆里唱起歌来，令她着迷。这类恋人，她曾经那样羡慕，现在自己也置身其间，仿佛成了那些想象的一个真实部分，从而圆了青春时代久久萦绕心头的梦。而且，爱玛还感到某种报复的满足。她受的罪还不够么！而她现在胜利了，压抑已久的爱情，酣畅淋漓地一涌而出。她细细品味着，无怨无悔，无忧无虑。

第二天是在一种新的甜蜜中度过的。两个人海誓山盟。爱玛向他诉说自己的种种悲哀，鲁道夫则用一个个吻打断她。她眯起眼睛，凝神看着他，要他再叫一遍她的名字，要他再说一遍他爱她，他们还像头天一样，还是在森林里，在一个木鞋匠的茅棚里。棚壁是麦秸做的，棚顶低得直不起身。他们俩依偎着，坐在一张干树叶铺的床上。

打这天起，他俩天天晚上给对方写信，坚持不懈。爱玛把信送到沿河的花园尽头，放进河岸的缝隙里。鲁道夫来取信，同时把自己的信放进去；爱玛总嫌他的信太短。

一天早晨，夏尔天不亮就出门了，爱玛一时心血来潮，想立刻见到鲁道夫。她可以很快赶到拉于谢特，在那里待上一小时再返回永镇，人们还在睡梦之中。想到这里，她不免心急火燎，按捺不住；不一会儿，她就到了草场中央，头也不回疾步往前。

天方破晓，爱玛远远认出了情人的住宅，屋顶上的两个燕尾风标，在蒙蒙亮的半空中勾勒出黑色轮廓。

穿过庄园的院子，有一座建筑，想必就是宅邸。她长驱直入，见她到来，墙壁仿佛自动闪开似的。一座大楼梯笔直通向楼上的走廊。她拧动一扇门的把手，蓦地瞥见房间里睡着个人。那正是鲁道夫，她不禁发出一声惊叫。

“是你呀！是你呀！”鲁道夫一叠连声说道，“你是怎么来的呀？……啊！你的裙子打湿了！”

“我爱你！”她用双臂搂住他的脖子，答道。

头一次大胆行动成功了，以后每逢夏尔一大早出门，爱玛就赶快穿上衣服，蹑手蹑脚走下通到河边的台阶。

但是，倘若牛走的木板抽掉了，就得沿着河边的墙根走。河岸滑溜溜的，她用手抓住一把把枯萎的桂竹香，以免跌倒。随后要穿过新耕的农田，深一脚浅一脚，踉踉跄跄，小巧的靴子常常陷进泥土里。到了牧场，系在她头上的围巾迎风飘拂；她怕牛，便跑起来；跑到了，已是气喘吁吁，满脸绯红，浑身上下，散发出树木、青草和田野的清香。这时鲁道夫还没睡醒，爱玛就像春天的早晨一样，来到他的卧室。

沿窗悬挂的黄色帘子，无声无息地漏进凝重的，金黄色的光。爱玛眨巴眼睛，摸索着；挂在头发上的露珠，宛如一圈黄玉光晕，环绕脸庞。鲁道夫笑着把她揽到身边，搂在怀里。

过后，她把屋子仔细看个遍，打开一个个抽屉，用他的梳子梳头，对着他刮胡子的镜子端详自己。床头柜上，水瓶旁边有个大烟斗，跟柠檬和方糖搁在一起，她常把这烟斗叼在嘴里。

两人话别，足足需要一刻钟。每当这时，爱玛总是热泪潸潸，真想永不离开鲁道夫。总有一种身不由己的力量，把她推到他身边，竟至有一天，鲁道夫见她不期而至，不禁皱起眉头，看上去似乎不高兴。

“你怎么啦?”爱玛说，“不舒服吗?告诉我吧!”

鲁道夫终于严肃地说，她这样来访不太谨慎，会招人闲话的。

10

渐渐地，鲁道夫的这种担心感染了爱玛。起初她陶醉在爱河里，别的一切她都不放在心上。可是如今，她的生活不能没有爱情，她唯恐爱情会失去点什么，甚至担心它会受到影响。每次从鲁道夫家返回的路上，她总是忐忑不安，东张西望，审视天边的种种动静，以及村里可以瞥见她的每个阁楼窗户；倾听脚步声，叫喊声和犁地的声音；她常常停住脚步，头上的白杨摇曳不止，树叶也不及她的脸色白，也不像她的身子那样抖动得厉害。

有一天早晨，她正这么往回走，冷不防觉得有一支长枪瞄准了她。沟边有个不大的木制酒桶，半截没在草丛里，那枪筒从桶边斜伸出来。爱玛吓得魂不附体，但还是往前走。这时，桶里钻出个人来，就像玩具盒子里蹦出的小鬼头似的。那人的护腿一直扣到膝盖，帽檐拉得几乎遮住眼睛，嘴唇哆嗦，鼻子通红。原来是比内队长，埋伏在那里打野鸭。

“您老远就该说话嘛!”他大声嚷道，“见到有枪，总得叫一叫吧。”

税务员说这话，是想掩饰他自己刚才的慌张，因为省府有令，不得以划船以外的方式捕猎野鸭。比内先生虽然一向守法，这回却违禁了。所以，他每时每刻总以为听见乡警来了。然而，这种不安恰又激起他的乐趣，一个人藏在木桶里，正在自鸣得意，庆幸自己运气好，会耍小聪明。

一见是爱玛，他好像一块石头落了地，松了一口气，连忙跟她搭讪：

“今儿不暖和，真够呛！”

爱玛不答话。他又说：

“一大早就出来啦？”

“是啊，”爱玛结结巴巴，“我打孩子奶妈家来。”

“啊！很好！很好！我嘛，您看得出，天一亮就在这儿了。不过，这天阴沉沉的，除非有东西飞到枪口上……”

“回头见，比内先生。”爱玛打断话头，转身就走。

“请便，夫人。”比内冷冷说道。

他又蹲进木桶。

爱玛后悔不该那样匆匆离开税务员。十之八九，他会作出种种对她不利的猜测。奶妈一说是个糟糕透顶的托词，永镇上谁都知道，包法利家的女儿接回家已经一年了。再说，这一带根本没有人家，这条路只通拉于谢特；所以，比内已经猜到她从什么地方来，他不会就此沉默，他会说的，那是必然的！直到天黑，她还在绞尽脑汁，左思右想，编排种种假话；眼前不断浮现那个身背猎袋的家伙。

晚饭后，夏尔见她心事重重，就要带她去药剂师那里散散心。到了药店，她看到的头一个人，偏偏就是税务员！他站在柜台跟前，脸上映着红药瓶的反光。他说：

“请给我半两矾油。”

“朱斯坦，”药店老板喊道，“拿硫酸来。”

爱玛正要上楼去奥梅太太房里，他又对爱玛说：

“别上去，就在这儿吧，不必上楼，她就下来的。先在炉边暖暖吧……对不起……您好，大夫（药剂师很喜欢大夫这个称呼，这样称呼人家，似乎顿时自己也光彩起来）……你可要当心，别碰翻了研钵！干脆去小间搬椅子吧，你知道嘛，客厅的这些扶手椅不能搬来搬去。”

说着，奥梅赶忙从柜台里出来，要把自己的扶手椅放回原处，这时比内又向他要半两糖酸。

“糖酸？”药剂师不屑地说道，“我不明白，没听说过！您莫不是要草酸吧？是要草酸，对吧？”

比内解释说，他需要一种腐蚀剂，准备自己配除锈液，用来擦拭各种猎具。爱玛打了个哆嗦。药剂师说道：

“的确也是，这天气不怎么样，太潮湿了。”

“不过，”税务员现出狡黠的样子，又说，“也有人不在乎。”

爱玛连气也不敢出了。

“请再给我……”

“他看来是不走了！”爱玛想道。

“半两松香和松脂，四两黄蜡，一两半兽炭，用来擦猎具上的漆皮。”

药店老板开始切蜡，这时奥梅太太出来了，怀里抱着伊尔玛，身边带着拿破仑，后面跟着阿塔莉。她走到窗户边，在绒凳上坐下，小男孩蹲在一张凳子上，他姐姐在爸爸旁边，绕着枣盒转来转去。药剂师灌漏斗，盖瓶塞，贴标签，打小包。周围的人都不出声，只是偶尔听见天平砝码的响声和药剂师低声关照学徒的声音。

“你们家小宝宝怎么样？”奥梅太太突然问道。

“别吱声！”她丈夫正在本子上算账，大声说道。

“怎么不把她带来呢？”奥梅太太又低声问道。

“嘘！嘘！”爱玛指了指药店老板。

比内先生正在聚精会神地对账，大概什么也没听见。他终于出去了。爱玛这才如释重负，长吁一口气。

“您出气出得好重!”奥梅太太说。

“喔！因为有点热。”爱玛答道。

第二天，两个情人就商量怎么安排他们的幽会。爱玛想送件礼物，把女佣收买过来。但最好还是在永镇找一处不起眼的房子。鲁道夫答应去找。

整个冬天，鲁道夫趁黑夜来花园，每星期三四次。爱玛特意抽去了栅栏门的门闩，夏尔以为是丢了。

鲁道夫的暗号，是往百叶窗上扔一把沙子知会她，爱玛连忙起身，但有时也得等着，因为夏尔喜欢在炉边聊天，聊起来没完没了。她急得像热锅上的蚂蚁，恨不得用眼睛的力量，把他摔到窗外去。最后，她开始盥洗，然后拿本书，心平气和，接着看下去，似乎津津有味，而夏尔已经上床，喊她睡觉。

“上床吧，爱玛，”他说，“该睡了。”

“好，我就来!”她答道。

不过，烛光刺眼，夏尔翻过身对着墙就睡着了。爱玛屏住呼吸；带着微笑，不穿衣服就溜出去了，心怦怦直跳。

鲁道夫有一件宽大的风衣，将她整个儿一裹，用胳膊搂住她的腰，默不作声，把她带到花园尽头。

他们坐在花棚下的长椅上，椅子的木条已经腐烂了。当初那些夏天的夜晚，莱昂就是在这里，情意绵绵地凝视着爱玛。如今，爱玛很少想念莱昂了。

透过光秃秃的茉莉枝条，只见星光灿烂。他们俩听见小河在背后流淌，岸边不时传来干枯芦苇的哗啦声。黑暗之中，影影绰绰，东一团，西一团，有时不约而同哆嗦起来，忽起忽伏，仿佛黑压压的排浪，滚滚而来，要将他们吞没。深夜寒意袭人，他们搂得更紧了；唇间的叹息似乎更响了；彼此隐约可见的眼睛，似乎更大了；万籁俱寂，悄悄诉说的话语，句句落在心头，水晶般清脆，余音袅袅，不绝于耳。

夜里下雨，他们就躲到车棚马厩之间的诊室里。厨房的蜡烛，她先在书后藏好，这时便点起来。鲁道夫待在这里，就像在家里。他瞧着书架、书桌，总之瞧着整个屋子，每每觉得好笑，禁不住一个劲儿拿夏尔开玩笑，爱玛不免尴尬。爱玛希望他持重一些，甚至希望他遇事具有戏剧性的表现，就像有一回，她仿佛听见小径上有脚步声愈走愈近。

“有人来了！”她说。

鲁道夫吹熄蜡烛。

“你带了手枪吗？”

“做什么？”

“为了……你好自卫呀。”爱玛说道。

“对付你丈夫吗？咳！那可怜的家伙！”

鲁道夫说完做了个手势，意思是说：“我动一动手指头，就把他给弄扁了。”

他这种无畏的气概，令爱玛惊愕不止，虽然出语不雅、粗俗，使她反感。

关于手枪一节，鲁道夫考虑再三。他想，爱玛说这话假如当真，就很可笑，甚至可鄙了，因为他毫无理由憎恨善良的夏尔，他不是那种所谓的醋坛子；——就此，爱玛还向他赌过一个大咒，他听了也觉得不太对劲儿。

此外，爱玛变得多愁善感了；当初一定要交换小照，还各剪下了一绺头发，现在她要一枚戒指，一枚真正的结婚戒指，表示永结同心。她常常同他谈起晚钟，谈起天籁，后来又谈起她自己的母亲和鲁道夫的母亲。鲁道夫的母亲已去世二十年了，她还是百般好言安慰他，就像安慰一个年幼的弃儿似的，有时甚至望着月亮对他说：

“我相信，两位妈妈在天上，也会赞同我们相爱。”

不过，她实在是漂亮！而且，在鲁道夫经历过的女人之中，这样纯情的实在少有。这种不放荡的恋爱，在他是一种新的体验，使他走出了浅薄的习惯，虚荣和情欲同时得以满足。爱玛的那股子狂热劲头，虽然按资产阶段标准，他看不上眼，可是又打心底里觉得可爱，因为那是对他而发的。当他确信爱玛真的爱自己时，便不再约束自己，态度不知不觉起了变化。

他不再像以往那样，用甜言蜜语把爱玛说得热泪盈眶，也不再有热烈的爱抚让她如痴如醉；到头来，他们的深厚爱情，仿佛一条河流，爱玛完全沉浸其中，现在却日见浅薄；河里的水浅了下去，都看得见淤泥了。爱玛不肯相信这是真的，还加倍温存；鲁道夫却满不在乎，不加掩饰。

爱玛弄不清楚，自己现在究竟是后悔顺从了他，还是反过来，不想进一步爱他了。她嫌自己软弱，因而感到，这种羞愧正在变为怨恨，而欢娱同时又在淡化这种怨恨情绪。那不是依恋，倒像是连续不断的引诱。鲁道夫征服了爱玛。而爱玛几乎感到恐惧。

然而，表面上比任何时候都平静，鲁道夫得心应手地把握着两人的私情，可以随心所欲。一晃半年，春天到了，他俩彼此相处，俨如一对夫妻，安安逸逸地维持着家庭式的爱情生活。

每年这个时候，包法利夫妇都要收到鲁奥老爹的一只火鸡，那是纪念医腿的事。随同礼物，照例有一封信。爱玛剪断缚在篮筐上的绳子，取下信读着下面的词句：

亲爱的孩子们：

祈愿你们见到这封信时，身体都很好，祈愿这只火鸡，与以往的一样好；甚至我敢说，我觉得还要嫩一些，大一些。不过下一回，我要给你们送只公鸡，换换口味，除非你们更喜欢火鸡。请将这个篮子连同以前的两个，一并还给我。最近车棚出了件倒霉事：有天夜里刮大风，棚顶给刮到树林里去了。收成也不是很好。总之，我也说不准什么时候能去看你们。自从只剩下我一人，我可怜的爱玛，我如今要离开家可难啦！

写到这里留了一块空白，似乎老头子想了一会儿心事，笔掉下去了似的。

我嘛，身体尚好，就是前不久去伊沃托赶集，得了伤风。我去那里是想另找个放羊的，原来那个让我给辞了，因为他嘴太刁。这些无赖实在不好对付！再说，那也是个无礼的家伙。

有个货郎，去年冬天到过你们那里，还拔了一颗牙。据他说，包法利工作还是那样勤奋。我觉得这不奇怪。那人还拿牙齿给我看；我和他一块喝了咖啡，问他见到你没有，他说没有，不过他看见马厩里有两头牲口。这样看来，工作还顺当。这就好，亲爱的孩子们，愿仁慈的上帝把人间之福全赐给你们！

我还没见过我心爱的外孙女贝尔特·包法利，心里真不好受。我在花园你的卧室下面，为她种了一棵乌李树。那我是不许人碰的，因为以后要给她做糖渍李子，保存在柜子里，等她来的时候送她。

再见，亲爱的孩子们。让我亲亲你，我的女儿，还有您，我的女婿；让我亲亲小宝宝的左右脸蛋。

祝你们万事如意！

你们的慈父

泰奥多尔·鲁奥

爱玛手里拿着这张糙纸，待了几分钟。错别字比比皆是，她却感受到唠唠叨叨中流露出的暖暖爱意，那就像一只母鸡，从荆棘篱笆里探出头来，咯咯叫唤。墨水是用炉灰吸干的，信上有些灰色粉末落到她的长裙上。她眼前隐约浮现出父亲朝壁炉弯腰拿火钳的情景。她好久不在父亲身边了！那时候，她常常坐在父亲身边的板凳上，芦苇在壁炉里噼噼啪啪烧得正旺，她拿根棍子，把一头伸进去烧……她记起夕阳辉映的夏日黄昏。人一走过，马驹就嘶鸣，接着扬蹄奔跑，奔跑……窗户底下有个蜂箱，有时候蜜蜂在阳光下飞舞，撞在玻璃窗上，就像金弹子般弹开。那时候多么幸福！多么自由！多少希望！多少幻想！如今却一无所剩了！一次次的心灵际遇，一次次的环境变迁，由少女而少妇，由少妇而情妇，所有美好早已被她消耗殆尽，在她的生命历程上一路失去，就像一个旅人，把钱财撒在沿途的一家家客栈里。

可是，究竟是谁使她这样不幸呢？究竟什么地方发生了异乎寻常的变故，弄得她心神不宁呢？她抬起头，环顾四周，好像在寻找自己受苦受难的根源。

四月的一道阳光，照得搁板架上的瓷器熠熠生辉；炉火在燃烧；她感觉拖鞋下的地毯软绵绵的；日光明晃晃，空气暖融融，她听见了孩子的咯咯笑声。

原来外面在翻晒草料，小姑娘正在上面打滚。她趴在一个草堆上，女佣拽着她的裙子。莱蒂布杜瓦在旁边耙草，只要他一走近，小家伙就探出身子，抡起两条胳膊在空中乱打。

“替我把她带过来！”爱玛说道，她快步上前去亲女儿，“我多么喜欢你呀，可怜的孩子！我多么喜欢你！”

过了一会儿，她发现女儿的耳朵梢有点脏，便赶紧拉铃要来热水，给她洗干净，又给她换内衣换鞋袜，一遍又一遍地问起孩子身体怎么样，就像出远门刚回来似的。临了，她又亲亲女儿，噙着眼泪，才把她交到女佣手里。女佣见到这种溺爱场面，觉得莫名其妙。

这天晚上，鲁道夫发现爱玛板着脸。

“就会过去的，”他想，“这是在使性子。”

之后，他连续三次爽约。等他再来时，爱玛表情冷淡，几乎不屑一顾。

“嗨！你这是在浪费时间呀，我的宝贝……”

鲁道夫似乎没注意到她在长吁短叹，在接二连三地掏手绢。

就在这时候，爱玛后悔了！

她甚至问自己，凭什么要嫌恶夏尔，当初若能爱他是不是好些。可是，夏尔又不做出什么姿态，好使她回心转意。所以，她有心做出牺牲，却茫然无措，正在左右为难，药店老板恰巧给她提供了一个机会。

11

药剂师最近读到一篇文章，内容是赞扬矫治畸形足的一种新方法。他一向主张进步，当即萌生了这样一种热心地方的想法：永镇要想跟上发展水平，就应当开展畸形足矫正术。

“因为，”他对爱玛说，“这有什么风险呢？您看（他扳着指头列数这样尝试的种种好处）：成功是十拿九稳，病人既可消除痛苦又能改善仪表，手术医生还可一举成名。譬如说您丈夫吧，怎么不为金狮客栈那个可怜的伊波利特治治呢？要知道，他一旦治愈，少不了会一五一十地讲给客栈的每个客人听。再说（奥梅压低嗓门，四下望望），谁还拦着我不就这事给报纸投一篇小稿？嘿！我的上帝！一篇文章传播开去……大家谈论这事……结果就像滚雪球一样！谁说得准？谁说得准？”

是呀，包法利满可以成功；爱玛看不出他没这个本事；倘若她鼓动夏尔去做，使他名利双收，她该是多么称心如意！她如今一心要看重的，也就是某种比爱情更可靠的东西。

夏尔受了药店老板和爱玛的怂恿，也就听从了。他托人从鲁昂捎来迪瓦尔博士的专著。每天晚上两手捧头，专心研读。

他研究马蹄足、内翻足、外翻足，又称足弓畸形、内踝畸形、外踝畸形（或者说得更清楚些，就是各种各样的畸形足，朝下的、朝里的、朝外的），以及踵畸形足和底畸形足（就是朝下扭和朝上扭）。与此同时，奥梅先生则千方百计地鼓动客栈伙计动手术：

“只有一点点疼，可能你都感觉不到，就那么稍稍扎一下，就像放点血似的，还没挖鸡眼疼呢！”

伊波利特想来想去，傻乎乎地转动着眼珠子。

“其实，”药剂师接着说，“这又不关我的事！全是为了你，纯粹是人道主义！伙计，我就是希望看到你治好，瞧你走路，一瘸一拐，后腰扭来扭去，实在难看，凭你怎么说，对你干活一定大有影响。”

奥梅于是向他描绘，到那时，他会变得多么矫健，步履会多么轻盈；他甚至向他暗示，他要博取女人欢心，就会得心应手。马夫蓦地微笑起来，傻呵呵的。奥梅又抓住他的虚荣心激将他：

“你到底是不是男子汉？万一要你去当兵，拼杀疆场，你怎么办？……咳！伊波利特！”

奥梅扬长而去，一边走一边说，一个人竟这样顽固不化，这样死不开窍，硬是不肯享受科学带来的好处，实在是莫名其妙。

那可怜虫只好答应了，因为大家就像串通好了似的。所有人，包括平时从来不管别人闲事的比内，还有勒弗朗索瓦太太、阿泰米丝、街坊邻居，甚至镇长蒂瓦施先生，都一个劲儿地鼓励他，劝说他，弄得他自己都觉得不好意思了。不过，他之所以最终下了决心，还是因为不用他掏一个子儿。包法利连手术器械都包了。这一慷慨之举是爱玛的主意，夏尔欣然同意了，打心底里觉得妻子真是一位天使。

夏尔按照药剂师的建议，请木匠为主，锁匠为辅，前后返工三次，才做成一个盒子模样的东西，约重八磅，铁件、木料、钢板、皮革、螺钉、螺帽，样样都没少用。

然而，要确定为伊波利特切除哪一根筋腱，先得弄清楚他的畸形足到底属于哪种类型。

他有一只脚几乎与小腿成直线，可照样又向里拐，所以是一只轻微内翻的马蹄足，也可以称为马蹄足特征明显的轻度内翻足。这只马蹄足，果真有马蹄那么宽，皮肤粗糙，筋腱干硬，足趾粗大，黑乎乎的趾甲就像马掌钉。这样一个跛脚人，却从早到晚要像一头鹿一样奔过来奔过去。大家时时看见他在广场上，围着一辆辆大车蹦蹦跳跳，不一样的腿脚，往前一迈一甩，看上去，瘸腿似乎比好腿还有劲。这条腿用乏了，就像有了灵性，变得坚韧有力；遇上人家给他干重活，他靠的就是这条腿。

既是马蹄足，就要切断跟腱；而要矫正内翻，就得动前胫肌，但只能留待以后。医生不敢冒险一次做两个手术，他甚至已经不寒而栗了，生怕伤及他不熟悉的某个要害部位。

塞尔苏斯①以降，历一千五百年而有安布鲁瓦兹·帕雷②，首次直接结扎动脉。而后有迪皮特伦③深入厚厚一层脑组织切开脓肿；又有让苏尔④，首次切除上腭。他们肯定都不像包法利，包法利手拿截腱刀朝伊波利特走去时，心那样乱跳，手那样直抖，神经那样紧张。就像在医院里那样，旁边的台子上，放了一摞旧布纱团、蜡线，还有许许多多的绷带，堆得像座小山，那是药店的全部存货。所有这些准备工作，奥梅一大早就张罗了，一则是想在众人面前炫耀，再则也好自己打打主意。夏尔切开皮肤，接着听见“喀嚓”一声，跟腱就断了，手术结束。伊波利特惊魂未定；他朝包法利探过身子，在他的两只手上亲了又亲。

---

① 塞尔苏斯：古罗马医学家，著有《医学》。
② 帕雷（约1509-1590）：法国著名外科医生，现代外科学先驱。
③ 迪皮特伦（1777-1835）：法国著名外科医生，创病理解剖学。
④ 让苏尔（1797-1858）：法国著名外科医生。

“好啦，别激动啦，”药店老板说，“以后再谢你的恩人吧。”

接着，他出来把手术结果告诉院子里的人，这五六个等着要看奇迹的人，还以为伊波利特马上就会健步走出来呢。过后，夏尔把病人的脚套进那个器具，才回家去。爱玛正忐忑不安地倚着门望他，她扑上去搂住他的脖子。夫妻俩坐下来用餐，夏尔吃得很多，在上甜点时，甚至还想喝杯咖啡。这种奢侈，只有礼拜天家中有客人，他才破例享受的。

这天晚上过得很愉快，两人谈兴很浓，大谈共同幻想；谈到未来的幸福，以及家中应有的条件改善。夏尔看到自己声名远扬，生活愈过愈舒坦，妻子一如既往地爱自己；爱玛则沉浸在一种更健康、更美好的新感情之中，颇有清新之感，终于对这个倾心爱她的可怜男人产生了某种柔情，于是心头乐滋滋的。鲁道夫的影子有一刹那掠过她的脑海，但她的目光又投向夏尔，她甚至惊异地发现，他的一口牙齿并不难看。

他们已经上床，奥梅先生不顾厨娘阻拦，突然进到他们卧室，手里拿着一张墨迹未干的稿纸。那是他准备投给《鲁昂灯塔报》的捧场文章，送来给他们过目。

“还是您自己念吧。”包法利说。

奥梅念道：

> 成见好似一张罗网，依然笼罩着欧洲的部分土地，然而光明却已开始照进我们的乡村。就拿我们小小的永镇院来说吧，星期二在这里进行了一次外科手术，这次手术同时也是一次高尚的博爱行动。我们最杰出的一位医生包法利先生……

“啊！过奖啦！过奖啦！”夏尔说道，激动得连气都喘不过来。

“不，一点也不！怎么会呢！……‘做了一例畸形足矫正手术……’我没用专业术语，因为您知道，登在报纸上，不见得人人都懂；得让大家都……”

“说得也是，”包法利说，“往下念吧。”

“我接着念。”药剂师说：

我们最杰出的一位医生包法利先生，做了一例畸形足矫正手术。患者名叫伊波利特·托坦，在金狮客栈当了二十五年马夫。这家客栈是由孀居的勒弗朗索瓦太太开的，位于阅兵广场。由于这次尝试乃是新生事物，加之出于对患者的关切之情，众多居民纷纷涌来观看，以致门口挤得实在是水泄不通。手术过程真可谓奇迹，皮肤上只出了几滴血，仿佛是表明，有毛病的筋腱在技艺的进攻之下，终于败下阵来。令人称奇的是（我们这样说，是亲眼所见），患者并没叫痛。到目前为止，他的情况良好，相信不久即可康复。下次小镇盛会之时，我们好样的伊波利特说不定会置身于欢乐的人群中间，大跳酒神舞，他兴致勃勃，蹦蹦跳跳，从而向所有人表明，他已完全治愈。向乐于助人的专家致敬！向夜以继日，孜孜不倦地致力于改善人类处境、减轻同胞痛苦的人们致敬！致敬！致敬致敬再致敬！我们何不借此机会欢呼：盲人将见到光明，失聪者将听到声音，跛行人将走路自如！昔日上帝选民得到的神启许诺①，如今科学为普天大众办到了。关于这次非同寻常的治疗的后续情况，我们将向读者作连续报道。

① 参看《圣经·旧约·以赛亚书》第三十五章，其中有以下语句：“那时瞎子的眼必睁开，聋子的耳必开通；那时瘸子必跳跃像鹿，哑巴的舌头必能歌唱……”

文章归文章，五天以后，勒弗朗索瓦太太惊慌失措地过来嚷道：

“救命呀！他要死啦！……我都吓昏头啦！”

夏尔拔腿就往金狮客栈赶去。药剂师看见他没戴帽子穿过广场，也撇下药店跑出来。他赶到时已气喘吁吁，满脸通红，焦急不安，向个个上楼的人打听：

“我们所关注的畸形足病人，他到底怎么啦？”

畸形足病人正在猛烈抽搐，全身扭曲，套在小腿上的器具直撞墙，像要把墙撞穿似的。

他们小心翼翼，避免挪动腿的位置，取下那个盒子，眼前的情形十分可怕。脚已肿得不成样子，整个皮肤就像要胀破了似的，上面还有那宝贝器具造成的许多淤斑。伊波利特早就叫痛了，只是没人在意。应当承认，他叫痛并非全无道理，于是他们让他放松几个小时。可是，刚刚开始消了点肿，两个有学问的人就认为，应当把脚重新套进器具里，而且夹得更紧，以求加快疗程。三天以后，伊波利特再也受不了了，他们再次拿掉器具；他们一看那结果，不禁傻了眼。青灰色的肿胀正在向小腿蔓延，东一处西一处起了水疱，往外直冒黑水。病情正在恶化。伊波利特开始烦恼了，勒弗朗索瓦太太把他搬到小厅里，紧挨着厨房，让他好歹能散散心。

但是，天天在小厅吃饭的税务员，见到这样一个家伙在旁边，便大吐苦水。于是，不得已只好把伊波利特挪到台球室。

他躺在那里，盖着厚厚的毯子，哼哼唧唧，面无血色，胡子拉碴，眼眶下陷，汗津津的头搁在脏兮兮的枕头上，不时转过来转过去，因为苍蝇时时在围攻。包法利夫人常来看他，给他捎来敷药的纱布，安慰他，鼓励他。其实，他倒不缺陪伴的人，尤其逢集的日子，那些庄稼汉在他周围打台球，拿着杆子当剑使，抽烟，喝酒，唱歌，大声嚷嚷。

“怎么样？”他们拍拍他的肩膀说道，“啊！看样子，你不神气呢！不过，这也怪你自己。”应该如何如何才对。

他们给他讲别人的情况，不是他这种治法，结果全都治好了。接着，他们又用安慰的口气说：

“因为你太娇气啦！起来吧！瞧你舒服的，像个国王！哎！不要紧的，老滑头！你身上的气味可不怎么样！”

坏疽果然越来越往上扩散。包法利自己也急得像病了一样。他时时来一趟，伊波利特望着他，一双眼睛满是恐惧，抽抽搭搭地说道：

“我什么时候能好呀？……啊！救救我吧！……我好命苦哇！我好命苦！”

医生临走时，总嘱咐他要忌口。

“别听他的，孩子，”勒弗朗索瓦大妈总是说，“他们已经把你折磨得够惨啦！那样身子还会更虚的。来，大口吃吧！”

勒弗朗索瓦太太不是给他端来上好的肉汤，就是给他来片羊腿肉、猪肥肉，有时还有一小杯烧酒，但他不敢送到嘴边。

布尔尼贤神甫得知他病情恶化，捎话说要来看他。神甫一开始对他的痛苦表示同情，同时又说要乐天知命，因为这是上帝的意志，要赶快趁此机会，求得上天宽宥。

“因为，”神甫用长辈的口吻说，“你过去有点不尽本分，诵日课经时难得见到你的影子；你有多少年没走近圣餐台啦？干活忙碌，世事纷扰，也许你顾不上拯救灵魂，这我理解。可是现在，是考虑这个问题的时候了。不过，你也别灰心丧气，我见过一些罪孽深重的人，临到要在上帝面前接受审判了（你还没到那一步，我当然知道），才祈求上帝宽恕，当然也都死得很安宁。但愿你像他们一样，也给大家做个好榜样！所以谨慎起见，不妨早晚念诵一遍：‘礼拜慈悲为怀的马利亚’和‘圣父在天之灵’！对，就这样！就算是为我，看在我面上。这又算得了什么？你答应我吗？”

可怜虫答应了。往后几天，本堂神甫天天来。他跟女店家聊天，甚至还讲些趣闻逸事，穿插一些玩笑话、双关话，伊波利特听不懂。然后，一等气氛适宜，他又回到宗教问题上，同时摆出一副相应的面孔。

他这番热心看来有了成效，不久病人就表示，他想等治好以后，去慈济堂朝拜。布尔尼贤先生回答说，他觉得这样并无不妥；两手准备总比一手准备强。反正又坏不了事。

药店老板把这称之为神甫的伎俩，大为恼火，声称会影响伊波利特康复。他一再对勒弗朗索瓦太太说：

“别打扰他！别打扰他！你们那一套神秘主义做法，会搅乱他的思想！”

可是，善良的太太再也不愿听他的了。他是罪魁祸首。她偏要故意作对，甚至在病人床头，挂了满满一瓶圣水，还有一根黄杨枝。

然而，宗教不见得比手术高明，好像也救不了伊波利特。溃烂势不可挡，从脚趾不断向腹部扩展。吃的药、敷的药怎么换都无济于事，肌肉脱落日甚一日。终于，勒弗朗索瓦大妈开口问夏尔，如今没有别的办法，她是否可把新堡的名医卡尼韦先生请来，夏尔点点头默许了。

这位同业是医学博士，现年五十岁，有地位，有自信心，一看那条腿已经烂到膝部，便毫无顾忌，发出轻蔑的冷笑。接着，他断然宣布，必须截肢，随即，他来到药店，大骂那些蠢驴，居然把个苦命人弄成这个样子。他朝奥梅先生的衣服纽扣上一揪，使劲摇着，一边在店堂里大声叫骂：

“这就是巴黎的新花样！这就是京城先生们的花花点子！这就跟什么斜视矫正、氯仿麻醉、膀胱碎石一样，全都是歪门邪道，政府理应禁止才是！可是，有人逞能，硬要你接受治疗，不问后果。我们可没这种本事，我们不是学者，不是花花公子，不是风雅之士。我们是医生，是治病的。我们不会异想天开，给一个好端端的人开一刀！治好畸形足！畸形足治得好吗？这就好比要把驼背扳直！”

奥梅听着这番宏论，心里很不受用，但表面上还得做出奉承的笑脸，掩饰自己的不快，因为卡尼韦先生得罪不得，他开的药方有时远及永镇院。所以，奥梅也不替包法利辩解，甚至没说一句话，而是为了生意上更要紧的利益，牺牲了尊严，放弃了原则。

卡尼韦大夫要给病人锯腿了，这在镇上可是一件了不得的大事！这天，男女老少都起得格外早；那条大街挤满了人，可是气氛却有些凄清，就像有人要被斩首似的。一些人在食品杂货店，议论伊波利特的病情；家家店铺都不卖东西。镇长蒂瓦施的夫人守在窗口，迫不及待地等着看手术师的到来。

手术师自己驾着轻便马车来了。那马车行驶起来有点歪斜，因为他人胖，久而久之，右侧弹簧被压了下去；他旁边那个坐垫上，放着一口红色羊皮面手提箱，三副钢搭扣亮铮铮的，十分气派。

马车旋风般驶进金狮客栈的门廊，大夫大叫大嚷，吩咐卸马；然后，他来到马厩，看看他的马是不是在吃燕麦；他每到一个病人家里，总要关照好他的马和车。关于这一点，有人甚至说：“嗨！卡尼韦先生，那可是个怪人！”就为这副泰然自若，不慌不忙的样子，大家益发敬重他。世界可以毁灭，只剩一人，他的习惯照样丝毫不变。

奥梅露面了。

“我得靠您啦，”大夫说，“我们都准备好了吗？来吧！”

可是，药店老板红着脸说，他过于敏感，这样的手术不敢看。

“您知道，”他说，“旁边看的人，思想受刺激。再说，我的神经系统特别……”

“噢！”卡尼韦打断道，“我看您呀，容易中风。其实，这也难怪，你们这些药剂师先生，成天钻在配药室里，久而久之，体质当然就差了。您瞧我，每天四点钟就起床，用凉水刮胡子（我从来不觉得冷）；我不穿法兰绒，从来不感冒，身子好得很！我像哲人，这样能过，那样也能过，随遇而安。所以，我不像你们那样娇气。对我来说，给基督徒开刀，跟随手抓只鸡鸭宰一刀完全一样。说来说去，你们还是会说，习惯如何！……习惯如何！……”

这两位先生拉开了话匣子，毫不理会在被窝里直冒冷汗的伊波利特；药店老板把外科医生的冷静比作将军的沉着；这样比较，卡尼韦听了特别受用，于是滔滔不绝，大谈行医的职业要求。他把行医看作是一项神圣的事业，尽管一些低级医生玷污了它。最后话题回到病人身上，他检查了奥梅拿来的绷带，就是上回畸形足手术用的那种；他要个人来按住那条坏腿；于是打发人去把莱蒂布杜瓦找来。卡尼韦先生卷起袖子，走进台球室，药店老板则与阿泰米丝和女店主待在一起。两个女人的脸色比她们的围裙还白，耳朵贴在门上倾听。

这时，包法利待在家里不敢出来。他在楼下厅房里，坐在没生火的壁炉边，低垂着头，双手交叉，两眼发直；脑子里想道：真倒霉！真失望！该注意的环节，凡能想到的，他都注意了哇。一定是命运从中作怪。由它去吧！过后伊波利特万一死了，岂不是他害死的。再说，以后看病的时候，人家问起，他作何解释？不过，莫非他真的在什么地方出了纰漏？他左思右想，就是想不起。其实，最著名的外科医生照样出纰漏呀。就是从来没人肯信罢了！相反，人家会笑你，会说你！事情会传到福日！传到新堡！传到鲁昂！到处都传遍！谁知道会不会有同行，写文章攻击他呢？一场笔战随之而起，他不得不在报上应战。伊波利特甚至可以叫他吃一场官司。他眼见得自己名誉扫地，倾家荡产，身败名裂！五花八门的假设纷纷涌进他的脑海，他的思绪在这些假设中央漂摇不定，仿佛一个空桶，被卷入大海，在波涛上翻来滚去。

爱玛就在对面，注视着他。她不是分担他的耻辱，而是感到另一种耻辱：这样一个人，当初还指望他会有什么出息，已经多少次了，她竟然没看透他的平庸。

夏尔在屋子里踱来踱去，靴子踩得地板嘎嘎响。

“坐下吧，”爱玛说，“烦死人！”

他重又坐下。

爱玛是怎么搞的（她这样聪明的人！），竟然又错了？再说，她到底着了什么魔，真糟糕，就这样毁了自己的人生，一而再，再而三地作出牺牲？她想起自己向往奢华的本性、心灵的空虚、婚姻和家庭生活的庸俗，想起她那有如受伤燕子跌落泥沼般的梦想，想起她渴望过的一切，她放弃过的一切，她本可以得到的一切！为什么？究竟是为什么？

镇上死一般寂静，突然一声尖叫划破天空。包法利顿时脸色煞白，险些晕过去。爱玛表现出烦躁的样子，皱了皱眉头，又接着想道：然而，就是为了他，为了这个人，为了这个什么也不懂，对一切都麻木的男人！他居然坐在那里，心安理得，甚至没想到，他那可笑的姓氏，从今以后，就像他本人一样，也会玷辱她。对这样一个人，她还曾经努力去爱他，她还曾经流着泪水后悔不该委身另一个男人。

“莫非他是外翻足！”冥思苦想的包法利蓦地叫出声来。

这句话突如其来，撞击着爱玛的脑海，就像一个铅球砸在银盘里。她浑身哆嗦，抬起头，揣测他是什么意思。两个人默默地，你望我，我望你，对方居然就在眼前，不胜惊讶，可见他们思想上的距离是多么遥远。夏尔看着她，醉汉般视线模糊，一动不动听着被截肢者最后的叫喊。那叫喊一声接一声，拖得长长的，时高时低，其间还夹杂声声尖叫，就像远处在宰杀牲口，传来嚎叫。爱玛咬着发白的嘴唇，手指搓动着一根她掰下的珊瑚枝，怒目盯住夏尔，一双眸子就像两支点火待发的长箭。现在夏尔的一切都令她生气：他的面孔，他的穿着，他不说出的话，他的整个人。总之，他的存在，统统令她生气。当初她守身如玉，如今后悔了，那简直是一种罪过；尚存的一点妇德心，也在傲气的狂抽猛打下分崩离析。她毕竟艳情得手，于是高兴极了，心头不禁生出种种恶意的嘲讽。情人的身影重又浮现出来，魅力四射，销魂动魄。她为一股新的激情所裹挟，朝他冲去，整个心灵投入其中。在她看来，夏尔与她的生活不再相干，永远去了，无所作为，灰飞烟灭，似乎他行将死去，就在她眼前咽气。

便道上传来一阵脚步声。夏尔隔着放下的百叶窗向外望去，瞥见灿烂的阳光下，卡尼韦大夫在菜市场边上，用手绢擦拭额头。奥梅手里拎着个红色手提箱，跟在后面。两人朝药店方向走去。

颓丧之中，夏尔陡然觉得需要温存，转身对妻子说：

“吻我一下吧，宝贝儿！”

“别烦我！”爱玛气得满脸通红，说道。

“怎么了？怎么了？”夏尔惊愕不已，连声说道，“别激动！平静些！……你知道我这是爱你呀！……来吧！”

“够啦！”爱玛嚷道，神色吓人。

她随即走出厅房，使劲甩门，门关上了，墙上的晴雨表也给震了下来，掉在地上摔得粉碎。

夏尔倒进扶手椅，心烦意乱，琢磨妻子到底怎么回事，猜想她这是神经出了毛病，不禁落下泪来，茫然感到周围有种不祥的、莫名其妙的东西在游荡。

当天晚上，鲁道夫来到花园里，发现他的情妇在台阶最下一级等他。两个人紧紧拥抱，一切怨恨都像雪一样，在热吻中消融了。

12

他们俩再度相爱了。甚至经常在白天，爱玛也会突然给鲁道夫写信；然后，她隔着玻璃窗朝朱斯坦打手势，朱斯坦便解下粗布围裙，飞也似的向拉于谢特跑去。鲁道夫来了，原来就为了告诉他：她觉得烦闷无聊，丈夫可憎，日子难过。

“我难道有什么办法吗？”有一天，鲁道夫不耐烦了，大声说道。

“啊！只要你愿意！……”

爱玛坐在地上他两腿之间，头发蓬松，目光迷惘。

“就怎么样呢？”鲁道夫问道。

爱玛叹息一声：

“我们到别的地方去生活……换个地方……”

“你真是疯了！”鲁道夫笑着说，“这样行吗？”

爱玛过后又扯到这上头，鲁道夫只装不懂，把话岔开。

他不懂的是，男欢女爱这么简单的事情，哪来这么多麻烦。

爱玛却自有一番用心，一种缘由，仿佛那是她的恋情的花絮。

原来，她对丈夫的反感，使她对鲁道夫的柔情与日俱增；愈是倾心这一个，就愈是嫌恶另一个。与鲁道夫幽会之后，再与夏尔待在一起，在她眼里，夏尔就显得格外讨厌，手指那么粗拙，思想那么迟钝，举止又那么平庸。所以，她表面上装出人妻贤妇的模样，可是一想起那个人，就情欲似火，按捺不住。人家的头发，乌黑乌黑，拳曲成圈，搭向晒褐的额头；身体那样健壮，那样优雅；而且既有见识又有头脑，情之所至，如痴如狂！就是为了他，她才像首饰匠那样细心修剪指甲，皮肤上抹的 coldcream①，手绢上洒的广霍香总嫌不够；又是戴手镯，又是戴戒指，又是戴项链。每次鲁道夫要来，她总是将两个蓝玻璃大花瓶插满玫瑰，把房间和自己收拾停当，就像一个交际花在恭候一位王公。女佣就得浆洗不断；费莉西泰从早到晚离不开厨房半步，好在小伙子朱斯坦常来陪她，看她干活儿。

朱斯坦把胳膊肘撑在费莉西泰熨衣服的长木板上，好奇地打量着摊在他周围的这些女人穿戴的东西：条纹细布衬裙、头巾、绉领、肥腰紧腿裤子。

“这是干什么用的？”小伙计伸手摸着有衬架的裙子，或是衣服上的搭扣问道。

“你从来没见过吗？”费莉西泰笑着回答，“好像你们女东家奥梅太太不穿这些玩意儿似的。”

“哦！穿呀！奥梅太太！”

朱斯坦若有所思，又说：

“她能跟你们家太太比吗？”

费莉西泰见他老在身边打转，觉得不耐烦了。她比他大六岁，吉约曼先生的仆人泰奥多尔已经在追她了。

“你让我清静点！”她一边挪动浆钵，一边说道，“你还是去捣杏仁吧。老在女人身边蹭，坏小子，要想沾女人边，等你嘴上长毛了

① 英语：冷霜。

再说。”

“得，您别生气，我替您擦她的靴子。”

说着，他从壁炉框上拿下爱玛的靴子，上面全是泥巴——幽会地方的泥巴，手指一碰，就变成泥灰掉下来。他望着泥灰在一抹阳光里慢慢扬起。

“你还生怕擦坏了鞋！”厨娘说道。她自己擦起鞋来，才不这么讲究，反正东西一旧，太太就扔给她了。

爱玛柜子里多的是，穿一样扔一样，夏尔从来没有二话。

她认为应该送伊波利特一条木制假腿，夏尔掏了三百法郎照办。那假肢结构复杂，软木包头，弹簧关节，外面罩一条黑色长裤，下面配一只漆皮靴子。如此漂亮的假腿，伊波利特舍不得天天用，便央求包法利夫人再给他弄一条简易的。医生当然又掏钱买了。

于是，马厩伙计渐渐又重操旧业了；只见他像从前一样，在镇上跑来跑去。夏尔远远听见他的木腿敲击街石的声音，就赶紧换条道走。

假肢是由商人勒赫订购的；这样他就有了机会经常接近爱玛。他跟她聊巴黎新推出的促销商品、形形色色的妇女饰物，态度十分殷勤，而且从来不开口要钱。爱玛的喜好本来就变化无穷，能这么轻易地顺心遂意，自然就顺水推舟了。例如鲁昂一家伞店，有根非常漂亮的马鞭，她想买来送给鲁道夫。第二个星期，勒赫先生就把马鞭放在了她的桌上。

但是第二天，他来到爱玛家，掏出一张发票，数额是二百七十法郎，零头不计。爱玛十分尴尬：书桌的个个抽屉都空无分文，家里还欠着莱蒂布杜瓦半个多月的工钱，欠女佣半年的工资，此外还有一大摞旧账要还清。包法利正急得什么似的，直盼望德罗兹雷先生送钱来，因为他每年照例都是临到圣彼得节①了清诊费的。

爱玛起初总算把勒赫搪塞过去了；但后来，勒赫没了耐性，说人家撵着他讨债，而他的资金全都垫出去了，要是收不回来一部分，他只有把爱玛所买的货全部拿走。

“哼！拿走好了！”爱玛说。

“哎！说句笑话嘛！”勒赫说，“其实，我只是舍不得那根马鞭。得！我去向您先生讨回来。”

“不！不行！”爱玛说。

“哈！我可把你攥住啦！”勒赫想道。

他认定发现了什么把柄，一面往外走，一面习惯地吹着口哨，连连低声说道：

“好吧！咱们走着瞧！走着瞧！”

爱玛正琢磨如何摆脱困境，厨娘进来了，把一个蓝色的小纸卷搁在壁炉台上，德罗兹雷先生托交。爱玛冲过去，打开来，里面有十五块金拿破仑②。那是诊费。她听见夏尔上楼来了，忙把金币扔到自己抽屉最里面，取下钥匙。

三天以后，勒赫又来了。

“我有个主意跟您谈谈，”他说，“那笔钱暂且不提，要是您愿意要……”

“这就是那笔钱。”爱玛说着将十四块金拿破仑往他手上一放。

商人惊呆了，为了掩饰他的失望，一个劲儿地又是道歉，又是表示愿意效劳，爱玛一概谢绝。过后，她伫立片刻，摸着围裙口袋里两枚五法郎硬币，那是勒赫找回的零钱。她打算以后节省些，好把这个窟窿填上……

---

① 圣彼得节在六月二十九日。

② 法国旧时金币，一块折合二十法郎。

“嗨!”她转念一想，“他想不到这上头的。”

除了镀金银头马鞭之外，鲁道夫还收到一枚印章，上面的题铭是 Amornelcor①；此外还有一块可当围脖用的长围巾；最后还有一个雪茄匣，与夏尔在路上捡起、爱玛还收藏着的子爵那个一模一样。可是，鲁道夫觉得接受礼物有失面子，多次推辞，爱玛还是硬要他收下，他只好从命，但心里觉得爱玛太专横，太咄咄逼人。

再说，她常有一些怪念头。

“夜里敲十二点钟时，”她多次说，“你要想着我!”

如果鲁道夫老老实实说不曾想到，接下来就是劈头盖脸的责备，而且最后总要问上这么一句：

“你爱我吗?”

“爱呀，我爱你!”鲁道夫答道。

“很爱吗?”

“当然啦!”

“你没爱过别的女人吧，嗯?”

“你大概把我当成童男了吧?”鲁道夫笑着大声反问。

爱玛哭了。鲁道夫想尽法子安慰她，用意义双关的话分辩。

“咳！因为我爱你!”爱玛就说，“我爱你，爱到不能没有你，你知道吗？有时候，我一心想见到你，爱到如痴如狂，肝肠寸断。我自己问自己：‘现在他在什么地方？大概在跟别的女人说话吧？她们向他微笑，他走过去……’喔！不对，别的女人你一个也看不上，是吧？更漂亮的女人有的是，但我更懂得爱！我是你的仆人，你的相好！你是我的国王，我的偶像。你善良！你英俊！你聪明！你强壮!”

---

① 意大利语：心心相印。

这类话鲁道夫听得太多，并不觉得新鲜。爱玛与所有情妇没什么不同；新鲜的魅力有如一件衣裳，渐渐垂落下来，裸露出情爱永恒的单调，始终是同样的模式，同样的腔调。鲁道夫虽然是情场老手，却还是分辨不清，说出的话都一样，表达的心却大相径庭。因为一些轻浮女子、贪财女子，先前对他说的，也是这类话，他不大相信其中有什么真情实意。他认为，夸张的言辞掩盖着贫乏的感情，听的时候应该大打折扣；倒是丰富的感情，有时并不借助空洞的比喻来表达。因为人永远无法说清自己的需求、观念和痛苦；人类的语言就像一面破锣，我们敲出种种声音，本想感动星辰，结果只能引得狗熊蹦蹦跳跳。

他评人论事，超然物外，这类人一事当前，总在后面。不过，鲁道夫在这场爱情中，瞥见了有待发掘的另类乐趣。他断定，羞羞答答只会碍手碍脚。他待爱玛，随心所欲；把她拿捏得服服帖帖、自甘堕落。那是一种痴情的眷恋，对他五体投地，自己也快活销魂，浑浑噩噩，不知所以；她的心灵沉湎其中，如痴如醉，浮浮沉沉，消耗殆尽，就像克拉伦斯公爵①泡在马尔瓦西酒桶里一样。

包法利夫人花前月下，积习已深，就连举止作派也变了。她的目光变得更大胆，言谈更随便；甚至肆无忌惮地叼着香烟，与鲁道夫先生一起散步，似乎不把旁人放在眼里。有一天，她从驿车燕子上下来，竟像男人一样穿件坎肩，腰身裹得紧紧的，就连那些本来将信将疑的人看了，终于也不再存疑。老包法利夫人与老伴大吵一架之后，躲到儿子家来了，见此情景，自然也和别的太太小姐一样，心里反感。她看不顺眼的事还多着呢：首先是夏尔把她的话当耳边

---

① 克拉伦斯公爵（1449–1478），英王爱德华四世之弟，因叛乱被处死刑。相传他是按他自己的意愿，泡在一桶马尔瓦西酒里淹死的。马尔瓦西酒是原产希腊的葡萄酒。

风，没禁止爱玛看小说；其次，家风也令她不快。老太太斗胆说了几句，尤其是有一回说到费莉西泰，结果婆媳俩闹翻了。

吵架的前一天晚上，老包法利夫人经过走廊，撞见费莉西泰跟个男的在一起。那人四十来岁，棕色络腮胡子，一听到有脚步声，慌忙打厨房溜走了。爱玛听了，哈哈大笑。老太太火冒三丈，说除非是不把规矩放在眼里，否则对下人的品行，就不能不盯着。

“您是什么门第？”儿媳说，目光极其放肆；老太太禁不住反问，她是不是在为自己洗刷。

“您给我出去！”少妇跳起来嚷道。

“爱玛！……妈妈！”夏尔喊道，试图从中劝和。但是，婆媳俩盛怒之下，都走开了。爱玛跺着脚，口里直说：

“哼！真懂规矩！十足乡巴佬！”

夏尔跑到母亲面前，母亲怒不可遏，上气不接下气地说道：

“不知天高地厚！轻狂家伙！恐怕还要糟！”

老太太要马上就走，除非儿媳来向她赔不是。夏尔于是跑到妻子面前，恳求她让步，他跪了下去；爱玛总算回答说：

“好吧！我去。”

实际上，她向婆婆伸出手时，那派头就像个侯爵夫人，她说：

“原谅我，夫人。”

然后，她上楼扑倒在床上，头埋在枕头里，哭得像个孩子。

她与鲁道夫有过约定，若遇非常情况，她就在百叶窗上挂一小片白纸，鲁道夫如果凑巧在永镇，就赶到屋后的巷子里来。爱玛做了暗号，等了三刻钟，突然瞥见鲁道夫在菜市场边上，真想打开窗户叫他。可是，鲁道夫已经不见了。她又沮丧不已。

然而没多久，她觉得有人在便道上走路。也许就是他；她下了楼梯，穿过院子。鲁道夫站在外面。她扑到他怀里。

“要小心。”鲁道夫说。

“唉！你哪知道哟！”爱玛答道。

于是，她开始把所发生的事情，讲给他听，讲得急促，前言不搭后语，既夸大事实，又添油加醋，还穿插许许多多题外话，鲁道夫听得莫名其妙。

“行啦，我可怜的天使，振作起来，想开些，忍着点儿！”

“可是，我都忍了四年啦，我受的什么罪！……像我们这样相爱，就该公之于世！他们存心折磨我，我实在受不了啦，救救我吧！”

爱玛紧紧搂着鲁道夫，两眼噙着泪花，亮晶晶的，就像水波下的闪光；胸脯一上一下，急剧起伏。鲁道夫从来没像此刻这样爱她，竟至一时没了主张，便说：

“该怎么办？你有什么打算？”

“带我走吧，”爱玛大声说，“把我弄走吧……啊！求求你！”

她赶紧把嘴凑到鲁道夫的嘴边，好像亲吻之际，会冒出意想不到的同意，她要在那里接住似的。

“不过……”鲁道夫说。

“什么？”

“你女儿怎么办？”

爱玛沉吟片刻，答道：

“只好带她走！”

“有这样的女人！“鲁道夫一边望着她离去，一边对自己说道。

爱玛溜到花园去了，原来有人叫她。

随后几天，老包法利夫人对儿媳的变化大感意外。爱玛的确变和顺了，甚至于恭恭敬敬地向她讨教醋渍小黄瓜的腌制方法。

这是不是为了更好地瞒过他们母子二人？还是真的想淡泊声色，更深地体味即将舍弃的东西的艰辛？然而相反，她并没有存这些心思；她此刻的生活，仿佛沉湎在即将到来的幸福之中，正在提前品尝。这是她与鲁道夫交谈的永恒话题。她依偎在他的肩头，喃喃说道：

“哎！等我们一坐上邮车！……你是不是在想那种情景？这可能吗？我只觉得，当我感到车子开动的那一刹那，我俩就像乘着气球往上升，朝云朵飞去。知道不？我在一天天地数日子呢……你呢？”

包法利夫人从来没有这段时期漂亮，漂亮得难以形容；那是喜悦、兴奋和得意使然，纯然是性情与环境的和谐。她的贪欲、忧愁、欢娱体验和永远天真烂漫的幻想，犹如肥料、雨水、风和阳光之于花朵，使她像一朵鲜花那样渐次开放，直至盛开，充分展现她的天生丽质。她的眼帘仿佛经过特地剪裁，恰到好处地配上那含情脉脉的目光，眸子沉没其中，秋波流连。呼吸稍重之时，纤巧的鼻翼翕动，丰腴的唇角向上翘起，光亮之下，嘴唇上隐隐约约现出些许黑色茸毛。拳曲的秀发，在颈后盘成个沉甸甸的发髻，看上去漫不经意，就像出自颓废艺术家的巧手，显出偷情时刻的随意，那是天天都要披散开来的。她的嗓音如今变得更加柔美动人，一如她的腰肢；就连长裙的褶裥和拱起的脚背，都妙不可言，令人心动。夏尔就像新婚燕尔，觉得她楚楚动人，魅力难以抵挡。

他半夜回来，不敢惊醒她。瓷座长明灯在天花板上映出一圈亮光，颤颤悠悠；床边的小摇篮，放下了帐幔，就像个小白屋，兀立在暗影里。夏尔望着帐幔，仿佛听见女儿轻微的呼吸声。女儿正在长个子，一季一蹿，快得很。他似乎已经看见她傍晚放学回家，满脸的笑，罩衫上溅有墨迹，胳臂上挽着书包。接着，还得送她上寄宿学校，那可要很多钱，怎么办呢？他沉思起来，想在附近租下一个小农场，每天早晨出诊路上，亲自照看。所得收入积攒下来，存进储蓄银行，然后再到什么地方，买上一些股份，哪儿都行。此外，看病的人也会多起来。他指望着这些，因为他要贝尔特受到良好教育，有才分，学钢琴。啊！以后，等她长到十五岁，模样儿会和母亲一样，夏天也像她母亲一样戴大草帽，该多漂亮！远远看去，人家还以为是一对姊妹花。他想象晚上女儿就着灯光，在他们身边做活；为他绣拖鞋；料理家务；整个家里都洋溢着她的可爱和欢乐。最后，他们要考虑她的终身大事，给她找个为人正直、地位稳定的小伙子。他会使她幸福，直至天长地久。

爱玛没睡，不过装睡而已。等到夏尔在她身边渐渐睡去之时，她就睁开眼睛，做起别的梦来。

一个星期了，四匹马扬蹄奔跑，载着她驶向一个新的国度；他俩永远不再回来了。她与鲁道夫手挽着手，不说一句话，一路往前，往前。常常，他们从山顶会蓦地瞥见一座壮丽辉煌的城市，有一座座圆顶建筑、一座座桥，还有船，柠檬树林子，白色大理石教堂，尖尖的钟楼上有鹳鸟筑的巢。他们缓缓前行，因为路面是大块石板铺就的，地上还有抛过来的花束，那是身穿红色紧身褡的女子献给他们的。他们听见钟鸣，骡嘶，六弦琴低吟，喷水池淙淙；白色雕像屹立其间，脸上笑容可掬，上面喷出水花，脚前堆得像金字塔似的水果，在纷纷扬扬的水雾之下，显得新鲜水灵。此后，一天傍晚，他们来到一个渔村。只见沿着峭壁和棚屋，迎风晾着一张张棕色渔网。他们要在那里落脚住下来。他们住的地方，位于海湾腹地，那是一所平顶矮屋，在一棵棕榈树的掩映之下。他们乘着轻舟漫游，躺着吊床摇荡；生活轻松舒展，一如他们身上的绸缎衣裳，温煦而又星光闪闪，一如他们凝望的宜人夜晚。然而，她想象中的未来，虽然海阔天空，却毫无奇特之处；日复一日，天天美好，周而复始，就像极目之处的粼粼波浪，一望无际，显得那么和谐，蓝盈盈的洒满阳光。可在这时，孩子在摇篮里咳嗽起来，要不就是包法利的鼾声更响了。爱玛直到清晨才入睡，这时候晨曦已给玻璃窗抹上白色，小朱斯坦已在广场打开药店的窗板。

爱玛捎话找来勒赫先生，对他说：

“我需要一件风衣，大翻领、有衬里的长风衣。”

“您是要出远门吗？”他问。

“不！不过……管它呢，这事就交给您啦，行吗？要快。”

勒赫欠了欠身子。

“我还要一口箱子……”爱玛又说，“不要太重……要轻便的。”

“好，好的，我明白，九十二公分长，五十公分宽，眼下时兴这种。”

“还要一个旅行袋。”

“明摆着，”勒赫暗想，“准是闹起来了。”

“给”，包法利夫人从腰带上摘下挂表，说，“拿去吧，就用这顶账。”

于是商人嚷起来，说她这就不对了，大家都是熟人，难道他还信不过她？真是孩子气！但包法利夫人执意要他至少收下表链；勒赫早已把东西放进了口袋，正往外走，包法利夫人又叫住他。

“东西全搁您店里，至于风衣嘛，”她沉吟了一会儿，“也不必送来；您只要把裁缝的地址给我就行了，叫他预备好，等我去取。”

他俩计划下个月私奔。爱玛离开永镇时，装作去鲁昂买东西。鲁道夫先订好座位，办妥护照，甚至去信巴黎，包一辆直达马赛的邮车，到了马赛再买一辆敞篷四轮马车，马不停蹄，直奔热那亚而去。她要设法先把行李送到勒赫店里，从那里直接搬上燕子。这样就谁也不会疑心。所有这些安排，都没考虑到她的女儿。鲁道夫避而不谈，她自己可能也没想到，鲁道夫想再等两个星期，好把一些事情处理完毕；一个星期过去了，他又提出还要两个星期。后来，他说自己病了，过后又外出了一趟。八月份过去了，经过这样一拖再拖，他们终于说定九月四日星期一，不再更改。

终于到了最后一个星期六。

鲁道夫晚上来了，比往常早。

“全都准备好了吗？”爱玛问他。

“准备好了。”

于是，他俩绕着花坛兜了一圈，走到露台边上，在围墙的石栏上坐下。

“你愁眉苦脸的。”爱玛说。

“哪里话，怎么会呢？”

然而，他怪怪地打量着她，一副多情的样子。

“是不是因为要走了？”爱玛又问，“因为要离开故旧，离开你现在的生活？噢，我理解……可是我呢，在这个世界上一无所有！你是我的一切，因此，以后我就是你的一切。我是你的家，你的祖国；我会照顾你，会爱你。”

“你真可爱！”鲁道夫说着，把她紧紧搂在怀里。

“真的吗？”爱玛开心一笑，说道，“你爱我吗？那你发誓！”

“我多么爱你！多么爱你！我可是打心底里爱你呀，我的心肝！”

一轮紫红的圆月，从草场尽头的地面升起，很快上到白杨树林的枝叶丛中，那就好像一块黑色的帷幕，上面带有好些窟窿，月亮在它后面穿行，时隐时现。然后它跃上寥廓的天空，清辉普照，皎洁如洗。这时，它冉冉而行，朝河面抛下一个大光斑，变成数不清的小星星；这银辉仿佛一条游蛇，蜿蜒迤逦一直钻到河底，不见蛇头，但见遍体明鳞；又像个巨大的烛台，自上而下，点点滴滴，淌着溶化的钻石。温馨的夜色在他们周围铺开，枝叶丛中影影幢幢。爱玛眯起眼睛，大口地吸着吹来的清风。两人都不说话，忘情地沉浸在迷漫而来的梦想之中。昔日的柔情，又向他们的心田流来，满满的，静静的，犹如旁边流淌的那条小河，山梅花送来的幽香，是那么芬芳醉人；同时在他们的记忆中投下一个个影子，比成排伫立草场的柳树的影子，还要大得出奇，还要伤感凄迷。常有夜行动物，碰动枝叶，不是刺猬就是黄鼬，像是在追逐什么东西；要么，就不时听见墙边树上落下个熟透的桃子。

“啊！多美的夜晚！”鲁道夫说道。

“以后我们有的是！”爱玛接着说道。

随后，她仿佛自言自语说起来：

“是的，旅行是件好事……不过，我心里怎么有些惆怅？是对前途心中无底，忧心忡忡……还是因为要改变平日的习惯……抑或是……？不，这是太幸福的缘故！我真脆弱，是不是？你要原谅我！”

“现在还来得及，”鲁道夫大声说，“你想想吧，说不定你会后悔的。”

“决不后悔！”爱玛激昂地说。

她挨近鲁道夫，说道：

“我会出什么事吗？与你在一起，我就没有过不了的沙漠、悬崖和大洋。我俩相依为命，渐渐地就像拥抱一样，一天比一天紧密，一天比一天贴心。没有什么搅扰我们，无忧无虑，毫无阻碍！只有我们俩，全是我们的，永远永远……你说话呀，该你说了。”

鲁道夫隔一会儿就应一声：“是呀……是呀……”爱玛把手伸进他的头发里，大颗大颗的眼泪簌簌往下淌，孩子似的一叠声地说：

“鲁道夫！鲁道夫！……啊！鲁道夫，亲爱的好鲁道夫！”

午夜的钟声敲响了。

“十二点了！”爱玛说，“好了，就在明天啦！还有一天！”

鲁道夫站起来要走；他这动作仿佛是他们私奔的信号，爱玛突然显得兴高采烈：

“护照有了吗？”

“有了。”

“什么都没忘？”

“没忘。”

“肯定吗？”

“当然。”

“你在普罗旺斯旅馆等我，对不对？……中午十二点吗？”

鲁道夫点点头。

“那就明儿见！”爱玛最后爱抚了一下他，说道。

她目送他离去。

鲁道夫没有回头。她追过去，跑到河边的荆棘丛中，探出身子。

“明儿见！”她大声喊道。

鲁道夫已经到了河对岸，在草场上大步流星走着。

走了几分钟，他才站住，看见爱玛穿一身白，像个幽灵似的渐渐消逝在夜色之中，他突然感到一阵心跳，连忙靠在一棵树上才没摔倒。

“我真糊涂！”他狠狠骂道，“不管怎么说，这可是个漂亮情妇！”

顿时，爱玛的美貌，连同这份情爱的种种欢悦，又一次浮现在他眼前。一开始他还软了心，继而又对她生出反感。

“说到底，”他挥着手大声说道，“还是因为我不能离乡背井，不能拖着个孩子！”

他这样自言自语，是要自己进一步坚定起来。

“再说，还有那种种难堪，还有开销……啊！不，不行，绝对不行！那样做太愚蠢了！”

13

鲁道夫刚到家，就一屁股坐到书桌前，面前墙上挂着狩猎纪念品鹿头。然而，他拿起笔来，却无话好写，于是支着两臂，沉思起来。他觉得，爱玛似乎已经退到遥远的过去，好像他下的决心，刚才把他们骤然拉开了一段漫长的距离。

为了捕捉她的一点印象，他去床头衣柜里找一个兰斯饼干旧盒子，里面平时收藏女人写给他的信件。盒子散发出一股受潮的尘土气味和玫瑰干花的气味。他一眼先看到一块带有灰白点子的手绢。手绢是爱玛的，有一回散步，她出了鼻血。这事他已经不记得了。旁边有一张四角都钉住的肖像画，那是爱玛送的。他觉得，爱玛的打扮太做作，秋波暗送的效果极其糟糕。他一边端详这张肖像，一边回忆原型的模样，渐渐地，爱玛的面部轮廓在他的记忆中愈来愈模糊，似乎本人的脸和肖像的脸，彼此磨来磨去，结果都给抹掉了。最后，他读爱玛的信，里面写的，全是关于出走的事，写得简短、具体、仓促，很像事务性的便条。鲁道夫想再看看过去那些长信。他把其他信都挪开，一直翻到盒子最底下，才能找到。他在那堆纸张、物件里翻来翻去，乱糟糟地翻到几个花束、一根袜带、一副黑面具、几个别针、还有头发——头发！棕色的，金黄色的，甚至有几根挂在铰链上，开盒子的时候扯断了。

鲁道夫就这样让思绪在故物之中徜徉，仔细察看那些信，信上的笔迹和风格各不相同，单词的拼写也是五花八门。那些信或情意绵绵，或欢乐愉快，或风趣诙谐，或感伤忧郁；有的要爱情，有的要金钱。哪怕是只言片语，往往都能使他想起一张张面孔、某些动作、某个人的声音。然而有时候，他却什么也想不起来。

其实，这些女人同时跑进他的脑海，你推我挤，愈变愈小，仿佛落到同一个爱情水平之下，大家彼此彼此了。他把信胡乱抓起来，看着它们像飞瀑似的一封封从右手飘落到左手，看了足有几分钟。最后，鲁道夫腻了，困了，便把盒子放回衣柜，自言自语说道：

“全是扯淡！……”

这句话道出了他的内心想法。他的心已被一次次愉悦来回折腾，一如校园被学生们踩来踩去，已经寸草不生；心中的过客比孩子还要粗心，甚至没像他们那样，在墙上刻下自己的名字。

“好啦，”他对自己说，“开始写吧！”

他写道：

坚强些，爱玛！坚强些！我不想害您一辈子……

“反正，这是真话，”鲁道夫想道，“我这样做是为她好，问心无愧。”

您下决心之前，是否经过深思熟虑？您可知道，我会把您拖向怎样的深渊，可怜的天使？不知道，是吗？您满怀信心地往前走，义无反顾，执意相信幸福，相信未来……唉！我们真是不幸，荒唐！

写到这里，鲁道夫停下来，想找个能够自圆其说的托词。

“跟她说我破产了，怎么样？……啊！不行，再说，这也无济于事。以后又会重演。还能让这样的女人听从道理！”

他想了想，接着写道：

请您相信，我是不会忘记您的，会对您忠心到底，始终如一。不过，迟早总有一天，这种热情（人世间的事注定如此），说不定会减退！我们也许会厌倦，谁知道呢，我是否会眼看您后悔，我自己也后悔，而痛苦万分；我后悔是因为，您的后悔是我造成的。单单想到您的苦恼，我就心如刀绞，爱玛！忘了我吧！为什么偏偏我认识了您？为什么您那么漂亮？难道是我的错？喔，上帝！不，不，要怨也只能怨命运！

“这个词，什么时候都管用，”他想道。

唉！倘若您是人们见惯的那类浅薄女子，我出于自私的目的，当然不妨尝试一种体验，对您也没危险。然而，您那种可爱的激情，既构成您的魅力，也构成您的痛苦，使您这样可爱的女士无法理解，我们今后的处境是靠不住的。我也一样，起初也没考虑到这一点，而是歇在理想化幸福的阴凉之下，就像歇在芒齐涅拉树①的阴凉之下一样，没有考虑种种后果。

“她也许会以为，我现在退缩是舍不得花钱……噢！管它呢！以为就以为吧，反正要一刀两断啦！”

---

① 热带美洲大戟科乔木，树液有毒，俗称毒树、死亡树。传说其阴影亦可致毒。

人世冷酷，爱玛；我们无论走到哪里，都无法逃过。您少不了要受到无礼盘问、诽谤、鄙视，也许还要受到侮辱。您受侮辱！啊！……我却要把您供上宝座呢！我要把对您的思念，当成护身符伴随我！我给您造成了伤害，我要用流放来惩罚自己。我走了。去哪儿？不知道，我疯了！告别啦！愿您永远善良！这个可怜人曾使您误入歧途，请您仍把他记在心里。把我的名字告诉您的孩子，让她为我祈祷。

两支蜡烛的火苗摇曳不止。鲁道夫起身去关上窗户，重新坐下。

“我看，就这些啦。哦！还得加上一笔，省得她万一又跟我纠缠。”

在您读到这篇伤心文字的时候，我已经身在远方了。因为我只想尽快逃走，以免按捺不住又去看您。不要脆弱！我会回来的，说不定日后，您我会在一起，心如古井，谈起我们的旧情。告别啦！

最后又分开写一遍：告—别—啦！他自己觉得别致有味。

“现在，怎么落款呢？”他琢磨道，“忠于您的人？……不好。您的朋友？……对，就这样。

他把信重念一遍，觉得很好。

“可怜的好女子！”他不无动情地想道，“她会认为我是铁石心肠的。得在上面来点眼泪才好，可是我，我不会掉眼泪。这不是我的错。”于是，鲁道夫用玻璃杯盛了水，蘸湿手指，高高地滴下一大滴，在墨迹上形成一个淡淡的印痕。然后，要给信盖印章封口的时候，顺手拿到的正是那枚心心相印。

“这与目前的情况不怎么协调……哎！管它呢！”

过后，他抽了三烟斗烟，就去睡了。

第二天，鲁道夫起床后（下午两点光景，因为他睡晚了），叫人摘了一篮杏子。他把信放在最底下，用葡萄叶盖住，马上吩咐平日犁地的雇工吉拉尔，小心提着给包法利夫人送去。他平时就是用这个办法与包法利夫人通信的，给她送的东西，视季节更替，有时是水果，有时是野味。

“要是她问起我，”鲁道夫说，“你就说我出远门了。篮子一定要面交本人，交到她手里……去吧，要小心！”

吉拉尔穿上崭新的罩衣，掏出手帕蒙住杏子，四面系紧，穿着钉了铁掌的木底大套靴，不紧不慢地跨着重重的大步，向永镇走去。

他到的时候，包法利夫人正和费莉西泰在厨房桌上收拾一包要浆洗的东西。

“这是我们老爷叫送来的。”雇工说。

包法利夫人一惊，一面在衣袋里摸零钱，一面用惊慌的眼光打量庄稼汉。吉拉尔也瞧着她，目瞪口呆，不明白这么件礼物就能叫人这般激动。吉拉尔终于走了。费莉西泰还在。爱玛沉不住气了，就像是把杏子送到客厅，跑了过去，倒翻篮子，扯去叶子，找到了信，拆了开来，顿时就像身后烧起了可怕的大火，惊恐万状地向卧室逃去。

夏尔在卧室里，她瞥见了。夏尔朝她说话，她什么也没听见，急急忙忙继续上楼，气喘吁吁，神色仓皇，一副失魂落魄的样子；手里始终捏着的那张可怕的信纸，在手指间像铁皮似的喀喀直响。她一直奔到三楼，在阁楼门口站住，门关着。

这时，她想镇静一下。她想起了信，应该把它看完，可又不敢。再说，去哪儿看？怎么看？人家会看见她的。

“哦！没事，”她想道，“这儿就行。”

爱玛推门进去。

凝重的热气从石瓦上笔直降下来，憋得她太阳穴直发胀，透不过气来。她吃力地走到紧闭的窗前，拉开窗闩，耀眼的阳光一拥而入。

从对面屋顶上望过去，整个田野渐次展开，一望无边。楼下，小镇的广场空空落落，便道上的石子闪闪烁烁，屋顶的风向标全都一动不动；街角一家二层楼传来轰隆声，还夹着抑扬的啸声。那是比内先生在车床上车东西。

爱玛靠在窗口，再读那信，气得只是冷笑。可她愈是想静心看信，思绪就愈乱。她恍惚又看见他的身影，又听见他的嗓音，用双臂搂着他，心怦怦直跳，一下紧似一下，猛烈地撞击着她的胸口，不甚均匀。她朝四下里扫了一眼，恨不得地面塌陷下去。为什么不一了百了？有谁拦着吗？她想怎么就怎么。于是她向前走去，望着路上的街石对自己说：

“好！就这样！”

从下面径直而上的反光，明晃晃的，仿佛在把她的身体往深渊里拖。她感觉广场的地面在摇晃，沿墙一带在隆起，地板向一头倾斜，就像船在前后颠簸。她就在边缘上，几乎悬在半空，四周空荡荡的，蓝天在淹没她，空气在她空虚的头脑里穿流，她只要松一下劲，听之任之就行了；车床在不停地轰鸣，就像一个愤怒的声音在呼唤她。

“太太！太太！”夏尔在喊叫。

爱玛站住不动。

“你在哪儿？来呀！”

想到自己刚才险些送了命，爱玛吓得差点儿晕过去。她闭上眼睛，有一只手碰她的衣袖，她不由得打了个哆嗦。原来是费莉西泰。

“先生在等您，夫人。晚饭摆好了。”

只好下楼！得去吃饭！

爱玛勉强吃饭，吃进去的东西噎得她透不过气来。于是，她摊开餐巾，好像要看看织补得怎么样，而且当真干起这活儿来，一根一根数着上面的纱。蓦地，她想起那封信来。她是不是把信弄丢了？去哪儿找回呢？然而，她感到精神非常疲乏，怎么也想不出什么借口离开餐桌。再说，她心虚，怕夏尔。夏尔全都知道了，一定是这样！可不是，他这几句话就说得怪怪的：

“看来，我们最近见不到鲁道夫先生了。”

“是谁告诉你的？”爱玛一哆嗦，问道。

“是谁告诉我的？”夏尔听到这生硬的口气，有点吃惊地应声说道，“是吉拉尔呀。我刚才在法兰西咖啡馆门口碰到他了。鲁道夫先生出远门了，要不就是快动身了。”

爱玛噎了一声。

“这有什么好奇怪的？他经常这么外出找乐子。说实话！我赞成。一个人有钱，又是单身汉！……再说，我们这位朋友可会玩呢！他的笑话还真不少。朗格卢瓦先生就对我讲过……”

这时女佣进来了，夏尔有分寸地住了口。

女佣把散在搁板架上的杏子捡进小筐。夏尔没注意到，妻子的脸都红了，吩咐把杏筐端过来，拿起一个就咬。

“噢！好极啦！”他说，“喏，你尝尝。”

说着他把杏筐递过去，爱玛轻轻推开了。

“那你闻闻，多香啊！”他把杏筐好几次伸到爱玛的鼻子底下。

“我透不过气来！”爱玛霍地站起来，大声说道。

她努力克制，这阵痉挛总算过去了。

“没事！”她说道，“没事！只是有点烦躁。坐下来，你吃吧！”

因为她就怕夏尔问长问短，照料她，守着她不走。

夏尔听她的话，又坐下来；把杏核吐在手心里，然后放在自己的盘子里。

突然，一辆蓝色轻便双轮马车急速驶过广场，爱玛大叫一声，直挺挺仰面倒在地上。

原来，鲁道夫经过反复考虑，决定还是到鲁昂去。然而，从拉于谢特去比希，除了永镇这条路，没别的路可走，所以不得不穿过这座小镇。刚才爱玛借着在暮色中一闪而过的车灯灯光，认出了他。

药剂师听见这边屋里乱哄哄的，急忙赶过来。餐桌连同盘子，统统打翻了；调味汁、肉块、餐刀、盐瓶和作料瓶架，撒得屋子里遍地狼藉。夏尔连声呼救；贝尔特吓得又哭又叫；费莉西泰双手哆嗦，正在给太太解开衣服，爱玛浑身上下在一阵阵抽搐。

“我到配药室跑一趟，”药店老板说，“去找点香醋来。”

过后，爱玛嗅着小醋瓶，慢慢睁开眼睛。

“我是有数的，”药剂师说，“这东西就是死人也弄得醒。”

“你说话呀，”夏尔连声说道，“和我们说话呀！你醒醒！是我，是爱你的夏尔！你认得我吗？瞧，这是你的乖女儿，亲亲她！”

小姑娘向妈妈伸出胳臂，想吊在她脖子上。可是，爱玛扭过头去，断断续续地说：

“不，不……谁也不要！”

她又晕了过去。大家把她抬到床上。

她平躺着一动不动，嘴巴张开，眼睛紧闭，两手平放，脸色白得像蜡像，眼睛里涌出两行泪水，缓缓地流在枕头上。

夏尔站在朝里的床头。药剂师站在他旁边，保持着这种沉思静默的样子，这样做在人生的严峻关头是十分得体的。

“放心吧，”药剂师推了推夏尔的胳膊肘，说道，“我看，危险已经过去了。”

“对，现在她放松了一点！”夏尔望着睡去的爱玛，应声说道，“可怜的女子！……可怜的女子！……瞧她又病倒了！”

这时奥梅问起病是怎样发作的。夏尔回答说，爱玛正吃杏，突然就不舒服了。

“怪事！……”药剂师接着说，“不过，有可能是杏子引起晕厥！有的体质的人，天生对某些气味就敏感！这一点，无论是从病理学还是生理学角度讲，都是个很有意思的研究课题。教士们懂得其中的重要性，举行仪式的时候，总要掺和使用一些香料。那正是为了麻痹你的心智，把人弄得精神恍惚；而且这在女性身上容易奏效，因为她们比男性敏感。有人引证，其中一些人晕倒，就是闻到了焚烧的动物角的气味、新鲜软面包的气味……”

“小心别吵醒她！”包法利低声说。

“这类异常现象，”药店老板继续说，“不仅人类发生，就连动物也有。这不，您一定知道 nepetacataria① 吧，就是俗称的猫儿草，它对猫类动物具有奇特的催情作用。此外，不妨再举个例子，我保证属实。有一位布里杜（我的一个老同学，现住马尔帕吕街），他有一条狗，只要把鼻烟盒对着它晃一晃，狗就浑身抽搐。他常在纪尧姆树林别墅，试给朋友们看。这样一种普普通通、引人打喷嚏的东西，竟会如此摧残四足动物的机体，这叫人想得到吗？太不可思议了，对不对？”

“对。”夏尔说，其实他并没听。

“这就向我们证明，”那一位略带几分得意的神情，微笑着又说，“神经系统失调的情况不胜枚举。至于您夫人的情况，老实说，我一直觉得，属于典型的神经质。因此，我的好朋友，我建议您，凡是那种号称对症下药，实则损害身子的所谓药品，一概不要使用。对，别用无益之药！注意饮食，就这样，加点镇静剂、缓和剂、糖浆。还有，也许要激发想象力，您不觉得吗？”

“激发什么想象力？怎么激发？”包法利说。

---

① 荆芥的学名。

“啊！问题就在这里！这正是问题所在：That is the question！①这是我最近在报上看到的一句话。”

可这时，爱玛醒了，她大声嚷道：

“信呢？信呢？”

大家以为她在说胡话。到了半夜，她真的开始说胡话了，因为她得的是脑炎。

整整四十三天，夏尔不离她左右。他撇下了所有病人；也不睡觉，不断地为她诊脉，敷芥子泥，贴凉水纱布。他差朱斯坦大老远去新堡弄冰块；冰在路上化了，就叫他再去。他请卡尼韦先生来会诊，又从鲁昂把他当年的老师拉里维埃大夫请来。他沮丧极了。最令他害怕的，是爱玛疲惫不堪，因为她不说话，也听不见人家说话，甚至似乎不觉得痛苦，——仿佛她的肉体和灵魂都不再烦躁，歇息下来。

将近十月中旬，爱玛可以靠着枕头，在床上坐起来了。夏尔看她吃下头一片抹果酱的面包，都落泪了。她的体力恢复了，下午可以起床几个小时；有一天，爱玛感到好一些，夏尔就试着搀扶她，去花园散散步。细沙小径铺着落叶，她穿着拖鞋，一步一步走着，肩膀靠在夏尔身上，脸上一直浮着笑容。

他们就这样一直走到花园尽头，来到望台边上。爱玛慢慢直起身子，把手举到眼前张望，她远远望去，在很远的天边，只见山岭上有几大片烧着的荒草在冒烟。

“你要累着的，亲爱的。”包法利说。

说着，轻轻推她来到花棚底下。

“就坐在那条椅子上吧，你会舒服些。”

“哦！不，不坐那里，不坐那里！”爱玛有气无力地说。

---

① 英语：正是这个问题。

她感到一阵头晕。天一黑，她的病又犯了，而且这回确实病情不稳定，症状更加复杂；一会儿心里不舒服，一会儿胸口疼，一会儿头疼，一会儿又胳膊腿疼，后来又吐了，夏尔觉得是癌症的早期症状。

这个可怜的年轻人，除了这些之外，还要为钱犯愁！

14

首先，他在奥梅先生店里拿了那么多药，真不知如何报答才好；虽说他是医生，可以不付钱，但这样平白受人恩惠，想起来未免有点脸红。其次是家用开销，现在是厨娘当家，所以大得惊人；账单雪片般飞来，店主们又闲言闲语。尤其是勒赫先生，时时跑来纠缠。原来，在爱玛病得最厉害的时候，他利用机会，为了增多账目数额，匆匆忙忙将风衣、旅行袋、两口箱子（而不是一口)，以及许多别的东西送了过来。夏尔说他用不着这些东西，但商人傲慢地应声说道，这些商品都是当初向他订购的，他拿不回去了；再说，那样会使夫人不快，影响她康复，望先生三思。总之，他决心已定，宁可打官司，也不放弃自己的权益，收回货物。事后，夏尔吩咐把东西送回他店里，但费莉西泰又忘了，而他还有别的事要操心，这事也就没再想起了。勒赫先生又来讨债，一会儿威胁，一会儿诉苦，磨到最后，包法利只好签了一张半年期的借据。可是，借据刚签字，包法利突然冒出个大胆的念头：索性向勒赫先生再借一千法郎。于是，他一副窘相，问有没有办法弄到这笔钱，并且说明借期一年，利率听便。勒赫跑回店里，取来现款，由他口授，让包法利再立一张借据，规定来年九月一日，向他付清一千零七十法郎，连同已立借据的一百八十法郎，总共一千二百五十法郎。这样一来，利息百分之六，外加四分之一的佣金，还有那些货物至少盈利三分之一，这样一年下来，可以净赚一百三十法郎。他心里希望，这笔交易不要就此了结，对方无力偿还，再办续借；他这笔小小的本钱，放在医生家，就像住进了疗养院，好好滋养一番，有朝一日回到他身边，就会养得胖乎乎的，钱袋子都会让它撑破。

再说，他现在事事如意。他竞争夺标拿到项目，向新堡医院供应苹果酒；吉约曼先生答应他入股，获得格吕梅尼尔泥炭矿的股份；他正考虑要在阿尔格伊至鲁昂之间新增班车业务，大概要不了多久，就可挤垮金狮客栈那辆破车，他的车跑得更快，收费更低，行李装得更多，准能把永镇的生意包揽到他手中。

夏尔一次又一次思忖，背了这么多债，来年靠什么去还。他左思右想，考虑了种种权宜办法，譬如求助于他父亲，要么就变卖东西。可是，父亲会装聋作哑，而他又没什么可以变卖。这时，他见事情如此棘手，很快就把这样一个令人头痛的难题干脆抛到脑后。他责备自己分心忘了爱玛，似乎他的思想全都属于这个女人，若不时时刻刻把她放在心上，就是偷走她的什么东西。

严冬寒峭。太太的身子恢复得很慢；天气晴朗的日子，家人就搀扶着她坐到扶手椅里，靠近临广场的窗口；因为她现在厌恶花园了，那边的百叶窗总是关着。她想好了，要把马卖掉；她过去喜欢的东西，如今想起就心烦。她似乎一心只考虑自己。她待在床上吃点心，不时拉铃唤来女佣，不是问药煎得怎么样，就是让她陪着聊天。这段时间，菜市场棚顶上的积雪，把一抹反光照进屋里，白晃晃的，凝然不动；随后，又下起雨来。爱玛每天怀着焦虑不安的心情，等待着日常琐事的必然轮回，其实跟她又不怎么相干。其中最大的事，就是傍晚时分燕子回镇。这时，女店主大声嚷嚷，旁人的声音随着应答，伊波利特在车篷顶上取箱笼，手提灯宛若夜色中的一颗星星。夏尔中午回来，接着又出去。过后，爱玛就喝汤。五点光景，天色黄昏，孩子们放学了，木鞋在便道上拖得呱嗒响，个个手拿尺子，挨家挨户敲打着护窗板的钩子。

总在这个时候，布尔尼贤先生过来看她；问她身体如何，给她捎来一些新闻，和她聊一小会儿，劝她信教，轻言细语，不无风趣。单单看见他那身教士长袍，爱玛就精神许多。

爱玛病危期间，有一天以为自己已到弥留关头，就要求领圣体。家里人在她卧室布置圣事，把堆满药瓶的五斗柜改成圣坛，费莉西泰在地上撒满大丽花。这时，爱玛渐渐觉得，有一种强劲的东西经过她身上，使她摆脱了病痛，以及一切知觉和情感。她的肉身变得轻飘飘的，没有了重量①，新的生命开始了。她觉得自己正向上帝飘升，恰似一炷香点着了，化作一道青烟，就要融进对上帝的爱里。床上的被褥洒了圣水，神甫从圣体盒里取出洁白的圣饼递过去，爱玛沉浸于天堂之乐，如痴如醉，伸出嘴领受救世主的圣体。床幔飘然鼓起，仿佛祥云缭绕；五斗柜上点着的两支蜡烛的光芒，在她眼里就像炫目的光轮。于是，她让头重新落下，恍惚听见空中传来天神弹奏竖琴的乐声，依稀望见碧空当中，天父端坐于金灿灿的宝座之上，光彩照人，威仪无比；诸圣手执棕榈绿枝，簇拥其间。只见上帝示意，命火翼天使降临尘世，将她托起带走。

这一壮丽景象，作为人所能梦想到的最美好的图景，留在了她的记忆里；至今她还寻寻觅觅，努力想找回当时的感觉；那感觉依然存在，虽然不再铺天盖地，但却照样温馨，沁人心脾。她的心灵被虚荣心弄得疲惫不堪，现在终于在基督教的谦卑精神中歇息下来；

---

① “没有了重量”法语为 nepesaitplus。另有法语版本，此处作 nepensaitplus（没有了思想）。

爱玛品尝着作为弱者的乐趣，注视着自己的意愿在内心被摧毁，为圣恩进驻腾出一个宽大的入口。原来在幸福之外，还有更加崇高的至福；在一般的爱之上，还有另一种爱，绵亘不尽，有增无已！她在希望的种种幻景之中，瞥见一个纯净的境界，飘浮在大地之上，与上天融为一体，令她神往。她要成为圣女。她买来念珠，佩上护身符，一心想在卧室的床头，放个镶嵌祖母绿的圣物盒，每天晚上好吻上一吻。

本堂神甫对爱玛的这份诚心赞叹不已，虽说在他看来，爱玛信教信得太虔诚，日后说不定会走向歪门邪道，甚至走火入魔。但在这方面，只要超过一定范围，他也没有把握；所以，他写信给主教大人的供书商布拉尔先生，请他寄一些好书，供一位聪明绝顶的女子阅读。书商漫不经心，就像给黑人寄五金用品一样，把时下书市行销的信教用书，统统打包寄了来。其中有小本的问答手册，有用德·迈斯特尔①先生那种目空一切的口吻写的小册子，还有一些类似小说的东西，粉红色书壳，文笔温吞，炮制者不是仿效行吟诗人的神学院学生，就是洗心革面的女学究。譬如《三思而行》，获得多枚勋章的德·某某先生写的《马利亚脚下的名流》，青少年读物《伏尔泰的谬误》，等等。

包法利夫人的脑力还没完全恢复，不可能一本正经地什么都读。再说，她是急匆匆开始读这些书的。她对宗教的清规戒律十分反感；也不喜欢论战文章，那些文章口气傲慢，穷追猛打的对象又都是她不熟悉的人；那些宗教色彩很浓的世俗故事，在她看来，其实对社会一无所知，她原指望读到真理的实证，结果却不知不觉地离真理愈来愈远了。然而，她锲而不舍，每当一本书读完放下之时，她总觉得自己开始有了符合天主教教义的伤感，一个高尚纯洁的心灵所

① 德·迈斯特尔（1753–1821），法国作家，歌颂罗马教廷。

能具有的最为细腻的伤感。

至于对鲁道夫的回忆，她已经把它埋在了内心深处。它待在那里，比地下王陵的木乃伊还要肃穆，还要凝重。已用香料殓藏的那份轰轰烈烈的爱情，散发出一股气味，穿透一切，使柔情蜜意的芬芳，弥漫在她立意生活其中的纯洁无瑕的氛围里。每当她在哥特式跪凳上跪下之时，她向天主说的那些温言款语，正是当初偷情宣泄之际对情人的喁喁私语。她祈祷是为了萌生信仰，然而上天并没赐下半点快乐；于是她又站起来，四肢疲软，隐隐觉得上了一个大当。她想，这种追求，不啻是又一功德。她为自己的虔诚感到骄傲，便拿自己与昔时的名媛贵妇相比；她曾经望着德·拉瓦利埃①的画像，出神地向往她们的荣耀；她们身穿长裙，曳起绦饰花边的裙裾，那么仪态万方，却退隐寂门，把受过生活伤害的心灵淌出的所有泪水，挥洒在基督的脚前。

于是，她热心无度地施舍行善，给穷人缝衣服，给产妇送烧柴。有一天，夏尔回到家，看见厨房里有三个游手好闲的人，坐在桌子边喝汤。她生病期间，丈夫把女儿送到了奶妈家，她现在又接了回来。她想教女儿识字；任凭贝尔特怎么哭，也不发火了。那是一种抱定主意的忍让，一种无所不包的宽容。不管谈到什么，她说的都是尽善尽美的话。她这样对孩子说话：

“肚子不疼了吗，我的天使？”

老包法利夫人觉得无可指责，即便有，也无非是嫌她一个劲儿给孤儿织毛衣，而不整一整自家的抹布。老太太受够了老家的争吵，乐得在儿子家图个清静。有时甚至住到复活节以后，免得回去听包法利老头的冷言冷语；每年耶稣受难日②，老头子也点着要吃香肠。

---

① 德·拉瓦利埃，见第37页注。

② 耶稣受难日，复活节前的那个星期五。

婆婆明白事理，态度稳重，有她在身边，爱玛又坚定了几分信心；此外，她还差不多天天都有人交往。其中有朗格卢瓦太太、卡龙太太、迪布勒伊太太、蒂瓦施太太；每天两点到五点，照例还有心慈面善的奥梅太太，她对旁人流传的有关这位女邻居的闲话，从来不肯相信半句。奥梅家的几个孩子也常来见爱玛；由朱斯坦陪着。他和他们一块上楼，走进卧室；他站在门边，一动不动，一声不吭。包法利夫人常常都没注意到，自顾自梳妆起来；开始时，她总是抽出梳子，把头发猛地一甩；一头黑色的鬈发一圈圈整个儿披散开来，一直垂落到膝弯。朱斯坦这可怜的孩子，头一回看见时，仿佛突然闯入什么全新奇妙的世界，那样光彩夺目，顿时目瞪口呆。

爱玛也许并没留意他那种默默的殷勤和腼腆的样子。她没有料到，从她的生活中已经消失了的爱情，竟会在自己身边，在这个身穿粗布衬衫的少年心里怦怦跃动；这扇心扉正向着她所展现的美貌敞开。再说，她现在把一切都蒙上了淡漠的外壳，谈吐那样亲切，目光却又那样高傲，态度一时一变，实在让人分不清那究竟是自私还是慈悲，是败坏还是积德。譬如有天晚上，女佣向她请假外出，吞吞吐吐找不到借口，爱玛先是老大不高兴，临了却冷不丁冒出一句：

“那么，你是爱他了？”

费莉西泰的脸渐渐红了，爱玛不等她答话，便神情忧伤地又说：

“好吧，快去，去乐吧！”

春天到了，爱玛不听夏尔的劝说，叫人把花园从头到尾倒腾了一遍。夏尔见她终于有了某种意愿，倒也高兴。爱玛随着身子日渐康复，变得愈来愈有主见。首先，她设法撵走了奶妈罗莱大嫂；这女人趁她养病之机，带着两个喂奶的孩子和那个在她家寄宿搭伙的家伙，三天两头上这儿厨房，那家伙狼吞虎咽，饭量比生番还要大。然后爱玛又摆脱了奥梅一家子，陆续挡驾了来串门的其他所有客人，甚至连教堂也去得不那么勤了，药店老板颇为赞许，好意对她说道：

“前一阵您有点迷上教堂了！”

布尔尼贤先生一如既往，每天上完教理课，就过来一下。他喜欢待在屋外，在万绿丛中——他这样称呼花棚——呼吸新鲜空气。那正是夏尔回来的时候。他们都觉得热，家里人给他们端来甜苹果酒，两人一起为太太完全康复干杯。

比内也在那里，只是在稍低的地方，他背靠着望台墙脚，正在钓螯虾。包法利先生邀他喝一杯清凉解渴，起瓶塞可是他的拿手好戏。

“应当这样，”这时他总是得意地向四下里扫视一番，一直望到最远的地方，说道，“把瓶子立在桌上拿稳，剪断细绳，轻轻推动软木塞，然后慢慢地，慢慢地，就像餐馆开苏打水瓶子一样。”

可是，每回他演示的时候，苹果酒往往溅他们一脸。神甫忍俊不禁，少不了总要打趣道：

“果然酒香扑鼻！”

其实，神甫是个好人。这不，有一天，药剂师劝夏尔让太太散散心，带她去鲁昂剧院，看著名男高音拉加尔迪的演出，神甫就没有表现出反感。奥梅见他默不作声，反倒诧异了，便想知道他的高见；神甫宣称，他认为有伤风化以文学为甚，相比之下，音乐的危险要小一些。

然而药剂师为文学辩护了，说戏剧旨在抨击偏见，而且利用娱乐形式，实则启迪道德。

“Castigatridendomores①，布尔尼贤先生！这不，您瞧瞧伏尔泰的大部分悲剧，里面都巧妙地融进了哲学思考，成了老百姓的真正教科书，可供学习道德风尚和处世之道。”

---

① 拉丁语：寓教于笑，移风易俗。

“我嘛，”比内说，“以前看过一出戏，叫作《巴黎小子》，里面有位老将军演得活灵活现，实在是妙极了！有个富家子弟勾引一个女工，老将军把那小子整了一下，后来……”

“当然啰！”奥梅接着说，“不好的文学也是有的，就像有不好的药店一样。不过，全盘否定这门最重要的艺术，我认为是愚蠢的，观念之陈腐，只能属于伽利略遭受囚禁的黑暗时代。”

“我知道，”神甫反驳道，“世上有好作品、好作者。但看来看去，无非是男男女女同聚一室，气氛让人心荡神摇，装饰浮华奢靡，化妆不伦不类，涂脂抹粉，灯光烛影，说话娘娘腔，如此种种，到头来必定叫人想入非非，心思不正，受到不良诱惑。这至少是所有神甫的看法。总而言之，”说到这里，他突然换成神秘兮兮的口气，一边在大拇指上搓着一撮鼻烟，一边往下说，“教会反对演戏，当然是有道理的；我们总该服从教谕才是。”

“为什么教会如今要把演员都逐出教门？”药店老板质问道，“就是因为，当初在宗教仪式上，演员堂堂正正地助过一臂之力。是的，那时候演员就演戏了，在唱诗堂中央演一类叫作圣迹剧的短剧；在那些戏里，礼法往往受到亵渎。”

神甫只是叹了一口气，药剂师继续说：

“就跟《圣经》里一样；里面有……知道吧……不止一处呢……挺煽情的，有些地方……还真……够黄的！”

他见布尔尼贤先生做了个恼怒的手势，就说：

“啊！您迟早会赞同，那不是一本可以放到青少年手中的书。我是要发火的，假如阿塔莉……”

“但是，”那一位按捺不住嚷起来，“劝人读《圣经》的，是新教徒，不是我们！”

“这并不重要！”奥梅说，“我觉得奇怪的是，时至今日，在这样的开明时代，还有人坚持要禁止这样一种精神娱乐，它非但无害，还劝人劝世，有时甚至还有益于身心健康，您说是吗，大夫？”

“大概是吧。”医生随口应道，他要么也抱同样看法，但不想得罪任何人，要么就是根本没有看法。

谈话似乎就此结束，这时药剂师觉得不妨再刺最后一剑。

“我就认得一些教士，他们过去常常俗家打扮，去看舞女蹦蹦跳跳。”

“得了吧！”本堂神甫道。

“嘿！我就认得！”

接着，奥梅一字一顿又说一遍：

“我、就、认、得。”

“好吧！他们不对。”布尔尼贤只好息事宁人，这样说道。

“就是嘛！他们干的事还多着呢！”药店老板嚷起来。

“先生！……”教士说的时候，目露凶光，把药剂师镇住了。

“我的意思不过是，”药剂师口气缓和地分辩道，“宽容才是引导人们信教的最可靠的办法。”

“对呀！对呀！”好好先生随声附和，重新落座。

然而，他只坐了两分钟。他一走，奥梅先生就对医生说：

“这才叫舌战！您也看见了，我把他打得落花流水，刚才那阵势！……说来说去，您要听我的话，还是带太太去看戏吧；哪怕是您这辈子就一回，也要气气一只这样的黑乌鸦①，呸！要是有人能替我，我就亲自陪你们走走。赶快去吧！拉加尔迪只演一场，英国出高薪已经聘了他。有人言之凿凿，说这家伙十分了得！在钱堆里打滚呢！他有三个情妇、一个厨师！走到哪带到哪。大艺术家个个挥金如土；他们非得过放荡的生活，这样才能激发想象力。不过，他们都死在济贫院，因为他们年轻的时候没想到攒钱。好啦，祝你们

① 指穿黑袍的教士。

胃口好，明儿见！”

看戏这个想法，很快在包法利脑袋里生了根；他很快就把这想法告诉了妻子。爱玛起初不肯去，说太累人、太麻烦、太花钱。但夏尔这回一反常态，怎么也不肯让步，他认为看戏可以散心，对爱玛一定大有好处。他看不出这有什么不便。他母亲前不久还给他们寄来三百法郎，这笔钱他本来是不再作指望的。日常欠债数额不算巨大。勒赫先生手上的借据到期还远，不必去担心。再说，夏尔觉得她那是在体谅人，所以更加执意要去；临了，爱玛经不起他左说右说，终于松了口。第二天八点钟，他们就登上了燕子。

永镇并没什么事缠着药店老板，只是他自己认为身不由己走不开。送他们两口子动身的时候，他叹了一口气。

“好啦，一路愉快！”他对他们说道，“你们真是幸运的一对！”

随后，见爱玛穿一件绲了四道荷叶边的蓝色真丝长裙，就对她说道：

“我看，您像爱神一样漂亮！您到鲁昂准会打响。”

驿车驶到博瓦西纳广场的红十字旅店前停下。其实就是外省每个城市边缘都有的那种客栈，马厩大，客房小；院子中央停着行商们的轻便马车，上面溅了好些泥巴，一只只母鸡在车底下啄食燕麦。房子虽旧，倒还舒适，阳台的木栏杆上有虫蛀的痕迹；冬天夜里风一刮，嘎吱直响；店里总是客人爆满，吵吵闹闹，吃喝不断；黑黢黢的桌子都被兑烧酒的咖啡弄得黏黏糊糊；厚厚的窗玻璃给苍蝇叮得发黄；潮湿的餐巾上有一些劣质红酒的斑点。这类地方总有一股子乡土气息，就像农家雇工学城里人穿着；临街是喝咖啡的地方，靠田野那边则是一片菜园。夏尔马上奔走起来。他分不清幕侧包厢和顶层楼座，楼下正座和正面包厢，问了又问，还是不得要领，查票的让他去问经理，他折回客栈，又去售票处，这样来回好几趟，从剧院到林荫大道，走遍南北。

太太给自己买了一顶帽子、一副手套、一束鲜花。先生生怕误了开场戏；两人连汤都没来得及喝，便赶到剧院，不料还没开门。

15

人群靠墙站着，被栏杆围成对称的两排。附近街道拐角的地方，一张张巨幅海报上，全都用巴洛克字体印着：“《拉美莫尔的露契亚》① ……拉加尔迪主演……歌剧……”天气晴和；大家都觉得热，汗珠在拳曲的头发里直淌，人人都掏出手绢擦拭发红的脑门；有时，从河面吹来一阵和风，轻轻掀动小咖啡馆门上挑出的布篷的边缘。然而，沿河一侧就凉爽了，吹的风是凉飕飕的，从中闻得出油脂、皮革和成品油的气味。那是来自大车街的气息，那条街尽是黑洞洞的大货栈，大桶在里面滚来滚去。

爱玛怕让人看着笑话，想在进场之前，先去港口溜达一下。包法利小心翼翼，手捏两张戏票，插在裤袋里，紧贴腹部。

爱玛一进前厅，心就怦怦直跳。她见人群由另一条过道向右边拥去，而自己却登上通往包厢的楼梯，脸上不由得浮上了得意的微笑。她用手指去推蒙了幔子的宽门时，像个孩子那样快活。她大口

---

① 意大利歌剧作曲家唐尼采蒂（1797–1848）所作三幕歌剧，1835 年初演。剧情取自英国作家司各特的小说《拉美莫尔的新娘》。

吸了吸走廊上的灰尘气味。她到正面包厢落座后，把腰身挺得笔直，雍容大方，俨然一位公爵夫人。

剧院大厅里渐渐坐满了人；有人从套子里取出望远镜；每场必到的常客，远远望见了，彼此打着招呼。他们来这里，是要在艺术中，摆脱一下货物销售的烦恼，但仍然不忘生意经，谈来谈去还是什么棉花、三六烧酒或靛蓝染料。其中可以看到一些老年人，面无表情，平静安详，灰白的头发灰白的脸，就像蒙上了一层厚重水汽的银质勋章，黯然无光。英俊潇洒的青年人，神气活现地坐在楼下正座上，坎肩领口露着粉红或果绿领带。包法利夫人欣赏地从上面望下去，只见他们把黄手套箍紧的手掌，握在金头手杖上。

这时，乐池的蜡烛全点亮了；天花板上垂下分枝吊灯，多面玻片光芒四射，蓦地给剧场洒下一片欢快气氛。随即，乐师鱼贯而入，先是好一阵乱哄哄的乐器声音，低音乐器嗡嗡，小提琴吱吱，短号哇哇，还有长笛和古竖笛小鸟般的啾啾声。接着，台上响了三下；定音鼓便迅疾地擂了起来，铜管乐器使劲奏出和声；幕启处，露出一片布景。

那是一座树林的十字路口，左边一泓清泉，荫蔽在一棵橡树之下。一群乡民和领主，肩上搭着苏格兰式格子花呢长巾，齐声唱着一首猎歌。随即出来一个总管，向苍天伸出两臂，祈求邪恶天使相助；又一个总管上场。两人退场以后，狩猎的人又唱起歌来。

爱玛仿佛又回到了少女时代在书本里读到的情景，回到了瓦尔特·司各特描写的世界里。她仿佛透过雾霭，听见苏格兰风笛声在欧石南丛中久久回荡。再者，小说的回忆对她理解歌剧大有裨益，她一句一句往下听，情节发展了如指掌；涌向脑际的种种飘忽无定的思绪，随着一阵阵音乐旋风，骤然间消散得无影无踪。她任凭自己随着旋律摇荡，觉得自己整个身心都在颤动，仿佛那些小提琴是在她的心弦上走弓。她目不暇接地张望着那些服装、布景、人物，以及人一走动就颤颤悠悠的树木布景画，还有丝绒帽子、斗篷、长剑，幻景般的这一切，犹如在另一个世界的氛围里，在优美和谐的音乐声中晃动起舞。一位年轻女子走向前来，一边走一边把钱袋扔给绿衣侍从。台上只剩她一人了，这时长笛声起，宛若泉水淙淙、鸟儿啁啾。露契亚神色凝重，开始唱G大调咏叹调；她悲叹爱情，祈求插上翅膀。爱玛感同身受，曾几何时，不也是恨不得逃离人世，相拥相抱地飞走。突然，扮演埃德加的拉加尔迪上场了。

他脸色白白的，却神采飞扬，使热情似火的南方人，平添了某种大理石雕像般的高贵气度。他身材矫健，穿棕色紧身短上衣；一把镂花小匕首，贴着左边大腿晃荡。他神色忧郁地左顾右盼，露出洁白的牙齿。据说，一天黄昏，他在比亚里茨海滩检修小艇，一位波兰公主听见他的歌喉，顿时坠入情网。为了他，波兰公主弄得倾家荡产。可是他把她甩在一边，又去追逐别的女人。他的风流韵事不胫而走，这恰恰又给他的艺术知名度帮了大忙。这个老于世故的戏子，甚至用了心思，每次都忘不了往海报上塞进一句诗体广告词，说自己如何迷人，又如何多情善感。一副天生的好嗓子，一副煞有介事的样子，凭体魄藏心智之拙，靠夸张补抒情之缺，就这样使这个兼具理发匠和斗牛士气质的江湖艺人得以走红。

从第一场开始，他就调动起热烈的气氛。他紧紧搂着露契亚，离开她，又折回来，悲痛欲绝，暴跳如雷，继而发出悲怆的气声，流露无限柔情。他露着脖子，一个个音符从那里飞了出来，满含悲泣和热吻。爱玛探着身子看他，指甲抓破了包厢的丝绒。那抑扬动听的悲歌，在低音提琴伴奏下拖着长腔，宛如狂风暴雨中，翻船落海的人在大声呼叫，一句句全唱到了她心里。那种种如痴如醉，还有焦虑不安，她全都似曾相识，她险些这样丢了性命。她觉得，女演员的歌声，正是她的内心共鸣，而令她陶醉的那种幻觉，正是她人生的某一部分。可是，世上还没人如此这般爱过她。最后一个晚上，月光溶溶，他们俩互道“明儿见，明儿见！……”的时候，他就不像埃德加这样热泪滚滚。震耳欲聋的喝彩声震撼着剧场，最后一段赋格曲整个儿又唱一遍；那对有情人诉说着他们的坟头鲜花、山盟海誓、亡命他乡、命运和希望；他们俩最终诀别，爱玛尖叫一声，与剧终和弦的颤音融成一片。

“那个领主为什么要这样折磨她？”包法利问道。

“不对，”爱玛答道，“那是她的情人。”

“可是，他赌咒发誓，说要向她的家庭复仇，倒是那个人，就是刚上场的那个人却说：‘我爱露契亚，我想，她也爱我。’而且是和她父亲手挽手下场的。那个帽子上插鸡毛、其貌不扬的矮个子，就是她父亲吧，对不对？”

戏演到吉尔贝把他的毒计告诉主人阿斯顿，两人唱起宣叙调二重唱时，任凭爱玛怎么解说，夏尔看见用来哄骗露契亚的假订婚戒指，还是认为那是埃德加送她的爱情信物。不过，他承认没弄懂剧情，由于音乐的缘故，唱词听不清。

“那有什么？”爱玛说，“别讲话！”

“你知道的，”夏尔俯向她的肩头接着说，“我喜欢弄个明白。”

“别讲话！别讲话！”爱玛不耐烦地说道。

露契亚由侍女们轻轻扶着，走上前来，头上戴着橘树枝叶编就的绿冠，脸色比她所穿的白缎长裙还白。爱玛想起自己结婚那天，仿佛看见自己在麦田中间，随着队列，踩着小径向教堂走去。为什么她当时没像露契亚这样反抗，这样哀求呢？相反，她当时还满心欢喜，根本没意识到自己是在冲向深渊……唉！在她还是如花似玉之时，还没受到婚姻玷污，还没面临偷情幻灭之前，倘若能把自己的终身托付给一个心地高尚、稳重可靠的人，那么美德、温情、欢愉和责任不就合为一体了，她也绝不至于从那么高的幸福巅峰上跌落下来了。然而，那样的幸福想必也不过是某种想象，只能安慰万念俱灰的人。现在她明白了，艺术夸张所渲染的激情，实在是微不足道。爱玛努力把思绪移开，这再现自己痛苦的表演，她仅仅看成是一种造型艺术，聊供耳目之娱。这时，一个身披黑斗篷的男子，从舞台后部丝绒门帘里出场了，爱玛甚至心里暗笑，颇有轻蔑、怜悯之意。

那男子做了个动作，他的西班牙式大草帽随着掉落在地；演员和乐队立刻开始六重唱。埃德加怒火四射，嗓门无比洪亮，盖过了其他演员的声音。阿斯顿用低音唱腔，向他提出决死的挑战。露契亚的女高音如怨如诉；阿瑟在一边，用中音抑扬有致地唱着；牧师的男低音呼隆呼隆，像一架管风琴；女声合唱着叠句，十分优美动听。大家站成一排用手舞着；半张开的嘴里同时倾吐出愤怒、复仇、妒忌、恐惧、怜悯和惊愕。受辱的情郎挥舞着出鞘的长剑，镂空花边的皱裥领圈，随着胸部的起伏一阵阵颤动。他迈着大步，在舞台左右走来走去，踝部开口的软皮靴上，镀金的银马刺踏得地板铿锵作响。爱玛想，这人准得有无穷无尽的爱，才能把它如此遍洒大家。角色身上的诗意感染着她，以至她原先的贬低意思渐渐烟消云散。剧中人物的形象，把她引向演员。她努力想象他的生活，他的生活一定有声有色，不同凡响，荣耀辉煌。倘若机缘帮忙，她本可以过上那种生活。他俩本应相识，本应相爱！她本应跟他一起，游遍欧洲每个王国，一个京城又一个京城，分担他的劳顿，共享他的自豪，捡起人们扔向他的鲜花，亲自为他刺绣戏装；然后，每天晚上，置身包厢里面，在镀金栏杆后面，屏息敛容地去听他的心灵倾诉，他只为她一人歌唱；他在台上一边表演，一边望着他。一个荒唐的感觉蓦地攫住了她；他正在望着她，真的！她真想跑过去扑进他怀里，受到他的力量庇护，仿佛他就是爱情的化身，她要对他说，对他喊：“你把我掳走吧，把我带走吧！我们走吧！我的满腔激情，我的种种梦想，都是冲着你，属于你！”

幕布落下。

煤气灯的气味和人呼出的气混合在一起。扇子扇的风使空气更加闷人。爱玛想到外面去，可是过道上挤满了人，她重新倒进扶手椅里，心跳不止，透不过气来。夏尔怕她晕过去，赶紧去酒水部给她买一杯巴旦杏仁露。

他返回座位时费了好大的劲，每走一步，都有人碰到他的肘弯，因为他手上捧着杯子；他甚至把四分之三泼在了一个鲁昂女子的肩上。那女子穿短袖，突然觉得有凉凉的东西流到腰间，便尖叫起来，似乎有人杀了她一刀。她丈夫是个开纱厂的，对这个笨手笨脚的家伙大光其火。他妻子掏出手绢，擦拭她那件樱桃色塔夫绸裙子上的水渍，这时他没好气地嘟哝着赔钱之类的话。夏尔总算回到了太太身边，气喘吁吁地对她说：

“天哪，我还以为过不来了呢！到处都是人！……人真多！……”

他接着说：

“你猜我在上面遇到谁了？莱昂先生！”

“莱昂？”

“没错！他一会儿过来向你问好。”

话没落音，永镇过去那位书记员走进了包厢。

他以洒脱的绅士风度伸过手来，包法利夫人不由得也把手伸过去，也许是受了某种更强有力的意志所吸引吧。自从那个春雨打着绿叶的晚上，他们站在窗前话别以后，她就再也没碰过这只手。不过，她很快意识到，在这种场合举止应该得体，便努力抛开痴痴呆呆的回忆，结结巴巴地匆匆说道：

“啊！您好……怎么？您也在这儿？”

“肃静！”楼下有人喊道，因为第三幕开始了。

“这么说，您就在鲁昂？”

“是的。”

“什么时候来的?”

“出去！出去!”

人们向他们这边转过头，他们才住口。

但从这时起，爱玛再也不往下听了。宾客的合唱、阿斯顿与仆人的那场戏、雄壮的D大调二重唱，对她而言，顿时都显得那么遥远，乐器的声音仿佛不那么响了，人物仿佛也离她远了。她回忆起在药剂师家打牌，去奶妈家那次漫步，花棚底下读书，火炉旁边促膝谈心，回忆起整个那段可怜的爱情。那段爱情是那样平静，那样悠长，那样谨慎又那样甜蜜，而她竟然忘到了脑后！他怎么又回来了？是什么机缘把他又安排进她的生活里？他站在她背后，肩膀靠着板壁；她感觉到他鼻孔里的热气自上而下扑进她的头发，不由得全身一阵阵战栗……

“您觉得这有意思吗?”莱昂说话时俯下身子，挨她那么近，唇髭都碰到了她的面颊。

爱玛没精打采地答道：

“哦！上帝，不，意思不大。”

于是，莱昂提议到剧院外面找个地方去喝冷饮。

“啊！还没完呢！再看一会儿吧!”包法利说道，“她的头发散开了，看来是个悲剧结局。”

但是，爱玛对发疯那场戏不感兴趣，她嫌女演员的表演过头了。

“她叫得太厉害了。”她侧过身子对正在倾听的夏尔说道。

“是吧……也许……是有一点儿。”夏尔含糊其辞地应声说道，他一方面想老实说他觉得有意思，另一方面又想尊重太太的意见。

接着，莱昂叹了口气说道：

“这儿真热……”

“热得受不了！真的。”

“你觉得不舒服吗?”包法利问道。

“是的，我闷得慌。咱们走吧。”

莱昂先生殷勤地给爱玛披上带有花边的长披肩。他们三人走到港口，在一家咖啡馆玻璃橱窗前的露天座坐下。

开头的话题是爱玛生病的事，爱玛不时打断夏尔的话，说怕莱昂先生听了腻烦。莱昂则告诉他们，他来鲁昂，在一家大事务所干两年，想熟悉熟悉诺曼底的业务，因为这里的业务与巴黎办的有所不同。接着他又问起贝尔特、奥梅一家和勒弗朗索瓦大妈。因为当着丈夫的面，已经无话可说，交谈很快就冷场了。

从剧场出来的人群，有些打人行道上经过，不是嘴里哼着什么，就是扯开嗓门怪声高喊：喔，美丽的天使，我的露契亚！于是，莱昂以票友自居，谈起了音乐，说他看过唐比里尼、吕比亚、佩西亚尼、格丽齐①四人的演出；与这些人比起来，拉加尔迪虽说眼下走红，但实在是算不了什么。

“不过，”夏尔正小口啃着朗姆酒汁冰糕，插进来说道，“据说他在最后一幕，演得非常精彩。真后悔没看完就走了，我正开始看出点味道呢。”

“没关系，”书记员接着说，“他不久还要演一场。”

可是夏尔回说，他们第二天就要走了。

“除非你愿意独自留下来，我的小宝贝，嗯？”他转向妻子补充一句。

这机会出乎意料之外，却正中小伙子下怀，他立刻改变策略，夸起拉加尔迪的末场戏。那真是棒极了，简直妙不可言！于是，夏尔坚持说道：

“你星期天回去吧。得，决定了吧。这对你的身体有好处，你不这样想就错了。”

---

① 这四人都是意大利著名歌唱家。

这时，周围的桌子都收拾干净了。一名侍者不动声色地走过来，在他们旁边站定。夏尔会意，便掏出钱包。书记员拉住他的胳膊，甚至没忘多掏两枚白色硬币，扔在大理石桌面上叮当直响。

“真不好意思，”包法利嗫嚅道，“让您破费……”

那一位豪爽地挥挥手，表示无所谓，随即拿起帽子：

“那就说定了，明儿六点，好吗?”

夏尔再次表示他不能外出久了，但爱玛却没什么牵挂……

“这个嘛……”爱玛现出奇怪的微笑，吞吞吐吐地说，“我也不知道……”

“好吧！你再想想，咱们回头再说。夜半主意来嘛……”

夏尔接着又对一路陪送他们的莱昂说：

“如今您回到家乡了，希望您常来家吃饭，嗯?”

书记员肯定地说，那是少不了的，何况他的事务所有件事，还非得去去永镇。他们在圣埃勃朗道口分手，这时大教堂的钟正敲响十一点半。

第三部

Part Three

1

莱昂先生攻读法学期间，算得上是茅庐舞厅①的常客，他在打情骂俏的年轻缝纫女工中间，甚至颇为春风得意；她们觉得他风度不凡。大学生里面，数他最懂规矩：头发既不太长又不太短，一个季度的钱从不在月头就吃光，跟每位老师都保持良好的关系。至于出格胡闹之事，他从不沾边，这一半是因为胆小怯懦，一半是因为遇事审慎。

他待在房间里看书，或者黄昏时分坐在卢森堡公园的椴树下，常常不由自主让法典掉在地上，情不自禁地思念起爱玛。然而，渐渐地，这种情感淡漠了，在它上面积聚了种种别的觊觎，不过，它还是一直顽强地时时要露头；因为莱昂并没完全死心，他觉得似乎还存有一线朦胧的希望，在未来的远处晃荡着，犹如一个金果，悬在某棵幻想树的枝头。

于是，一别三载重又相见，他的激情顿时苏醒过来。他想，该最后横下心来要占有她了。再说，他与轻浮朋友圈子时有接触，早

---

① 巴黎著名舞厅。

已不是当年那副怯生生的模样了。他出京城回故里，趾高气扬，根本不把那些没穿着漆皮鞋走过柏油大马路的人放在眼里。若是在某位佩勋章、有马车的知名学者的沙龙里，挨近一位身穿花边衣裙的巴黎女子，可怜的书记员也许会像个孩子似的瑟瑟发抖；可是在这儿，在鲁昂港口上，面对这个小医生的妻子，他却游刃有余，料定自己一定会迷倒对方。自信心取决于所处境地：在大厅说话和在五楼说话就不一样，阔家女子的胸衣夹层里，前后左右似乎塞着她的全部钞票，铠甲似的保持着贞操。

头天晚上与包法利夫妇分手之后，莱昂一路远远地尾随在后面；直到看见他俩在红十字旅店前面停步，他才转身离去，通宵达旦左思右想，考虑一项计划。

于是，第二天五点光景，他走进那家旅店的厨房，嗓子发紧，脸色发白，活像胆小鬼，怀着一不做二不休的决心。

“先生不在。”一个伙计答道。

莱昂觉得这是好兆头，便上了楼。

爱玛看见他来，并不慌张，相反还向他表达歉意，说是忘了把他们下榻的地址告诉他。

“噢！我猜到啦。”莱昂说。

“怎么猜到的?”

莱昂说他是凭直觉，碰巧来到她这儿的。爱玛笑了起来，莱昂意识到话说得不好，连忙更正，说他整个上午都在找她，一家又一家，找遍了全城旅馆。

“您是不是决定留下了?”他问道。

“是的，”爱玛说，“可是我不该这样。不该动不动就寻不切实际的快乐，周围毕竟有种种制约……”

“喔！我能想象……”

“咳！不可能，因为您不是女人。”

可是，男人也有男人的苦恼呀；于是谈话带上了哲理意味。爱玛大谈人世间感情贫乏，老死不相往来，心像活埋了一样。

小伙子为了取得好感，要么是见对方忧郁，便也天真地仿效她，做出忧郁的样子，说他曾经被学业时时刻刻弄得烦透了。法律程序惹他来火，他真想改学别的专业。他母亲次次来信，总是让他烦恼不堪。两个人都谈各自苦恼的原因，越谈越深刻，越谈越投机，禁不住有点兴奋起来。不过，他们有时欲言又止，没把心思和盘托出，就想找一句话把它表达出来。爱玛对自己爱过另一个男人讳莫如深，莱昂也绝口不提自己把她忘了。

他也许已记不起，跟女工们跳舞之后共进的夜宵；她大概也忘了，曾经大清早穿过草地，赶到情夫庄园的幽会。城市的喧嚣几乎传不到他俩的耳畔。房间显得窄小，似乎特意要让他俩与世隔绝。爱玛穿一件凸纹条格细平布室内便袍，发髻靠着旧扶手椅的靠背。黄色的墙纸像金色的背景，衬在她的身后。她没戴帽子，头映在镜子里，照出中间露白的头路，耳梢露在两侧头发外面。

“不过，对不起”，她说，“我真不像话！这样没完没了诉苦，一定让您觉得腻烦了！”

“哪里，不会的，不会的！”

“您要是知道我梦想过的一切就好了！”爱玛接着说道，一边抬眼仰望天花板，美丽的眼睛里滚动着泪花。

“那我呢，唉！我也苦闷过！我常常出去，到外面去，脚步沉重，沿河岸往前走，在人群的嘈杂声中麻木自己，可还是没法排遣那纠缠不休的烦恼。大街上有一家版画店，里面有一幅意大利版画，画的是一位缪斯，身穿长裙，凝望月亮，披散的头发上插着勿忘草。老是有某种力量怂恿我去那里，一待就是几个钟头。”

随即，声音变得发颤了：

“那缪斯有点儿像您。”

包法利夫人把头掉开，她觉得自己唇边浮上了忍俊不禁的笑意，不想让他看到。

“我常常给您写信，”莱昂又说，“写完又撕掉。”

爱玛不作声。他继续说：

“有时候我胡思乱想，说不定某种机缘会把您带到我的眼前。在街道拐角的地方，每每觉得看见的人就是您；只要出租马车门帘里飘出一截披肩，一角面网，跟您的相似，我就跟在后面穷追不舍……”

爱玛似乎拿定主意由他说去，并不插话。他双臂交叉，低头垂目，注视着拖鞋上的玫瑰花结，缎子鞋面下的脚趾不时微微动一下。

这时，她叹息一声说道：

“最可悲的，莫过于像我这样，不死不活地虚度无益的人生，您说是不是？我们的痛苦，要是对别人有益，那么想到这是牺牲，就会感到某种安慰了！”

莱昂开始赞美道德、责任心和默默奉献，他自己就有一种不可思议的渴望，渴望献身，可就是没法如愿。

“我真想当济贫院的修女。”爱玛说道。

“唉！”莱昂接过话头说道，“男人就没这类神圣使命。我看无论在什么地方，都没有哪种职业能……大概只有医生职业可以……”

爱玛微微耸一下肩膀，打断他的话，说她害了一场病，差点死了；真是遗憾！要真那样，如今也就不再痛苦了。莱昂马上说他向往坟墓的安谧，有天晚上，他甚至写了遗嘱，要求把他裹在那床漂亮的条绒被子里入殓，那是爱玛送她的；因为他们本来就希望当初能够这样。两个人不约而同地在构想一种完美境界，现在就照此去涂抹各自过去的生活。再说，语言就是一台压延机，论起感情来，总是长而又长。

听到关于被子的奇谈，爱玛问道：

“为什么呢？”

“为什么?”

莱昂迟疑了。

“因为我爱上了您!”

莱昂庆幸自己终于跨过了这道难关，用眼角窥察爱玛脸上的表情。

就像风吹云散后的天空，爱玛蓝色眼睛里黯然无光的忧思愁云顿时消散了，整个脸上容光焕发。

莱昂等待着，爱玛终于答道：

“我那时总这么觉得……”

于是，他俩彼此讲起那段生活的琐细往事，刚才他们只用一句话，便概括了其中的欢欣与忧愁。他回忆着那条铁线莲绿廊，爱玛当初穿的长裙，她卧室里的家具，那整个屋子。

“咱们可怜的仙人掌，都怎么样了?”

“去年冬天冻死了。”

“唉！您知道我多么惦念它们吗?它们常常浮现在我眼前，依然像过去那样，夏日清晨，阳光倾泻在百叶窗上……我看着您裸露的手臂在花儿中间晃来晃去。”

“可怜的朋友!”爱玛说着把手伸给莱昂。

莱昂立刻把嘴唇贴在上面，过后，长长喘了一口气：

“对我来说，那时候，您有一种不可思议的力量，弄得我神魂颠倒。譬如有一回，我来到您家里；不过，您大概不记得了吧?”

“我记得，”爱玛说，“往下讲吧。”

“您当时在楼下前厅，正准备出门，站在最下面的梯级上，戴一顶有蓝色碎花的帽子；我不等您请，就身不由己，跟着您出门了。可是，每一分钟，我越来越意识到自己是在犯傻，可还是继续在您身边往前走，既不敢跟您跟得太紧，又不想离开您。您走进一家店铺，我就待在街上，隔着玻璃橱窗，看您摘下手套，在柜台上数钱。

后来，您拉了蒂瓦施夫人家的门铃，有人给您开了门。您一进去，大门就重重地关上了，我却像个傻瓜似的待在门口。”

包法利夫人一边听莱昂说，一边诧异自己竟这样年老；所有这些往事，重又历历在目，犹如拓展了她的生活空间，那就仿佛是无比广阔的感情天地，令她回味无穷，她眯缝起眼皮，不时喃喃说道：

“对，是这样！……是这样！是这样……”

他们听见博瓦西纳街区各处的时钟敲响了八点，这一带有不少寄宿学校、教堂和空关的大公馆。他们不再说话，只是你看着我，我看着你，觉得脑子里沙沙作响，像有什么出声的东西，从对方凝定的眸子里飞过来。他们手拉着手；过去和未来，回忆和梦想，全部交织成那种甜蜜、销魂的感觉。夜色渐浓，墙上影影绰绰，浓彩闪烁，挂着四幅版画，画的是《奈尔塔》① 的四个场景，下方有西班牙语和法语说明。从升降窗户里望去，但见尖尖的屋顶之间，露出一角黑黝黝的天空。

爱玛起身点亮五斗柜上的两只蜡烛，然后回来坐下。

“嗯？……”莱昂说。

“嗯？……”爱玛应声说。

莱昂正寻思怎样继续中断的谈话，这时爱玛对他说道：

“怎么以前就从来没人向我表示这样的感情呢？”

书记员感慨地说，完美的人是常人难以理解的。他爱上她，就是一见钟情。倘若当初天赐良缘，他们早些相遇，相亲相爱，永不分离，那该是多么幸福，每想到这儿，他就懊丧不已。

“有时我也这样想过。”爱玛接着说。

“多好的梦啊！”莱昂喃喃说道。

他轻轻抚弄着她白色长腰带的蓝色镶边，又说道：

---

① 大仲马 1832 年与人合写的悲剧。

“为什么我们不重新开始呢？……”

“不行，我的朋友，”爱玛答道，“我的年龄太大了……您太年轻……忘掉我吧！别的女人会爱上您的……您也会爱她们。”

“不会像爱您一样！”莱昂叫道。

“您真是个孩子！好啦，咱们还是理智点吧！我希望这样！”

爱玛向他说明，他们不可能相爱，还是应该像过去一样，只保持情同手足的朋友关系。

爱玛这么说是真心话吗？也许连她自己都不清楚，这时候，她一方面感受到诱惑的魅力，另一方面又觉得必须去抵御；她含情脉脉地凝视着小伙子，而当小伙子怯生生地要抚摩她时，她却轻轻地推开了那双颤抖的手。

“喔！对不起。”小伙子后退着说道。

爱玛被一种莫名的恐慌攫住了，小伙子这样畏畏缩缩，在她看来，比鲁道夫肆无忌惮，张开双臂走过来还要危险。她觉得，从来没有哪个男子像他这样英俊。他的举止透出天真无邪而又温文尔雅；弯弯的细长睫毛往下垂着；细皮嫩肉的面颊，因为渴望得到她——爱玛心想——而泛起阵阵红晕，爱玛按捺不住内心冲动，直想把嘴唇贴上去。于是，她向座钟探过身子，似乎要看时间。

“天哪！时间不早了，”她说，“瞧咱们聊的！”

莱昂明白了弦外之音，就找帽子。

“我连看戏都忘了！可怜的包法利，他还特意让我留下呢！大桥街的洛尔莫先生还要与他太太一块陪我去的。”

机会失去了，因为她第二天就要走了。

“真的吗？”莱昂问。

“真的。”

“可我还得见见您，”莱昂接着说，“我有事要跟您说……”

“什么事？”

"是件……严肃、重要的事。哎！别走，再说，您别走，那可不行！要是您知道……您听我说……您还不明白我的意思吗？您真的就猜不出来？……"

"其实，您已经讲得很清楚了嘛，"爱玛说。

"唉！还开玩笑！够啦，够啦！您就行行好，让我再见见您……一次……就一次。"

"那好！……"

爱玛打住话头，继而，似乎改变了主意：

"噢！这里不行啊！"

"您想在哪儿都行。"

"您愿意不愿意……"

爱玛似乎想了想，接着，很干脆地说道：

"明天十一点，大教堂里。"

"我准到！"莱昂抓住爱玛的双手叫起来，爱玛把手抽回来。

这时两人都站着，莱昂正好在爱玛身后，而爱玛又低着头，他便俯身在她后颈上久久地吻了一下。

"您真是疯啦！啊！您疯啦！"爱玛连声说道，同时轻声咯咯笑着说。莱昂接二连三地吻起来。

这时，他把头从她的肩上探过来，似乎要在她的眼睛里寻找赞许。爱玛两眼看着他，庄重而又冷峻。

莱昂倒退三步，打算往外走，到了门口又停下；用发颤的声音悄声说：

"明儿见。"

爱玛点点头算是应答，随即像只小鸟似的消失在隔壁房间。

晚上，爱玛给书记员写了一封很长很长的信，其中提到她不能赴约。因为现在一切都结束了。为了各自的幸福，他们不应相会。可是信封上之后，她因为没有莱昂的地址，不知如何是好。

“我就当面交给他吧，”她想道，“反正他要去的。”

第二天，莱昂敞开窗户，在阳台上一边哼着曲子，一边自己动手擦皮鞋，上了几遍鞋油；穿上白色长裤、高级袜子、绿色上衣，把所有的香水全洒在手帕上，把卷好的头发又弄散，好让头发更加潇洒自然。

“还太早！“他瞥见理发店的杜鹃报时挂钟指着九点，心里想道。

他拿一本旧的时装杂志看了一阵，出了门，抽了一支雪茄，走了三条街，心想时间到了，便朝圣母院前的广场款款走去。

这是夏日的上午，天气晴朗。金银器店铺里，银制器皿熠熠生辉；阳光斜照在大教堂上，灰色石块的缝隙闪闪烁烁。蓝天上，一群小鸟绕着有三叶饰的小钟楼飞来飞去。广场上叫声喧嚣，花香馥郁，四周有玫瑰、茉莉、石竹、水仙和晚香玉，一丛丛间距不等，中间隔着湿漉漉的绿丛，那是荆芥和繁缕。中央的喷水池，水声汩汩；宽大的伞篷下面，没戴帽子的女商贩，在摆成小山似的一堆堆甜瓜之间，用纸裹起一束束紫堇花。

小伙子买了一束。这是他头一回买花送女人。他闻着花香，傲形于色，挺起胸膛，仿佛这份要去献给别人的敬意，回过头来给了自己。

然而，他又怕让人看见，便索性走进教堂。

左边大门正中，《起舞的玛丽娅娜》浮雕底下，此刻站着教堂侍卫，头上插着羽翎，长剑垂及腿肚，手里攥着节杖，比红衣主教还要神气，浑身上下像圣体盒一样闪光发亮。

侍卫向莱昂走过来，像教士盘问小孩那样，挂着故作和蔼的笑容：

“先生大概不是本地人吧？想看看本教堂的藏品吗？”

“不。”莱昂说。

他先顺着侧道转了一圈，然后折回来朝广场上张望。爱玛还没到。他又拾级走到祭坛。

大殿连同尖形穹窿的起点，以及一部分彩绘玻璃窗，一起倒映在盛得满满的圣水池里。彩绘画幅的反光在大理石边沿折转，延伸，把石板地面映得像色彩斑斓的地毯。外面明晃晃的日光，通过三扇敞开的大门，在教堂里投下三道颀长的光柱。大殿深处，不时走过一位圣器室管理员，经过祭台时总要像来去匆匆的信徒那样，侧身屈一下膝。枝形水晶大吊灯，凝然不动地挂在半空里。祭坛上点着一盏银灯；从偏殿和教堂暗处，时而传出叹息般的声音，还有栅栏门关上的声音，在高高的穹窿底下久久回荡。

莱昂步履庄重，沿墙前行。他从来不曾觉得人生如此美好。再过一会儿，爱玛就要来了，准是一副妩媚而兴奋的样子，偷眼伺察着身后追随的目光，镶褶的长裙，长柄金丝眼镜，配上一双薄靴，千姿百态，是他未曾领略过的，而且透出节行不保的那种难以言传的魅力。教堂宛如一间巨大的贵妇沙龙，簇拥着她，穹顶似乎俯下身子，听她在暗处表白爱情；彩绘玻璃窗光彩熠熠，正好照亮她的脸庞；香炉就要点起，让她在缭绕的香雾里，俨然像位天使。

然而，爱玛迟迟没来。莱昂在一把椅子上坐下，视线正好遇到一面蓝色玻璃窗，上面画着几个背筐提篓的船夫。他久久地凝望着玻璃画，数着鱼身上的鳞片和紧身短上衣的扣眼，思绪却东游西荡，追寻着爱玛。

侍卫在一边暗自生这人的气，他居然独自一个参观起大教堂来。在他看来，莱昂的举止怪模怪样，近乎在他这里行窃，简直是亵渎神灵。

这时，石板地上传来丝绸的窸窣声，一顶帽子的边檐，一袭黑色面网……是她！莱昂一跃而起，跑着迎上前去。

爱玛脸色发白，走得很快。

“您看看吧！”她说，向莱昂递出一张纸“……哦，不！”

她又猛地缩回手，走进圣母堂，靠着一把椅子跪下，祈祷起来。

这种心血来潮的过分虔诚，让小伙子老大不高兴；然而，看见她竟在幽会的时候，像安达卢西亚的侯爵夫人那样，一心埋头祷告，又觉得她看上去别有一番韵味。不一会儿，他就烦恼起来，因为爱玛的祷告没完没了。

爱玛在祷告，或者不如说在迫使自己祷告，希望上天赐给她某种决心。为了求得神助，她凝眸望着亮闪闪的圣体龛，吸闻大花瓶里开着白花的香芥的香气，侧耳倾听，教堂里一片静谧，结果，内心的纷乱反而有增无减。

爱玛站起来，两人正要离开，就见侍卫急忙凑过来，说道：

“太太大概不是本地人吧？想看看教堂里的藏品吗？”

“哦，不了！”书记员大声说道。

“为什么不呢？”爱玛接过话头。

因为她把自己岌岌可危的节行，维系在圣母上了，维系在雕塑、陵墓之类的所有东西上了。

于是，按着参观顺序，侍卫把他们一直领到靠广场那边的教堂入口，用节杖指给他们看一个黑石砌成的大圆圈，上面既没有题铭，又没有雕饰。

“这就是昂布瓦斯大钟的钟口位置，”他神态庄重地解说道，“大钟重达四万斤，整个欧洲独一无二。铸钟的那个工匠，因为高兴过度而去世。”

“走吧。”莱昂说。

那位老兄又开始移步，随后折回到圣母殿，他把两臂一伸，做了个总体介绍的手势，神情之自豪，即便是乡绅让人看自家院子墙边的成排果树也不及。

“就在这块普普通通的石板下面，安葬着拉瓦雷纳和布里萨克的领主、普瓦图的大元帅、诺曼底总督皮埃尔·德·布雷泽，一四六五年七月十六日死于蒙莱里战役。”

莱昂咬着嘴唇，直跺脚。

“右边这位爵爷，全身铠甲，战马直立，是他的孙子路易·德·布雷泽。他是布雷瓦尔和蒙绍韦的领主、莫尔弗里耶伯爵、莫尼男爵、御前侍从、功勋骑士，也是诺曼底总督。正如铭文所记，死于1531年7月23日，星期天。下方雕刻的那个正要下葬的人就是他。把死亡表现得如此完美，堪称无与伦比，不是吗？”

包法利夫人举起长柄眼镜细看。莱昂一动不动望着她，一句话也不想再说，一个动作也不想再做。眼前这两位，一个有意喋喋不休，一个存心不理不睬，他觉得沮丧至极。

没完没了的导游继续解说：

“跪在他旁边哭泣的那个女人，是他的夫人迪亚娜·德·普瓦捷，即布雷泽女伯爵、瓦伦蒂诺瓦女伯爵，生于1499年，卒于1566年；左边抱小孩的就是圣母。现在请转到这边来，这就是昂布瓦斯叔侄墓。两位都当过红衣主教和鲁昂大主教。那边一位还做过国王路易十二的大臣，对本大教堂行过许多善事。他在遗嘱里把三万金埃居施舍给穷人。”

他一边滔滔不绝地讲着，一边不由分说把两人弄到一个堆着栏杆的偏殿，挪开几根栏杆，就见露出一大块石头，很可能是一尊雕得不好的石像。

“当年，”他长叹一声说道，“它可是狮心王理查陵墓前的装饰啊，狮心王就是英格兰国王、诺曼底公爵。先生，是加尔文派教徒把它弄成这个样子的。他们不怀好心，把它埋在了主教大人座椅下面的地里。瞧，主教大人回住处，走的就是这道门。我们再去看看檐槽那儿的彩绘玻璃窗。”

可是，莱昂赶紧从口袋里掏出一块白花花的硬币，拽起爱玛的胳臂就走。教堂侍卫一时目瞪口呆，不明白为什么这时候受人施舍，客人还有好多东西可看呢。所以，他叫道：

“喂！先生，尖塔，尖塔！……”

“谢谢了。”莱昂说。

“这就是先生的不是了！这尖塔有四百四十尺高，只比埃及大金字塔低九尺，全是浇铸的，而且……”

莱昂连躲带逃，因为他觉得，不到两小时的工夫，他的爱情已像石头一样，凝定在教堂里了，此刻就要化作一道轻烟，经由什么尖塔化为乌有。那家伙像截去半段的管道，像长圆形的笼子，又像中空的烟囱，居然怪模怪样地竖在教堂上面，简直就像哪个异想天开的铸锅匠造出的标新立异的东西。

“我们上哪儿呀？”包法利夫人问道。

莱昂也不回答，继续快步往前走。包法利夫人已在圣水池里浸手指了，两人听得背后传来直喘粗气的声音，夹杂着节杖一下一下顿地的响声。莱昂转过头去。

“先生！”

“什么事？”

莱昂 看是侍卫，侍卫用胳膊夹着二十来本装订好的大书，紧贴腹部不让往下掉，原来是关于这座大教堂的全部著述。

“白痴！”莱昂低声嘟哝了一句，快步奔出教堂。

有个小淘气在广场上玩耍。

“你去给我叫辆车来！”

那孩子朝四风街飞奔而去。于是莱昂和爱玛，面对面单独待了几分钟，彼此都有几分尴尬。

“哦！莱昂！……真的……我不知道……我该不该……”

爱玛娇媚地说着，接着又庄重起来：

“这样很不合适，您知道吗？”

“有什么不合适？”书记员分辩道，“巴黎就这样！”

这句话就像一条没法反驳的理由，使爱玛横下一条心。

可是，出租马车迟迟不来。莱昂真怕爱玛又去教堂。终于，马车来了。

“说什么也要走北门看看画呀!”教堂侍卫还站在门口冲他俩喊道，“看看《耶稣复活》、《最后审判》、《天堂》、《大卫王》，还有受地狱火刑的《罪人》。”

“先生去哪里?”车夫问道。

“随便您去哪里!”莱昂说着把爱玛弄进车里。

沉甸甸的车子起步了。

出租马车顺大桥街下行，穿过技艺广场、拿破仑沿河路和新桥，突然停在皮埃尔·高乃依的塑像前。

“往前走!”车厢里有个声音喊道。

马车又往前行，一过拉法耶特十字路口，就沿下坡道，一路疾驶来到火车站。

“不，一直往前!”刚才那个声音喊道。

马车驶出栅栏门，很快就到了林荫大道，在高大的榆树中间碎步缓行。车夫抹一把前额，把皮帽子放在两腿之间，他把车赶出平行侧道，来到草地旁的河边。

马车顺着河岸，行进在铺着碎石的纤道上，在瓦塞尔一带走了很久，把河心洲全撂在了后面。

但是，它突然加速，驶过四塘镇、索特镇、大马路、埃尔伯夫街，停在植物园前面，作第三次歇脚。

“走哇!”那声音嚷道，并且烦躁起来。

马车立刻又开始奔跑，驶过圣塞韦、屈朗迪耶沿河路、磨石沿河路，再次过桥，经过练兵场、济贫院的花园后面。那里有一些穿黑上衣的老年人，沿着一道攀满绿色常春藤的望台，散步晒太阳。马车顺布夫勒伊大道上行，走过科州大道，然后走完里布代山，一直驶到德镇岭。

马车掉头往回走，漫无目的，信马由缰。只见它经过圣波尔、莱斯屈尔、加尔刚山、红池塘、快活林广场；经过马拉德尔里街、迪南德里街、圣罗曼教堂、圣维维安教堂、圣马克卢教堂、圣尼凯兹教堂以及海关、矮老塔、三酒桶和纪念公墓等地。车夫坐在车座上，无可奈何的目光，不时投向一家又一家小酒店。他不明白，这两个人究竟发了什么疯，乘车竟至不肯停下。他偶尔想停停看，但立刻听见背后狂呼乱叫。于是，他只好一鞭紧似一鞭地抽打他那两匹大汗淋漓的驽马。任凭马车怎么颠簸，怎么东磕西碰，他全都撒手不管，毫不在意，兀自垂头丧气，又渴又累，有苦难言，简直要哭。

在码头，在货车和大桶中间，在街上，在立有路碑的拐角处，市民无不睁大眼睛，惊讶地望着这件外省少有的怪事：一辆马车，帘子全蒙得紧紧的，比坟墓还要密不透风，竟这样马不停蹄地招摇过市，颠簸摇晃像条海船。

有一阵，时值正午，马车驶到田野里，强烈的阳光直射在镀银的旧车灯上。这时，一只没戴手套的手，从黄布小窗帘下伸出来，扔掉一些撕碎的纸片。纸片随风飘散，像白蝴蝶似的落在远处红花盛开的苜蓿地里。

后来，六点钟光景，马车停在博瓦西纳街区的一条小巷里，下来一位女士，面网低垂，头也不回地朝前走去。

2

包法利夫人回到旅店，不见驿车，不由得大吃一惊。原来伊韦尔等了她五十三分钟，终于走了。

其实，包法利夫人并不是非走不可。不过，她有言在先，说过当晚就回去的。再说，夏尔在等她。她已经有了那种心虚的顺从感觉，许多女人都是这样，这种感觉是对偷情的赎罪，同时也是惩罚。

她急急忙忙收拾箱子，付了账单，就在院子里乘上了一辆轻便马车，一路上对车夫又是催促，又是打气，还不断地问起时刻，走了多少里程，最后总算在坎康普瓦村村口追上了燕子。

她在车厢角落里刚一坐定，就闭上眼睛，直到山坡脚下才又睁开，远远看见费莉西泰站在马掌铺前面张望，伊韦尔勒住马，那厨娘踮起脚凑到车窗口，神秘兮兮地说道：

“太太，您得马上去一趟奥梅先生家。有急事呢。”

镇上像平日一样，静悄悄的。街道拐角的地方，都有一小堆一小堆玫瑰色的东西，在冒着腾腾热气。正是做果酱的时节。永镇院家家户户都在同一天制备。不过，药店前面那一堆，人人称道，不仅格外大，而且更胜一筹。当然，制剂药房应该胜过寻常炉灶，公

他从来不曾觉得人生如此美好。再过一会儿，爱玛就要来了，准是一副妩媚而兴奋的样子。

众之需应当高于个人兴致。

爱玛走进药店，只见大扶手椅掀翻了，连《鲁昂灯塔报》也弄到地上了，摊在那两根捣药杵之间。她推开过道门，就见厨房当间，摆了好几个褐色坛子，里面装满了去籽醋栗，还有面糖、块糖，桌上放着天平，炉火上架着金属大盆；奥梅全家大小都在那里，个个围裙系到下巴，手上拿着叉子。朱斯坦低头站着，药剂师吼道：

“谁叫你上杂物间拿的？”

“怎么啦？出了什么事？”

“出了什么事？”药店老板应声说道，“我们正在做果酱，已经熬上了。可是汤汁太猛，眼看就要溢出来了，我就吩咐再拿个大盆来。他可好，慢腾腾，懒洋洋，竟然上我的配药室，取下挂在钉子上的杂物间钥匙！”

药店老板所说的杂物间，是顶楼的一个小间，里面放满了各种药房器具和货品。他常常独自一人，在里面一待就是好几个钟头，不是贴标签，就是装瓶子、捆包装。这个小间在他心目中，不是一间普通的库房，而是一处名副其实的圣地。从这里源源不断出来的，是他亲手配制的形形色色的片剂、丸剂、汤剂、洗剂、合剂，这些药品为他四乡扬名。这个地方，无论什么人都不得踏入半步。他对这里极为看重，甚至亲自打扫。总之，店堂人人可进，那是他炫耀自诩的地方，而这个杂物间则是他的韬光养晦之所。奥梅自顾自待在里面专心致志，乐此不疲。所以他觉得，朱斯坦的莽撞行径，便是天大的不敬了。他脸涨得比醋栗还红，反复说道：

“对，是杂物间的钥匙！那里可是锁着强酸烈碱呀！居然去拿一个备用盆！有盖的盆！我自己兴许都永远不用！干我们这一行，操作步步讲究，东西样样重要！喏！界限一定要分清，制药的器具就不能拿去干家务活！那岂不等于拿解剖刀去切鸡肉，等于法官……”

“你就平平气吧！”奥梅太太说。

这时，阿塔莉扯着他的外衣：

“爸爸！爸爸！”

“不！别管我！”药店老板继续说道，“别管我！哼！老实说，干脆开杂货店得了！来呀，干呀！无法无天了！砸吧！摔吧！把水蛭放了！把蜀葵烧了！拿药瓶去腌黄瓜！把绷带都撕碎！”

“您不是……”爱玛说。

“待会儿！——你知道会闯到什么祸吗？……左边角落，第三块搁板上，你就什么也没看见？说呀，回答呀？你倒是开口呀！”

“我不……不知道。”小伙子结结巴巴地说。

“噢！你不知道！可我，我知道！你看见一个瓶子，蓝玻璃的，黄蜡封口，里面装着白色粉末，我甚至在上面还写了：危险！你知道里面是什么东西吗？是砒霜！你竟要去碰它！去拿旁边的盆子！”

“旁边！”奥梅太太双手一合叫起来，“砒霜？你会把咱们全毒死的！”

孩子们都哭喊起来，就像是已经觉得五脏六腑疼得不得了。

“要不然就是毒死病人！”药店老板继续说，“你莫非想让我走上重罪法庭的犯人席？想看我上断头台？你难道不知道，我虽然驾轻就熟，却还总是轻拿轻放，小心翼翼？想到自己的责任，我常常不由得心惊肉跳！因为政府跟我们过不去，而管我们的荒唐法规，就像一把真正的达摩克勒斯剑①，悬挂在我们的头顶上！”

爱玛再也不想去问为什么叫她来。药剂师一句一喘地继续说道：

“人家对你一片好心，你就这样报答呀！我对你关怀备至，慈父一般，你就这样回报呀！这不，要没有我，你这会儿还在哪里？有什么可干？是谁供你吃供你穿，供你受教育？是谁给你提供种种条

① 达摩克勒斯是叙拉古僭主大狄奥尼西奥斯的朝臣。一次，僭主设宴，邀他坐在一把悬梁之剑下。

件，好让你总有一天，能够体体面面地在社会上安身立命？可要这么着，就得吃苦受累，就像人们说的，手上要磨出老茧：Fabricandofitfaber，agequodagis①。”

奥梅气愤不已，竟说起拉丁语来了。倘若他懂汉语，懂格陵兰语，只怕也会脱口而出。因为他发起火来，满肚子话不分青红皂白，全都要一股脑儿抖搂出来，就像海洋遇上狂风暴雨，从岸边的海藻，直到洋底的沙子，全都要搅腾上来。

他接着说：

“我现在真的后悔了，当初就不该收留你，那时候，还不如让你去受穷受罪，让你待在你出生的那个草窝里！你不会有出息，只配放牛放羊！其实，你对学问也是一窍不通，顶多就会贴贴标签！可如今你住在我这里，像个老爷一样，享福来了，只会大吃大喝！”

这时，爱玛转向奥梅太太：

“有人叫我来……”

“啊！我的上帝！”好心的太太神色悲伤地打断道，“怎么对您说才好呢？……是个不好的消息！”

奥梅太太话没说完，只听药店老板大声吼道：

“把它倒空！擦洗干净！送回去！快呀！”

他揪住朱斯坦工作服的衣领，使劲摇着，以至从朱斯坦的衣兜里掉出一本书来。

小伙子弯下腰去。奥梅眼明手快，捡起书来一看，不禁目瞪口呆。

“《夫妻……之爱》！”他念道，中间还顿了顿，“啊！很好！很好！漂亮极了！还有画儿呢……哼！太不像话啦！”

奥梅太太凑上前来。

---

① 拉丁语，意为：“实干出巧匠，埋头去干活。”

“不！你别碰！”

孩子们想看看画儿。

“你们出去！”他厉声喝道。

孩子们出去了。

奥梅先是迈着大步，踱来踱去，手里攥着那本翻开的书，眼珠子骨碌碌乱转，上气不接下气，显得气鼓鼓的，像中了风似的。然后，他径直向学徒走过来，抱着胳臂，直挺挺地往他面前一站：

“原来样样恶习你都有啊，小坏蛋？……你小心点儿，你在往下滑呢！……你就没想过，这本淫秽的书会落到我孩子手里，在他们头脑里落下火星，玷污阿塔莉的纯洁，教唆拿破仑变坏！拿破仑已经长得像个大人了。至少，你能肯定他们没看过这本书吗？你能不能给我保证？”

“哎，先生，”爱玛说道，“您是不是有话要对我说……”

“没错，夫人……您公公去世了！”

原来，老包法利先生前天去世了，是刚吃完饭中风发作猝死的。夏尔考虑到爱玛感情脆弱，格外小心，便请奥梅先生把噩耗婉转告诉她。

奥梅先生早已打了腹稿，字斟句酌，反复推敲，把抑扬顿挫都想好了，那是一篇既缜密又委婉，既细腻又巧妙的杰作。可是愤怒之下，修辞学的讲究荡然无存。

爱玛也不问详细情况，就离开了药店，因为奥梅先生又开始训话了。不过，他的火气渐渐小了，现在只是一边用希腊软帽扇着风，一边用慈父般的口气数落道：

“并非我全盘否定这部书！作者是位医生。里面有些科学方面的内容。男人了解一下也没坏处，而且我敢说，应该了解了解。不过要等以后，要等以后！至少要等你长成大人，等你已经成熟的时候。”

夏尔在等爱玛回来，听见敲门，便张开双臂迎上前去，带着哭腔对她说道：

“啊！亲爱的……”

说着他轻轻俯身去吻她。可是，爱玛一碰到他的嘴唇，立刻想起另一个人，她浑身哆嗦，伸手捂住脸。

这时，她应声说道：

“是的，我知道了……我知道了……”

夏尔把母亲的来信给她看，信里讲述了事情的经过，没有丝毫故作伤感的成分。母亲唯一觉得遗憾的，是老伴没有领受临终圣事，因为他是与几位退役军官，在杜德镇举行爱国聚餐，刚走出馆子就倒在街上死去的。

爱玛把信还给他。后来吃饭的时候，她出于人之常情，装作吃不进。但夏尔一再要她吃，她便不管那么多，吃了起来。而夏尔坐在她对面，一动不动，样子十分沮丧。

他不时抬起头，以充满悲伤的目光，久久地凝视着她，有一次还叹息道：

“我真想再见他 面！”

爱玛一直没吭声，但最终明白，总得说点什么才是：

“你父亲，他多大年纪了？”

“五十八岁！”

“噢！”

仅此而已。

过了一刻钟，夏尔又说：

“我可怜的母亲呢？……如今她怎么办？”

爱玛做了个样子，表示她不知道。

夏尔见她这样沉默寡言，以为她很难过，便克制自己，什么话也不说，唯恐让她痛上加痛，又要伤心不已。与此同时，他却要强忍着自己的痛苦：

“昨天玩得开心吗？”

“嗯。”

桌布撤掉后，包法利没有起身，爱玛也是。她打量着他，看着看着，这种单调的情景把那点怜悯从她心头全赶走了。在她看来，夏尔是那样寒酸、软弱、无能，总之，十足一个可怜虫。怎样摆脱他呢？晚上的时间是这样漫长！仿佛有一种鸦片烟雾似的麻醉品，使她变得木然。

门厅里传来木棍顿地板的声音，一下一下十分清晰。原来是伊波利特给太太送行李来了。他用那条假腿吃力地画了四分之一个圆圈，才把行李放下来。

“那事儿他再也不去想啦！”爱玛望着这个可怜的家伙暗自想道。伊波利特满头的红发淌着汗滴。

包法利在钱包底部摸出一个零钱；似乎不明白，这个人只要一露面，对他是何等的羞辱，伊波利特站在那里，就像一个活见证，在责怪他无可救药的无能。

“哟！你这把花可真漂亮！”夏尔注意到壁炉上莱昂送的紫堇花，说道。

“是啊，”爱玛信口说道，“这花是我今天下午买的……在一个女乞丐那儿买的。”

夏尔拿起那束紫堇花，贴近泪水浸红的眼睛，感受那清新的气息，出神地嗅着。爱玛连忙从他手里拿过来，走过去插在一个玻璃水杯里。

第二天，老包法利夫人来了。母子俩大哭一场。爱玛托词有事要去吩咐，就走开了。

第三天，大家也该一块考虑一下服丧了，就带了针线盒，坐到河边的花棚底下。

夏尔想的是父亲。他原以为自己爱父亲爱得稀松平常，没想到却爱得如此情深意切，不免暗自惊讶。老包法利夫人想的是丈夫。过去最糟糕的日子，如今也值得留恋了。夫妻厮守多年，早已习惯，本能的怀念之情，把其他一切一笔勾销了。手里的针缝过来缝过去，不时有一大颗眼泪顺着鼻翼往下滚，滚一程停一阵，悬挂在那里。爱玛想的，却是不到四十八小时之前，她与那个人待在一起，远离世人，如痴如醉，两双眼睛相对而视，怎么也看不够。她竭力回忆那逝去一天的种种细微末节。可是，有婆婆和丈夫在跟前，她觉得很不自在。她恨不得能听而不闻，视而不见，好一心一意回味自己的私情，然而因为眼睛、耳朵所受的干扰，任凭她百般凝神，这种回味就要烟消云散了。

爱玛在拆一件长裙的夹里，身边布片线头落了一地。老包法利夫人低头垂目，手里的剪刀嚓嚓直响。夏尔脚上穿着布条编的拖鞋，身上穿着当作便袍的棕色旧外套，两手插在口袋里，也是沉默无语。贝尔特就在他们旁边，系着白色小围裙，用小铲子耙着小径上的沙子。

突然，他们看见布商勒赫先生从栅栏门里进来了。

他是鉴于眼下的不幸情况，前来效劳的。爱玛回答说，她觉得可以不必了。商人却并不认输。

“实在抱歉，”他说，“我想个别谈谈。”

接着，嗓音放低了：

“是关于那件事……知道吧？”

夏尔的脸刷地一下红到耳根。

“噢！对……当然。”

他心慌意乱，转向妻子：

“亲爱的……你能不能……”

爱玛似乎明白了他的意思，因为她站起来了。夏尔对母亲说道：

“没什么！无非是什么家务琐事。”

他不想让母亲知道借据的事，怕她责怪。

勒赫先生见没旁人在场，便打开天窗说亮话了，他祝贺爱玛继承了一笔遗产，又随便扯些不相干的事，什么墙边的果树呀，收成呀，还有他自己的身体，算是马马虎虎，不好不坏。外面传说他如何如何，其实他辛辛苦苦费尽九牛二虎之力，还不够往面包上抹黄油的。

爱玛由他说去。这两天来，她心里真是要多烦有多烦！

“您现在完全康复了吧？”勒赫继续道，“说实在的，前一阵我看您可怜的丈夫真是够受的！他是个好人，虽然我们之间有过一些麻烦。”

爱玛问什么麻烦，因为上次关于货物的争执，夏尔瞒着没告诉她。

“这事儿您是很清楚的嘛！”勒赫说，“还不是您兴头上订的那点小玩意儿，两个旅行箱呗。”

他把帽檐拉到眼睛上，双手抄在背后，笑吟吟的，轻声吹着口哨，面对面打量着爱玛，简直叫人不堪忍受。莫非他怀疑什么了？爱玛心里七上八下，不由得战战兢兢。临了，勒赫才往下说：

“我们已经言归于好了，我又来找他，是想提议作点安排。”

所谓安排，就是为包法利所立借据办理展期。当然，何去何从，全由先生自行决定啦；他不应该再操心了，特别是眼下，他还有一大堆烦心事呢。

“甚至，他最好把这事托给别人去办，譬如说托给您。有了委托书，就方便了，您我就可以一起办些小事了……”

爱玛没听明白。勒赫却打住不说。接着，他把话题转到自己的生意上来，说太太买东西可不能不找他呀。他回头派人给她送一段黑颜色的巴勒吉纱罗来，十二米长，可以做件长裙。

“您身上这件，只好在家穿穿。出门就非得另做一件不可了。我一进门，第一眼就看出来了。我的眼睛尖着呢。”

那段衣料不是他派人送来，而是亲自送上门的；不久又来量尺寸；过后又找别的借口来，每次都尽量显得和蔼、殷勤，就像奥梅先生说的，做出一副俯首帖耳的样子；总要为委托书的事悄悄给爱玛出主意。他绝口不提借据，爱玛也没想到那上头。在她的病刚有起色的时候，夏尔确是向她提过几句的，但她心里掀起过多少波澜，早就忘到九霄云外了。再说，她尽量避免引起与钱有关的讨论。包法利老太太对此颇感意外，认为她脾气转变，是因为在生病期间培养了宗教感情。

可是，老太太一走，爱玛立刻以其办事干练令夏尔惊叹不已。什么要了解情况呀，核实抵押呀，还要看看是否需要拍卖或是清偿。她随口就是专门术语，嘴上挂着程序、未来、远见这些大字眼，无时无刻不强调继承手续的种种麻烦。直到有一天，她拿出一份全权委托书的样本给夏尔看，以便“管理、经办他的一应事务，处理一切债务，签署并背书一切票据，支付一切款项等等”。她把勒赫教的那一套全用上了。

夏尔天真地问她，这份东西是哪儿来的。

“吉约曼先生那儿。”

爱玛极为镇定，又说道：

“我对他不太信得过。公证人都没什么好名声！可能还得请教一下……我们就只认识……谁也不认识！”

“除非是莱昂……”夏尔沉吟着应声说道。

可是，写信很难说清楚。于是，爱玛自告奋勇去走一趟。夏尔婉言阻拦。她执意要去。那是争相表示体贴。最后，爱玛娇嗔地嚷起来：

“不嘛，我求你啦，我就是要去嘛。”

"你真好!"夏尔吻着她的额头说道。

第二天,爱玛搭了燕子,去鲁昂请教莱昂先生,在那里一待就是三天。

3

这是充实、美妙、瑰丽的三天，像真正的蜜月一样。

他们住在港口边的布洛涅旅馆，双双待在房间里，百叶窗关得严严的，房门关得紧紧的，地上放着鲜花，早晨就有人给他们送来冰镇果汁。

薄暮时分，他们就乘一条带篷的游艇，去一座小岛上晚餐。

这时，沿着船坞，回响着捻缝工用木槌敲击船壳的响声。树丛里飘出焦油沥青的烟雾，河面上可见一摊摊油渍，大大小小在水面上荡漾，经紫红色的落日一照，恰似漂浮着一片片佛罗伦萨铜质勋章。

他们的小艇从停泊的船只中间顺流而下，一条条斜拉着的长缆索，轻轻划过游艇的顶部。

城市的喧嚣——大车的辚辚声，人们的嘈杂声，以及船只甲板上的犬吠声，于不知不觉之间渐渐远去了。爱玛取下帽子。他们登上小岛。

他们在一家小酒店不高的餐厅里坐下。酒店门口挂着黑色的渔网。他们吃油炸胡瓜鱼、奶油加樱桃。他们一会儿在草地上躺卧，一会儿躲到杨树下抱吻；他们真想学鲁宾逊那样，一生一世住在这个小地方；他们感到无比幸福，觉得这里才是人世间最美妙的地方。他们并不是头一回看见绿树、蓝天、青草，不是头一回听见河水潺潺流淌，听见微风吹拂枝叶，然而他们也许从未欣赏过这一切，仿佛大自然从前压根就不存在，或者说，只有在他们的欲望得以满足以后，大自然才开始变得美丽。

入夜，他俩才动身返回。小艇沿着几个小岛航行。两人待在船舱里，躲在暗影之中，都不说话。方桨在铁制桨耳中嘎嘎作响，像是在一片宁静中打着节拍；船尾的掣索拖在水中，轻柔的汩汩声不绝于耳。

有一阵，月亮出来了。他们觉得月亮幽婉动人，充满诗意，少不得吟上几句；爱玛甚至唱了起来：

可曾记得？有天晚上，我们划桨……

她优美轻曼的歌声飘散在水波上；风儿挟着花腔掠过，莱昂听去，仿佛小鸟在身旁振翼一般。

爱玛靠着对面的舱壁，月光从一扇敞开的舷窗里泻了进来。黑色的长裙，下摆摊成扇形，使她显得苗条，显得修长。她仰起头，双手合拢，举目遥望夜空。有时，她被柳树的阴影完全掩住；随后，又蓦地出现在溶溶月光之下，如梦如幻。

在她身边，莱昂手底下触到一根深红色的缎带。

船家仔细看了看，最后说：

“哦！这没准是那天搭我船的那伙人的。那次来了一帮嘻嘻哈哈的人，有男有女，带着点心、香槟、短号等五花八门的东西。里面有个男的，长得又高又帅，留着小胡子，特别能逗乐！大伙儿是这么说的：‘嘿，给咱们讲一段吧……阿道夫……多道夫……’我想是叫这个名字吧。”

爱玛哆嗦了一下。

“你身子不舒服吗？”莱昂挨近她问道。

“哦！没什么。大概是夜晚的寒气。”

“……看样子，他身边的女人不会少。”老船家轻声添上一句，他以为是对陌生男子说的恭维话。

说完，他往手心里吐些唾沫，又划起桨来。

然而，不得不分别啦！话别是悲伤的。莱昂要写信，就寄到罗莱大嫂那里。爱玛对他嘱咐了又嘱咐，言之凿凿，信封外面一定要再套信封。她为了爱竟如此足智多谋，莱昂十分钦佩。

“那么，你肯定一切都妥了？”最后吻别时爱玛说。

“是的，当然！”——“可她为什么，”莱昂后来在街上独自往回走时，寻思道，“那么关心委托书呢？”

4

不多久，莱昂在同事面前，就摆出高人一等的样子，不屑与他们交往，就连公文也完全不放在心上。

他天天盼爱玛的信，反反复复地看这些信。他也给爱玛写信，竭力靠欲望和回忆之力唤起她的形象。他渴望再见到爱玛，这种渴望非但没因对方不在眼前而淡薄，反而变得愈来愈强烈了。于是，一个星期六的上午，他溜出了事务所。

他在山岭高处，眺见了谷地里教堂的钟楼，还有上面随风转动的白铁风信旗，这时，他心头的高兴之情，夹杂着扬扬得意的自负和难脱自私的感慨，这种心情，想必是百万富翁荣归故里时都会有的。

他跑到爱玛的住宅周围徘徊。厨房里有灯亮着。他守候在窗帘后面，等着看爱玛的身影，却不见任何动静。

勒弗朗索瓦大妈一见到他，就惊叫起来，觉得他“长高了，变瘦了”，而阿泰米丝则不以为然，觉得他“结实了，晒黑了”。

他在小间用晚饭，依然像过去一样，不过只有他一人，没有税务员；因为比内等燕子等烦了，已经把他每天吃饭的时间提前了一小时。现在他五点整用晚餐，依然开口就是老爷车磨磨蹭蹭。

莱昂还是下了决心，去敲医生家的门。太太正在卧室里，一刻钟以后才下楼。先生又见到他，显得很高兴。但是包法利晚上一直不挪窝，第二天一天也不出门。

直到夜里很晚了，莱昂才在花园后面的小巷里，与爱玛单独见面——在小巷里，跟过去那位一样！——正赶上雷雨，两人合撑一把伞，借着阵阵闪电谈心。

分别时真是难舍难分。

“还不如死了呢！”爱玛说。

她靠在他身上又是哭又是扭。

“再见！……再见！……什么时候才能再见到你？”

两个人又折回来，再次拥抱在一起。就在这当口，爱玛答应，不管通过什么方式，她很快就会想出一个长久之计，让他俩能够自由自在地相会，至少每周一次。爱玛十分有把握，而且满怀希望。她就要有钱了。

所以，她为卧室添置了两幅宽条纹黄色窗帘。勒赫早就向她吹嘘，说这窗帘如何便宜。她还很想要块地毯，勒赫就说：“这又不是要星星要月亮！”礼貌有加地说包在他身上了，一定送货上门。爱玛再也离不开他的效劳了。她一天之中不下二十次差人去找勒赫，勒赫都会赶紧放下手里的事，绝无二话。大家更为不解的是，罗莱大嫂为什么天天在她家吃午饭，甚至私下见她。

就在这段时间，也就是说入冬前后，爱玛似乎对音乐产生了强烈的兴趣。

有天晚上，夏尔听她弹琴。同一首曲子，她一连四遍从头弹起，越弹越恼火。夏尔根本听不出其中有什么不同，却大声说道：

“弹得好！……好极了！……别这样啊！弹下去！”

“不行！糟透了！我的手指都生锈了。”

第二天，他请她再弹点什么给他听。

“好吧，让你高兴高兴!”

夏尔承认她有点荒疏了。她弄错了谱表，弹得杂乱无章，随即突然停了下来。

“唉！完啦！我得再跟人学学才行，不过……”

她咬咬嘴唇，接下去说道：

“二十法郎一课，太贵啦!”

“是啊，的确……是有点……”夏尔憨厚地笑着说，“不过我觉得，大概能有便宜些的吧，因为有的艺术家虽然没名气，往往比那些名家还强。”

“你就找找吧。”爱玛说。

第二天，夏尔回到家，狡黠地打量她一阵，最后还是憋不住，把话说了出来：

“你有时也真是不知道拐弯！我今天去了巴弗歇尔。结果呀！利埃雅尔太太告诉我，她三个在慈济院的女儿也在学琴，每次就收五十苏①，还是个有名的女老师呢。”

爱玛耸耸肩，从此连琴盖也不打开了。

可是，每当她从琴边走过（倘若包法利也在场），就会叹着气说：

“唉！我可怜的钢琴!”

有人来看她的时候，她少不了要告诉人家，说她已经荒废了音乐，如今捡不起来了，实在没办法。于是，人家就同情她。真是可惜了！这么有才的女士！有人甚至向包法利提及这事，让他羞愧不已，尤其是药剂师说的：

“这就是您的不是啦！天赋的才能不该任其荒废。再说，您想

---

① 合两个半法郎。

想，我的好朋友，如今让太太去学琴，将来孩子学音乐，不就省钱了嘛！我觉得，母亲应该亲自教育孩子。这是卢梭的观点，大概还新了点儿，但最终会盛行起来，我坚信这一点，就像母乳喂养和牛痘接种一样。”

于是，夏尔又一次谈起学钢琴的问题。爱玛没好气地应道，不如把琴卖掉算了。这架可怜的钢琴，多少次满足过她的虚荣心，如今眼看就要没了，包法利①觉得，那简直就像她亲手割自己身上的肉一样不是滋味。

“要是你想……”包法利说道，“偶尔去学那么一次，按说也不至于破费太大吧。”

“可是要学，”爱玛分辩道，“只有定期坚持才有效果。”

就这样，她七弄八弄得到了丈夫的允许，每星期进城一趟，去见她的情人。一个月下来，大家居然真的觉得，她进步不小。

① 另有法语版本，此处作“包法利夫人”。

5

每逢星期四，爱玛就从床上爬起来，悄没声儿地穿衣服，免得弄醒了夏尔，他又要嘀嘀咕咕，说什么大清早就准备出门。然后，她来回踱步，立定在窗前，望着广场。曙光在菜市场的柱子之间游弋；药店的窗板还关着，招牌上的大写字母，在鱼肚白的晨曦中隐约可辨。

等时钟指到七点一刻，爱玛就去金狮客栈。阿泰米丝打着呵欠来给她开门，又为她把埋在灰里的炭火扒出来。爱玛独自待在厨房里，不时出来一下。伊韦尔不慌不忙地套车，一边还要听勒弗朗索瓦大妈说事。勒弗朗索瓦大妈头戴便帽，从一个小窗口里探出来，交代他要办这办那，絮絮叨叨说了又说，换了别人，早就听得心烦了。爱玛的鞋跟在院子的石板地上踏得咯咯响。

伊韦尔吃完早饭，披上粗毛大衣，点燃烟斗，握好鞭子，这才悠然自得地在座位上坐下。

燕子小跑着上路了，开头四分之三法里，不时停下来，搭载站在路旁院子栅栏门前等候的乘客。头天约好的人，姗姗来迟，让车子等着，有的甚至还在家里床上。伊韦尔连喊带叫，还骂骂咧咧，然后从车座上爬下来，过去把门擂得山响。风从车窗的裂缝里钻进来。

这时，四条长椅渐渐坐满了。驿车往前行驶，成排的苹果树渐次向后掠去。道路在两条积满黄水的壕沟之间不断向前延伸，显得越来越窄，一直伸到天边。

爱玛对这条路，从头到尾了如指掌。她知道，过了一片牧场，就是一个路桩，然后有一棵榆树，再往前就是一座谷仓，或一个养路工棚。有时，她甚至闭上眼睛，希望能有惊喜发生。而她心里始终明白，前面还有多长的路要跑。

终于，那些砖房越来越近了，车轮碾过路面，辚辚之声清脆起来。燕子穿行在花园之间，隔着栅栏望去，可以看见几座雕像，一处假山葡萄架，一些修剪过的紫杉，还有一架秋千。而后眨眼间，城市便展现出来。

城市像座古剧场，一排排渐次低下去，笼罩在雾霭之中，直到过了桥，才鳞次栉比地铺陈开来。再过去便是旷野了，旷野渐渐隆起，走势单调，远处一直触到苍茫的天际。这样居高俯瞰，全景凝然不动，好似一幅图画；锚泊的船只挤挤挨挨，聚在一隅；河流在葱郁的冈峦脚下描出蜿蜒的河道弧线；几个狭长的河心岛，就像黑色的大鱼，搁浅在水面上。工厂的烟囱喷出一长溜一长溜褐色的烟，随风飘散而去。铸造厂传来隆隆的响声，而耸立薄雾中的教堂，传来清脆的排钟声。林荫路上的树木，树叶已经落去，宛如屋宇中央一丛丛紫色的荆棘。雨后的屋顶闪着亮光，却依地势的高低，异彩纷呈。有时候，一阵风挟着云团冲向圣卡特琳山，就像腾空而起的波涛，悄然无声地在悬崖上摔得粉碎。

这里人口稠密，熙熙攘攘，仿佛释放出某种东西，令爱玛头晕目眩，她的心也因之大为膨胀，仿佛在那里突突搏动的十二万颗心，把她想象中的热烈气息，同时一起向她发送过来。面对这片天地，她的爱情变得宏大起来，纷纭庞杂的市嚣声，沸沸扬扬，充盈其间。她又把这些感受从里面全部倾倒出来，倾泻在广场上，倾泻在散步场上，倾泻在街道上。这座诺曼底古城呈现出来，在她眼里不啻是一座大得出奇的京都，一座她正要进入的巴比伦。她双手扶住车窗，探头吸着拂面的清风。三匹马奔跑着，泥浆里的石块嘎嘎作响，驿车摇摇晃晃；伊韦尔大老远就招呼路上慢行的车辆闪开。这时，在纪尧姆树林过夜归来的城里人，乘着私家小马车，优哉游哉地顺坡而下。

驿车在城门口停住。爱玛解下木底套鞋，另换一双手套，理一理披肩，等燕子再前行二十来步，便从里面下来。

这时，城市刚刚醒来。伙计们头戴希腊软帽，正在擦拭店铺的门面；一些妇女腰间挎着篮子，在街道拐角处，不时响亮地吆喝一声。爱玛眼睛看着地上，贴着墙根往前走，垂下的黑色面网后面，漾起愉快的微笑。

她怕人看见，一般不走最近的路，而是钻进阴暗的小街小巷；走到国民街下首的喷泉边时，已经满脸是汗。这一带是剧院、小咖啡馆和妓女出没的街区。不时会有一辆大车从她身边经过，上面载着一幅颤颤悠悠的布景。一些系围裙的伙计，把沙子倒在绿色小灌木之间的石板地上。空气中弥漫着苦艾酒、雪茄烟和牡蛎的气味。

她转过一条街，远远看见一个人，帽子下面露出鬈发，她认出那就是他。

莱昂在人行道上继续朝前走。她尾随着，一直跟他走进旅馆。他上楼，开门，进屋……多么忘情的拥抱！

亲吻过后，话匣子一开就滔滔不绝。两人相互倾诉一星期来的烦愁、预感和盼信的焦急心情。可是现在，一切都抛到了脑后，他俩面对面，你看着我，我看着你，心满意足地笑着，心肝宝贝地叫着。

床是张桃花心木大床，形状像条船。红色的利凡廷羽纱帏幔，从天花板上垂落下来，直到宽宽的床头才在很低的部位收紧。爱玛的姿色，无与伦比，棕色的头发，白皙的肌肤，映衬在这片绯红的背景上，她羞答答地把两条赤裸的胳臂缩拢在胸前，两手蒙住脸。

暖融融的屋子，柔软吸音的地毯，轻佻浪漫的陈设，宁静恬适的光线，似乎对如胶似漆的春情极为相宜。阳光一照进来，箭头栏杆、圆铜花饰，还有柴架的大圆头，顿时闪闪发光。壁炉台上的枝形大烛台之间，有两个粉红色的大海螺，拿起来贴近耳朵，听得见大海的涛声。

这间称心的卧室，华丽之中透出些许陈旧，却充满了欢乐的气氛，令他俩流连眷恋！每次总看到家具的位置依然如故，有时还发现她上星期四遗忘在座钟底下的发夹。他们就着炉火，在一张镂花红木的小圆桌上用餐。爱玛把肉切割成块，放进莱昂的盘子，一面千娇百媚，撒娇邀宠。香槟酒沫子从玲珑的玻璃杯里溢出，流到她的戒指上，她就浪声浪气地咯咯大笑。他俩灵肉相与，如痴如醉，把这里当成自己的家，要在这里相守到死，就像一对长生不老的夫妻。他们开口就说我们的房间、我们的地毯、我们的扶手椅；爱玛甚至说我的拖鞋，那是爱玛一时看中的花哨东西，莱昂买下送她的礼物，粉红色缎面，天鹅绒毛绲边。她坐在莱昂的膝头，腿够不着地，吊在半空，小巧的无跟拖鞋，单靠赤脚的脚趾挂着。

莱昂有生以来头一回领略妙不可言的女性娇媚。他从没见识过这么优雅的谈吐，这样隐秘的服饰，这种睡鸽般的体态。他赏识爱玛心灵的激昂，及其短裙的花边。况且，爱玛不正是一位上流社会女士，一位有夫之妇！总之，不正是一位名副其实的情妇吗？

爱玛性情多变，时而神秘兮兮，时而笑逐颜开，时而喋喋不休，时而沉默寡言，时而义愤填膺，时而又倦怠疏懒，凡此种种，无不激起莱昂无穷的欲念，唤醒种种本能或记忆。她就是所有小说里的女恋人，就是所有戏剧里的女主角，就是所有诗集里的那个泛指的她。莱昂在她的肩膀上，重又看到了《后宫浴女》① 身上的那种琥珀色。爱玛还有着封建城堡女主人修长的腰肢，又像巴塞罗那面色苍白的女人②，但她首先是天使！

莱昂朝她望着望着，常常觉得自己的灵魂出了窍，朝她而去，像某种波状的东西在她的头部渐渐扩散，然后不由自主地下移到她那白皙的酥胸。

他在她面前席地而坐，双肘支在膝上，仰起脸，笑吟吟地端详着她。

她朝他俯下身去，心醉神迷，似乎透不过气来，喃喃说道：

“啊，别动！别说话！看着我。你眼睛里有种东西流露出来，暖洋洋的，让我舒服极啦！”

她管他叫“宝贝”：

“宝贝，你爱我吗？”

她几乎听不到他的回答，因为他的嘴唇迫不及待地凑上来，贴在了她的嘴上。

座钟上有一尊丘比特③小铜像，娇态可掬，手臂弯曲，举着个金灿灿的花饰。他们好多次取笑过那副模样。可是，临到不得不分别的时候，一切在他们眼里都变得严肃起来。

两人对面而立，一动不动，一次又一次说：

“下星期四见！……下星期四见！……”

蓦地，爱玛双手捧住莱昂的脸，飞快地在额头上吻了一下，叫了声：“再见！”就奔下楼去。

---

① 十九世纪上半叶，法国安格尔等著名画家创作过多幅土耳其后宫美人作品。

② 当时社会视女人面色苍白为美。

③ 丘比特是罗马神话里的小爱神。

她到喜剧院街的一家理发店去整理头发。夜幕降临，店里点亮了煤气灯。

她听见剧院摇铃，招呼演员上台。接着，就见对面一个个白面男子和化妆不艳的女子，从后台门进入。

理发店的小屋本来就低，一圈假发、发蜡中间，还生着个火炉，火烧得呼呼直响，所以十分闷热。烫发钳的气味，加上摆弄头发的那双油手，不多一会儿，她就觉得头昏脑涨，身上围着罩巾，都有点昏昏欲睡了。那伙计常常一边给她做头发，一边向她兜售化装舞会的门票。

她总算出来了！她走了几条街，来到红十字。她在车上拿出早晨藏在椅子下面的木底套鞋，重新穿上，在急不可耐的乘客之间坐下来。有些乘客过了岭就下车了，这时车上只剩下她一个人。

车一拐弯，就见城里的灯光渐渐多了起来，宛如一大片明亮的光雾，飘浮在黑压压的屋宇之上。爱玛跪在坐垫上，茫然望着那炫目的景象。她啜泣起来，呼唤着莱昂的名字，朝他送去温言款语，送去一个个飞吻，它们随风飘逝而去。

山坡上有个可怜的家伙，老是拄根棍子，在驿车之间蹿来蹿去，肩头搭着破衣烂衫，一顶上面破了洞的海狸皮帽，盆子似的扣在头上，把脸都遮住了。帽子一摘，只见他眼睑部位露出两个血迹斑斑的眼眶，肉烂成红红的碎片，往外淌着脓水，一直淌到鼻子上结成绿疥；黑乎乎的鼻孔，一抽一抽地吸气。要冲人说话时，就把脸往后一仰，露出一脸傻笑，于是淡蓝色的眼珠骨碌碌直转，直往两边太阳穴扯，碰撞着新创口的边缘。

他跟在马车后面，一边唱着小调：

大好晴天暖融融，
小妞时时春心动。

接下去就是什么小鸟、阳光和树叶。

有时候，他光着头，冷不丁出现在爱玛背后。爱玛尖叫着往后躲闪。伊韦尔就寻他的开心，不是怂恿他去圣罗曼集市摆个摊，就是嘻嘻哈哈地问他，心上人现在可好。

常有这样的事，车子正行驶间，就见他的帽子突然从窗口甩进车厢，这时他用另一条胳膊紧紧钩在踏板上，任凭车轮的泥浆溅得一身。他的声音，开始的时候微弱得像婴儿啼哭，随后变得尖厉起来。那叫声曳过夜空，仿佛听不分明的哀号，正在倾泻心中莫名的痛苦。那声音越过马铃的叮当声、树木的簌簌声和空车的隆隆声，捎带着某种幽远的东西，搅得爱玛心神不宁。它一直钻入她的心灵深处，仿佛一股旋风刮进了深渊，把她带到无边无涯的忧郁之境。这时，伊韦尔觉出车子重量失衡，挥起鞭子使劲朝瞎子抽去。鞭梢抽在了他的伤口上，他惨叫一声，摔到泥泞之中。

随后，燕子上的乘客终于都打起盹来，有些人张着嘴，有些人低着头，不是靠住邻座的肩头，就是把手臂挽进皮带里，随着车子的颠簸，有节奏地晃来晃去。风雨灯在车外马臀上方晃悠，灯光透过咖啡色的布帘，照进车内，在所有坐着不动的乘客身上，投下血红的光影。爱玛沉浸在忧郁之中，穿着衣服还直打寒战，觉得脚愈来愈冷，心如死灰。

夏尔在家里等她。每逢星期四，燕子总是晚点。太太终于回来啦！她只是勉强亲了下女儿。晚饭还没做好，那有什么关系？她原谅小厨娘。如今那丫头似乎爱怎么干都行。

丈夫发现爱玛脸色苍白，常常问她是不是病了。

“没病。”她答道。

“可是，”夏尔又说，“今天晚上你很不对劲呀？”

“哎！没什么！没什么！”

甚至于有几天，她一到家就到楼上卧室去了；朱斯坦也在里面，走来走去步子没一点儿声息，小心侍候她，比贵族人家的贴身侍女还要能干周到。他一一摆好火柴、蜡烛盘和一本书，放好她的短上衣，掀开被子。

“行啦，”爱玛说，“很好，你去吧。”

因为朱斯坦站着不动，垂着双手，睁着两眼，仿佛突然间想入非非，陷入千头万绪的纠葛之中。

第二天的日子过得很不舒坦，往后几天更加难熬，因为爱玛急于重温她的幸福，按捺不住。——熟悉的情景跃然眼前，使她欲火中烧；到了第七天，这股欲火便在莱昂的爱抚之下，尽情地宣泄。莱昂的热烈之情，则表现为赞叹和感激，并不外露。爱玛谨言慎行、一往情深地品尝着这份爱情，使出种种娇媚的招数去维系这爱情，可总有些担心，唯恐日后会失去它。

她常常用忧郁而轻柔的声音对他说：

“哼！你呀，早晚会扔下我！……你会结婚！……就像其他人一样。”

莱昂问道：

“其他什么人？”

“男人呗。”爱玛答道。

随即，她故作伤感，引人爱怜地把他推开，补上一句：

“你们都是没心没肺的家伙！”

有一天，他俩达观超然地聊起人世间的种种失意，爱玛随口说起（意在试探他的醋劲如何，抑或实在是不吐不快），她在爱莱昂之前，曾经爱过一个人，“并不像你！”她连忙又说，并且以她女儿的性命担保，信誓旦旦地说，没发生过任何事情。

小伙子信以为真，但还是向她打听，他是干什么的。

“是个船长，亲爱的。”

这样说，岂不是既可以省得他去查访，同时又抬高自己的分量吗？因为照她所说，那人想必生性勇武好斗，一向受人敬重了，居然也抵挡不住她的魅力的诱惑。

书记员不免觉得自己地位卑微，向往肩章、十字勋章和地位头衔。爱玛一定喜欢所有这些东西：从她花钱大手大脚的习惯，就可以看得出来。

然而，爱玛还有好多荒唐的想法没讲出来，譬如她渴望拥有一辆蓝色的双轮轻便马车，每次乘坐它去鲁昂，前面由一匹英国马拉着，驾车的青年马夫穿着翻口皮靴。她这样心血来潮，还有朱斯坦起的作用。原来，朱斯坦曾经央求她收他当贴身仆人。没有这么辆车，虽说不至于减弱她每次赴约幽会的欢乐，但肯定给她的返程增添了惆怅。

他俩在一起谈到巴黎，爱玛最后常常喃喃低语：

“啊！要是我俩能住那里，该有多好！”

“我们现在难道不幸福吗？”小伙子伸手抚弄她的头发，轻柔地接着说。

“幸福，真的，”爱玛说，“我真是疯了。亲亲我吧！”

爱玛在丈夫看来，比以往任何时候都更加可爱。她为丈夫做阿月浑子糊，晚餐后弹华尔兹舞曲。夏尔便自以为是世间最幸运的人，爱玛也生活得无忧无虑。可是有天晚上，夏尔冷不丁问道：

“给你上课的，是不是朗珀勒小姐？”

“是啊。”

“噢，今天下午我在利埃雅尔太太家见到她了，”夏尔又说，“我跟她谈起你，她却不认识你。”

这不啻是个晴天霹雳。但爱玛还是泰然自若地应声说道：

“啊！莫不是她把我的名字忘了吧？”

“不过，”医生说，“说不定鲁昂有好几位教钢琴的朗珀勒小姐吧？”

“可能的！”

随即，连忙又说：

“可是，我有她开的收据，喏！你来看。”

说着她走到书桌跟前，翻遍所有抽屉，把里面的纸张弄得乱七八糟，最后连自己也晕头转向了；夏尔只好竭力劝她，不要为几张无关紧要的收据，费这么大的劲。

“嗯！我总会找到的。”爱玛说。

果不其然，就在后一个星期五，夏尔在放衣物的暗间里穿皮靴时，觉得一只靴子的皮里和袜子之间有张纸，取出来一看，只见上面写道：

兹收到三个月授课费及一应杂费共计陆拾伍法郎整。

音乐教师　费莉西·朗珀勒

“真怪，怎么会在我靴子里呢？”

“大概，是从上面掉下来的吧，”爱玛应声说道，“装发票的旧纸盒就在搁板边上呢。”

从此以后，爱玛的生活里就只有形形色色的谎言了；这些谎言像面纱一样，包藏着她的恋情。

这已成为一种需要，一种癖好，一种乐趣，以至于如果她说昨天她走的是某条街的右边，那你就得相信，她其实走的是左边。

有天早晨，她像平常一样动了身，衣服穿得相当单薄，可是不久就突然下起雪来了。夏尔到窗口看天气，瞥见布尔尼贤先生乘着蒂瓦施先生的轻便马车往鲁昂去，便下楼把一条厚披肩交给教士，托他一到红十字旅店，就交给太太。布尔尼贤一到那家旅店，就打听永镇医生的妻子在什么地方。女店主回答说，她很少光顾这家旅店。于是，黄昏时分，本堂神甫在燕子里见到包法利夫人，便对她谈起自己当时的尴尬样子，但似乎并没把这事放在心上，因为他接着称颂起一位布道师来，说那位布道师在大教堂讲得如何精彩，引得女士们都跑去听。

不管怎么说，虽然本堂神甫没有刨根问底，但今后别人未必就不张扬。因此，爱玛觉得，每次还是在红十字下车为好，让镇上的正人君子看见她上楼去，就不至于令人起任何疑心了。

然而有一天，爱玛挽着莱昂的胳膊，从布洛涅旅馆出来，恰巧给勒赫先生碰见了。爱玛吓坏了，以为勒赫会讲出去。其实，勒赫才没那么傻。

可是三天之后，他走进爱玛的卧室，把门一关，说：

“我等钱用。”

爱玛说没法给他。勒赫不住地唉声叹气，提起他以往给予的种种照顾。

原来，夏尔签的两张借据，到目前为止，爱玛只付了一张。至于第二张，商人勒赫应爱玛的请求，同意换成了两张，甚至这两张也已办妥续借，还款期限定得很长。勒赫接着从口袋里掏出一张尚未付款的交货单，其中包括窗帘、地毯、椅套布料、好几件长裙以及各种化妆品，价值高达两千法郎左右。

爱玛低下头。勒赫接着说：

“您没有现款，可是有产业呀。”

他指的是位于欧马勒附近巴纳镇的一所老宅，已没多大收益了，过去属于老包法利先生卖掉的一个小农庄。勒赫对情况了如指掌，就连占地面积、邻居姓名也都清楚。

“我要是您，”他说，“还了债，还有余钱剩下来。”

爱玛推说难找买主，勒赫表示找买主还是有希望。爱玛又问，要怎样她才能做主出卖。

“您不是有委托书吗？”勒赫答道。

这句话有如一阵清风。

“您把账单放我这里。”爱玛说道。

“哦！这就不必了！”勒赫说。

第二个星期他又来了，自我吹嘘，说他费尽周折，终于找到了一个叫朗格卢瓦的人。此人早就盯上了那处房产，不过还没开出价钱。

“什么价钱都行！”爱玛大声说。

不过，得等一等，要探探那家伙的口风。

这事儿值得跑一趟。既然爱玛不能去，勒赫便自告奋勇去那里，好当面与朗格卢瓦交涉。回来之后，他说买主可出四千法郎。

听到这个消息，爱玛顿时喜笑颜开。

“说实话，”勒赫说，“这价钱够高的了。”

爱玛立即拿到一半价款，正要偿付旧账时，商人却对她说道：

“说句良心话，看您一下子拿出这样一大笔钱，我心里真不是滋味。”

于是，爱玛看了看那些钞票，不由得心里一动，这两千法郎足够不计其数的幽会呢。

“那怎么办？那怎么办？”她吞吞吐吐地说道。

“哎！”勒赫做出善良的样子，笑着说道，“发票上想写什么就写什么嘛。家庭夫妻的事，我还不明白？”

他盯着爱玛，手上捏着两张长长的纸条，在指甲之间捻着。最后，他打开皮夹子，把四张记名期票一一摊在桌上，每张票面一千法郎。

“您在上面签字吧，”他说，“钱您就都留下。”

爱玛愤愤然叫了起来。

“我把余额交给您，”勒赫厚着脸皮回应道，“不就是成全您吗？”

说着他拿起笔，在账单下方写道：“兹收到包法利夫人四千法郎整。”

“半年以后，您就可以拿到房子的未付款，我还把最后那张票据的支付期限安排在付了款以后，您还有什么要担心的呢？”

爱玛让这笔账有点弄糊涂了，她只觉得耳边叮当作响，仿佛金币撑破了钱袋子，在她周围满地滚得响。最后，勒赫解释说，他有个朋友，叫樊萨尔，在鲁昂开银行，可以兑付这四张期票；随后他会把扣除实际欠款的余额，亲自交给太太。

但是，他送来的不是两千法郎，而是一千八，因为那位朋友樊萨尔（理所当然地）扣除了两百法郎，作为佣金和贴现手续费。

随后，他不经意地要张收据。

“您知道……生意场上……有时候……加上日期，请写上日期。”

爱玛面前豁然开朗，种种想法可以实现了。她还算相当谨慎，留出一千埃居放在一边，按期支付了头三张期票。然而事不凑巧，第四张送到家里是个星期四，夏尔大惊失色，耐着性子等妻子回来，看究竟是怎么回事。

爱玛之所以没把这张期票的事告诉他，还不是为了免去他的家事烦恼。她坐在丈夫膝上，轻轻抚摸，喁喁细语，一样样列举赊来的、但非买不可的东西。

“说来说去，你也得承认，买了这么多东西，实在不算太贵。”

夏尔一筹莫展，还是立刻去找总也离不了的勒赫帮忙。勒赫保证让事情平息下去，只要先生给他签两张借据就成。其中一张七百法郎，三个月偿还，夏尔为了还得起，给母亲写了一封情真意切的信。母亲没有回信，而是亲自赶了来。爱玛问他是不是弄到点钱了。

“是的，”夏尔答道，“不过她要看看发票。”

第二天破晓时分，爱玛就跑到勒赫先生家，央求他另开一份账单，金额不超过一千法郎，因为如果把那张四千法郎的拿出去的话，就要讲出她已经付了三分之二①，因而势必要讲出变卖房产的事。那笔交易是商人撮合的，实际上人家后来才知道。

买的东西虽然件件便宜，包法利老太太还是觉得钱花得太过分了。

“难道没一块地毯就不行？扶手椅为什么又换新套子？我那时候，一个家里只有一把扶手椅，还是给老年人坐的。——至少，我娘家就是那样。我娘可是个贤妻良母，真的。——不见得人人都有钱！再有钱也经不起乱花！我要是像这样贪图享受，就会觉得脸红！其实我老了，倒需要调理调理……瞧！瞧！又是打扮，又是摆阔！怎么！买两法郎的缎子做夹里！……其实贾加纳薄纱就挺好，才十个苏，甚至八个苏。”

爱玛仰靠在双人沙发上，尽量耐着性子平和地答道：

“哎！夫人，够啦！够啦！……”

另一位还是继续数落她，断言他们到头来会进济贫院。说来说去，都是包法利的不是。幸好他已答应取消那份委托书……

“怎么？”

“啊！他向我保证过的，”老太太说。

爱玛打开窗子喊夏尔，可怜的夏尔只好承认母亲逼出来的那句话。

爱玛出去了，一会儿又回来，手拿一张厚纸，大模大样地递给老太太。

“多谢。”老太太说。

说着她把委托书扔进火里。

爱玛笑了起来，声音又尖、又响、又长。她的神经毛病又犯了。

“啊！我的天！”夏尔嚷道，“唉！你也是的，你呀，来了就跟她

---

① 原文如此。

闹！……”

他母亲耸耸肩，说那全是装模作样。

可是，夏尔头一次顶撞母亲，替妻子说话，气得老包法利夫人决意要走。第二天老太太就动身了，走到门口，见夏尔想留她，便说：

“不，不！你爱她，胜过爱我。你没错，这是人之常情。不过，算啦！你等着瞧吧！……自己保重……因为最近我是不会再来啦，不会像你说的来跟她闹。”

尽管如此，夏尔在爱玛面前，还是非常内疚。爱玛并不掩饰对他的怨恨，恨他不相信人。经过再三恳求，爱玛才同意重新接受委托，夏尔甚至陪她去吉约曼先生的事务所，另立一份完全相同的委托书。

“这我理解，”公证人说，“一个专业人员，不能让生活琐事缠住。”

这句奉承话让夏尔宽了心，给他的懦弱蒙上了一层颇为受用的外表，他是在从事高尚事业呀。

接下来的那个星期四，爱玛与莱昂在旅馆房间里声色犬马，好不快活！她又是笑，又是哭，又是唱，又是跳，一会儿点着要冰冻果汁，一会儿想抽香烟，莱昂觉得她不对头，却又觉得十分可爱，妙不可言。

莱昂不知道，究竟是什么内心反应，使得爱玛越来越纵情于人生享乐。她变得易怒、嘴馋、淫荡。她和他在街上散步时，总昂着头，说不怕人家说闲话。然而有时候，爱玛突然闪过与鲁道夫相遇的念头，便会不寒而栗。因为，虽然他们早就一刀两断了，但她觉得自己还没完全摆脱对他的依恋。

有天晚上，爱玛没回永镇。夏尔急昏了头，小贝尔特没有妈妈不肯睡觉，抽抽搭搭地哭岔了气。朱斯坦到大路上去碰运气。奥梅先生也为这事离开了药店。

最后，到了十一点，夏尔再也按捺不住，便套上轻便马车，跳了上去，扬鞭抽打牲口，凌晨两点赶到红十字旅店。人没找到。他想，书记员兴许看到过爱玛，可是他住什么地方呢？幸好，夏尔记起了书记员的老板的地址，便匆匆赶去。

天刚破晓，他看清了一扇门上有公证人的盾形标识，便上前敲门。没人开门，但有个人大声回答了问话，还直骂夜里搅扰别人的家伙。

书记员所住的房子既没有门铃、门锤，也没有门房。夏尔抡起拳头捶窗板。这时不凑巧有个巡警经过，夏尔胆怯，便走开了。

“我真糊涂，”他自言自语道，“大概是洛尔莫先生府上留她吃晚饭了。”

可是，洛尔莫一家已经搬离鲁昂了。

“她大概留下来照顾迪布勒伊太太了。哎！迪布勒伊太太死了有十个月了！……她究竟在什么地方呢？”

夏尔灵机一动，到一家咖啡馆要了本地址簿，飞快地查找朗珀勒小姐的名字，她住在皮货商勒内尔街七十四号。

他刚走进那条街，爱玛就出现在街的另一头。他简直不是拥抱，而是扑到她身上，一边喊道：

“昨天谁留住你了？”

“我病了。”

“什么病？……住哪里？……怎么样？……”

她把手放到额头上，回答道：

“住朗珀勒小姐家。”

“我就料定了！正要去呢。”

“噢！不必啦，”爱玛说，“她刚刚出去。不过以后，你尽管放心好啦。你要理解，我若是知道回家稍晚一点，就把你急成这样，那我就不自在了。”

她这是有言在先，算是打过招呼了，往后离家外出可以自由自在。所以，她就随心所欲地利用这一点。什么时候突然想见莱昂了，随便找个借口就走了。那一天，莱昂并没等她，她就去他的事务所找他。

开始几次嘛，还喜出望外。然而不久，莱昂也不相瞒，便道出了实情，就是他的老板对这种干扰颇有微词。

“噢！那你就出来吧。”爱玛说。

于是莱昂溜了出来。

爱玛要他穿一身黑，下巴上留一撮胡子，就像路易十三肖像上的样子。她要看莱昂的住处，看了又觉得寒酸；莱昂的脸涨得通红，她却没有在意，又向他提议，要买她家那种窗帘。莱昂说又要花钱。

“哈哈！你就舍不得那几个小钱！”爱玛笑着说道。

莱昂每次都得一五一十向她报告，上次见面以后都干了些什么。爱玛要他写诗，为她写诗，要专门写给她的一首情诗。莱昂写来写去，第二行怎么也押不上韵，只好在一本纪念册里抄一首十四行诗了事。

这倒不是他爱面子，而不过是为了讨得爱玛的欢心。凡是爱玛的想法，他绝无二话；凡是爱玛的喜好，他一概接受。与其说女士当情妇，不如说男士成了情妇。爱玛的话含情脉脉，爱玛的吻令他销魂。她这套勾魂本事，莫测高深，不露形迹，因而几近出神入化，真不知是从哪儿学来的！

6

莱昂大老远来看爱玛时，常在药剂师家吃饭，出于礼尚往来的考虑，觉得必须回请药剂师才好。

“可以呀!”奥梅先生回答，“再说，我也该活动活动才行，我在这儿都结成蚕茧了。我们去上戏园，下馆子，痛痛快快乐一乐!

“哎！亲爱的!”奥梅太太柔声说道，她感觉前面凶多吉少，而丈夫有意要去冒险，不免心惊胆战。

“嗯，怎么啦？我老待在药店里，一天到晚闻这些气味，你以为，我的身体糟蹋得还不够！得！女人就这德行：你埋头科学吧，她们怕受冷落，你来点消遣吧，哪怕是最正当的消遣，她们也要反对。别理那一套，我说到做到。不定哪一天，我就到了鲁昂，咱们一块撒银子去。”

这种话，药店老板从前绝不出口，但是现在，他却热衷于巴黎的调侃腔调，觉得这才够味儿。他像邻居包法利夫人一样，兴致勃勃地向书记员打听京城里的习俗，甚至还说些俚语来唬唬……镇上人，什么窝儿、摊儿、靓丽、帅哥、布雷达道儿，不说“我走了”，而说“我开路了”。

于是，有个星期四，爱玛意想不到，会在金狮客栈的厨房里，遇上奥梅先生，只见他一身出门装束，就是说，穿了件从没见他穿过的旧风衣，一只手提着旅行箱，另一只手拎着药店暖脚用的皮套。他没向任何人透露他要外出，怕他不在会引起镇上人的不安。

想到就要重游度过青年时代的地方，他想必很兴奋，因为一路上他高谈阔论，滔滔不绝，然后一到地方，就连忙跳下车，东张西望找莱昂。不管书记员怎么推托，奥梅先生硬是拽着他去高档的诺曼底咖啡厅，大摇大摆地往里走，帽子也不摘下，心想在公共场所脱帽，就太没京城派头了。

爱玛等莱昂等了三刻钟，临了跑到他的事务所，弄得像丢了魂似的，一个劲儿地胡思乱想，既怨他薄情，又怪自己软弱，额头贴在玻璃窗上过了一个下午。

两点钟了，奥梅和莱昂还面对面坐在桌子前。大厅里人渐渐走光了。炉子的烟筒像棵棕榈树，金黄色的上部呈枝形，流线地延接到雪白的天花板上。离他们不远的玻璃窗外面，阳光明媚，一股小小的喷泉，汩汩地把水喷到大理石水池里，池里的水蔊菜和芦笋中间，三只龙虾懒洋洋地躺着，触须一直碰到那堆挨个侧卧在一起的鹌鹑。

奥梅兴致勃勃，虽说店里的豪华气派比美味佳肴更令他陶醉，但波马尔红葡萄酒喝得他全身上下都有些活泛起来，上朗姆酒煎鸡蛋时，他正在大谈女人，发表种种伤风败俗的理论。最能打动他的是别致。他所倾心的是雅致的穿着打扮，配上陈设讲究的居室；至于形体素质，他不讨厌肉感女人。

莱昂绝望地瞧着挂钟。药店老板还在喝着，吃着，谈着。

"您在鲁昂，"他突然说道，"一定很寂寞。其实，您的心上人住得并不远。"

见对方脸红了：

“得了，实话实说嘛！您难道不承认，在永镇……？”

小伙子张口结舌。

“您在包法利夫人家，不是在追……”

“追谁？”

“女佣呗！”

奥梅先生不是开玩笑。可是莱昂呢，要顾面子就顾不得那许多了，禁不住大声嚷起来。何况，他只喜欢棕发女人。

“我赞同，”药剂师说，“这种女人性欲旺一些。”

接着，他附到朋友耳边，告诉他从哪些特征可以看出一个女人性欲旺盛。他话题一转，甚至扯到不同种族的女人；德国女人含蓄，法国女人放纵，意大利女人奔放。

“那么黑种女人呢？”书记员问。

“那是艺术家的爱好，”奥梅说道。“伙计！来两小杯咖啡！”

“咱们走吧？”莱昂再也忍不住了，终于说道。

“Yes。”

可是临走之前，奥梅还要见见店主，说几句客气话。

于是，小伙子推说有事，以便脱身。

“哎！我陪您走嘛！”奥梅说。

他陪着莱昂，在街上一边走，一边谈他的老婆、孩子、他们的前途以及他的药店，讲这家药店从前如何不景气，讲他把药店办得何等出类拔萃。

走到布洛涅旅馆前面，莱昂突然甩下奥梅先生，登上楼梯，发现他的情妇正在焦躁不安。

一听到药剂师的名字，爱玛就火了。然而，莱昂举出种种实实在在的理由，说明并非自己的错，难道爱玛还不了解奥梅先生？难道她就相信他宁愿陪奥梅不成？但是，爱玛转过身去。莱昂拉住她，双膝跪下，两条胳臂搂住她的腰，摆出缠缠绵绵的姿势，一副欲火中烧，乞哀告怜的样子。

爱玛站在那里，一对闪着怒火的大眼睛，审视着他，神情严肃，几乎有点吓人。继而，她泪眼蒙眬地垂下发红的眼帘，放下双手，让莱昂捧着往嘴边贴去，这时，来了个伙计，通报先生有人找。

“你还回来吗？”爱玛说。

“回来。”

“什么时候？”

“马上。”

“耍滑头不是，”药剂师一见到莱昂就说道，“我早就觉得，我这趟来访，您好像不高兴，我都想中途回去啦。走，到布里杜那儿喝杯加吕斯去！”

莱昂赌咒发誓，说他非回事务所不可了。于是，药店老板就嘲笑那些卷宗、案卷。

“还是把居雅斯①和巴尔托鲁②放一放吧，真见鬼！有谁拦着您？要做个男子汉！去布里杜那儿吧，您会看到他的狗，可有意思呢！”

书记员还是执意不肯。

“那我也去事务所。我一边等您，一边看报纸，要么拿本法典翻翻。”

爱玛的愤怒，奥梅先生的唠叨，或许还有午饭的饱胀，早已把莱昂弄得晕晕乎乎，此刻他一时没了主意，兀自着了魔似的，只听见药剂师一个劲儿地说道：

“咱们去布里杜那儿吧！才两步路，就在马尔帕吕街。”

于是，由于怯懦、不智，也由于那种驱使我们做出违心之举的难以名状的心绪，莱昂终于不由自主地跟着去了布里杜那儿。只见

---

① 居雅斯（1522-1590），法国法学家。

② 巴尔托鲁（1313-1357），意大利法学家。

布里杜正在自家小院里督工，三个伙计气喘吁吁地摇着一部机器的大飞轮，正在制作苏打水。奥梅给他们出主意，他拥抱布里杜。大家喝了加吕斯。莱昂多次要走，但奥梅总是拽住他的胳膊说：

“就一会儿，我马上走。我们去《鲁昂灯塔报》，看看报社里的先生们。我把您介绍给托马森。”

莱昂总算甩掉了他，一口气跑到旅馆。爱玛已经不在那里了。

她气坏了，刚走不久。她现在恨莱昂。幽会的时候竟然爽约，在她看来不啻是一种侮辱。她还找了其他种种理由，来让自己解脱出来：这人没一点大丈夫气概，懦弱，平庸，比女人还优柔寡断，而且又吝啬，又胆小。

过后平静下来，她又觉得自己对莱昂的责怪太过分。然而，诋毁我们一直所爱的人，不免会使我们与之疏远一点。偶像是碰不得的：金粉会落到手上。

终于，他俩的话题变得多与爱情无关了。爱玛在给莱昂的信里，写的尽是鲜花、诗歌、月亮和星星，这些正是激情消退之后天真无邪的话题，无非是试图借一切外界力量，给爱情注入新的活力。爱玛总是指望，下次去幽会，一定要爱个死去活来，可是过后自己也承认，毫无惊人之处。爱玛觉得失望，但新的希望很快就取而代之，她更加热辣辣、情切切地回到莱昂身边。她三下两下脱掉衣服，松开胸衣的细带，由它哧溜一下滑到腰际，犹如一条游动的水蛇。她赤着脚，踮起脚尖，走过去再看看房门是否确已关好，然后倏地一抖，全身衣服就一齐滑落下来；——她脸色苍白，默不作声，样子很认真，一下扑到莱昂怀里，浑身颤个不停。

然而，在她那冷汗涔涔的额头上，在她那期期艾艾的嘴唇上，在她那迷迷茫茫的眸子里，在她那双臂的搂抱中，都有某种特别的、朦胧的、凄切的东西，莱昂觉得它正神不知鬼不觉地潜入他们之间，似乎要把他俩分开。

莱昂不敢问她什么，但看她如此老练，心想她一定经历过形形色色的痛苦和欢娱的考验。往日令他心醉神迷的东西，现在让他有点害怕了。再说，他对这种日益扩张的人格吞并有了反感，怨恨爱玛总是棋高一着，甚至尽力不再爱她。过后呢，一听见她的皮靴咯咯响，顿时又气馁了，就像酒鬼见了烈酒。

的确，爱玛对莱昂关心得无微不至，从饮食的讲究，到穿着的雅致，直到目光里的伤感，一一留心。她从永镇来，怀里揣几朵玫瑰，见面时抛在他脸上。她怕他凉了，怕他热了；劝他做这，劝他做那；祈望上天帮她留住他的心。她把一枚圣母像章，挂在他的脖子上。她像慈母一样，打听他的同事的情况。她对他说：

“别跟他们来往，不要外出。心里就想着咱俩，你要爱我！”

她真想能够监视他的一举一动，有过派人在街上跟踪他的念头。旅馆附近总有个流浪汉模样的家伙，老跟旅客搭讪，他不会不干的……然而，她清高的一面却唱起了对台戏。

“唉！算了！让他去做负心郎吧，有什么要紧！难道我就在乎吗？”

一天，他们分手早，爱玛顺着大街独自往回走，瞥见了她待过的那座修道院的围墙，于是在一条长椅上坐下，置身于榆树的树荫中。那时候多么平静啊！按照书本上的描写去想象爱情，那种感觉真是妙不可言，多么令她神往啊！

新婚的头几个月，骑马在林中漫游，跳华尔兹的子爵，引吭高歌的拉加尔迪，一幕幕重又浮现在她眼前……接着莱昂在她眼里，蓦地像别人一样远去了。

“可是，我爱他呀！”她心里说道。

那又怎么样！反正她不幸福，而且从没幸福过。为什么人生会这样不如意，为什么她赖以支撑的东西顷刻间就会土崩瓦解？什么地方有这样的男子汉：他强健英俊，生性骁勇，慷慨激昂而又温文尔雅，天使的形象，诗人的情怀，遥对苍天拨动竖琴，铿锵的琴弦奏出凄婉的祝婚曲，如果真有，可她为什么就不能侥幸邂逅呢？啊！真是人生无奈！况且，没什么值得人去寻寻觅觅，一切都是骗人的！每个微笑都掩藏着一个无聊的呵欠；每次欢乐都蕴含着一场悲剧；每次愉悦背后都是腻烦嫌恶；最甜蜜的吻留在你嘴唇上的，也不过是对更酣畅的快感的无奈渴望。

空中回荡着当当的响声，修道院的大钟敲了四下。才四点钟！爱玛觉得在那条长椅上坐了好久好久。然而，一分钟可以容纳无限的感情，正如一个狭小的空间容得下一大群人。

爱玛就靠想入非非过日子，俨如一位公主，不为金钱担心。

然而有一回，家里走进一个举止猥琐、脸色通红的秃顶男子，自称是鲁昂的樊萨尔先生派来的。他取下别住绿色风衣一侧口袋的别针，插在袖子上，客客气气地递上一张纸。

那是一张七百法郎的借据，是爱玛签署的，勒赫尽管当初信誓旦旦，却还是把它转让给樊萨尔了。

爱玛差女佣去勒赫那里。他来不了。

这时，陌生人一直站着，浓重的黄色眉毛下，藏着一对好奇的眼珠，东张张西望望，故作天真地问道：

“怎么给樊萨尔先生回话呢？”

“这样吧，”爱玛答道，“您告诉他……说我拿不出……下星期吧……让他等等……对，就下星期。”

那家伙二话没说就走了。

可是第二天中午，爱玛收到一份到期拒付证明书；这张印花公文上，好几处用黑体字印着“比希区执达吏阿朗先生”的字样。爱玛一见之下，大惊失色，赶紧慌慌张张地跑去找布商。

她见布商正在店里捆扎一个小包。

“欢迎光临！”他说，“为您效劳。”

勒赫照旧干他手里的活儿。有个十三岁左右的女孩在一旁帮忙。她有些驼背，给他又当店员，又当厨娘。

过了一会儿，勒赫在店堂地板上呱哒呱哒拖着木鞋，在前面引着包法利夫人，登上二楼进入一间窄小的工作室。里面有一张冷杉木大写字台，上面放着几本账簿，横扣着一根上了锁的铁条。靠墙一堆零头印花布下面，隐约露出一个保险柜，可是凭它的大小，想必里面装的不只是票据和现款。原来，勒赫先生还办抵押贷款业务。那里面就放有包法利夫人的金链子，还有泰利耶老爹的耳环。可怜的泰利耶终于走投无路，只好变卖东西，在坎康普瓦买下一爿没多少收益的食品杂货铺，如今患卡他性炎，在那里奄奄一息，脸色比四周的蜡烛还黄。

勒赫往宽大的草垫扶手椅里一坐，说道：

“有什么事？”

“喏。”

爱玛把公文递给他看。

“哦，找我有什么用呢？”

爱玛顿时火了，说他当初答应过的，不会把她的借据转让出去。勒赫承认说过这话。

“不过，我也是迫不得已，当时刀都架到我脖子上啦。”

“可如今，事情会怎样？”爱玛问道。

“噢！很简单：法院判决，然后扣押……完事儿！”

爱玛恨不得朝他打去，她强压怒火，和颜悦色地问他，有没有办法让樊萨尔别闹了。

“嗬，谈何容易！让樊萨尔别闹了；您不了解这个人，他比阿拉伯人还厉害。”

可是，这事非得勒赫先生出面不可。

“您听我说！我觉得，至今为止，我对您够不错了。”

说着他摊开一本账簿：

“喏！”

接着他的指头贴着页面往上移：

“瞧……瞧……八月三号，两百法郎……六月十七号，一百五……三月二十三号，四十六……四月份嘛……”

他打住了，好像怕说走了嘴。

“您家先生签字的票据我还没提呢：一张七百法郎，一张三百！至于您那些零碎欠款，还有利息，不计其数，算都算不过来。我管不了啦！”

爱玛哭哭啼啼，甚至一口一声她的“好勒赫先生”。然而，勒赫总是推到“樊萨尔那个兔崽子”身上。再说，他一个子儿也没有，如今的人都不付款，尽揩他的油。像他这样一个可怜巴巴开铺子的，哪有钱往外借。

爱玛不吭声。勒赫先生轻轻咬着一支羽毛笔的羽梢，也许对她的沉默心里觉得不安了，又说道：

“至少呢，要是我这几天有点进款的话，还可以……”

“其实，”爱玛说，“只要巴纳镇的那笔尾款……”

“怎么呢？”

听说朗格卢瓦款子还没付清，勒赫显得大为惊讶；片刻之后，声音甜甜地说道：

“那咱们这样讲定吧，您的意思是……？”

“哦！随您吧！”

于是，勒赫闭上眼睛考虑片刻，写了几个数字，一面说他会很为难，这事儿有风险，他这是在出血，一面口授了四张借据，每张面额两百五十法郎，期限各相隔一个月。

“但愿樊萨尔肯理解我的意思！再说，一言为定嘛，我向来不拖泥带水的，爽快得很。”

接着，他漫不经心地让她看了好几样新进的货，不过依他看来，这里面没一样配得上太太。

“就说这种裙料吧，我说七个苏一米，保证不褪色！他们居然信以为真了！您想想，谁跟他们说实话呢，”他这样坦言自己欺诈别人，无非是想让爱玛完全相信，他是以诚相待的。

随后，他又叫住爱玛，让她看一段三法尺①长的镂空花边；那是最近他“在一次拍卖”中弄到的。

“多漂亮！”勒赫说，“如今用得很多，搭在扶手椅的靠背上，这才叫气派。”

说着，他像变戏法一样利落，用蓝纸把花边一包，塞到爱玛手里。

“至少，我得知道……？”

“哎！以后再说吧，”勒赫说着，抬脚走开了。

当天晚上，爱玛就催着包法利给婆婆写信，让老太太把遗产的全部尾款快些寄给他们。婆婆回信说，没剩钱了：清算已经了结，他们除了巴纳镇的房产，就只剩下每年有六百法郎的收益。这笔钱她会按时向他们支付的。

于是，爱玛给两三个看过病的人寄单子讨诊费。这个办法果然奏效，她立刻大用特用起来。每次她总要留意在单子后面附上这样的话：“请勿向我丈夫提及此事，您也知道他是多么顾及脸面……祈望原谅……为您效劳……”有人提出异议，她就把信截下。

为了弄钱，她开始变卖旧手套、旧帽子和破铜烂铁，讨价还价，分文不让，——她血管里流着农民的血，所以见利必争。此外，她每次进城，总要贩些不起眼的旧货回来，勒赫先生别无选择，肯定照收不误。她买的东西有鸵鸟毛，中国瓷器，箱子；她向费莉西泰，

① 一法尺约合 1.2 米。

向勒弗朗索瓦太太，向红十字旅店老板娘借钱，逢人就借，走到哪借到哪。巴纳镇的那笔钱收到后，她用来偿付了两张借据，可是另外一千五百法郎又到期了，她重新办了续借，永远借东补西！

有时候，她也尽量算算账，这是确实的，但发现数额大得惊人，连自己都不敢相信；于是又从头算起，不一会儿就弄得头昏脑涨，干脆就都撇在一边，再也不想。

现在，家里的情形可惨了！只见一个个供货商出来时都虎着个脸。手帕东一块西一块，乱扔在灶头上；小贝尔特穿着破袜子，让奥梅太太大为愤慨。夏尔偶尔畏畏缩缩说上一句，爱玛就不容分说地顶回去，说又不是她的错！

她为什么这样发火呢？夏尔把这都归因于她神经方面的老毛病，责怪自己不该把她的后遗症当成缺点，骂自己自私，想跑过去吻她。

“哦，不行，”他又对自己说，“我会让她讨厌的！”

所以他待着没动。

晚饭后，夏尔总是独自在花园散步；他常常把小贝尔特抱在膝头上，翻开医学杂志，试着教她认字。孩子从来不学东西的，不一会儿就睁着一双不高兴的大眼睛，哇哇哭了起来。于是，他就哄她；用喷水壶打来水，在沙地上开出一条条小河，要么就折些女贞树的枝丫，当作树栽在花坛里，这也算不上糟蹋花园，反正里面已经长满了高高的杂草。家里还欠着莱蒂布杜瓦好多工钱呢！后来，孩子觉得冷，要妈妈了。

“就叫保姆吧，”夏尔说，“你是知道的，妈妈不想有人烦她。”

秋天到了，已是落叶纷纷，——就像两年前一般光景，那时候爱玛正病着呢！——这一切，到底什么时候才是个头？……夏尔两手抄在背后，继续踱来踱去。

太太在卧室里。别人是不进去的。她成天待在里面，恍恍惚惚，几乎没穿什么衣服，不时点些后宫香锭，那是她在鲁昂一个阿尔及利亚人开的铺子里买的。她不想让这个男人夜里摊手摊脚地睡在她身边，一次次给他脸色看，最后硬是把他打发到三楼去了。她通宵达旦地看些荒诞不经的书，里面尽是狂欢纵乐的场面和鲜血淋漓的情景。她常常吓得大叫一声，夏尔匆匆赶来。

“喔！你给我走！”她说。

偷情煽旺的欲火，一直在心里燃烧，有时候烧得格外厉害，气喘，心跳，不能自已；她打开窗户，吸着清冷的空气，迎风抖散沉甸甸的头发，仰望星空，企盼有白马王子的爱。她心里思念着他，思念着莱昂。这会儿，为了一次让她心满意足的幽会，她甘愿付出一切代价。

幽会是她的节日。她希望过得有声有色！莱昂一人付不起开销时，她就出手大方地把钱补上，差不多回回都是这样。莱昂曾经设法让她明白，不妨换个地方，换一家比较便宜的旅馆，他们照样会过得很好；可是，她找出种种理由反对。

有一天，她从手袋里掏出六把镀金小银匙（这是鲁奥老爹送的结婚礼物），请莱昂立刻替她送去典当。莱昂照办了，但心里并不乐意；怕连累自己的名声。

过后细细想来，他觉得情妇的种种行为不可思议，那么就此跟她了断，也许是不错的主意。

果然，有人给莱昂的母亲写了一封匿名长信，说他正与一个有夫之妇鬼混，断送前程。老太太眼前立刻浮现出那个骚扰家庭，阴魂不散的怪物，就是那个难以名状的害人精、狐狸精，老是鬼鬼祟祟地躲在爱情深处的妖精；她给莱昂的老板迪博卡热先生写了封信。这位先生极为妥善地处理了这件事。他找莱昂谈了三刻钟，要他擦亮眼睛，悬崖勒马。这样的风流韵事，以后会给他的事务所带来损害。他恳求莱昂忍痛割爱，一刀两断，即便不考虑自己的利害关系，至少也要为他迪博卡热着想！

最后莱昂作了保证，不再与爱玛见面，但他并未信守诺言，于是经常自我谴责，他想到的是，这个女人还会给他招来种种尴尬和闲言碎语，且不说同事们早晨围在炉边，你一句我一句的取笑开心。再说，他马上就要升任首席书记员了。这可是该认真的时候。所以，他不再吹长笛，不再耽于热烈的情感，不再去想入非非，——其实每个有身份的人，在血气方刚的青年时代，哪怕只有一天，只有一分钟，都曾经自以为有海阔天空的激情，自以为能成就一番轰轰烈烈的事业。即便是最没出息的浪荡子，也曾幻想邂逅东方王妃；每个公证人身上都有诗人的残风余韵。

现在，每当爱玛偎在他怀里突然啜泣时，他就觉得腻烦。他的心，恰如人们只能耐受某种限度的音乐，此刻听到这种爱情的噪音，就再也领略不到其美妙之处，不由得便无动于衷而麻木不仁了。

他俩彼此过于熟悉，再也感受不到那种使云雨之欢增强百倍的惊喜了。爱玛厌倦了他，一如他厌烦了爱玛。婚姻生活的平淡无奇，爱玛在偷情里又全部体会到了。

可是，怎样才能摆脱出来呢？何况，爱玛即便觉得这种幸福卑劣得让她感到屈辱，也是无济于事，她已经离不开它了，这是习惯使然，要不就是堕落使然；她一天比一天投入，因为企盼过高，这种至福反而枯竭了。她把希望落空归咎于莱昂，好像他有愧于她似的，她甚至希望飞来一场横祸，把他俩活生生分开，既然她自己没勇气下这个决心。

她照旧给莱昂写情书，因为她认为，女人就应当不断地给情人写信。

但在写信的时候，她眼前却浮现出另一个男人的身影，一个由她最热烈的回忆、最美妙的读物和最强烈的欲念交织而成的幻影；最后变得如此真切，如此贴近，她不禁心跳不已，神摇目眩，但又无法清晰地想象出他的模样，因为他像一位身兼多职的天神，迷离之中让人莫辨真身。他住在蓝幽幽的境界，月光皎洁，花香阵阵，阳台上的丝绸软梯轻摆慢荡。她感到他近在身边，就要过来，一吻之间就会带着她的全部身心远走高飞。后来，她又跌落下来，香销魂断，因为这些说不清道不明的爱情冲动，比纵情淫乐更使她精疲力竭。

现在，她时时刻刻感到浑身酸痛，甚至往往收到传票和印花公文，几乎看也不看。她真想不再活下去了，要不然就一睡不醒。

四旬斋狂欢节那天，她没回永镇，晚上去了化装舞会。她穿一条天鹅绒长裤，一双红袜子，假发后面扎根缎带，三角小帽歪戴到一侧耳边。她在长号疯狂的乐声中，整整跳了一个通宵；大家在她四周围成圈子。清晨，她发现自己在剧院的柱廊上，身旁还有五六个戴着面具的装卸女工和水手，都是莱昂的伙伴，正说着要去吃夜宵。

附近一带的咖啡馆全都客满。他们在码头上发现了一家最不起眼的饭馆。店主在五楼给他们开了个小间。

几个男的在角落里嘀咕了一阵，想必是在商量付账的事。其中有一个书记员，两个医科学生，一个店铺伙计：看她都和什么人为伍！至于女人，爱玛从她们说话的腔调，很快看出她们几乎全是下九流的。她顿时害怕了，把椅子往后挪了挪，垂下眼帘。

别人都吃起来，爱玛不吃，直感到额头发烫，眼皮刺痒，皮肤冰凉。舞厅的地板，还随着千百只脚有节奏的踢踏，在她的脑子里不停地起落。不久以后，潘趣酒的气味，加上雪茄的烟雾，熏得她昏昏沉沉，她晕了过去。大家把她抬到窗口。

天开始放亮，圣卡特琳教堂那边灰白的天际，一团绛红色的大圆斑愈变愈大。暗灰色的河水在风中微波荡漾，桥上不见人影，路灯相继熄灭。

爱玛苏醒过来，猛地想起贝尔特，她还在家里睡觉，在女佣房里。这时，一辆满载长铁条的大车驶过，金属震颤的响声，震耳欲聋，拍击着一座座房屋的墙壁。

她突然起身，脱下化装服，对莱昂说她该回家了。最后，她总算一个人待在布洛涅旅馆了。她觉得一切都不堪忍受，包括她自己。她恨不能像鸟儿一样，飞得远远的，飞到一个洁白无瑕的世界，去重新焕发青春。

她走了出来，穿过大马路、科州广场和城关，一直走到一条开阔的街上，两边是地势较低的花园。她走得很快，清新的空气使她平静下来：渐渐地，人群里一张张面孔、化装面具、舞步、吊灯、夜宵的情景和那些女人，统统烟消雾散不见踪影。回到红十字旅店，进到三楼挂有《奈尔塔》版画的那个小房间，一骨碌倒在床上。下午四点，伊韦尔叫醒了她。

回到家里，费莉西泰让她看座钟后面的一张灰色公文，上面写道：

“根据判决书，执行判决……”

什么判决书？原来，前一天已经送来一份公文，她没看到；所以看到下面的话，顿时目瞪口呆：

“以国王、法律和司法的名义，本支付催告送达包法利夫人……”

她跳过几行，一眼瞥见：

“限于二十四小时之内，”——怎么样？“偿还共计八千法郎。”下面甚至还写着：“将通过法律手段强制执行，主要为扣押动产及物品。”

怎么办？……二十四小时之内，就是明天呀！爱玛心想，莫不是勒赫又想吓唬她了。因为她一下就看穿了他的那些伎俩，明白了他大献殷勤的居心。钱的数额大得不着边际，爱玛倒像是吃了定心丸。

然而，她一味地买，一味地欠，一味地借，一味地签借据，又一味地续借，每逢到期就债滚债，到头来为勒赫先生备下了一大笔资本，他正迫不及待地等着到手，好去做投机生意呢。

爱玛一身轻松地来到勒赫那里。

“您知道我遇上了什么事吗？这大概是开玩笑吧！”

“不是。”

“那是怎么回事？”

勒赫慢吞吞转过身来，双臂抱胸，对她说：

“我的少奶奶，您以为我会永远这么无偿地给您供货送钱吗？我拿出去的钱总得收回呀，应该公道才对！”

爱玛大声嚷起来，对债务数额表示异议。

“啊！得啦！法院都认定了！有判决书！不是已经通知您了吗？再说，又不是我要这样，是樊萨尔嘛。”

“您就不能……？”

“哦！毫无办法。”

“不过……可是……咱们有话好说嘛。”

爱玛东扯西拉起来，说她事先一无所知，实在是太突然……

“是谁的错呢？”勒赫嘲讽地向她欠欠身子说道，“我像个黑奴一样拼死拼活地干，您可是在寻欢作乐过得好自在啊。”

“哎！用不着教训人！”

“又没坏处。”勒赫接口说道。

爱玛软了下来，苦苦求他，甚至把白皙、修长、漂亮的手放到商人的膝上。

“别碰我！人家会说您存心勾引我！”

“您是个无赖！”爱玛叫起来。

“呵！呵！瞧您说到哪里去了！”勒赫笑着说道。

“我要让大家知道您是个什么样的人。我要告诉我丈夫……”

“好呀，您丈夫吗，我有东西要给他看呢！”

说着勒赫从保险柜里取出一张一千八百法郎的收据。那是在樊萨尔贴现期票时，爱玛开给他的。

“您以为，”他接着说道，“那个可怜又可爱的人，会看不懂您这点偷偷摸摸的小把戏？”

爱玛比挨了一闷棍还厉害，顿时瘫了下来。勒赫从窗口一直踱到写字台，一个劲儿地说道：

“哼！我要让他看看……我要让他看看……”

然后，他又走到爱玛身边，语气温和地说道：

“这可不是玩儿的，我知道。不过话说回来，又不是出了人命，既然您没别的办法，只有还我的钱……”

“可我上哪儿去弄呀？”爱玛绞着手臂说道。

“唔！您不是有那么些朋友嘛！”

勒赫用非常犀利、可怕的目光盯着她，盯得她连五脏六腑都哆嗦起来。

“我向您保证，”爱玛说，“我再签……”

“您签的字，我够多的啦！”

“我再变卖……”

“算了吧！”勒赫耸耸肩说道，“您一无所有了。”

说完他对着通店堂的窥视孔喊道：

“阿奈特！别忘了十四号的那三块布。”

女佣来了，爱玛明白是什么意思，就问“中止诉讼要多少钱”。

“太晚喽！”

“可是，假如我给您拿来几千法郎，拿来总数的四分之一，三分之一，差不多全部呢？”

“哎！不行，没用喽！”

勒赫把她轻轻推向楼梯。

“我求您了，勒赫先生，再宽限几天吧!”

爱玛抽泣起来。

“行了，行了！还掉眼泪呢!”

“您把我逼到绝路上啦!”

“我管不了那么多啦!”勒赫说着把门关上了。

7

第二天，执达吏阿朗先生带着两个见证人，来家里登记抵押物品，爱玛只好硬着头皮面对。

他们先从包法利的诊室开始。那件头颅标本被视为工作用具，不在登记之列；但厨房里的盘子、锅子、椅子和烛台，卧室搁板架上的摆设，都悉数作了清点。他们还清点了她的内外衣裙、床单布品和卫生间。她的生活起居，直到最隐秘的角落，就像一具任人剖析的尸体，在这三个男人的视线之下暴露无遗。

阿朗先生穿一件瘦型黑礼服，扣得整整齐齐的，打白色领结，脚上的束带绷得紧紧的，不时说上一句：

“可以吗，夫人？可以看看吗？”

他常常发出赞叹：

“真好看！……漂亮极啦！”

随即把羽毛笔往左手拿着的角质墨水瓶里蘸一蘸，又写起来。

套间全部查完以后，他们登上阁楼。

她在那里有一张小书桌，里面放着鲁道夫的来信。非得打开不可。

“噢！是信件！”阿朗先生会心地微笑着说，“不过，请原谅！我得查实一下里面没有别的东西。”

说着他轻轻拎起信纸的一头，像是要让里面的拿破仑金币掉出来似的。爱玛看着那只粗大的手，红红的指头软绵绵的像鼻涕虫，捏在那些曾让她怦然心跳的纸页上，不由得怒气直往上冒。

他们总算走了！费莉西泰这才回到屋里。刚才爱玛打发她在外面挡包法利的驾。她们慌忙把留下来看守扣押物品的人安顿到顶楼上。那人答应就待在里面。

整个晚上，爱玛觉得夏尔忧心忡忡。她用焦虑不安的目光偷偷观察他，在他脸上的条条皱纹里，好像都看到了责难。随即，她的目光落在摆有中国屏风的壁炉台上，落在大窗帘和扶手椅上，总之，落在曾使生活的苦涩得以淡化的一件件东西上，这时她心头涌起一阵阵内疚，确切地说是无比懊恼，非但没有湮灭她的旧情，反而激发了它。夏尔双脚放在柴架上，平静地拨着火。

有一会儿，那个看守想必是藏在那里憋得慌，弄出了点响声。

“上面有人走动？”夏尔说。

“没有哇！”爱玛接过话头说道，“天窗没关上，是风刮动了。”

第二天是星期天，爱玛赶到鲁昂，去拜访她知道名字的所有银行家。他们不是下乡了就是去了外地。爱玛没有灰心；凡是能见到的银行家，她就开口向他们借钱，说她需要钱用，有借有还。有的当面嘲笑她；没一个肯借。

两点钟，她跑到莱昂的住处敲门。门不见开。临了他总算露了面。

“你怎么来了？”

“打扰你吗？……”

“没有……不过……”

莱昂接着直言相告，房东不喜欢房客接待“女士”。

“我有话要和你讲。”爱玛又说。

这时莱昂的手已经触到钥匙了，爱玛止住他。

“哦！不必了，去咱们那儿吧。”

他们于是去了布洛涅旅馆他们的房间。

爱玛走进屋就喝了一大杯水。她脸色苍白，对莱昂说：

“莱昂，你要帮我个忙。”

她紧紧抓住莱昂的手，一边摇一边接着说：

“你听我讲，我需要八千法郎！”

“你疯啦！”

“还没呢！”

接着爱玛立刻讲了扣押财产的事，把自己遇到的麻烦向他和盘托出；因为夏尔完全一无所知，她婆婆厌恶她，鲁奥老爹爱莫能助，然而这笔钱又非备好不可，他莱昂嘛，要去张罗活动一下……

“你怎么指望……？”

“你真是个窝囊废！”爱玛叫起来。

于是他讷讷地说道：

“你把问题看得太严重了。说不定有个千把埃居，那家伙就不闹了。”

这更说明要设法活动活动，三千法郎弄不到，是不可能的。何况，莱昂可以用自己的名义为她借钱。

“去呀！试一试！非去不可！快去呀！……哎！要尽力争取！要尽力争取！我会好好爱你的！”

莱昂出去了，一个小时后回来，神色庄重地说：

“我跑了三家……白跑啦。”

然后他俩面对面坐在壁炉的两边，不动弹，不说话。爱玛又是耸肩，又是跺脚。莱昂听见她直嘟哝：

“我要是你呀，准能弄到！”

“上哪儿弄？”

“上你事务所！”

爱玛盯着莱昂。

她那双眼睛眯缝着，火辣辣的眸子透出某种肆无忌惮，色眯眯的充满撩拨的意味；——于是，面对这个唆使他犯罪的女人的无声意志，小伙子觉得自己抗不住了。这时他害怕了，为了不致彻底摊牌，他拍了拍额头，大声说：

“莫雷尔今儿晚上回来！我希望他不会拒绝我，”（此人是他的朋友，一个大富商的公子）“明儿我就给你送来，”他补充道。

爱玛并没像他想象的那样，因为有了这一希望而显得高兴。莫非她对假话生了疑心？他红着脸又说道：

“不过，要是三点钟你还没见我来，就别等我了，亲爱的。我得走了，请原谅，再见！”

莱昂握了握爱玛的手，觉得那只手毫无生气。爱玛已经没有任何一种感知的力量了。

钟敲四点，她像木头人一样，听凭习惯驱使，起身要回永镇。

天气晴好，正是三月里那种明朗却又料峭的日子，白晃晃的天空太阳闪耀。有些鲁昂人身着假日服装，在乐滋滋地漫步。爱玛来到教堂前的广场上，人们刚做完晚祷，正从三个大门里鱼贯而出，宛如河水从三个桥洞里奔流出来；正中央站着教堂侍卫，一动不动，胜似磐石。

这时爱玛想起那一天，她焦虑不安而又满怀希望地走进高大的教堂，展现在她面前的正殿，还不如她的爱情深邃。她继续往前走，眼泪在面纱里簌簌直淌，恍恍惚惚，步履踉跄，几乎要晕倒了。

“当心！”一辆马车敞开的车门里传出一声叫喊。

爱玛收住脚步，让过一辆双轮轻便马车。拉车的是一匹扬蹄飞奔的黑马，而驾车的是一位穿貂皮大氅的绅士。那人是谁？爱玛认识他……马车急驰而去，转眼就不见了。

就是他，是子爵！爱玛回头望去，街上空荡荡的。她又沮丧又伤心，便靠在一堵墙上，才没倒下。

过了片刻，她想准是自己弄错了。再说，她已经完全糊涂了。她内心的一切，外界的一切，全都在弃她而去。她觉得自己完了，正在不由自主地朝无底深渊滚去。所以，当她到达红十字旅店瞥见好心人奥梅时，简直是高兴起来。奥梅正看着装满药品的一个大箱子装上燕子；手上拿着方巾包着的六块饼子，那是带给他太太的鲁昂特产。

奥梅太太很喜欢吃这种十分经饿的小饼。它形似头巾，在四旬斋期间抹咸黄油吃。这是哥特人留传至今的仅存吃食，历史也许可以上溯到十字军远征的时代。从前，剽悍的诺曼底人把它们摆满桌子，旁边还有大坛的肉桂酒和大块的猪肉。在火把黄黄的光线下，他们只当餐桌上摆的是撒拉逊人①的头颅，便狼吞虎咽起来。药剂师的妻子虽然牙不好，却有古人的那种英雄气概，嚼得津津有味。所以，奥梅先生每次进城，少不了要给她捎一些，而且总上马萨克尔街那家名店去买。

“见到您真高兴！”他说着伸手扶爱玛上车。

然后，他把饼子吊在行李架的皮条上，光着脑袋，双臂抱胸，一副拿破仑式的若有所思的神态。

但是车到岭下，那个瞎子像往常一样过来时，他大声嚷道：

“我真不明白，当局怎么还容忍如此要命的行当！应该把这些倒霉鬼关起来，强制劳动！老实说，进步简直就像乌龟爬！我们还在蛮荒的泥潭里跋涉！”

瞎子伸着帽子，在车门边上晃来晃去，就像车厢壁衬脱落，垂

① 中世纪欧洲人对阿拉伯人和西班牙等地的穆斯林的称呼。

下了一块。

"喏，"药剂师说，"这就是瘰疬!"

他虽然认识这个可怜虫，却装作头一回见到，嘴里念念有词地说着：角膜、混浊角膜、巩膜、面容这些字眼，然后用和蔼的口气问他：

"伙计，你落下这糟糕的残疾很久了吗？再别去酒馆灌黄汤啦，还是控制饮食为好。"

接着他又劝他酒要喝好葡萄酒、好啤酒，肉要吃好烤肉。瞎子还是哼他的小调，而且看上去像个白痴。最后，奥梅先生打开钱包：

"拿着，这是一个苏，你找我两里亚①。别忘了我的劝告，对你今后有好处的。"

伊韦尔直言不讳，公然怀疑这些劝告的效用。但药店老板保证，用他配制的消炎药膏，准能亲手把他治好。他还自报了家门：

"奥梅先生，就在菜市场附近，一问便知。"

"嘿，人家费心，作为报答，"伊韦尔说，"你给咱们来个表演吧!"

瞎子顿时把身子往下一弓，头向后仰，淡绿色的眼珠骨碌碌乱转，伸出舌头，两手揉着胃部，像一条饿急了的狗，发出低沉的号叫。爱玛觉得一阵恶心，从肩头给他甩去一枚五法郎的硬币。那是她的全部财产。她觉得这样甩了反倒痛快。

马车又起步了，这时奥梅先生蓦地探出窗外，喊道：

"别吃含淀粉的东西，别吃奶制品！贴肉要穿毛织衣服，发病部位要用刺柏浆果烟熏!"

熟悉的景物在爱玛眼前一一掠过，这使她渐渐忘却了现实的痛苦。她感到疲惫不堪，回到家时已经是呆头呆脑、心灰意懒，差不

① 法国旧时铜币，四里亚合一个苏。

多都快睡着了。

“听天由命吧！”她心里说道。

况且，谁知道呢？说不定什么时候会发生奇迹，为什么不会呢？甚至勒赫都可能死掉。

上午九点，她让广场上的嘈杂声闹醒了。菜市场边上围了许多人，在看贴在柱子上的一张大告示。她望见朱斯坦踏上一块界石正在撕告示，但这时，乡警一把揪住他的衣领。奥梅先生从药店里赶出来，勒弗朗索瓦太太站在人群当中，好像是在大发议论。

“太太！太太！”费莉西泰嚷着奔进屋来，“真是太气人了！”

可怜的姑娘神情冲动，递给爱玛一张黄纸，那是她刚从门上揭下来的。爱玛往上面溜了一眼，知道她的全部动产都要拍卖了。

于是她们俩默默地打量着对方。这主仆俩之间，彼此没有任何秘密。临了，费莉西泰叹息道：

“我要是您，太太，就去找吉约曼先生。”

“你觉得行吗？”

这句问话的意外之意是：

“你跟那男仆熟，了解这个人家的情况，莫非这家的主人有时谈到我？”

“是的，您去吧，没错的。”

爱玛立即更衣，穿上黑色长裙，戴上缀有煤玉珠子的宽檐系带帽。为了不让人看见（广场上仍然有许多人），她从河边的小径绕到镇外。

她气喘吁吁地走到公证人的栅栏门前。天阴沉沉的，飘着小雪。

听见门铃声，泰奥多尔身着红坎肩，来到台阶上，像接待熟人一样，几乎是亲切地过来给她开门，把她领进餐厅。

一个大瓷炉，烧得呼呼作响，炉子上方的壁龛里，恰恰摆一棵仙人掌。糊橡木花纹纸的墙上，挂着两个乌木画框，里面镶着施托本的《艾斯梅拉达》① 和绍邦的《波提乏》②。摆好饭菜的餐桌、两个银暖锅、水晶门球，以及地板、家具，样样东西全都显出英国式的洁净，一尘不染，光亮可鉴，窗子四角都镶有彩色玻璃。

“这才叫餐厅，”爱玛心想，“我真想要这么一间餐厅。”

公证人进来了，左臂贴在身上，按住带有棕榈叶图案的室内便袍；右手摘起又迅速戴上那顶栗色的丝绒软帽，做作地斜扣在右侧，露出三绺金黄发梢。那三绺头发从后脑勺向前，绕过光秃秃的脑袋。

他让座之后，便坐下吃饭，一边深表歉意，说他失礼了。

“先生，”爱玛说道，“我想请您……”

“什么事，夫人？我洗耳恭听。”

爱玛开始向他述说自己的处境。

公证人吉约曼其实早就心中有底，因为他与布商私下有约，只要有人需要抵押贷款，他总会在布商那儿弄到要公证的资金项目。

因此，他（比爱玛本人还）清楚她的那些票据漫长的来龙去脉：起初只是小额款子，用不同的名字签署，借期安排得很长，到期又债滚债地续签，直到那一天，商人把拒付证书全都攥在手里时，就委托他的朋友樊萨尔出面，起诉追索不得不追的欠款，因为他不想被本镇居民看成豺狼。

爱玛讲述的时候，不免指责勒赫几句，对这些指责，公证人不时应声说一句无关痛痒的话。他吃着排骨，喝着茶，下巴贴着天蓝色的领带，一条细金链连着的两枚钻石别针别在上面。他脸上挂着怪模怪样的微笑，看着肉麻，又难以捉摸，他发现爱玛的脚打湿了，就说：

---

① 施托本（1788–1856），知名画家，根据雨果名著《巴黎圣母院》画出小说人物艾斯梅拉达。

② 绍邦（1804–1880），知名画家，根据《圣经·创世纪》画出埃及法老的护卫长波提乏。

“请靠近炉子……再高一些……搁到瓷面上吧。”

爱玛怕把瓷面弄脏了，公证人用献殷勤的口气说：

“漂亮的东西搁哪儿都无妨。”

于是爱玛就设法打动他，说着说着，自己都动了感情，对他讲起家中的拮据，她的麻烦和需要，公证人心里明白：一个讲究的女子嘛！他没有停止吃饭，但把身子完全转向了爱玛，连膝头都触到她的靴子了，靴底弯曲着贴在瓷炉上，冒着热气。

可是，当爱玛请他借给一千埃居时，公证人先是把嘴唇抿得紧紧的，然后才说他觉得遗憾，当初没能指导她理财，因为即便一位女士，也有上百种极为方便的办法，使自己的钱发挥效益。格吕梅尼尔的泥炭矿也好，勒阿弗尔的地产也好，本来都是不妨一试的绝好投资机会，而且十拿九稳。他让爱玛相信，她本来早就稳赚了大笔大笔的钱，令她懊恼不已。

“怎么回事，”公证人接着说，“您以前就不来找我？”

“我也不知道。”爱玛说。

“为什么呢，嗯？……莫非我让您觉得害怕不成？应该诉苦的人，是我呀。您我几乎不认识呀！我对您却是赤胆忠心。我希望，您不再怀疑了吧？”

公证人伸手抓过爱玛的手，贪婪地吻了一下，然后把它搁在膝上，轻轻地抚弄，一面喋喋不休地对她说着甜言蜜语。

他那乏味的声音絮絮叨叨，就像一条小溪在流。透过闪闪烁烁的眼镜片，只见一道闪光从他的瞳仁里迸射而出。他的两只手在爱玛的袖子里往上探去，要摸她的胳臂。爱玛感到一阵急促的呼吸拂着她的面颊。这个男人使她非常不自在了。

她猛地站起来，对他说：

“先生，我等着呢！”

“等什么？”公证人说，脸色刷地变得格外苍白。

“钱啊。”

“可是……”

公证人抗不过欲火中烧：

“好吧，行！……”

他跪着朝爱玛膝行过去，全然不顾身上穿的便袍。

“求求您，别走吧！我爱您！”

他一把搂住爱玛的腰。

包法利夫人的脸腾地一下涨得通红，模样吓人地往后一退，同时叫了起来：

“您乘人之危，先生，真不要脸！我虽可怜，但不卖身！”

说罢爱玛走了出去。

公证人呆若木鸡，眼睛盯着自己那双漂亮的绒绣拖鞋。那是爱情礼物。看到它们，总算有了慰藉。况且，他想，真要卷进这样一桩风流韵事，只怕会不可收拾。

“多么卑鄙！多么粗野！……多么下流！”爱玛心里骂着，脚下踉踉跄跄，逃也似的在山杨树下的路上往前奔。没借到钱的失望，对于受到侮辱的怒火不啻是火上加油。她觉得，上天成心与她过不去；想着想着，不由得清高起来，她从来没这样高估自己，也从来没这样蔑视旁人。一股好斗的情绪使她忘乎所以。她恨不得揍那些男人，啐他们的脸，把他们都碾得稀巴烂。她继续急急往前走，脸色煞白，浑身哆嗦，怒不可遏，泪眼模糊地望着空旷的远处，仿佛令她透不过气来的仇恨让她感到来了劲似的。

她一瞥见自家的房子，浑身上下顿时麻木了。她迈不动腿往前走，然而，还是得走哇；再说，往哪儿逃呢？

费莉西泰在门口等她。

“怎么样？”

“不行！”爱玛道。

她们俩用了一刻钟，把永镇上也许可以帮她一把的人，都细细数了一遍。但费莉西泰每说出一个人的名字，爱玛就顶回去：

“可能吗！人家不肯的！”

“可先生就要回来了！”

“我知道……让我一个人待一会儿。”

能试的都试过了，现在已经毫无办法。等夏尔回来，她只好对他说：

“你别站这儿。你脚下走的地毯已经不是我们的了。你的家里，再也没一件家具，一枚别针、一根干草是你的。是我把你弄得倾家荡产，可怜的人！”

于是，先是一声大哭，然后是泪如泉涌，而临了，等惊魂稍定，他就会原谅了。

“是的，”爱玛咬牙切齿地低声说道，“他会原谅我，可他就是给我一百万，我也不会原谅他当初认识了我……不！绝不！”

想到包法利会占她的上风，她就气得不得了。其实，她说出来也罢，不说出来也罢，不一会儿，今天下午，要么明天，他照样会知道这件大祸事。所以，只有等着这个可怕的场面，只有忍受他的宽宏大量的重负。她想到再去找勒赫，有什么用呢？写信给父亲：太迟了；也许她现在后悔刚才没顺从人家。正在这时，小径上传来了马蹄声。是他，他在开栅栏门，脸色比石灰墙还要白。爱玛冲下楼梯，慌慌张张穿过广场。镇长太太在教堂前面，正与莱蒂布杜瓦聊天，看见她奔进了税务员的家。

镇长太太跑去告诉卡龙太太。两位太太登上阁楼，躲在竿子上晾的衣服后面，在那里可以清楚地望见比内屋里的一切。

比内独自在屋顶的小间里忙乎，正在用木料仿制一件难以言状的象牙摆设。那东西由若干月牙形组件和逐个嵌套的空心球构成，整体竖直了像一座方尖碑，派不上什么用场。他已经在开始车最后一个部件了，马上就要大功告成！工作间里光线半明半暗，机器上飞溅出金黄色的木屑，就像奔马蹄铁下迸出的火星。两个轮子轰隆隆转动着。比内面带笑容，低着头，鼻孔张大，好像已经完全沉浸在完美的幸福之中，这种幸福想必只有在平庸劳作中才能体验，因为遇到困难可以轻松克服，所以给人的心智带来愉悦，一旦完成便志满意得，除此而外，别无他求。

“啊！她到啦！”蒂瓦施太太说。

可是由于车床的声音，爱玛说的话不怎么听得见。

终于，两位太太似乎听到法郎两个字。蒂瓦施大妈悄声说：

“她是求他同意缓交税款。”

“好像是的！”另一位说。

她们看见爱玛走过来走过去，在看墙边的餐巾环、蜡烛台、栏杆柱顶的球饰，而比内则在心满意足地捋着大胡子。

“她是来找比内定做东西吧！”蒂瓦施太太说。

“可是，比内什么也不卖呀！”旁边那位不以为然。

税务员的样子好像是在听，可是眼睛瞪得大大的，仿佛听不懂似的。爱玛温柔而恳求地继续讲着。她凑上前去，胸脯上下起伏。他们不再说话。

“她是不是在勾引他？”蒂瓦施太太说。

比内的脸红到了耳根，爱玛抓住他的双手。

“啊！太不像话啦！”

想必是爱玛向他提出了什么见不得人的勾当，因为税务员——他可是好样的，当年在包岑和吕岑①打过仗，参加过法兰西战役②，

---

① 包岑和吕岑都是德国东部地名。拿破仑军队于1813年5月在两地大败俄普联军。

② 法兰西战役，1814年春，拿破仑军队在本土与反法联军展开的系列战斗。

甚至还获得提名报请颁发十字勋章呢——就像看见了一条蛇，顿时向后退得老远，大声嚷道：

“夫人！您真的这样想吗！”

“这种女人真该挨鞭子抽！”蒂瓦施太太说。

“哎，她哪儿去啦？”卡龙太太说。

因为说话间，爱玛已经不见了。过了一会儿，她们看见她沿着大街往前走，后来又往右拐，像是要去公墓。两位太太猜来猜去，也猜不出个所以然来。

“罗莱大嫂，”爱玛一到奶妈家就说，“我透不过气来了！……请帮我解解带子！”

她倒在床上，呜咽起来。罗莱大嫂给她盖上条衬裙，站在她旁边。过了一会儿，见爱玛不开口，这老实女人就走开去，来到纺车前纺起麻来。

“哦！停下来吧！”爱玛以为听到的是比内的车床声，低声说着。

“谁招惹她了？”奶妈寻思道，“她来这儿干吗？”

是某种恐惧感把爱玛赶出了家门，她一直跑到这里来了。

她仰面躺着，一动不动，两眼发直，用一种痴痴的执拗劲儿，竭力想看清眼前的东西，可是看来看去却怎么也看不清。她凝神望着斑驳的墙壁，正在冒烟还没烧尽的两根对接着的劈柴，还有在她头顶上房梁缝隙里爬行的一只长蜘蛛。终于，她的思绪汇集起来。她想起……有一天，和莱昂在一起……哦！已是那么遥远……阳光在河面上闪耀，铁线莲散发着清香……于是，她的回忆，像汹涌的激流裹挟着她，她很快记起了头天的事情。

“几点钟了？”她问道。

罗莱大嫂走到外面，对着天上最亮的方向，竖起右手手指，然后慢慢折回来说道：

“快三点了。”

“啊！谢谢！谢谢！”

因为他快来了。肯定错不了！他会弄到钱的。可是他想不到她会在这里，说不定去那边了；于是她关照奶妈往她家跑一趟，去把他带来。

“你要快些！”

“哎，亲爱的太太，我这就去！这就去！”

现在，爱玛奇怪自己怎么没有首先想到他。他昨天答应了的，他不会食言。她看见自己已经在勒赫店里了，把三张钞票一一摊在他的写字台上。然后还得编排个说法，好向包法利说清事情的来由。怎么说呢！

然而，奶妈去了好久不见回来。茅屋里没有钟，爱玛想，怕是自己以为时间过了很久吧。她在花园里一步步地踱起来，在篱笆旁边的小径上朝前走，又赶快折回来，盼着大嫂会走别的路回来。最后，她等烦了，心里生出种种猜疑，又一一打消，她再也闹不清，自己在这儿究竟待了上百年，还是一分钟，于是在一个角落里坐下来，闭上眼睛，捂住耳朵。栅栏门吱呀一响，她一跃而起，没等她开口，罗莱大嫂就对她说道：

“你们家里没人！”

“怎么？”

“哦！是没人！先生在哭，他在喊您呢。他们在找您。”

爱玛不再作声，她喘着粗气，两只眼睛朝四下里骨碌碌乱转，那村妇被她的脸色吓坏了，本能地往后直退，以为她是疯了。突然，爱玛拍了一下额头，叫出声来，因为她想起了鲁道夫，这就像黑夜里一道巨大的闪电，掠过她的脑海。他是那样善良，那样体贴，那样慷慨！再说，即便他一时犹犹豫豫，她只需一个媚眼，就能让他想起他俩的旧情，而不得不帮她这个忙。于是，她动身去拉于谢特，她没意识到，刚才令她那样恼怒不已的事情，现在却又跑去自作自受；也根本没想到，这是出卖肉体。

8

她一边走一边想："我说什么呢？从哪儿说起呢？"她往前走着走着，又见到了那些熟悉的灌木丛、树木、山丘上的灯芯草，还有前面那座庄园。初尝温情的那种感觉，又弥漫上来；她可怜的、压抑的心，因为爱情而激荡起来。暖风拂面，雪在融化，一滴一滴，从叶芽落入草丛。

她像过去一样，从花园的小门进去，来到正院；边上是两排枝叶繁茂的椴树，长长的树枝摇曳不定，沙沙作响。狗舍里的狗一起叫起来，震天价响，却不见有人出来。

她登上宽大笔直的楼梯，楼梯有木制栏杆，通向积有灰尘的石板地走廊。房间沿走廊一字儿排开，就像修道院、旅馆一样。他的卧室在最远处的尽头，靠左首。她正要把手指搁在门把手上的刹那间，顿时感到浑身无力了。她怕他不在，又几乎希望他不在。然而这是她唯一的指望，是她得救的最后机会了。她定了一会儿神，觉得事情迫在眉睫了，便鼓足勇气走了进去。

他坐在火炉前抽烟斗，双脚搁在炉框上。

"哟！是您呀！"他蓦地站起来说道。

“对，是我！……我想，鲁道夫，找您讨个主意。”

她竭尽全力要自己往下说，可就是难以启齿。

“您没有变，还是那样可爱！”

“哦！”爱玛酸楚地应道，“这种可爱也够可怜的了，我的朋友，既然连您都没把它放在眼里。”

于是，鲁道夫开始解释自己的行为，但一时又找不到更好的借口，只好不痛不痒地表示歉意。

他讲的话，还有他讲话的声音，他那煞有介事的样子，使爱玛动容。于是爱玛装作相信，说不定还真的相信了他俩分手的所谓理由；什么当时有难言之隐呀，什么事关另一位的名誉，乃至生命。

“别提啦！”爱玛凄楚地望着他说道，“我可没少难受！”

鲁道夫以达观的口吻应声说道：

“生活就是这样嘛！”

“我们分手以后，”爱玛又问道，“您过得总还好吧？”

“哦！不好……也不坏。”

“咱俩不分开，说不定就好些。”

“是吧……大概吧！”

“你这样想吗？”爱玛说着凑上前去。

她叹息一声：

“喔！鲁道夫！你要知道呀！……我真的爱上了你！”

就在这时，她拉住鲁道夫的手，一时间，两人手指交叉捏在一起，——就像那第一天，在展评会上！鲁道夫因自尊心作怪，竭力克制自己不为所动。可是爱玛倒在他怀里，对他说道：

“没有你，你叫我怎么活呀！人只要幸福过，就不能没有幸福了！我当时心灰意冷！以为我会死的！这些，回头我再一五一十告诉你，会的。可你呀……你却躲着我！……”

因为三年来，鲁道夫由于男性特有的那种天生怯懦，总是小心在意地回避她。爱玛做出娇嗔的样子，继续往下说着，比发情的母猫还要柔媚：

“你爱的是别人吧，你要承认。喔！我理解那些女人，对！我原谅她们。你会引诱她们，就像当初引诱我。你是男的嘛！要让人家爱你想你，你有的是办法。不过，咱们要重新开始，对不对？咱们要相亲相爱！瞧，我都笑了，我真幸福！……你说话呀！”

爱玛看上去妩媚动人，眼睛里闪着泪花，就像暴风雨过后，蓝色花萼里的水珠。

鲁道夫把她拉到膝上，用手背抚弄着她那滑润的头发。已是薄暮时分，最后一抹夕阳，就像金箭一般，在她的头发上闪闪烁烁。爱玛低着头，临了，鲁道夫用唇尖，轻轻地，吻了吻她的眼睑。

“你是哭过吧！”他说，“为什么？”

爱玛索性抽抽搭搭哭起来。鲁道夫以为这是爱情的宣泄；见她默不作声，就把这沉默当作是最后一丝羞涩，便大声说：

“啊！你原谅我吧！我只喜欢你一个。这以前，我又蠢又浑！我爱你，永远爱你！……你到底怎么啦？你告诉我呀！”

他跪了下去。

“唉！……我倾家荡产了，鲁道夫！你要借我三千法郎！”

“不过……不过……”鲁道夫说着慢慢站了起来，脸上现出严肃的神色。

“你知道，”爱玛急切地继续说道，“我丈夫把他的财产全部委托给一个公证人，那个公证人卷逃了。我们举了债，病人又赊账。不过，清算还没结束，到时候我们就有钱了。可是今天，要是拿不出三千法郎，人家就要扣押我们的动产，就是现在，就在眼前。我指望着你还念着友情，所以就来了。”

“哦！”鲁道夫的脸色顿时变得煞白，想道，“她是为这事来的！”

临了，他神色平静地说道：

“我没这么些钱，亲爱的夫人。”

鲁道夫不是说谎。倘若有，他也许会给的，虽说干这等壮举，往往令人扫兴：爱情会经受种种狂风，其中最为寒冷刺骨，能把爱情连根拔除的，莫过于金钱的要求了。

爱玛先是望着他，愣了几分钟。

“你没有！”

她反复说了好几遍：

“你没有！……我真不该还丢最后一次脸。你从来没爱过我！你不比别的男人好！”

她的真心话脱口而出，她气昏了。

鲁道夫打断她，说他自己也正“手头上紧”。

“哟！我同情你！”爱玛说道，“对，万分同情！……”

她的目光落在一支银丝嵌花的马枪上，它正在陈列武器的盾形板上闪闪发亮。

“可是，一个人要是穷到这种地步，就不会把银子嵌在枪柄上啦！就不会买镶玳瑁的挂钟啦！”她指着布尔式挂钟继续说道，“马鞭上也不会配镀金的银哨子！”她摸摸那些哨子，“表链上也不会来这么些小饰物！喔！人家可是一样都不缺呀！卧室里还摆着个酒柜呢；因为你就爱自己，生活得舒舒服服，拥有宅邸、庄园、树林，你去围猎，你去巴黎旅行……嗯！哪怕就是这种玩意儿，”她从壁炉台上拿起两颗衬衫袖口的扣子，大声说道，“这种小得不能再小的东西！都能换成钱来！……哼，我才不稀罕！你留着吧。”

说着，她把两颗饰扣甩得老远，上面的金链子碰在墙上，摔断了。

“可我呢，为了博你一笑，一个青睐，为了听到你说声‘谢谢’，我什么都可以给你，什么都可以变卖，可以动手去干活，可以沿路乞讨！你却悠然自得地坐在扶手椅里，好像你让我吃的苦头还不够似的！你心里很清楚，要不是你，我本来可以过得很幸福的！有谁逼你吗？难道是打什么赌？可是，你过去是爱我的，你常这样说……刚才还说过的……哼！还不如干脆把我撵出去呢！我的手上有你的吻，还是热的呢，瞧，就在这地方，在地毯上，你跪在我面前，信誓旦旦地说要爱到永远。你让我相信了你：两年当中，你把我带进了梦里，无比美妙，无比甜蜜！……啊！咱俩的一个个出行计划，你还记得吧？唉！还有你的信，你的信！把我的心都弄碎了！……可是后来呢，我又来到他身边，来到富有、幸福、自在的他身边！给他带来我的满腔柔情，我苦苦相求，求他帮个忙，帮个谁都会帮的忙，他都拒绝我，因为这要破费他三千法郎！"

"我没这么些钱！"鲁道夫充分冷静地分辩道，这冷静像一面盾牌，掩盖着压在心头的愤怒。

爱玛走了出来。墙壁在摇晃，天花板向她压下来。她再次走过那条长长的小径，踉踉跄跄，不时绊到被风驱聚的落叶堆上。她终于走到壕沟边的栅栏门前，急急忙忙开门，匆忙间连指甲都给门锁碰断了；接着，气喘吁吁走到百步开外，差点摔倒，便停了下来。这时，她回过头，又瞥了一眼那座冷冰冰的宅邸，还有草坪、花园、三个院子和正面的所有窗户。

她茫然地在那儿发呆，几乎意识不到自身的存在，似乎只听见自己脉搏的声音，在向外弥漫，仿佛震耳欲聋的声音，在田野上响成一片。她脚下的泥土比波浪还要绵软，一条条犁沟就像褐色的巨浪，汹涌而来。她脑子里的所有记忆和思想，刹那间一齐迸发出来，就像焰火的千万个火花。她看到她的父亲、勒赫的工作室、幽会的房间、另一番景色。疯狂攫住了她，她感到害怕，好不容易才定下神来，但老实讲，脑子里还是一片混沌；因为她想不起眼下这可怕处境的起因，也就是说，想不起借钱的事了。她只是为爱情而痛苦，觉得自己的灵魂正在从这番回忆中飘失，一如受伤的人在垂死之际，感到生命正从流血的伤口逝去。

夜幕降临，群鸦乱飞。

爱玛骤然觉得，一些火红色的小球，像曳光弹一样在空中炸开，往下跌落，不停地旋转，旋转，落到大树的枝丫间，融化在雪里。每个火球中央，都现出鲁道夫的面孔。火球越来越多，渐渐聚拢，钻进她的身体，统统不见了。这时她才看清是房舍的灯火，远远地在暮霭中闪亮。

她的处境，这时就像一道深渊摆在面前。她大口大口地喘气，胸膛仿佛要炸开似的。继而，一股悲壮的情怀涌上心头，让她简直高兴起来，她奔下山坡，穿过牛走的便桥、小路、巷子和菜市场，来到药店前面。

没有人。她正要进去；可是门铃一响，就会有人过来呀。于是她从栅栏门溜了进去，屏住呼吸，摸着墙壁，走到厨房门口。里面的炉灶上点着一支蜡烛。朱斯坦身着衬衫坎肩，正端走一盘菜。

“哦！他们在吃晚饭。等一会儿。”

朱斯坦折了回来。爱玛敲了敲窗玻璃，朱斯坦走了出来。

“钥匙！顶楼的，就是放……”

“怎么啦?”

朱斯坦打量着爱玛，不由得大吃一惊，她脸上没一点血色，黑魆魆的夜色一衬，显得格外白皙。爱玛在他眼里，美得出奇，势不可挡，像个幽灵。他不明白她要干什么，但有一种可怕的预感。

爱玛压低嗓门，以温柔而诱人的口气匆忙又说道：

“我要用，你给我吧!”

板壁很薄，听得见餐厅里叉子碰盘子的声音。

爱玛只说是要灭老鼠，老鼠闹得人没法睡觉。

“我得跟先生说说。”

“不！你别走！”

接着，爱玛满不在乎地说：

“哎！不必啦，我一会儿告诉他。好啦，你给我照亮！”

她走进配药室门口的过道，墙上挂着一把钥匙，上面的标签上写着杂物间。

“朱斯坦！”药店老板不耐烦地喊道。

“咱们上楼！”

朱斯坦跟着爱玛上楼。

钥匙在锁孔里转动；爱玛凭着记忆，径直走向第三块搁板，抓住蓝色瓶子，拔掉塞子，伸进手去，抓出一大把白色粉末，就这么往嘴里送起来。

“不能吃！”朱斯坦叫着向她扑去。

“别嚷！会有人来的……”

朱斯坦急坏了，想喊人。

“千万别声张，不然就全该你家主人兜着啦！”

说完爱玛转身走了，她顿时平静下来，简直就像完成了一项任务那般从容。

夏尔被扣押动产的消息弄得惊慌失措，他回到家里时，爱玛刚刚出去。他又是喊，又是哭，还晕了过去，可爱玛却不回来。她会在哪里呢？他打发费莉西泰去找，奥梅家、蒂瓦施先生家、勒赫家、金狮客栈，全都找遍了。他一阵阵心焦，看到自己名誉扫地，倾家荡产，贝尔特的前途也毁了！究竟是怎么回事呢？……连一句话都没有！他一直等到傍晚六点，再也按捺不住了，心想爱玛准是去了鲁昂，便在大路上走了半法里，还是不见人影，又等了一会儿才折回来。

爱玛这时已经回来了。

“出什么事了？……这是为什么？……你给我说说吧？”

爱玛在书桌前坐下，写好一封信，慢慢把口封好，加上日期和时刻；然后才以庄重的口气说道：

“你明天自己看吧，从现在到那时，请你一句话也别问我！……对，一句话也别问！”

“可是……”

“噢！你别烦我！”

说完她直挺挺地在床上躺下。

她感到嘴里有一股涩味，便醒了过来；模模糊糊看到夏尔，又闭上眼睛。

她好奇地等着，看自己有什么感觉，看会不会难受。没有啊！还没一点动静呢。她听见时钟在嘀嗒，炉火在呼呼作响，还听见夏尔站在她床头呼吸的声音。

“啊！死也算不得什么！”她想道，“我一睡过去，就一了百了啦！”

她喝了口水，面壁而卧。

那股讨厌的墨水味儿依然还在。

“我渴！……喔！渴得厉害！”她呻吟道。

“你怎么啦？”夏尔把杯子递给她说。

“没什么！……开窗户……我透不过气来！”

说完爱玛一阵恶心，来得那么突兀，简直来不及从枕头下抽出手绢。

“拿走！”她急忙说，“扔掉！”

夏尔问她话，她不搭理。她一动也不动，生怕稍一激动，又会吐起来。这时，一种冰冷的感觉从脚底一直升到心口。

“啊！总算开始啦！”她嘟哝道。

“你在说什么？”

她心烦意乱，脑袋轻轻地转过来转过去；牙巴骨一直张开着，似乎舌头上压着什么沉甸甸的东西。八点钟的时候，又呕吐起来。

夏尔注意到，盆底有一种白砂砾似的东西，附在瓷面上。

“怪得很！太奇怪了！”他连声说道。

但是，爱玛大声说：

“没什么，你看错了！”

于是，夏尔轻轻地，几乎是抚摸般地用手在她的胃部一摸。爱玛尖叫一声，吓得他往后退去。

接着爱玛呻吟起来，起初声音很低微。她的肩膀猛地抖动起来，痉挛的手指抠着床单，脸色比床单还白，本来就不齐的脉搏现在简直都没有了。

她脸色发青，汗珠子渗了出来，就像金属上凝成的水汽。牙齿碰得咯咯响，睁得老大的眼睛茫然地环顾四周。不管问她什么，她只是摇头；有两三回，她甚至还笑了笑。渐渐地，她呻吟的声音变大了，禁不住还发出一声低沉的叫喊。她说自己好些了，马上就起来的。就在这时，她全身抽动起来，大声叫道：

“啊！真受罪，我的上帝！”

夏尔跪到床边。

“你说话呀，你吃了什么？看在上天的分上，你回答呀！”

他望着她，眼睛里的柔情，爱玛似乎从没见过。

“好吧！那里……在那里！……”她声音衰弱地说道。

夏尔冲到书桌前，拆开信封，大声念道：“不要怪罪任何人……”他停住了，用手揩揩眼睛，接着往下看。

“怎么！……快救人哪！来人呀！”

他只是一遍遍叫着：“服毒啦；服毒啦！”费莉西泰跑到奥梅家。奥梅到广场上大声一嚷，勒弗朗索瓦太太在金狮客栈都听见了。有些人起身去告诉左邻右舍。镇上人通宵没睡。

夏尔失魂落魄，话不成句，简直就要瘫倒，可还是在房间里团团转，一会儿撞家具，一会儿揪头发，药剂师从没想到会有如此吓人的场面。

他回家去给卡尼韦先生和拉里维埃博士写信，可是他脑袋里面空空如也；少说也打了十五遍草稿。伊波利特去了新堡；朱斯坦骑着包法利的马狠命地踢，把马赶得筋疲力尽，都快累死了，只好把它撇在纪尧姆树林的山坡上。

夏尔想翻翻医学辞典，但看不清楚，上面的字晃来晃去。

“要镇静些!”药店老板说，“只要用些强效解毒药就成。是什么毒药?”

夏尔拿信给他看，原来是砒霜。

“哦!”奥梅又说，“应该化验一下。”

因为他知道，凡是中毒病例，都得做化验。另一位没听明白，应声说道：

“噢！您做吧！您做吧！要救救她!”

然后，他回到爱玛身边，软瘫在地毯上，头抵着床沿抽泣起来。

“别哭了!”爱玛对他说，“马上我就不会再搅扰你了!”

“这是为什么呢？有谁逼你吗?”

爱玛分辩道：

“不得不这样啊，朋友。”

“难道你不幸福？是我的错吗？可我尽了全部力量呀!”

“对……没错……你是好样的。”

说着，爱玛把手缓缓伸进他的头发里。这种甜蜜的感觉，使他更加伤心。爱玛此刻对他流露的爱，胜过以往任何时候，而他却偏偏就要失去她了。想到这儿，他万念俱灰，肝肠寸断。他束手无策，不知道也不敢怎么做；眼下要当机立断，刻不容缓，这更使他心乱如麻。

爱玛在想，一切都了结了，所有的背弃不忠，卑鄙无耻，以及折磨着她的无数贪欲，全都结束了。现在她谁也不恨了。一种日薄西山的迷离恍惚笼罩着她的思想；人世间的一切声音她都听不见了，只听见这个可怜的心灵在如泣如诉，断断续续，柔和不清，犹如一曲远去的交响乐的最后回声。

“把女儿领到我这儿来。”她用胳膊肘支起身子说道。

“你不那么难受了，是吗？”夏尔问道。

“对！对！”

孩子由女佣抱来了，穿着长睡衣，露着光脚丫，绷着张脸，像是还在做梦。她惊讶地瞧着凌乱的房间，眼睛不停地眨巴，因为四周家具上的烛光让她眼花缭乱。这些烛光想必使她想起了新年或四旬斋狂欢节的清晨。那时节，她就是一大早在烛光下这样被叫醒，来到母亲床上接受礼物。因而她问道：

“东西在哪儿，妈妈？”

见大家都不作声，她又说：

“没见我的小鞋鞋①呀！”

费莉西泰掖着她，让她俯身朝着床，而她还是望着壁炉那边。

“是奶妈拿走了吗？”她问道。

听到奶妈二字，包法利夫人想起了自己的外遇和灾祸，便掉过头来，仿佛另有一种更厉害的毒药，从下往上泛到嘴里，叫她恶心似的。这时，贝尔特已被放在床上了。

“哦！你的眼睛好大呀，妈妈，你的脸好白呀！汗也好多呀……”

她母亲瞧着她。

“我怕！”小女孩往后退着说。

---

① 给孩子的新年礼物常放在鞋子里，搁在壁炉上。

爱玛拉住她的手想亲一亲，她挣扎着不肯。

“行啦！把她弄走吧！”一直在床边啜泣的夏尔叫道。

随后有一阵，爱玛的症状稳定了，看上去也不那么烦躁了。听到她每一句并无意义的话，看见她每次呼吸时胸脯稍许平静了些，包法利就以为有了希望。终于，卡尼韦进来时，他噙着眼泪扑进他怀里。

“啊！您来了！谢谢！您真好！现在好些了。喏，您看看她吧……”

这位同行根本不这么认为，而且按他的说法，他不打算拐弯抹角，干脆开催吐剂，要让胃完全吐空。

爱玛不一会儿就吐起血来。嘴唇抿得更紧，四肢抽搐，身上呈现褐斑，脉搏细滑，摸上去就像一根绷紧的线，一根快要绷断的琴弦。

接着，她可怖地叫喊起来。她诅咒毒药、谩骂毒药，求它别再磨蹭。不管夏尔想方设法让她喝什么东西，她都用僵直的胳臂推开。夏尔比她更像要死的人，站在那儿，用手帕捂住嘴，嘶声喘着气，哭得接不上气，连脚跟都在打战。费莉西泰在房里团团转。奥梅先生一动不动，大声叹气。始终沉着冷静的卡尼韦先生，心里也开始发慌了。

“真见鬼！……不过……已经排空了，而病源一旦消除……”

“毒性作用就该停止，”奥梅说，“这是不言而喻的。”

“啊，救救她吧！”包法利动情地说道。

药剂师还在胡乱猜测，说“可能这是将有转机的症状”。卡尼韦不听他那一套，打算用解毒剂。正在这时，外面传来马鞭响声；所有窗玻璃都瑟瑟颤动起来，一辆轿式驿车，由三匹疾驰的马拉着，连耳朵都溅上了泥，从菜市场拐角蹿将出来。拉里维埃医师到了。

即便是天神降临，也不会激起更强的震撼。包法利扬起双手，卡尼韦立刻打住，奥梅不等医师进来就摘下了希腊软帽。

拉里维埃属于比沙①创立的那个著名外科学派，属于现已不复存在的那一代讲究哲理的临床医生。他们出神入迷地热爱自己的医道，行起医来满腔热情，洞幽烛微。拉里维埃一发火，整个医院都会发抖。他的学生个个崇拜他，从业伊始就不遗余力地效仿他。于是在这一带的各个城镇里，只见他们像他一样，都穿着美丽奴毛料长外套，都穿着宽松的黑色燕尾服。燕尾服的袖口不扣纽扣，稍稍盖住他那双肉感的手，一双很漂亮的手，从来不戴手套，似乎就是为了出手更加利索，救人于苦难之中。他蔑视勋章、头衔和学会，对穷苦人亲切、慷慨、慈爱，力行道德却不信道德说教；若不是他洞察入微，使得人家像惧怕魔鬼一样怵他的话，简直可以称得上是一位圣人。他的目光比手术刀还要锐利，可以一直钻到你的心里，能够透过种种说词和羞涩尴尬，识破一切假话。他就是这样，威严而又不失温厚。这种气质，是拥有卓越才华和成就的良知所赋予的，是四十年兢兢业业、无可指摘的生涯所造就的。

他一进门，望见爱玛仰面躺着，嘴巴张开，脸像死尸，就皱眉头。而后，他把食指放在鼻孔底下，一副听卡尼韦介绍的样子，不时说上一句：

“好，好。”

可是，他的肩头缓缓耸了耸。包法利注意到了这个动作。两个人对视了一眼。这个人虽然看惯了痛苦的情景，也禁不住落下一滴眼泪，滴在他的襟饰上。

他想让卡尼韦跟他去隔壁房间。夏尔也尾随着他。

“她情况很差，是吗？要不要敷芥子膏？我都糊涂了。请您务必想想法子，您救过那么多人啊！”

夏尔用两臂抱住他，惊惶、恳求地望着他，险些晕倒在他怀里。

---

① 比沙（1771-1802），法国著名医学家。

“好啦，我可怜的孩子，要坚强些！已经无能为力了。”

说着拉里维埃医师转过身去。

“您这就走？”

“我还要来的。”

他走了出去，像是要去吩咐车夫一句话，一起走的还有卡尼韦先生。卡尼韦也不想看到爱玛在自己手里死去。

药剂师在广场上赶上他们。他天性就离不开名人，所以他恳请拉里维埃先生务必赏光，到他家去吃饭。

他立刻打发人去筹办东西，金狮客栈的鸽子，肉店的所有排骨，蒂瓦施家的奶油，莱蒂布杜瓦家的鸡蛋。药店老板亲自帮着料理，奥梅太太一边系上罩衫带子，一边说：

“请多包涵，先生，在我们这个小地方，昨天没关照好……”

“拿高脚玻璃杯!!!”奥梅悄声打断她。

“要是在城里，好歹总还能弄到嵌馅蹄子。”

“少废话？……请入席，大夫!”

吃了几口之后，奥梅先生觉得，该把这场灾祸的细节情况介绍介绍：

“起初我们发现她咽喉干燥，随后是上腹剧痛，呕吐，昏迷。”

“她是怎样服毒的？”

“不知道，大夫。就连她从哪儿能够弄到这种亚砷酸，我也不知道。”

朱斯坦正端过来一摞盘子，突然哆嗦起来。

“你怎么啦？”药剂师说。

小伙子一听见这声问话，手上的盘子稀里哗啦全摔到了地上。

“饭桶!”奥梅呵斥道，“笨蛋！傻瓜！蠢驴!”

但是，他突然克制住自己，说道：

“大夫，我想到了要做化验试试；primo①，我小心地往一支试管里装……”

“倒不如干脆，”外科医生说，“把手指头塞进她的喉咙。”

他的同行卡尼韦先生一言不发，因为刚才为他用催吐剂一事，私下里已经受到严厉责备。这位好心的卡尼韦，上回做畸形足手术时，是那样不可一世，口若悬河，今天却显得十分谦虚，脸上始终笑容可掬，一副唯唯诺诺的样子。

奥梅做了东道主，脸上光彩，喜形于色，想到包法利的悲惨处境，又以自私的心态反观自己，心里隐隐约约发出得意之感。医师大驾光临，让他激动不已。他有意卖弄渊博，东扯西拉地提到斑蝥、见血封喉树、芒齐涅拉树、蝰蛇等等。

“我甚至在资料上看到，大夫，有的人因为吃了熏制过头的猪血香肠而中毒，就像挨了雷击一样！至少，我们药物学方面的一位权威，一位大师，著名的卡代·德·加西库尔，在一份非常出色的报告中提到过。”

奥梅太太又露面了，端来一个晃晃悠悠、用酒精加热的器具，因为奥梅先生执意要在餐桌上现煮咖啡，而且咖啡还是他亲手焙炒、亲手研磨、亲手调配的。

“请用Saccharum②，大夫，”他一边递上砂糖一边说。

随后，他让自己的孩子都下楼来，他很想知道这位外科医生对他们的体质有何高见。

临到拉里维埃先生要走了，奥梅太太又请他给她丈夫瞧瞧。他的血越来越稠，每天吃过晚饭就打瞌睡。

---

① 拉丁语：首先。
② 拉丁语：砂糖。

“哦！他的毛病不是出在脑瓜①上。”

这句俏皮话没人会意，医师兀自略露笑意，一边把门打开。可是，药店里人挤得水泄不通，要想脱身却非易事；蒂瓦施先生担心老伴胸部有炎症，因为她老往灰堆里吐痰；接下来是比内先生，他有时饿得发慌；卡龙太太觉得身上刺痒；勒赫常常头晕；莱蒂布杜瓦有风湿病；勒弗朗索瓦太太胃里反酸。最后，三匹马好不容易才撒腿上路；可大伙儿一般都觉得，拉里维埃先生人不太随和。

这时，布尔尼贤先生手捧圣油，打菜市场经过，才转移了大家的注意力。

奥梅按照自己的原则，把教士一律比作哪里有死亡气味，就往哪里去的乌鸦。就他个人而言，他一看见教士就觉得晦气，因为教士长袍让他想到殓布；他憎恶前者，多少是由于惧怕后者。

然而，面对他所谓的使命，他并不退缩；他陪着卡尼韦又去了包法利家里。拉里维埃先生临走时，特地叮嘱过卡尼韦，一定要去去。倘若不是太太拦着，奥梅甚至会把两个儿子也带去，让他们见识见识重大场面，日后好在脑子里记住人生一课，一次真实的教训，一个肃穆的场景。

他们进去时，卧室里笼罩着肃穆、悲哀的气氛。缝纫台上铺了块白布，上面一个银盘里放着五六个小棉球，旁边是个大十字架，一边一个烛台都点着蜡烛。爱玛的下巴抵在胸前，眼睛睁得老大，一双可怜的手，像一般临死的人一样，在床单上可怕地缓慢挪动，似乎要用殓布早早把自己盖上。夏尔的脸如同石像那样灰白，眼睛红得像火炭，没有哭泣，面对爱玛站在床尾，而神甫单膝着地，口

---

① 法语 sang（血）与 sens 发音相近。医师说的是一语双关的俏皮话，此处用的是单数 sens。sens 是多义词，意为神志、感觉、观念、意识、见识、见解、方向等。

中念念有词。

爱玛慢慢转过脸来，蓦地看见紫色的教士襟带，似乎有了欣喜的神色。她在异乎寻常的平静之中，也许重又感受到早年虔诚信教时那种久违的快乐；与此同时，天国永恒的幸福开始浮现在眼前。

神甫站起身，拿来十字架。爱玛像口渴似的伸长脖子，把嘴唇贴在耶稣基督的身体上，使尽最后的力气，印上了她平生最深沉的爱之吻。而后，神甫念诵了愿主慈悲和祈主赦罪，右手大拇指在油里蘸了蘸，开始敷圣油：先是觊觎过尘世浮华的眼睛，接着是贪恋过和煦微风和爱情芬芳的鼻孔，然后是曾经开口说谎，因得意而低吟，在淫荡中喊叫过的嘴巴，再次是曾经轻轻抚摸，乐此不疲的手掌，最后是曾为满足欲望跑得飞快，如今再也无法行走的脚掌。

本堂神甫擦擦手指，把浸了油的几个棉球扔进火里，回到临终人身旁坐下，告诉她，现在应该把自己的痛苦融会在耶稣基督的痛苦中去，完全信赖天主的慈悲。

劝诫完毕，他试着把一支圣烛放在爱玛手里。那是天国荣耀的象征，不一会儿她就要沐浴其间了。爱玛太衰弱，手指握不拢，若不是布尔尼贤先生，蜡烛早掉到地上了。

可是，爱玛的脸已不那么苍白，显得很安详，仿佛这场圣事把她治好了似的。

神甫少不得指出这一点，甚至对包法利解释说：有时候，天主只要觉得有利于拯救灵魂，就会延长人的生命。夏尔记起爱玛领受圣体的日子，那一天她也是快要死去的样子。

“兴许还有一线希望。”他心里想道。

果然，爱玛缓慢地环顾四周，就像一个人刚从梦中醒来似的。然后，她声音清晰地开口要她的镜子。她对着镜子照了一会儿，直到眼里涌出大颗大颗的泪珠。于是，她头一仰，叹息一声，重又落在枕头上。

她的胸脯立刻开始急促起伏，舌头完全伸到嘴外，眼珠子转来转去，渐渐暗淡下来，就像行将熄灭的灯盏，她好像已经死了，只是由于拼命喘气，胸肋还在可怕地抽动，越来越急，就像灵魂要从那里跳将出来似的。费莉西泰在十字架前跪下，连药剂师也屈了屈膝，卡尼韦先生神色茫然，朝广场上望着。布尔尼贤又祈祷起来，脸冲床边头低着，长长的黑袍拖曳在身后。夏尔跪在另一边，向爱玛伸出双臂。他抓住爱玛的手，紧紧握住，她的心脏每搏动一次，他就哆嗦一下，就像在承受一座废墟倒塌时的反冲力。爱玛的喘息越来越剧烈，教士的祷告也越来越急切。祷告的声音与包法利泣不成声的哽咽交织在一起。有时，似乎万籁俱寂，只听见拉丁语低沉的音节在铿然作响，仿佛丧钟一样。

蓦地，便道上传来笨重的木鞋声音，还有木棍点点探探的响声，有人放开嗓门，声音沙哑地唱道：

大好晴天暖融融，
小妞时时春心动。

爱玛像一具中了电的尸体，一下子挺了起来，披头散发，凝定的两眼睁得老大。

镰刀割麦往前冲，
娜奈妹妹把腰弓，
一心一意拾麦穗，
忙忙碌碌在田垄。

“瞎子!”爱玛叫道。

她大笑起来，笑得冷峻、疯狂、绝望，她似乎看见了那家伙丑陋的脸，像个吓人的怪物，站立在永恒的黑暗之中。

那天突然风吹动，

她的短裙飞半空。

一阵抽搐，爱玛倒在褥垫上。大家围上前去。她死了。

9

一旦有人死了，人们好像总会惊愕不已，实在弄不明白怎么说死就死了，一时难得让自己信以为真。然而，夏尔见她不动了，却当即扑到她身上，叫道：

“永别了！永别了！”

奥梅和卡尼韦把他拉出房间。

“您要节哀！”

“好，”夏尔一边挣扎一边说，“我会理智的，不会干傻事。你们别管我！我要看看她！她是我妻子呀！”

说着他哭了起来。

“哭吧，”药剂师又说，“那就顺其自然吧，这样您会好受些！”

夏尔比孩子还要软弱，任凭人家把他带到楼下厅房里。不一会儿，奥梅先生就回家了。

他在广场上让瞎子给缠住了。瞎子一路摸到永镇，一心想讨些消炎药膏，逢人就打听药店老板住什么地方。

“喔哟，得了！倒像我没事要忙似的！唔，算你倒霉，改天再来吧！”

他说罢急匆匆走进药店。

他要写两封信，要给包法利配一剂镇静药水，还要编一套能隐去服毒的说词，并且写成文章投给《灯塔报》；此外，还有一些人在等着听他透露情况。他放话说，爱玛是在做香草奶油时，误把砒霜当白糖吃了。等永镇人都知道这个消息之后，奥梅又一次返回包法利家。

他只见包法利独自在屋里（卡尼韦先生刚走），坐在窗户边的扶手椅里，痴痴地凝望着厅房的石板地。

“现在，您得为仪式定个时间了。”药剂师说。

“干吗？什么仪式？”

接着，包法利惊恐地结巴道：

“哦，不了，行不行？不了，我要留着她。”

奥梅为了缓和气氛，从摆设架上拿起一个长颈玻璃瓶，浇起天竺葵来。

“啊！谢谢！”夏尔说道，“您真好！”

他的话没说完。药剂师的这个动作唤起他的许多回忆，他说不下去了。

为了让他分分心，奥梅心想不妨和他聊聊种花的事，便说植物需要水分。夏尔把头一点，算是赞同。

“再说，春光明媚的日子就要到了。”

“喔！”包法利说。

药店老板又没辙了，便把窗户上的小帘子轻轻拉开。

“瞧，蒂瓦施先生正经过这里。”

夏尔像一架机器，重复道：

“蒂瓦施先生正经过这里。”

奥梅不敢再对他提丧葬安排。最后还是教士劝他拿定主意的。

包法利把自己关在诊室里，拿起一支笔，啜泣了一会儿，才写道：

> 我希望她安葬时身穿婚礼长裙，脚穿白鞋，头戴花冠，头发披在肩上；三副棺椁，分别用橡木、桃花心木和铅。别来跟我说什么，我挺得住。要用一大块绿色天鹅绒盖在她身上。这是我的愿望。请照办。

包法利这些罗曼蒂克的想法，令两位先生惊愕不已。药剂师立刻去对他说：

"这块天鹅绒我觉得纯属多余。再说，开销……"

"关您什么事?"夏尔嚷道。"别来烦我！您又不爱她！走开!"

教士挽起他的胳膊，陪他去花园里走走，一边谈论世事虚荣，说上帝伟大而又慈悲，应该毫无怨言地服从上帝的意旨，甚至要感恩戴德。

夏尔破口咒骂起来：

"我恨他，您那个上帝!"

"您还有叛逆意识呢。"教士叹息道。

包法利走远了。他沿着墙边的果树，大步走着，一边咬牙切齿，朝天投去诅咒的目光，可是连片树叶都没晃动一下。

天下起了小雨，夏尔敞着胸口，最后打起寒战来，便回屋坐在厨房里。

六点钟，广场上传来一阵丁零当啷的响声，是燕子回来了。夏尔前额贴着玻璃窗，望着乘客们三三两两地下车。费莉西泰在客厅给他铺了条床垫，他倒身躺下，睡着了。

奥梅先生虽有哲学家的风范，但对死去的人还是尊重的。所以并不记恨可怜的夏尔，傍晚时分又过来守灵，随身带了三本书和一个活页本子，准备做笔记的。

布尔尼贤先生也在。床从原处挪了出来，床头点着一对大蜡烛。

药店老板耐不住寂静，不一会儿就发表感慨，对这位“不幸的年轻女士”表示怜悯。神甫接过话头说，现在只有为她祈祷了。

“不过，”奥梅又说，“两者必居其一：要么她是蒙主降恩而死（就像教会所说的），那她根本用不着我们祈祷；要么她是没作忏悔而死（我想，这是教士用语），那就……”

布尔尼贤打断他，没好气地分辩说，那照样也得祈祷。

“可是，”药剂师反驳道：“既然我们的需要上帝一清二楚，何必还要祈祷呢？”

“怎么！”教士说，“何必祈祷！您难道不是基督徒？”

“对不起！”奥梅说，“我赞赏基督教，它首先解放了奴隶，在世间引进了一种道德规范……”

“问题不在这里！所有经文……”

“哦！哦！说到经文，您不妨翻开历史书吧；我们知道，经文都被耶稣会士篡改过的。”

夏尔走了进来，往前走到床边，缓缓撩开帐幔。

爱玛的头侧在右肩上，嘴角张着，就像脸庞下部的一个黑洞；两个大拇指弯在手心里；眼睫毛上仿佛撒了一层白色粉末，眼睛开始蒙上一层薄纱般的灰白黏膜，就像蜘蛛在上面结了网。盖在她身上的单子，胸脯以下直至膝部凹陷下去，在脚趾那儿又隆起来。夏尔觉得，仿佛有个庞然大物，极其沉重地压在她身上。

教堂的钟敲响了两点。黑暗之中，从望台脚下传来河水潺湲之声。布尔尼贤先生不时大声擤鼻子，奥梅的笔在纸上沙沙作响。

“行啦，我的好朋友，”奥梅说道，“您走吧，此情此景让您看了伤心。”

夏尔一走，药剂师和本堂神甫又抬起杠来。

“读一读伏尔泰吧！”一个说，“读一读霍尔巴赫①，读一读《百科全书》吧！”

“读一读《葡萄牙犹太人信札》② 吧！”另一个说，“读一读前行政官尼古拉③写的《基督教原理》吧！”

两个人都激动起来，面红耳赤的，双方自顾自同时说话，根本不听对方的。布尔尼贤因为对方如此放肆而愤慨；奥梅因为对方如此愚蠢而惊奇。两个人险些对骂起来，这时夏尔冷不丁又进来了。有种奇异的力量在吸引他，他总跑到楼上来。

为了看得真切些，他站到爱玛的对面，完全沉浸在这种凝视中，因为全神贯注，就不觉得痛苦了。

他想起一些有关强直症的传闻，还有磁气疗法④的奇迹，心想精诚所至，兴许能让爱玛起死回生。有一次他甚至俯身对着她，低声呼唤：“爱玛！爱玛！”粗重的气息，把烛焰吹得颤巍巍地朝墙壁舔去。

天刚蒙蒙亮，包法利老太太就到了。夏尔拥抱她时，又是泪如泉涌。老太太像药剂师一样，提醒他要节省丧葬开销。夏尔听了大发脾气，老太太只好住口不说。夏尔甚至要老太太立刻进城，采买所需物品。

整个下午，夏尔一直独自待着。贝尔特给领到奥梅太太那儿去了。费莉西泰在楼上，跟勒弗朗索瓦太太一道，守在那间卧室里。

傍晚时分，他接待前来吊唁的客人。他站起来与客人握手，却

---

① 霍尔巴赫（1723–1789），法国无神论哲学家，《百科全书》的重要撰稿人。

② 为法国教士盖内所著（1769），反驳伏尔泰对《圣经》的抨击。

③ 尼古拉（1807–1888），法国天主教作家。

④ 奥地利医生梅斯梅尔（1734–1815）首创的一种疗法。他认为，人可向他人传递磁气，用以治病。但医学界对他持否定态度。

说不出话来。大家依次坐在壁炉前，围成老大一个半圆。他们低着头，架着腿直晃，不时深深地叹息一声。人人都觉得腻烦至极，可就是没人先走。

奥梅九点钟又来了（两天来，净看见他在广场上来来去去），拿来一大包樟脑、安息香和香草，还带了满满一瓶驱除疫气的氯水。这时，女佣、勒弗朗索瓦太太和包法利老太太，正围着爱玛忙乎，刚给她换好衣服。她们把又长又硬的罩纱牵下来，一直盖到她的缎鞋。

费莉西泰抽泣着说：

“啊！可怜的主子呀！可怜的主子呀！”

“你们看她，”客栈女店主叹息道，“还是那么秀气可爱！谁敢说，她不会马上起来。”

三个女人俯身给爱玛戴花冠。

需要把头稍稍抬起。这一来，就有一股黑水从嘴里流出来，好像又在呕吐似的。

“啊！天哪！当心长裙！”勒弗朗索瓦太太叫道，接着又冲药剂师说道，“您倒是帮帮忙呀。莫非您害怕不成？”

“我害怕？”药剂师耸耸肩膀顶了过去。“哼，这不！我在学药剂学那会儿，在主宫医院就见过死人！我们还在解剖教室调过潘趣酒呢！死人吓不倒哲学家，我甚至常说，想把遗体捐赠给医院，日后好为科学研究派上用场。”

本堂神甫一到，就问包法利先生情况怎么样了。听了药店老板的回答，他就说：

“您知道，刚受了这样的打击嘛。”

这时，奥梅就恭喜他，说他不像一般人，不会遇到丧失爱妻的问题。由此又发生了一场关于教士独身不娶的争论。

“因为，”药剂师说，“一个男人没有女人，是有违天性的！犯罪的事又不是没见过……"

"哎，鬼话!"神甫嚷起来，"请问一个人结了婚，您让他怎么还能，比方说，守得住忏悔的秘密?"

奥梅又抨击忏悔。布尔尼贤则加以辩护，洋洋洒洒地说忏悔能使人改过自新；并且援引种种事例，说的是窃贼如何立时变成了好人。有的军人一走到忏悔间跟前，就觉得眼睛上有鳞片掉下来①。弗里堡有位牧师……

他的同伴睡着了。房间里空气太闷，神甫觉得有点透不过气来，便打开窗户，把药剂师惊醒了。

"得，来一撮鼻烟!"他对药剂师说，"拿呀，这玩意儿提神。"

远处传来持续的狗吠。

"有条狗在叫，您听见了吗?"药剂师说。

"据说，狗能闻出死人的气味，"教士接过话头说道，"就像蜜蜂一样，有人死了，它们就从蜂窝里飞出来。"

奥梅没有反驳这些陈词滥调，因为他又睡着了。

布尔尼贤先生的身子要结实一些，有一会儿，嘴唇还在继续嚅动，嘟哝不已，后来，不知不觉脑袋一耷拉，手里的黑皮厚书掉了下来，也打起呼噜来了。

这两个人面对面，腆着肚子，面孔浮肿，眉头紧锁。他们有过那么多的不一致，终于在人类共有的弱点上归于一致了。他们一动不动，跟身边看似睡去的尸体没什么两样。

夏尔进来时，并没惊醒他们。这是最后一次了。他是来向爱玛告别的。

---

① 《圣经·新约·使徒行传》第九章中说，主的门徒亚拿尼亚把手按在扫罗身上，"扫罗的眼睛上，好像有鳞立刻掉下来，他就能看见，于是起来受了洗"。

香草还在冒烟，一缕缕淡蓝色的烟，升腾缭绕，在窗口与外面飘进来的雾气交融。星光稀疏，夜色温煦。

大颗大颗的烛泪滴在床单上。夏尔望着蜡烛燃烧，烛焰发出的黄光看得他眼睛发了花。

月光般洁白的缎裙，波纹在微微闪动。爱玛裹在里面看不见了。他觉得，爱玛已从躯体中飘溢出来，消融在周围的物件之中，消融在寂静和夜色之中，消融在拂过的轻风和升起的湿润香气之中。

继而，夏尔蓦地看见她在托斯特的花园里，坐在靠荆篱的长椅上；抑或在鲁昂的街上，在自家的门口，在贝尔托的院子里。他还听见了在苹果树下跳舞的小伙子们的欢快笑声；卧室里充满了她的秀发的香气；她的长裙在他怀里瑟瑟直抖，发出火花般的声响。那正是这件长裙啊！

他久久地回顾着逝去的幸福，回顾着爱玛的举手投足、音容笑貌；绝望的悲哀一阵又一阵，无穷无尽，潮水般漫卷而来。

他萌生了一股强烈的好奇心：他伸出指尖，心突突直跳，缓缓揭开爱玛的罩纱。他发出一声恐怖的喊叫，把另外两个人惊醒了。他们把他弄到楼下客厅里。

过后，费莉西泰上来说，先生要一绺头发。

“去剪好了！”药店老板接口说。

费莉西泰不敢，他只好拿了剪刀，亲自走上前。他哆哆嗦嗦，把太阳穴的皮肤戳了好几下。最后，奥梅把心一横，硬着头皮胡乱剪了两三下。结果在那头漂亮的黑发中，留下了几块白色痕迹。

药剂师和神甫又开始专心地各忙各的事，但也少不了不时打一会儿盹。每次一醒来，两个人就相互指责。这不，布尔尼贤先生在房间里洒圣水，药剂师就往地上泼点氯水。

费莉西泰早就在五斗柜上给他们放了一瓶烧酒、一块奶酪和一大块奶油圆球蛋糕。凌晨四点光景，药店老板实在扛不住了，叹口气说：

“说真的，吃点东西就好！”

神甫也不用请，出去祷告一会儿回来，两个人就吃起来，还一边碰杯，一边嘿嘿傻笑几声，他们自己也不明白笑什么；那种莫名其妙的快活情绪，人们见了惨痛场面后是常会有的。要喝最后一小杯酒时，神甫拍拍药剂师的肩膀说：

“咱俩最终会合得来的！”

他们在楼下前厅遇见几个工人进来。于是，锤子敲打木板，砰砰敲了两个小时，夏尔不得不忍受这种折磨。随后，爱玛被抬进橡木棺材里，棺材外面又套双椁。由于外椁太宽，不得不用床垫的毛绒塞满空隙。最后，三副棺盖刨平了，钉牢了，封严了，就把灵柩停在门前。住宅的正门大开，永镇的老老少少络绎而至。

鲁奥老爹赶到了，刚走到广场，瞥见黑布就晕了过去。

10

鲁奥老爹在出事后三十六小时，才收到药剂师的信。奥梅先生考虑到他的心理承受能力，把信写得含糊其辞，叫人看了没法闹清是怎么回事。

老头子顿时像中风一样倒了下去。随即他明白了女儿没死，但可能会死……临了他穿上外衣，戴上帽子，给皮鞋扣上马刺，飞驰而去。一路上，鲁奥老爹气喘吁吁，忧心如焚。有一阵甚至不得不下了马，因为他眼睛发花看不见了，耳朵里嗡嗡乱叫，觉得自己疯了。

天破晓了，他瞥见三只黑母鸡在一棵树上打盹。这个预兆吓得他不寒而栗。于是他向圣母许愿，要捐给教堂三块祭披，还要从贝尔托公墓出发，赤脚一直走到瓦松镇的小教堂。

他一路驰进马罗姆镇，一路呼唤店家，随即一肩膀撞开客栈的大门，冲过去拉了一袋燕麦，再往草料槽里掺上一瓶甜苹果酒。然后又跨上那匹矮马，马蹄铁火星四溅。

他想，女儿兴许还救得过来。医生们会有药的，这是肯定的。他回想起听人讲过的种种大病治愈的奇迹。

他不明白她要干什么，但有一种可怕的预感。

过一会儿，他又觉得女儿已经死了。她就在他面前，仰面躺在路当中。他勒住缰绳，幻象立刻消失了。

到达坎康普瓦，为了给自己打气，他一杯接一杯，喝了三杯咖啡。

他想莫非人家写错了名字。他在口袋里找那封信，他摸到了，但不敢拿出来看。

他甚至猜测，说不定是有人乱开玩笑，是有人恶意报复，是有人酒后寻开心。再说，要是女儿真的死了，总会有感觉呀！没有哇！田野上没一点异象嘛：天是蓝蓝的，树在摇曳，一群羊过去了。他望见镇子了，只见他伏在马背上，使劲打马，飞奔而去，马肚带上直滴血。

他恢复知觉后，老泪纵横，扑倒在包法利的臂膀上：

"我的女儿！爱玛！我的孩子！告诉我究竟怎么回事……"

包法利抽泣着回答：

"我不知道，我不知道！真是飞来横祸呀！"

药店老板把两人拉开。

"那些可怕的细节，现在说也没用。回头我告诉先生好了。这不，大伙儿都来了。要稳重些，嗨！想开些！"

可怜的夏尔想做出坚强的样子，一叠连声地说：

"对……要坚强！"

"好，"老爹大声说，"我会的，活见鬼！我要送她一直送到底。"

钟在当当敲响，一切准备就绪，该上路了。

大家在祭坛的祷告席上挨个坐下，只见唱诗班的那三个人不停地在面前走来走去，一边唱着圣诗。风管手铆足了劲在吹他的蛇形风管。布尔尼贤先生全身披挂，尖着嗓门唱着；他向圣体龛致意，举起双手，伸开胳臂。莱蒂布杜瓦手持鲸骨杖，在教堂里转来转去。

灵柩停在唱诗台旁边，在四排蜡烛中间。夏尔直想站起来，要把蜡烛吹灭。

然而他还是努力激发自己虔诚的感情，热切盼望来世能与爱玛重逢。他又想象爱玛出门旅行去了，走得很远，走了很久。可是，一想到爱玛就在棺材里面，一切都已经完结，就要给抬去埋葬，他就狂怒不已，悲痛欲绝。有时，他觉得自己什么感觉都没有了，痛苦也随之减轻，于是领略着这种状态，一边骂自己是个没心没肺的家伙。

这时，石板地上响起了铁头棍子顿地的声音，清脆而均匀，从殿堂里过来，到了侧道戛然而止。就见一个穿棕色粗布上衣的男人，费了好大的劲跪了下来。原来是金狮客栈的伙计伊波利特。他装上了那条崭新的假腿。

唱诗班的一名歌手，绕大殿一圈募捐，大铜板接二连三地叮叮当当落在他的银盘里。

“你倒是快点啊！我受不了啦！”包法利没好气地丢给他一枚五法郎的硬币，这样叫道。

那人向他深鞠一躬，表示感谢。

人们唱着圣歌，一次次跪拜，又一次次起来，没完没了！夏尔记起刚搬来不久，有一回，他俩一起来望弥撒，是坐在另一边，右边靠墙的地方。钟又敲响了，就听见一阵椅子乱响。抬棺材的人把三根杠子塞到棺材底下，接着就出了教堂。

朱斯坦这时在药店门口出现，脸色苍白，突然又退了进去，步履踉跄。

镇上人都来到窗口，观看送葬的队伍行进。夏尔走在前面，挺直腰板，装出一副坚强的样子；遇到有人从小巷从大门里出来，加入人群的行列，他还向他们致意。

六个抬棺材的人，一边三个，踩着碎步，微微气喘。教士们、唱诗班歌手和两个唱诗童子，吟咏着《我从深处》①，他们的声音抑扬顿挫，飘向田野。有时，遇到小路拐弯的地方，就看不见他们了，但高大的银十字架，始终高耸在树木之间。

女人都跟在后面，个个身着黑色斗篷，风帽压低，手里擎支点燃的大蜡烛。翻来覆去的祷告、络绎不绝的烛光，还有蜡油和教士长袍的难闻气味，让夏尔觉得虚弱乏力。清风习习吹拂，黑麦和油菜呈现一片绿色，路畔荆篱上挂着颤颤悠悠的露珠。远处交织着一派欢乐的声音：一辆大车远远地顺着车辙辚辚前行，一只雄鸡不住地喔喔啼鸣，一匹马驹蹦蹦跳跳地蹿进苹果园。澄净的天上，飘着片片淡红的云彩，浅蓝色的轻烟缭绕在攀满鸢尾的茅屋上方。夏尔一边走，一边认出一家家院落，他回想起过去也是在这样的早晨，他上门看完病人，从院子里出来，就是奔着她往回走。

覆盖棺椁的黑布上，洒下了晶莹的泪珠，黑布不时掀起，露出棺木。抬棺材的人累了，放慢了脚步。一冲一冲持续前行的棺材，就像颠簸在浪尖上的小船。

到了墓地。

男人们继续往下走，一直走到草地上挖好墓穴的地方。

大家排列在周围，神甫致词的时候，抛在穴边的红土，顺着四角，悄没声儿、绵绵不断地往下滑落。

不一会儿，四根绳索摆好之后，棺材移到了上面。夏尔看着棺材往下降去。它一直在往下，往下。

最后，下面传来碰撞的声音。绳索吱吱响着抽了上来。这时布尔尼贤接过莱蒂布杜瓦递给他的铲子，一面用右手洒圣水，一面用左手使劲一铲，铲下去一大铲土。石子纷纷落在棺木上，砰砰作响，听起来犹如来世的回声。

---

① 为死者祷告的诗经，见《圣经·旧约全书·诗篇》第130篇。

神甫把圣水刷递给身旁的人。那人是奥梅先生。他神情庄重地抖了抖，再递给夏尔。夏尔双膝一软，跪倒在泥土里，抓起大把的土往下扔，一边喊道："永别了！"他向爱玛送着飞吻，朝墓穴爬去，想和爱玛一起葬在里面。

有人把他拉开了。他不一会儿就平静下来，也许跟大家一样，看到事情结束，隐隐约约有了一种石头落地的感觉。

回来的路上，鲁奥老爹安详地抽起烟斗来。奥梅打心底里觉得这不大像话。他还注意到，比内先生没有露面，弥撒一完蒂瓦施就"开溜了"，公证人家的仆人泰奥多尔竟穿一件蓝衣服，"就好像找不到一件黑衣服似的，这可是规矩呀，真见鬼"！奥梅在人群里穿过来穿过去，向大家说出他注意到的这些情况。大家都为爱玛的死感到惋惜。尤其是勒赫，他可没误了来送葬。

"这位好太太真可怜！她丈夫该多么痛苦呀！"

药店老板接过话头说道：

"您可知道，要不是我，他没准就寻了短见呢！"

"多好的一个人呀！这不，上星期六我在店里还见过呢！"

"我实在没空，"奥梅说，"不然我会准备几句话，在她坟前念念的。"

回到家里，夏尔脱去丧服，鲁奥老爹也换上他那件蓝色外衣。那件外衣是新做的，只因路上老用袖子揩眼睛，衣服的颜色染在了脸上，脸上的尘土经泪水一冲，留下一道道泪痕，显得脏兮兮的。

包法利老太太和他们待在一起，三个人都默默无语。最后，老头子叹息一声说道：

"还记得吗，我的朋友，有一回我来托斯特，那时您的头一位太太刚去世不久。当时我还安慰您，也有话可讲，可现在……"

接着，他的胸脯一鼓，长叹一声，说道：

"唉！您瞧，这下我完啦！我眼看着妻子走了……后来是儿子……如今是女儿!”

他要立刻回贝尔托，说在这座房子里他睡不着。他甚至不肯见外孙女。

“不必！不必啦！见了我会难过的。只是请您替我好好亲亲她吧！再见了！……您是个好后生！还有，我绝不会忘记这个，”他一拍大腿说道，“别担心，今后火鸡您照有不误。”

可是，他走到岭上，却又回头望去，就像过去在圣维克托的小路上跟她分别，回头望去一样。镇上所有的窗户，在草场上西沉的斜阳辉映下，像着了火似的。他把手罩在额前，极目远眺，只见一处围墙之内，东一丛西一丛的树木，就像黑色的花束，旁边是白蒙蒙的石板。随后他继续行路，策马慢慢跑去，因为马儿瘸了腿。

夏尔和母亲虽然累了，晚上还是一块聊了很长时间。他们谈到过去的岁月和未来的时日。老太太将住到永镇来，替儿子管家，母子不再分离。她精明而慈祥，多少年来，失去了亲情，如今失而复得，心里暗自高兴。午夜的钟声响了。镇上像往常一样，静悄悄的，夏尔无法入眠，还在想她。

鲁道夫一整天在林子里打猎消遣，此刻在堡邸里安然睡去。另一头，莱昂也睡了。

这时，另外有个人没睡。

一个男孩，跪在松树间的坟头，在黑暗中哭泣，胸脯起伏不已，抽抽搭搭；比月光还绵柔、比夜色还深沉的巨大悔恨，压得他透不过气来，栅栏门突然吱呀了一声。那是莱蒂布杜瓦。他来找下午忘在这儿的铁铲。他认出了逾墙而逃的朱斯坦，这才恍然大悟，知道是哪个坏蛋偷他的土豆了。

11

第二天，夏尔把小姑娘接了回来。小家伙要妈妈，只好对她说，妈妈出去了，会给她带玩具回来的。贝尔特又提起过好几次，后来时间一长，就不再去想了。孩子的快乐，反令包法利伤心不已。他还得耐着性子听药剂师的安慰话，听了直心烦。

很快又来了金钱问题。勒赫再次撺掇他的朋友樊萨尔出面，夏尔答应偿还数额惊人的款项。因为凡是当初属于她的家具，他绝不肯变卖一件。他母亲为此很恼火。他的火气比母亲还大。他完全变了。母亲只好扔下这个家走了。

这时，谁都来捞一把。朗珀勒小姐索讨半年的教琴费，其实爱玛一次也没去学（虽然她曾经拿出一张交款收据给包法利看）：那是她们两人串通好的。租书店老板要求付三年的租书费，罗莱嫂子提出要二十来封信的送信费。夏尔问是怎么回事，她倒是很巧妙地答道：

“哟！我知道什么呀！总不是她的往来事务。”

夏尔每次还债，总以为就此完事了，结果又冒出别的债来，没完没了。

他去讨要拖欠的诊费，人家给他看他太太写去的信。他还得向人家赔不是。

费莉西泰如今就穿太太的衣裙，也不是全部，因为夏尔留了几件，放在梳洗间里，常去关上门一一观看。费莉西泰身材与爱玛相仿，夏尔望见她的背影时，常会产生幻觉，叫道：

“喔！别走！别走！”

可是，圣灵降临节①那天，费莉西泰跟着泰奥多尔私奔，离开了永镇，把衣柜里剩下的衣服席卷一空。

大约在这个时期，寡妇迪皮伊夫人来帖告知：她的儿子、伊沃托公证人莱昂·迪皮伊先生，与邦德镇的莱奥卡迪·勒勃夫小姐喜结良缘。夏尔致信贺喜，其中写了这样一句话：

“我可怜的妻子倘若有知，一定会高兴的！”

有一天，夏尔在屋里随便走走，信步来到阁楼上，觉得拖鞋底下踩到个小纸团，展开一看，只见上面写道：“坚强些，爱玛！坚强些！我不想害您一辈子。”那是鲁道夫的信，掉在木箱之间的地上，本来在那儿，刚才被天窗的风吹到了门口。夏尔愣住了，怔怔地站在那里。就在这个地方，爱玛的脸色曾经比他现在还要苍白，万念俱灰，生出死的念头。最后，夏尔在第二页下方，发现一个小小的“鲁”字。这是什么意思？他回想起，鲁道夫那样殷勤的人，突然不见踪影，后来遇到过两三回，又是那样一副不尴不尬的样子。然而这封信的口气是那样敬重，他不由得有了一种错觉。

“他们两人也许有过精神恋爱吧。”他心里想。

再说，夏尔不是那种寻根究底的人，面对证据反而后退了；似有似无的嫉妒消泯在巨大的悲愁之中。

他想，爱玛自然受人爱慕，所有男人想必都对她动过心。于是

① 复活节后第七个星期日。

在他心目中，爱玛因而显得更美，由此他还萌生出一种恒久而炽烈的欲望，火一般在他绝望的心里燃烧，而且因其无法成真而变得漫无边际。

就像爱玛还活着，为了讨她的欢心，他依照爱玛的喜好和想法行事；他买漆皮靴穿，戴起白领结。他往小胡子上涂涂抹抹，像爱玛一样签期票。爱玛在坟墓里，还要把他往歪路上引。

他不得不把银器一件一件卖掉，接着又变卖客厅里的家具。整个屋子徒剩四壁，只有那间卧室，爱玛的卧室，仍然保持原样。吃过晚饭，夏尔总要上楼进去；把圆桌推到壁炉前面，再把她的扶手椅挪近些；自己在对面坐下。镀金的烛台上燃着一支蜡烛。贝尔特在他身旁往画上涂颜色。

这可怜的人看到女儿穿得那么寒碜，心头阵阵作疼，她的靴子没有鞋带，罩衫的腋下破了口子，一直破到腰下，因为女佣没怎么管她。但是小姑娘那样文静，那样听话，可爱地低着小脑袋，漂亮的金色头发，垂在红扑扑的脸蛋上，夏尔的心头便涌起无尽的欣慰——一种掺和着苦涩的欢欣，就像酿得不好的葡萄酒，有股树脂味。他为女儿修理玩具，用纸板给她做牵线玩偶，要么就把肚皮崩了线的布娃娃重新缝好。然后，只要目光遇到针线盒、一根拖在外面的饰带，乃至嵌在桌子缝里的一枚别针，他就沉思默想起来，样子那么忧伤，连女儿也像他一样，忧伤起来。

如今谁也不来看这父女俩。朱斯坦逃到鲁昂去了，在那儿当了杂货店伙计；药店老板的几个孩子跟贝尔特来往得越来越少；奥梅先生鉴于他们的社会地位，不想与包法利继续保持密切关系。

奥梅没能用他的药膏治好瞎子的毛病。瞎子又回到纪尧姆树林的山坡，向过往旅客讲述药剂师如何医治无效，弄得奥梅只要进城，就躲在燕子的车帘里面，免得让他撞见。奥梅憎恨瞎子，为了维护自己的名誉，千方百计想除掉他，为此定下了一条隐秘的诡计，此计不仅显出他的老谋深算，也显出他的虚荣心是何等卑劣。连续半年期间，人们在《鲁昂灯塔报》上，常可读到这样措辞的短文：

凡是前往皮卡第富饶之乡的人，想必在纪尧姆树林的山坡上，都会注意到一个面部长着烂疮的无赖。他纠缠、骚扰过往行人，实在是强征暴敛。难道我们还处在中世纪的野蛮时代，可以任由流浪汉在我们的公正场所，张扬十字军东征带回的麻风和瘰疬吗？

要么就是：

尽管法律禁止流浪，可是我们大城市的周边地带，仍然受到结帮游民的侵扰。也有一些单独行动的，这些人恐怕不无危险。我们的市政官员作何考虑？

然后，奥梅还编造些逸闻：

昨天，在纪尧姆树林的山坡上，一匹易惊的马……

后面讲的是一起由瞎子引起的车祸。

结果瞎子给关了起来。但他又被放了出来，重操旧业；奥梅也故技重演。这是一场较量。奥梅胜利了，因为他的敌人被判在一家收容所里终身监禁。

胜利使奥梅变得大胆。从此以后，只要本地有条狗被轧死，有座谷仓着了火，有个女人挨了打，他就立刻向公众报道，而他这样做，始终是出于对进步的热爱和对教士的憎恨。他将初级小学与无知修会①加以比较，趁机贬低后者；教会获得一百法郎补贴，他就重提圣巴托罗缪事件②。他针砭时弊，嬉笑怒骂。这是他自己的话。奥梅从事破坏活动，变得危险起来。

然而只向报纸投稿，天地未免狭窄，他觉得施展不开；没多久，他就不得不写书了，著书立说！于是，他编了本《永镇地区统计大全——附气象观察资料》。他由统计学而哲学，一发不可收拾。他关心各种重大问题：社会问题、贫困阶层的教化问题，还有养鱼、橡胶、铁路等等。到头来，他羞于当个小市民，而摆出艺术家派头，抽起烟来！还买了两尊风雅的蓬巴杜风格小雕像，用以装饰客厅。

他没把药店撇下不管，才不会呢！他了解所有的新发明，响应声势浩大的推广巧克力的运动。他率先把可可粉和健力多引进到下塞纳省。他对皮尔韦马谢水电健身链怀有极大的热情，自己身上就缠了一条。晚上，当他脱掉法兰绒坎肩，就只见那条金灿灿的链子，一圈圈绕在身上，不见他的人，奥梅太太直看得眼花缭乱，对他也就倍添热情，因为他比西徐亚人③缠的还要密密匝匝，像东方王爷那般光彩照人。

关于爱玛的坟墓，他有几个美妙的设想：先是建议采用半截立柱式，再加帷幔式装饰；接着又建议做成金字塔形；后来又提出建成维斯太④神庙那样的圆亭式样……或者干脆像“一堆废墟”。而在所有的方案中，他都坚持要有垂柳，他认为垂柳是哀思绵绵的象征，必不可少。

夏尔和他一起去了趟鲁昂，上一家经营墓葬业务的店铺看墓样，还请了个画匠一同去。画匠名叫沃弗里拉尔，是布里杜的朋友，一

---

① 法国一天主教团体的绰号。

② 见第40页注。

③ 古代黑海一带的民族。

④ 古罗马神话中的女灶神。

路上尽说些语义双关的俏皮话。看了上百种图样，要了份估价单，然后又去了一趟鲁昂，夏尔这才拍板选定一种陵墓式样，主要两面都要雕上“一个守护神，手持熄灭的火炬”。

至于碑铭，奥梅想来想去，觉得Staviator①不错，下面就想不出来了。他搜索枯肠，翻来覆去地念着Staviator……终于又想出am-abilemconjugemcalcas②！于是就采纳了。

奇怪的是，包法利无时不在思念爱玛，爱玛的形象却在渐渐模糊。他努力记住她的模样，却感到那模样正在从他的脑海里溜走，这使他陷入绝望。然而每天夜里，他都梦见爱玛，总是同样的梦：他靠近她，正要搂住她时，她却在他怀里化为尘土落下。

有一个星期，镇上人见他天天晚上去教堂。布尔尼贤先生甚至还去看过他两三次，随后就不管他了。而且奥梅说，这家伙变得越来越褊狭，越来越狂热，猛烈抨击时代精神，在半月一次的布道中，少不了总要讲讲伏尔泰临死的故事，说众所周知，他是吞食自己的粪便死去的。

包法利虽然生活节俭，但离陆续还清旧债还差得老远。勒赫不肯把任何期票展期。扣押财产已是迫在眉睫。于是，包法利向母亲求援。母亲答应让他用她的财产作抵押，但把爱玛狠狠数落了一通，并且提出要一条披肩，作为对她所作牺牲的回报。那条披肩是费莉西泰洗劫之后的幸存之物。夏尔不肯给她，母子俩失和了。

还是母亲首先做出和解姿态，提出把小贝尔特接到她那里去，对她也算是一种安慰。夏尔倒是同意了，但临到动身，又舍不得了。于是，母子间的关系完全、彻底地破裂了。

随着亲情的相继远去，夏尔越来越把爱倾注到孩子身上。然而，

---

① 拉丁语，意为“行人止步”，墓碑上常用的铭文。

② 拉丁语，意为“脚下有吾爱妻”。

女儿令他担忧，因为她不时咳嗽，两边颧颊上成片发红。

对门就是药剂师家，红红火火，欢欢喜喜，事事如意。拿破仑在配药室给他当帮手，阿塔莉为他绣希腊式便帽，伊尔玛剪圆纸片盖在果酱瓶上，富兰克林会一口气背出九九表。奥梅真是最幸福的父亲，最走运的男人。

错啦！其实有种野心在暗暗折磨他：奥梅渴望十字勋章。他的条件倒不缺乏：

一、霍乱流行期间，表现了忘我的献身精神；二、本人自费发表了多种有益公众的著述，例如……（他列举了题为《论苹果酒及其酿造与效用》的论文，还有投给科学院的关于绒毛蚜虫的观察报告，以及那本关于统计的书，直至当年考药剂师的论文）；何况，本人还是多个学会的会员（其实他只是一个学会的会员）。

“最后，”奥梅原地转个身，大声说道，“单凭救火的表现，我也该得！”

于是奥梅逢迎官府，省长大人竞选，他暗中大帮其忙。总之，他卖身求荣，无异于娼妓。他甚至给国王上书，恳求为他主持公道，称他为我们贤明的国王，将他与亨利四世相提并论。

每天早晨，药店老板总是急匆匆地拿到报纸，一心想看见有自己的提名，但总不见消息。最后，他实在按捺不住了，便安排在自家花园里，把一块草坪修整成荣誉勋章的形状，从顶部起还有两条细长的草皮，算作绶带。他经常两臂交叉，在周围踱来踱去，暗自想着政府的昏庸和世人的负义。

不知是出于尊重，还是慢慢清理自有一番情趣，夏尔还没打开过爱玛平时用的那张红木书桌的暗屉。终于有一天，他在书桌前坐下，转动钥匙，顶开锁簧。莱昂所有的信全在里面。这一回，是确凿无疑了！他一口气看完最后一封信，又搜遍每个角落，每件家具，每个抽屉，甚至墙壁背后，又是哭，又是嚎，昏天黑地，疯了似的。

他找到一个匣子，一脚踹开，鲁道夫的相片跃入眼帘，旁边还有散乱的情书。

他消沉起来，让大家觉得惊讶。他不再出门，不再见客，甚至不肯出诊。于是有人说，他关在家里喝酒。

但偶尔有人出于好奇，在花园篱笆那儿探身张望，吃惊地瞥见这个人胡子老长，衣服邋遢，面目难看，在里面大声哭着走来走去。

夏天的傍晚，他牵着女儿，带她去墓地。两人直到完全天黑才往回走，这时除了比内的天窗，广场上没有亮光。

然而，夏尔的痛苦并没得到完整的感受，因为他周围没人替他分担。他造访勒弗朗索瓦太太，为的是能够谈谈她。但女店家听的时候心不在焉，她跟夏尔一样，也有自己的烦恼：这不，勒赫先生的兴隆车行终于开张了，伊韦尔办事得力，有口皆碑，一再提出要增加工资，并且扬言他会“跳槽”的。

有一天，夏尔去阿尔格伊集市，准备卖掉他的马——最后的可卖之物，——不期遇到了鲁道夫。

狭路相逢，两人的脸刷地一下变白了。鲁道夫上回只寄了张帖子，所以他先是支支吾吾，说几句抱歉的话，不一会儿胆了才壮了起来，甚至厚着脸皮（时值八月，天气酷热），请夏尔去小酒馆喝瓶啤酒。

他坐在夏尔对面，双肘搁在桌上，嘴里咬着雪茄烟，闲扯起来。面对这张爱玛曾经爱过的面孔，夏尔茫然若失，浮想联翩。他仿佛又见到爱玛的一件故物。说来令人叫绝。他恨不得自己就是对面这个人。

那一位还在谈着庄稼、牲口、肥料，东扯西拉地说个不停，生怕一冷场会旧事重提。其实夏尔根本没听。鲁道夫也觉察到了，从他的面部变化，就可以看出他在回忆往事。夏尔的脸渐渐涨得通红，鼻翼直翕，嘴唇哆嗦；甚至有一阵，他憋着满腔无名怒火，两眼死死盯住鲁道夫。鲁道夫吓坏了，打住了话头。但是没多久，夏尔的脸上又恢复了那种心灰意冷、失魂落魄的神情。

“我不怪您。”他说。

鲁道夫默不作声。夏尔双手捧住头，用万分痛苦，而又听天由命的口吻，有气无力地说：

“是的，我不怪您了！”

他甚至还说了一句感慨万千的话，一辈子仅此一次：

“错在命运！”

殊不知，他所说的命运，当初就是由着鲁道夫摆布的。鲁道夫觉得，这话出自有过如此遭遇的男人之口，诚然宽厚，简直好笑，未免有点轻贱。

第二天，夏尔走进花棚，在长椅上坐下。阳光从栅格里漏下来，葡萄叶在沙地上勾勒出它们的影子。茉莉花吐着清香，天空一片湛蓝，斑蝥围着开花的百合嗡嗡直叫。夏尔就像个十来岁的少年，忧伤的心头弥漫着这些爱的朦胧气息，觉得透不过气来。

小贝尔特整个下午没看见他，七点钟来找他吃晚饭。

他仰着头靠在墙上，闭着眼睛张着嘴，双手握着一绺长长的黑发。

“爸爸，走呀！”她说。

她以为爸爸想逗着玩，轻轻推他一把。夏尔倒在地上，已经死了。

三十六小时以后，卡尼韦先生应药店老板之请，赶了过来。他做了解剖，一无所获。

家产全部卖光了，就剩下十二法郎七十五生丁，供包法利小姐投奔祖母做路费。老太太当年故去，鲁奥老爹瘫痪在床，一位姨妈收留了包法利小姐。如今姨妈家里穷，只好把她送进一家纱厂，让她自食其力。

包法利去世后，永镇先后来过三位医生，都是还没站稳脚跟，就给奥梅先生很快击垮了。奥梅的主顾多得不得了，当局照顾他，舆论保护他。

他新近获得了荣誉十字勋章。